LA CARTE POSTALE

Anne Berest est une écrivaine et scénariste française. Elle publie son premier roman en 2010, *La Fille de son père*. Suivent *Les Patriarches, Sagan 1954, Recherche femme parfaite* et *La Carte postale* (Grand Prix des lectrices de *Elle*, prix Renaudot des lycéens, Prix littéraire des étudiants de Sciences Po, Grand Prix des blogueurs littéraires 2022). Elle a également écrit plusieurs pièces de théâtre et, avec sa sœur, Claire Berest, *Gabriële*, une biographie remarquée de leur arrière-grand-mère, Gabriële Buffet-Picabia.

Paru au Livre de Poche :

GABRIÈLE (avec Claire Berest)
SAGAN 1954

ANNE BEREST

La Carte postale

ROMAN

GRASSET

Contenus pédagogiques à l'intention
des enseignants disponibles sur livredepoche.com

© Éditions Grasset & Fasquelle, 2021.
ISBN : 978-2-253-93770-8 – 1re publication LGF

Ma mère a allumé la première cigarette de la journée, sa préférée, celle qui brûle les poumons au réveil. Puis elle est sortie de chez elle, pour admirer la blancheur qui recouvrait tout le quartier. Il était tombé dans la nuit au moins dix centimètres de neige.

Elle est restée longtemps à fumer dehors, malgré le froid, pour profiter de l'atmosphère irréelle qui flottait sur son jardin. Elle a trouvé que c'était beau, tout ce rien, cet effacement de la couleur et des lignes.

Soudain, elle a entendu un bruit étouffé par la neige. Le facteur venait de faire tomber le courrier par terre, au pied de la boîte aux lettres. Ma mère est allée le ramasser, en faisant bien attention de regarder où elle posait ses chaussons pour ne pas glisser.

Toujours sa clope au bec, dont la fumée se décuplait dans l'air glacé, elle s'est dépêchée de rentrer dans la maison, réchauffer ses doigts engourdis par le froid.

Elle a jeté un coup d'œil rapide aux différentes enveloppes. Il y avait les traditionnelles cartes de vœux, la plupart de ses étudiants de la fac, une facture de gaz, quelques publicités. Il y avait aussi des lettres pour mon père – les collègues du CNRS et ses thésards lui souhaitaient tous la bonne année.

Parmi le courrier, très ordinaire en ce début de mois de janvier, elle était là. La carte postale. Glissée entre les enveloppes, l'air de rien, comme si elle s'était cachée pour passer inaperçue.

Ce qui a tout de suite intrigué ma mère, c'était l'écriture : étrange, maladroite, une écriture qu'elle n'avait jamais vue auparavant. Puis elle a lu les quatre prénoms écrits les uns en dessous des autres, sous forme de liste.

Ephraïm
Emma
Noémie
Jacques

Ces quatre prénoms, c'étaient ceux de ses grands-parents maternels, de sa tante et de son oncle. Tous les quatre avaient été déportés deux ans avant sa naissance. Ils étaient morts à Auschwitz en 1942. Et ils resurgissaient dans notre boîte aux lettres soixante et un ans plus tard. Ce lundi 6 janvier 2003.

— Qui a bien pu m'envoyer cette horreur ? s'est demandé Lélia.

Ma mère a eu très peur, comme si quelqu'un la menaçait, tapi dans l'obscurité d'un temps lointain. Ses mains se sont mises à trembler.

— Regarde, Pierre, regarde ce que j'ai trouvé dans le courrier !

Mon père a pris la carte postale, l'a approchée de son visage pour l'observer de près, mais il n'y avait pas de signature, pas d'explication.

Rien. Seulement ces prénoms.

Chez mes parents, à cette époque-là, on ramassait le courrier par terre, comme des fruits mûrs tombés de l'arbre – notre boîte aux lettres était devenue si vieille qu'avec le temps elle ne retenait plus rien, c'était une véritable passoire, mais nous l'aimions ainsi. Personne ne songeait à la changer. Dans notre famille, les problèmes ne se réglaient pas de cette manière, on vivait avec les objets comme s'ils avaient le droit à autant d'égards que des êtres humains.

Les jours d'averse, les lettres finissaient trempées. L'encre se diluait et les mots devenaient à jamais indéchiffrables. Le pire, c'étaient les cartes postales, dévêtues comme des jeunes filles, bras nus sans manteau en hiver.

Si l'auteur de la carte postale avait utilisé un stylo à plume pour nous écrire, son message serait tombé dans l'oubli. Le savait-il ? La carte était rédigée au stylo-bille noir.

Le dimanche suivant, Lélia a convoqué toute la famille, c'est-à-dire mon père, mes sœurs et moi. Autour de la table de la salle à manger, la carte est passée de main en main. Nous sommes restés silencieux un long moment – ce qui n'est pas courant chez nous, surtout à l'heure du déjeuner dominical. Dans notre famille, d'ordinaire, il y a toujours quelqu'un qui a quelque chose à dire et qui tient à l'exprimer sur-le-champ. Cette fois, personne ne savait quoi penser de ce message qui arrivait de nulle part.

La carte postale était très banale, c'était une carte pour touristes, avec une photographie de l'opéra

Garnier, comme on en trouve par centaines dans les bureaux de tabac, sur des présentoirs en fer, partout dans Paris.

— Pourquoi l'opéra Garnier ? a demandé ma mère.

Personne n'a su quoi répondre.

— Le cachet est celui de la poste du Louvre.

— Tu crois qu'on peut aller se renseigner là-bas ?

— C'est le plus grand bureau de poste de Paris. C'est immense. Que veux-tu qu'on te dise…

— C'est fait exprès tu crois ?

— Oui, la plupart des lettres anonymes sont envoyées de la poste du Louvre.

— Elle ne date pas d'hier, la carte a au moins dix ans, ai-je fait remarquer.

Mon père l'a dirigée vers la lumière. Il l'a observée quelques secondes, très attentivement, pour en conclure que la photographie datait bien des années 90. La chromie du tirage, aux magentas saturés, ainsi que l'absence de panneaux publicitaires autour de l'opéra Garnier, confirmaient mon intuition.

— Je dirais même du début des années 90, a précisé mon père.

— Qu'est-ce qui te fait dire ça ? a demandé ma mère.

— Parce qu'en 1996 les bus SC10 vert et blanc, comme celui que vous voyez à l'arrière-plan de l'image, ont été remplacés par les RP312. Avec une plateforme. Et un moteur situé à l'arrière.

Personne ne s'est étonné que mon père puisse connaître l'histoire des bus parisiens. Il n'a jamais conduit de voiture – encore moins un bus – mais son métier de chercheur l'a entraîné à connaître une multitude de détails, sur des sujets aussi hétéroclites que pointus. Mon père a inventé un dispositif qui calcule l'influence de la lune sur les marées terrestres et ma mère a traduit pour Chomsky des traités de grammaire générative. Ils savent donc à eux deux une quantité inimaginable de choses, la plupart du temps inutiles dans la vie concrète. Sauf parfois, comme ce jour-là.

— Pourquoi écrire une carte et attendre dix ans avant de l'envoyer ?

Mes parents ont continué à s'interroger. Mais moi, je me foutais complètement de cette carte postale. En revanche, la liste des prénoms m'a interpellée. Ces gens étaient mes ancêtres et je ne connaissais rien d'eux. J'ignorais les pays qu'ils avaient traversés, les métiers qu'ils avaient exercés, l'âge qu'ils avaient quand ils furent assassinés. Si on m'avait présenté leurs portraits, je n'aurais pas su les reconnaître au milieu d'inconnus. J'en ai ressenti de la honte.

À la fin du déjeuner, mes parents ont rangé la carte postale dans un tiroir et nous n'en avons plus jamais reparlé. J'avais 24 ans et la tête occupée par une vie à vivre et d'autres histoires à écrire. J'ai effacé de ma mémoire le souvenir de la carte postale, sans pour autant abandonner l'idée qu'il me faudrait, un jour, interroger ma mère sur l'histoire de notre famille. Mais les années filaient et je ne prenais jamais le temps de le faire.

Jusqu'à ce que, dix ans plus tard, je sois sur le point d'accoucher.

Mon col s'était ouvert trop tôt. Il fallait que je reste allongée, pour ne pas précipiter l'arrivée du bébé.

Mes parents ont proposé que je vienne quelques jours chez eux, où je n'aurais rien à faire. Dans cet état d'attente, j'ai pensé à ma mère, à ma grand-mère, à la lignée des femmes qui avaient accouché avant moi. C'est alors que j'ai ressenti le besoin d'entendre le récit de mes ancêtres.

Lélia m'a emmenée dans le bureau obscur où elle passe le plus clair de son temps, ce bureau qui m'a toujours fait penser à un ventre, tapissé de livres et de classeurs, baignant dans une lumière d'hiver sur la banlieue parisienne, l'atmosphère épaissie par la fumée de cigarette. Je me suis installée sous la bibliothèque et ses objets sans âge, souvenirs recouverts d'un duvet de cendres et de poussière. Ma mère a attrapé une boîte verte, mouchetée de noir, parmi la vingtaine de boîtes d'archives, toutes identiques. Adolescente, je savais que ces boîtes alignées sur les étagères contenaient les traces des histoires sombres du passé de notre famille. Elles me faisaient penser à de petits cercueils.

Ma mère a pris une feuille de papier et un stylo – comme tous les enseignants à la retraite, elle continue d'être professeure en toute circonstance, même dans sa façon d'être mère. Lélia était très aimée de ses étudiants de la fac de Saint-Denis. À l'époque bénie où elle pouvait fumer en classe tout en enseignant la linguistique, elle faisait quelque chose qui fascinait ses élèves : elle réussissait, avec une dextérité rare, à faire se consumer entièrement la cendre de sa cigarette sans que jamais elle tombe par terre, formant ainsi un cylindre gris au bout de ses doigts.

Pas besoin de cendrier, elle posait sur son bureau la cigarette consumée, avant d'allumer la suivante. Une prouesse qui imposait le respect.

— Je te préviens, m'a dit ma mère, c'est un récit hybride que tu vas entendre. Certains faits sont donnés comme évidents, toutefois je te laisserai estimer la part des hypothèses personnelles qui ont finalement abouti à cette reconstitution – d'ailleurs de nouveaux documents pourraient compléter ou modifier de façon substantielle mes hypothèses. Évidemment.

— Maman, lui ai-je dit, je crois que la fumée de cigarette n'est pas bonne pour le cerveau du bébé.

— Oh ça va. J'ai fumé un paquet par jour pendant mes trois grossesses et je n'ai pas l'impression d'avoir fait trois débiles à l'arrivée.

Sa réponse m'a fait rire. Lélia en a profité pour allumer une cigarette, et commencer le récit de la vie d'Ephraïm, Emma, Noémie et Jacques – les quatre prénoms de la carte postale.

LIVRE I

Terres promises

Chapitre 1

— Comme dans les romans russes, a dit ma mère, tout commence par une histoire d'amour contrariée. Ephraïm Rabinovitch aimait Anna Gavronsky, dont la mère, Liba Gavronsky née Yankelevitch, était une cousine germaine de la famille. Mais cette passion n'était pas du goût des Gavronsky...

Lélia m'a regardée en voyant bien que je n'y comprenais rien. Elle a coincé sa clope à la commissure de ses lèvres et, l'œil mi-clos à cause de la fumée, elle a commencé à fouiller dans ses archives.

— Tiens, je vais te lire cette lettre, ça va t'éclairer... Elle est écrite par la grande sœur d'Ephraïm, en 1918, à Moscou :

Chère Véra,
Mes parents n'ont que des ennuis. As-tu entendu parler de cette histoire entre Ephraïm et notre cousine Aniouta ? Si non, je peux seulement te le confier <u>sous le sceau du secret</u>, bien que, semble-t-il, quelques-uns des nôtres soient déjà au courant. En bref, An et notre Fédia (il a eu 24 ans il y a deux jours) sont tombés amoureux l'un de l'autre. Les nôtres en ont horriblement

souffert, ils en devenaient fous. Tante ne sait rien, ce serait une catastrophe si elle l'apprenait. Ils la rencontrent tout le temps et se tourmentent beaucoup. Notre Ephraïm aime beaucoup Aniouta. Mais j'avoue que je ne crois guère à la sincérité de ses sentiments à elle. Voilà les nouvelles de chez nous. Parfois j'en ai par-dessus la tête de cette histoire. Bon, ma chérie, il faut que j'arrête d'écrire. Je vais aller poster ma lettre moi-même, pour être sûre qu'elle soit bien partie…

Tendrement, Sara.

— Si je comprends bien, Ephraïm fut contraint de renoncer à son premier amour ?

— Et pour cela, on lui trouve vite une autre fiancée, qui sera donc Emma Wolf.

— Le deuxième prénom de la carte postale…

— Tout à fait.

— Elle faisait aussi partie de la famille éloignée ?

— Non, pas du tout. Emma venait de Lodz. Elle était la fille d'un grand industriel qui possédait plusieurs usines de textile, Maurice Wolf, et sa mère s'appelait Rebecca Trotski. Mais rien à voir avec le révolutionnaire.

— Dis-moi, comment Ephraïm et Emma se sont-ils rencontrés ? Parce que Lodz est au moins à mille kilomètres de Moscou.

— Bien plus de mille kilomètres ! Soit les familles ont fait appel à la *chadkhanit* de la synagogue, c'est-à-dire la marieuse. Soit la famille d'Ephraïm était la *kest-eltern* d'Emma.

— La quoi ?

— La « *kest-eltern* ». C'est du yiddish. Comment t'expliquer... Tu te souviens de la langue inuktitut ?

Quand j'étais enfant, Lélia m'avait enseigné qu'il existe cinquante-deux mots pour désigner la neige chez les esquimaux. On dit *qanik* pour la neige quand elle tombe, *aputi* pour la neige déjà tombée, et *aniou* pour la neige qui sert à faire de l'eau...

— Eh bien, en yiddish, a ajouté ma mère, il existe différents termes pour dire « la famille ». On utilise un mot pour dire « la famille » proprement dite, un autre mot pour dire « la belle-famille », encore un autre mot pour dire « ceux qu'on considère comme sa famille » même en l'absence de lien de parenté. Et il existe un terme quasiment intraduisible, qui serait comme « la famille nourricière » – *di kest-eltern*, ce qu'on pourrait traduire comme « la famille invitante » – car il était de tradition, lorsque des parents envoyaient un enfant au loin faire ses études supérieures, qu'ils cherchent une famille pour le loger et le nourrir.

— La famille Rabinovitch était donc la *kest-eltern* d'Emma.

— Voilà... mais laisse-toi faire, et ne t'inquiète pas, tu vas finir par t'y retrouver...

Très tôt dans sa vie, Ephraïm Rabinovitch rompt avec la religion de ses parents. À l'adolescence, il devient membre du Parti socialiste révolutionnaire, et déclare à ses parents qu'il ne croit pas en Dieu. Par provocation, il fait tout ce qui est interdit aux Juifs le jour de *Kippour* : il fume des cigarettes, il se rase, boit et mange.

En 1919, Ephraïm a 25 ans. C'est un jeune homme moderne, svelte, aux traits fins. Si sa peau n'était pas si brune et si sa moustache était moins noire, on pourrait le prendre pour un vrai Russe. Ce brillant ingénieur sort tout juste de l'université, ayant échappé au *numerus clausus* qui limitait à 3 % le nombre de Juifs admis à l'entrée. Il veut participer à la grande aventure du progrès, il a de hautes ambitions pour son pays et pour *son* peuple, le peuple russe, qu'il veut accompagner dans la Révolution.

Pour Ephraïm, être juif ne veut rien dire. Il se définit avant tout comme socialiste. D'ailleurs, il vit à Moscou à la moscovite. Il accepte de se marier à la synagogue uniquement parce que c'est important pour sa future femme. Mais il prévient Emma :

— Nous ne vivrons pas dans le respect de la religion.

La tradition veut que, le jour de son mariage, à la fin de la cérémonie, le marié brise un verre avec son pied droit. Ce geste rappelle la destruction du temple de Jérusalem. Ensuite le marié peut faire un vœu. Ephraïm fait celui d'effacer à jamais le souvenir de sa cousine Aniouta. Mais en regardant au sol les débris de verre éparpillés, il lui semble que c'est son cœur qui gît là, en mille morceaux.

Chapitre 2

Ce vendredi 18 avril 1919, les jeunes mariés quittent Moscou pour se rendre dans la *datcha* de Nachman et Esther Rabinovitch, les parents d'Ephraïm, à cinquante kilomètres de la capitale. Si Ephraïm a accepté de venir fêter *Pessah*, la pâque juive, c'est parce que son père a insisté, sur un ton inhabituel, et parce que sa femme est enceinte. Voilà l'occasion d'annoncer la nouvelle à ses frères et sœurs.

— Emma est enceinte de Myriam ?
— Tout à fait, de ta grand-mère…

En chemin, Ephraïm confie à sa femme que *Pessah* est la fête qu'il a toujours préférée. Enfant, il aimait son mystère, celui des herbes amères, de l'eau salée et des pommes au miel qu'on pose sur un plateau au milieu de la table. Il aimait quand son père lui expliquait que la douceur des pommes devait rappeler aux Juifs combien il faut se méfier du confort.

— En Égypte, insistait Nachman, les Juifs étaient esclaves, c'est-à-dire : logés et nourris. Ils avaient un toit sur la tête et de la nourriture dans la main. Tu comprends ? La liberté, elle, est incertaine. Elle s'acquiert dans la douleur. L'eau salée que nous posons sur la table le soir de *Pessah* représente les larmes de ceux qui se défont de leurs chaînes. Et ces herbes amères nous rappellent que la condition de l'homme libre est par essence douloureuse. Mon fils, écoute-moi, dès que tu sentiras le miel se poser sur tes lèvres, demande-toi : de quoi, de qui, suis-je l'esclave ?

Ephraïm sait que son âme révolutionnaire est née là, dans les récits de son père.

Ce soir-là, en arrivant chez ses parents, il se précipite dans la cuisine, pour sentir l'odeur fade et singulière des *matsots*, les galettes de pain sans levure préparées par Katerina, la vieille cuisinière. Ému, il attrape sa main toute ridée pour la poser sur le ventre de sa jeune femme.

— Regarde-le, dit Nachman à Esther qui observe la scène, notre fils est fier comme un châtaignier qui montre tous ses fruits aux passants.

Les parents ont invité tous les cousins Rabinovitch du côté de Nachman et tous les cousins Frant du côté d'Esther. Pourquoi tant de monde ? se demande Ephraïm, en soupesant un couteau en argent, brillant d'avoir été briqué des heures à la cendre de cheminée.

— Ils ont aussi invité les Gavronsky ? demande-t-il, inquiet, à sa petite sœur Bella.

— Non, répond-elle, sans dévoiler que les deux familles se sont mises d'accord pour éviter un face-à-face entre la cousine Aniouta et Emma.

— Mais pourquoi ont-ils fait venir autant de cousins cette année... Ils ont quelque chose à nous annoncer ? poursuit Ephraïm en allumant une cigarette pour cacher son trouble.

— Oui, mais ne me questionne pas. Je n'ai pas le droit d'en parler avant le dîner.

Le soir de *Pessah*, il est de tradition que le patriarche lise à haute voix la *Haggadah*, c'est-à-dire le récit de la sortie d'Égypte du peuple hébreu conduit par Moïse. À la fin des prières, Nachman se lève et frappe le plat de son couteau contre son verre.

— Si j'insiste ce soir sur ces derniers mots du Livre, dit-il en s'adressant à toute la table, « *Reconstruis Jérusalem, la ville sainte, rapidement de nos jours et fais-nous monter en elle* », c'est parce que mon rôle de chef de famille est de vous avertir.

— Nous avertir de quoi, papa ?

— Qu'il est temps de partir. Nous devons tous quitter le pays. Le plus vite possible.

— Partir ? demandent ses fils.

Nachman ferme les yeux. Comment convaincre ses enfants ? Comment trouver les mots justes ? C'est comme une odeur âcre dans l'air, comme un vent froid qui souffle pour annoncer le gel qui va s'abattre, c'est invisible, presque rien, et pourtant c'est là, c'est d'abord revenu dans ses cauchemars, des cauchemars traversés par les souvenirs de sa jeunesse, quand on le cachait derrière la maison, avec les autres enfants, certaines nuits de Noël, parce que des hommes avinés venaient punir le peuple qui avait tué le Christ.

Ils rentraient dans les maisons pour violer les femmes et tuer les hommes.

Cette violence s'était calmée quand le tsar Alexandre III avait renforcé l'antisémitisme d'État, avec les *lois de mai*, qui privaient les Juifs de la plupart de leurs libertés. Nachman était jeune homme quand tout leur fut désormais interdit. Interdit d'aller à l'université, interdit de se déplacer d'une région à l'autre, interdit de donner des prénoms chrétiens aux enfants, interdit de faire du théâtre. Ces mesures humiliantes ayant satisfait le peuple, pendant une trentaine d'années, il y eut moins de sang coulé. De sorte que les enfants de Nachman n'avaient pas connu la peur des 24 décembre, quand la meute sort de table avec l'envie de tuer.

Mais depuis quelques années, Nachman avait senti revenir dans l'air une odeur de soufre et de pourriture. Les Centuries noires, ce groupe monarchiste d'extrême droite mené par Vladimir Pourichkévitch, s'organisaient dans l'ombre. Cet ancien courtisan du tsar fondait des thèses sur l'idée d'un complot juif. Il attendait son heure pour revenir. Et Nachman ne croyait pas que cette Révolution toute neuve, menée par ses enfants, chasserait les vieilles haines.

— Oui. Partir. Mes enfants, écoutez-moi bien, dit calmement Nachman : *es'shtinkt shlekht drek* – ça pue la merde.

Sur ces mots, les fourchettes cessent de tinter dans les assiettes, les enfants arrêtent de piailler, le silence se fait. Nachman peut enfin parler.

— Vous êtes pour la plupart de jeunes mariés. Ephraïm, tu vas bientôt être papa pour la première fois. Vous avez de l'élan, du courage – toute la vie devant vous. C'est le moment de faire vos bagages.

Nachman se tourne vers sa femme dont il serre la main :

— Esther et moi avons décidé de partir en Palestine. Nous avons acheté un bout de terre près de Haïfa. Nous ferons pousser des oranges. Venez avec nous. Et j'achèterai là-bas des terres pour vous.

— Mais Nachman, tu vas vraiment t'installer en terre d'Israël ?

Jamais les enfants Rabinovitch n'auraient pu imaginer une chose pareille. Avant la Révolution leur père appartenait à la *Première Guilde des commerçants*, c'est-à-dire qu'il faisait partie des rares Juifs qui avaient le droit de se déplacer librement dans le pays. C'était un privilège inouï pour Nachman de pouvoir vivre en Russie comme un Russe. Il avait acquis une belle place dans la société, qu'il veut abandonner pour s'exiler à l'autre bout du monde, dans un pays désertique au climat hostile, et y faire pousser des oranges ? Quelle drôle d'idée ! Lui qui ne sait même pas éplucher une poire sans l'aide de la cuisinière…

Nachman prend un petit crayon qu'il mouille du bout de ses lèvres. Tout en regardant sa descendance, il ajoute :

— Bon. Je vais faire un tour de table. Et j'exige de chacun, vous m'entendez bien, de chacun, qu'il me donne une destination. J'irai acheter des billets de bateau pour tout le monde. Vous quittez le pays dans les trois prochains mois, c'est compris ? Bella, je commence par toi, c'est facile, tu viens avec nous. Donc voilà, je note : Bella, Haïfa, Palestine. Ephraïm ?

— J'attends que mes frères se prononcent, répond Ephraïm.

— Je me verrais bien à Paris, dit Emmanuel, le petit dernier de la fratrie, en se balançant avec désinvolture sur sa chaise.

— Évitez Paris, Berlin, Prague, répond sérieusement Ephraïm. Dans ces villes, les bonnes places sont occupées depuis des générations. Vous ne trouverez pas à vous établir. On vous jugera soit trop brillants, soit pas assez.

— Je ne m'inquiète pas, j'ai déjà une fiancée qui m'attend là-bas, répond Emmanuel, pour faire rire toute la table.

— Mon pauvre fils, s'agace Nachman, tu auras une vie de porc. Stupide et brève.

— Je préfère mourir à Paris que dans le trou du cul du monde, papa !

— Ohhhh, répond Nachman en secouant sa main devant lui de façon menaçante, *Yeder nar iz klug un komish far zikh* : Chaque imbécile se croit intelligent. Je ne plaisante pas du tout. Allez. Si vous ne voulez pas me suivre, tentez l'Amérique, ce sera très bien aussi, ajoute-t-il en soupirant.

Des cow-boys et des Indiens. L'Amérique. Non merci, pensent les enfants Rabinovitch. Des paysages trop flous. Au moins la Palestine, ils savent à quoi cela ressemble puisque c'est écrit dans la Bible : un tas de cailloux.

— Regarde-moi ça, dit Nachman à sa femme. On dirait une bande de côtelettes avec des yeux ! Réfléchissez un peu ! En Europe, vous ne trouverez rien. Rien. Rien de bon. Tandis qu'en Amérique, en Palestine, vous aurez du travail facilement !

— Papa, tu t'inquiètes toujours pour rien. Le pire qui puisse t'arriver ici, c'est que ton tailleur devienne un socialiste !

Il est vrai qu'à observer Nachman et Esther, assis l'un à côté de l'autre, comme deux petits gâteaux dans la vitrine du pâtissier, il est difficile de les imaginer en fermiers d'un nouveau monde. Ils se tiennent droits, impeccablement apprêtés. Esther est encore coquette, malgré ses cheveux blancs, qu'elle porte en chignon bas. Elle ne boude ni les rangées de perles, ni les camées. Nachman porte toujours ses fameux costumes trois-pièces coupés chez les meilleurs couturiers français de Moscou. Sa barbe est blanche comme du coton et toute sa fantaisie s'exprime dans ses cravates à pois, qu'il assortit à ses mouchoirs de poche.

Exaspéré par ses enfants, Nachman se lève de table. La veine de son cou a tant gonflé qu'elle semble sur le point d'éclabousser la belle nappe d'Esther. Il faut qu'il aille s'allonger pour calmer son cœur qui s'emballe. Avant de fermer la porte de la salle à manger, Nachman demande à tout le monde de bien réfléchir, avant de conclure :

— Il faut que vous compreniez une chose : un jour, ils voudront tous nous voir disparaître.

Après ce départ théâtral, les conversations reprennent joyeusement autour de la table, jusque tard dans la nuit. Emma s'installe au piano, elle recule un peu le tabouret à cause de son ventre. La jeune femme est diplômée du prestigieux Conservatoire national de musique. Mais elle aurait voulu devenir physicienne. Mais elle n'a pas pu à cause du *numerus clausus*. Elle espère de tout son cœur que l'enfant qu'elle porte vivra dans un monde où il choisira ses études.

Bercé par les morceaux de musique que sa femme interprète au salon, Ephraïm parle politique avec ses frères et sœurs au coin du feu. Cette soirée est si agréable, la fratrie se soude, en se moquant gentiment du patriarche. Les Rabinovitch ne savent pas que ce sont les dernières heures qu'ils passent ensemble, tous réunis.

Chapitre 3

Le lendemain, Emma et Ephraïm quittent la *datcha* familiale, tout le monde se dit au revoir dans la bonne humeur, on promet de se revoir vite avant l'été.

Emma regarde le paysage défiler derrière la fenêtre de leur fiacre. Elle se demande si son beau-père n'a pas raison, peut-être serait-il plus prudent de partir s'installer en Palestine. Le nom de son mari figure sur une liste. La police peut venir l'arrêter chez lui à tout moment.

— Quelle liste ? Pourquoi Ephraïm est-il poursuivi ? Parce qu'il est juif ?
— Non, pas à ce moment-là. Je te l'ai dit, mon grand-père est un socialiste révolutionnaire. Or, après la révolution d'Octobre, les bolcheviques ont commencé à éliminer leurs anciens frères d'armes : les mencheviques et les socialistes révolutionnaires sont pourchassés.

De retour à Moscou, Ephraïm doit donc se cacher. Il trouve une planque, près de son appartement, afin de pouvoir rendre visite à sa femme, de temps en temps.

29

Ce soir-là, il veut se laver avant de repartir. Pour couvrir les bruits de l'eau sur la cuvette en zinc de la cuisine, Emma s'installe au piano, en appuyant fort sur les touches d'ivoire. Elle se méfie des voisins et des délations.

Soudain, on frappe à la porte. Les coups sont secs. Autoritaires. Emma se dirige vers l'entrée, la main sur son gros ventre.

— Qui est là ?

— Nous cherchons ton mari, Emma Rabinovitch.

Emma fait patienter les policiers dans le couloir, que son mari ait le temps de ranger toutes ses affaires et de s'installer dans une cachette qu'ils ont fabriquée, un faux fond d'armoire, derrière les couvertures et le linge de maison.

— Il n'est pas là.

— Laisse-nous entrer.

— Je prenais un bain, laissez-moi m'habiller.

— Fais venir ton mari, ordonnent les policiers qui commencent à s'agacer.

— Je n'ai aucune nouvelle de lui depuis plus d'un mois.

— Tu sais où il se cache ?

— Non, je n'en ai aucune idée.

— Nous allons défoncer la porte et fouiller la maison.

— Eh bien si vous le trouvez, donnez-lui de mes nouvelles !

Emma ouvre la porte et met son gros ventre bien en avant, sous le nez des policiers.

— Regardez comme il m'a abandonnée... dans cet état !

Les policiers entrent dans l'appartement. Emma s'aperçoit que la casquette d'Ephraïm traîne sur le gros fauteuil du salon. Alors elle feint un malaise. Elle sent la casquette s'écraser sous son poids. Son cœur bat très fort.

— Ta grand-mère Myriam n'est encore qu'un fœtus, mais elle vient d'éprouver physiquement ce que signifie avoir la peur au ventre. Les organes d'Emma se resserrent autour du fœtus.

À la fin de la perquisition, la jeune femme reste imperturbable :
— Je ne vous raccompagne pas, ou je crains bien de perdre les eaux ! dit-elle aux policiers, le front pâle. Vous seriez dans l'obligation de m'aider à accoucher.
Les policiers s'en vont en maudissant les bonnes femmes enceintes. Au bout de longues minutes de silence, Ephraïm sort de sa cachette et trouve sa femme allongée sur le tapis devant le feu, recroquevillée sur elle-même – son ventre est si douloureux qu'elle ne peut pas se relever. Ephraïm craint le pire. Il fait la promesse à Emma que, si l'enfant survit, ils partiront à Riga, en Lettonie.

— Pourquoi la Lettonie ?
— Parce qu'elle vient tout juste d'acquérir son indépendance. Et que, désormais, les Juifs peuvent s'y installer sans être soumis aux lois sur le commerce.

Chapitre 4

Ta grand-mère Myriam – Mirotchka de son surnom familial – naît à Moscou le 7 août 1919 selon l'Office des réfugiés qui établira ses papiers à Paris. Mais la date est incertaine en raison de la différence entre le calendrier grégorien et le calendrier julien. Ainsi Myriam ne connaîtra jamais le jour exact de sa naissance.

Elle vient au monde dans la douceur éclatante de *Leto*, qui signifie « l'été » en russe. Elle naît quasiment dans une valise, pendant que ses parents préparent leur grand départ pour Riga. Ephraïm a étudié la rentabilité du commerce du caviar et compte se lancer dans une affaire profitable. Pour s'établir en Lettonie, Ephraïm et Emma ont vendu tout ce qu'ils possèdent, les meubles, la vaisselle, les tapis. Sauf le samovar.

— C'est celui qui est dans le salon ?
— Tout à fait. Et qui a traversé plus de frontières que toi et moi réunies.

Les Rabinovitch quittent Moscou en pleine nuit pour atteindre clandestinement la frontière en prenant les routes de campagnes – avec leur nourrisson dans une carriole branlante. Le voyage est long et difficile, presque mille kilomètres, mais il les éloigne de la police bolchevique. Emma divertit sa petite Mirotchka, elle lui chuchote des histoires à l'heure des terreurs vespérales, elle soulève les couvertures pour lui montrer par-dessus la charrette :

— On dit que la nuit tombe, mais ce n'est pas vrai, regarde, la nuit sort lentement de terre...

La dernière nuit, quelques heures avant d'arriver à la frontière, Ephraïm a une sensation étrange : l'attelage est bien léger. Il tourne la tête et s'aperçoit alors que la charrette a disparu.

Lorsque Emma a senti que la charrette se détachait, elle n'a pas pu crier, par crainte de se faire repérer. Elle attend que son mari fasse demi-tour, ne sachant pas ce qui lui fait le plus peur, les bolcheviques ou les loups. Mais Ephraïm finit par revenir. Et l'attelage réussit à franchir la frontière avant le lever du jour.

— Regarde, me dit Lélia. Après la mort de Myriam, j'ai retrouvé des papiers dans son bureau. Des brouillons de textes, des bouts de lettres – c'est comme ça que j'ai retrouvé l'histoire de la charrette. Elle se termine ainsi : « *Tout se passe bien à l'aube, à l'heure grise, avant l'aurore. Car arrivés en Lettonie nous avons passé quelques jours en prison à cause des formalités administratives. Ma mère m'allaitait encore, aussi je ne garde aucun mauvais souvenir de son lait au goût de seigle et de sarrasin durant ces jours-là.* »

— Les phrases suivantes sont presque incompréhensibles…

— C'est le début d'Alzheimer. J'ai parfois passé des heures à tenter de comprendre ce qui se cachait derrière une erreur grammaticale. La langue est un labyrinthe dans lequel la mémoire se perd.

— Je connaissais l'histoire de la casquette qu'il faut absolument cacher aux policiers. Myriam me l'avait écrite sous forme de conte pour enfant quand j'étais petite. Cela s'appelait « L'épisode de la casquette ». Mais je ne savais pas qu'il s'agissait de son histoire. Je croyais qu'elle inventait.

— Ces contes un peu tristes que vous écrivait votre grand-mère pour vos anniversaires étaient tous des apologues de sa vie. Ils m'ont été précieux pour reconstituer certains événements de son enfance.

— Mais pour le reste, comment as-tu réussi à reconstituer toute cette histoire avec autant de précision ?

— Je suis partie de presque rien, de quelques photos aux légendes indéchiffrables, de bribes de confidences de ta grand-mère jetées sur des bouts de papier, que j'ai retrouvés après sa mort. L'accès aux archives françaises au tournant de l'an 2000, les témoignages de Yad Vashem, et ceux des survivants des camps, ont permis de restituer la vie de ces êtres. Tous les documents cependant ne sont pas fiables et peuvent orienter sur d'étranges pistes. Il est arrivé que l'administration française fasse des erreurs. Seul le recoupement permanent et minutieux des documents, avec l'aide d'archivistes, m'a permis d'établir des faits et des dates.

J'ai levé les yeux au-dessus de l'immense bibliothèque. Les boîtes d'archives de ma mère, qui me faisaient peur autrefois, m'apparurent soudain comme les arcanes d'un savoir aussi vaste qu'un continent. Lélia avait parcouru l'Histoire comme elle aurait parcouru des pays. Ses récits de voyages dessinaient en elle des paysages intérieurs qu'il me faudrait à mon tour visiter. En posant ma main sur mon ventre, je demandai silencieusement à ma fille d'écouter attentivement avec moi la suite de cette vieille histoire qui concernait sa vie toute neuve.

Chapitre 5

À Riga, la petite famille s'installe dans une jolie maison en bois située Alexandra isl, N° 60/66 dz 2156. Emma est appréciée par les habitants du quartier, elle s'intègre bien. Elle admire son mari, qui s'est lancé dans le commerce du caviar avec succès.

— Mon mari a une âme d'entrepreneur et le sens des relations, écrit-elle avec fierté à ses parents à Lodz. Il m'a acheté un piano pour que je puisse réveiller mes doigts endormis. Il me donne tout l'argent dont j'ai besoin, et il m'encourage aussi à donner des cours de musique aux petites filles du quartier.

Grâce aux ventes de caviar, le couple s'achète une *datcha* à Bilderlingshof, comme les familles de la bonne société lettone. Ephraïm offre à sa femme le luxe d'une nurse allemande qui vient seconder Emma dans ses travaux domestiques.

— Ainsi tu pourras travailler davantage. Les femmes doivent être indépendantes.

Emma en profite pour se rendre à la grande synagogue de Riga, connue pour ses chantres et surtout pour ses chœurs. Elle affirme à son mari qu'il s'agit seulement d'y recruter de nouvelles élèves. Pas d'y prier. Quand elle arrive à la fin de l'office, c'est un bouleversement pour elle d'entendre parler polonais. Elle retrouve d'anciennes familles de Lodz et l'atmosphère provinciale de sa ville natale. C'est comme des petites miettes d'enfance qu'elle peut grappiller.

Emma apprend par les commères de la synagogue que la cousine Aniouta s'est mariée avec un Juif allemand et vit désormais à Berlin.

— N'en parle pas à ton mari, surtout ne ravive pas le souvenir de ton ancienne rivale, lui conseille la *Rebbetzin* – la femme du rabbin, qui a pour charge de prodiguer les conseils aux épouses de la communauté.

De son côté, Ephraïm reçoit des nouvelles très encourageantes de ses parents. Leur orangeraie prospère. Bella a été engagée comme costumière dans un théâtre à Haïfa. Les frères, éparpillés aux quatre coins de l'Europe, ont trouvé de bonnes situations. Sauf le petit dernier, Emmanuel. À Paris, il a le projet de devenir acteur de cinéma – « *Pour le moment,* écrit son frère Boris, *il n'a pas encore trouvé de rôle. Il a déjà 30 ans, et je m'inquiète pour lui. Mais il est jeune, j'espère qu'il va percer. Je l'ai déjà observé sur des prises de vues. Il est capable, il progressera.* »

Ephraïm fait l'acquisition d'un appareil photographique pour fixer à jamais le visage de Myriam. Il habille sa fille comme une poupée, lui met les plus beaux habits et dans les cheveux les plus riches rubans. Avec ses robes blanches, la petite fille est la princesse du royaume de Riga. C'est une enfant fière et conquérante, consciente de son importance aux yeux de ses parents – donc aux yeux du monde entier.

Quand on passe devant la maison des Rabinovitch, rue Alexandra, les notes de piano résonnent dans l'air – les voisins ne se plaignent jamais, au contraire, ils apprécient la musique. Les semaines passent, heureuses, comme si tout était devenu facile. Un soir de *Pessah*, Emma demande à Ephraïm de dresser un plateau pour le dîner.

— S'il te plaît. Ne lis pas les prières, mais au moins la sortie d'Égypte.

Ephraïm finit par accepter et montre à Myriam comment on dispose l'œuf, les herbes amères, les morceaux de pomme au miel, l'eau salée, et un os d'agneau au centre du plateau. Il se prend au jeu pour un soir et raconte l'histoire de Moïse, exactement comme son père le faisait autrefois.

— En quoi cette nuit diffère-t-elle des autres nuits ? Pourquoi mange-t-on des herbes amères ? Ma petite, *Pessah* nous apprend que le peuple juif est un peuple libre. Mais que cette liberté a un prix. La sueur et les larmes.

Pour ce dîner de *Pessah*, Emma a préparé des *matsots* selon la recette de Katerina, la vieille cuisinière de ses beaux-parents. Elle veut que son mari retrouve la fadeur délicieuse des repas de son enfance. Ce soir-là Ephraïm est d'excellente humeur, il fait rire la petite en imitant son grand-père :

— Le foie haché est le meilleur remède contre les misérables problèmes de la vie, dit-il en prenant l'accent russe de Nachman, avant d'enfourner dans son gosier des petits pâtés de volaille.

Mais au milieu des rires, Ephraïm ressent soudain une peine dans le cœur – Aniouta. Une image traverse son esprit, celle de sa cousine, qu'il imagine au même moment, fêtant *Pessah* dans sa propre famille, avec un mari, un bébé peut-être, penchée sur le livre de prières, autour d'une table éclairée à la bougie. Combien la maturité doit l'avoir rendue belle, songe-t-il. Encore plus belle ! Une ombre assombrit son visage, qu'Emma remarque immédiatement.

— Tout va bien ? demande-t-elle.

— Et si nous faisions un autre enfant ? répond Ephraïm.

Dix mois plus tard, Noémie – la Noémie de la carte postale – naît à Riga le 15 février 1923. Cette petite sœur détrône Myriam de son royaume, elle a le visage rond de sa mère, rond comme la lune.

Grâce à l'argent qu'il dégage des ventes de ses œufs d'esturgeon, Ephraïm achète un local pour y installer un laboratoire expérimental. Il veut créer de nouvelles machines. Ephraïm passe des soirées entières, l'œil brillant, à expliquer à sa femme les principes de ses inventions.

— Les machines seront une révolution. Elles libéreront les femmes de leur harassant travail domestique. Écoute ça : « *Dans la famille, l'homme est le bourgeois ; la femme joue le rôle du prolétariat* », tu n'es pas d'accord ? demande Ephraïm qui continue de lire Karl Marx, même s'il est désormais un patron à la tête d'un florissant commerce.

— Mon mari est pareil à l'électricité, écrit Emma à ses parents, il voyage partout pour apporter la lumière du progrès.

Mais Ephraïm l'ingénieur, le progressiste, le cosmopolite, a oublié que celui qui vient d'ailleurs restera pour toujours celui qui vient d'ailleurs. La terrible erreur que commet Ephraïm, c'est de croire qu'il peut installer son bonheur quelque part. L'année suivante, en 1924, un baril de caviar avarié plonge sa petite entreprise dans la banqueroute. Malchance ou manœuvre de jaloux ? Ces migrants arrivés en charrette sont devenus trop vite des notables. Les Rabinovitch deviennent *persona non grata* dans le Riga des *goys*. Les voisins de la cour Binderling demandent à Emma de cesser d'importuner le quartier avec le va-et-vient de ses élèves. Elle apprend par ses relations de la synagogue que des Lettons ont pris son mari pour cible et qu'ils l'importuneront jusqu'à ce qu'il n'ait plus d'autre choix que de partir. Elle comprend qu'il faut faire les valises, encore une fois. Mais pour aller où ?

Emma écrit à ses parents, mais les nouvelles de Pologne ne sont pas bonnes. Son père, Maurice Wolf, semble inquiet à cause des grèves qui éclatent partout dans le pays.

— Tu sais, ma fille, combien mon plus grand bonheur serait de t'avoir près de moi. Mais je ne dois pas être égoïste et mon devoir de père est de te dire que vous devez peut-être réfléchir à vous éloigner davantage, ton mari, toi et les enfants.

Ephraïm envoie un télégramme à son petit frère, Emmanuel. Mais malheureusement, ce dernier occupe à Paris l'appartement d'amis peintres, Robert et Sonia Delaunay, qui ont un petit garçon. Ephraïm écrit alors à Boris, son grand frère réfugié à Prague, comme de nombreux membres du parti SR. Mais là-bas, la situation politique est trop instable et Boris déconseille à Ephraïm de venir s'installer.

Ephraïm n'a plus d'argent et plus de choix. La mort dans l'âme, il envoie en Palestine un télégramme : *Nous arrivons.*

Chapitre 6

Pour se rendre en Terre promise, il faut piquer au sud de Riga, sur deux mille cinq cents kilomètres en ligne droite. Traverser la Lettonie, la Lituanie, la Pologne et la Hongrie avant de prendre le bateau à Constanza en Roumanie. Le voyage dure quarante jours. Comme celui de Moïse au mont Sinaï.

— On s'arrêtera chez mes parents à Lodz. Je voudrais présenter les filles à ma famille, annonce Emma à son mari.

Après avoir traversé l'étang Ludka, Emma retrouve sa ville d'enfance qui lui avait tant manqué. L'effervescence du trafic, entre les trolleys, les voitures et les drojkis qui se croisent dans un brouhaha infernal, effraye les enfants mais ravit Emma.

— Chaque ville a son odeur, tu sais, dit-elle à Myriam. Ferme les yeux et respire.

Myriam baisse les paupières et sent le parfum des lilas et du goudron du quartier Baluty entrer en elle, les effluves d'huile et de savon des rues de Polesie, les odeurs de *cholent* qui sortent des cuisines, et partout la poussière des tissus, leurs peluches qui s'échappent des fenêtres. En traversant les quartiers ouvriers juifs, pour la première fois Myriam découvre ces hommes habillés en noir, nuées d'oiseaux austères, avec leurs barbes sombres, leurs papillotes qui rebondissent de chaque côté des oreilles comme des ressorts, leurs *tsitsits* qui tombent sur leurs longs caftans de reps et leurs larges chapeaux de fourrure sur la tête. Certains portent sur le front un phylactère, gros dé noir mystérieux.

— Qu'est-ce que c'est ? demande Myriam qui, à l'âge de 5 ans, n'est encore jamais entrée dans une synagogue.

— Ce sont des religieux, répond Emma avec respect, ils étudient les textes.

— Personne ne les a prévenus de l'arrivée du XXe siècle ! rigole Ephraïm.

Myriam s'imprègne de ces visions fantasmagoriques du quartier juif. Le regard d'une petite vendeuse de gâteaux au pavot, une enfant de son âge, s'inscrit en elle, ainsi que les silhouettes des vieilles femmes, assises par terre, foulards colorés sur la tête, vendant des fruits pourris et des peignes sans dents. Myriam se demande qui peut bien leur acheter des choses aussi sales ?

En ces années 20, les rues de Lodz semblent surgir du siècle précédent mais aussi d'un livre ancien fait de contes étranges, d'un monde grouillant de personnages aussi merveilleux qu'effrayants, un monde dangereux où les voleurs rusés et les belles prostituées surgissent à chaque coin de rue armés de leur panache, où les hommes vivent avec les bêtes dans des rues labyrinthiques, où les filles de rabbins veulent étudier la médecine et leurs amoureux éconduits prendre des revanches sur la vie, où les carpes vivantes baignent dans des bassines, se mettant soudain à parler comme dans les légendes yiddish, où l'on chuchote des histoires de miroirs noirs, où l'on mange dans la rue de petits pains frais beurrés au fromage blanc.

Myriam se souviendra toute sa vie de l'odeur doucement écœurante des vendeurs de beignets au chocolat dans la chaleur de la ville en ébullition.

Les Rabinovitch arrivent ensuite dans le quartier polonais, où l'on entend aussi le clac-clac des métiers à tisser. Mais l'accueil est pour le moins brutal.

— *Hep hep Jude*, entendent-ils sur leur passage.

Une bande de gamins, suivie par des chiens, leur lance des petits graviers. Myriam reçoit une pierre pointue, juste sous l'œil. Quelques gouttes de sang gâtent la belle robe qu'elle porte pour le voyage.

— Ce n'est rien, lui dit Emma, ce sont des gamins, des imbéciles.

Emma essaye d'enlever la tache de sang avec son mouchoir, mais Myriam garde un point rouge sous l'œil, qui tournera noir. Ephraïm et Emma tentent de la rassurer. Mais la petite fille comprend bien que ses parents se sentent menacés par « quelque chose ».

— Regardez, dit Emma pour distraire les filles, les bâtiments avec les murs rouges, c'est l'usine de votre grand-père. Autrefois, il a fait un voyage à Shanghai pour étudier différentes techniques de métier à tisser. Il vous fera une couverture en soie.

Le visage d'Emma s'assombrit. Sur les murs de la filature, elle lit des inscriptions peintes à la main : WOLF = LOUP = PATRON JUIF.

— Ne m'en parle pas, soupire Maurice Wolf en prenant sa fille dans ses bras. Les Polonais ne veulent plus travailler dans les mêmes salles que les Juifs – parce qu'ils se détestent entre eux. Mais celui qu'ils détestent par-dessus tout, c'est moi ! Je ne sais pas si c'est parce que je suis leur patron – ou parce que je suis juif...

Ce climat délétère n'empêche pas Emma, Ephraïm, Myriam et Noémie de passer des jours heureux dans la *datcha* des Wolf, entre Piotrkow et les rives de la Pilca. Tout le monde surjoue la bonne humeur et les sujets de conversation tournent autour des enfants, du temps qu'il fait et des repas. Emma exagère pour ses parents son enthousiasme à partir en Palestine, leur expliquant combien cette nouvelle aventure est formidable pour son mari, qui pourra développer là-bas toutes ses inventions.

C'est soir de *shabbat*, les Wolf ont dressé une magnifique table pour le dîner, et les bonnes polonaises s'affairent en cuisine, elles seules ont le droit d'allumer le four et de faire tout ce qui est interdit aux Juifs ce soir-là. Emma retrouve avec bonheur ses trois sœurs. Fania est devenue dentiste, elle a épousé un Rajcher. La belle Olga est devenue médecin, elle a épousé un Mendels. Maria est fiancée à un Gutman et se prépare elle aussi à faire des études de médecine. Emma reste muette devant son petit frère, Viktor, qu'elle n'avait pas vu depuis si longtemps. L'adolescent est devenu un jeune homme à la barbe bouclée, il est marié et établi comme avocat au 39, rue Zeromskiego, non loin du centre-ville.

Ephraïm a apporté son impressionnant appareil photographique pour immortaliser ce jour où la famille Wolf au grand complet pose sur les marches de l'escalier devant leur maison de villégiature.

— Regarde, me dit Lélia. Je vais te montrer la photographie.
— Elle est troublante, dis-je.
— Ah, tu vois ça toi aussi.
— Oui, les visages s'effacent, les sourires peinent à exister. Comme s'il flottait la conscience ténue du précipice.

Sur la photographie, ma grand-mère Myriam est la fillette avec le nœud dans les cheveux, la robe et les chaussettes blanches, la tête penchée sur le côté.

— J'ai retrouvé cette photographie complètement par hasard, me dit ma mère. Chez le neveu d'un ami de Myriam. Le jour où elle a été prise, lui avait-elle confié, les adultes et les enfants avaient joué tous ensemble au jeu de la chandelle dans le jardin. Myriam avait ajouté que ce jour-là, en plein milieu du jeu, une pensée avait traversé sa tête : « Celui qui gagnera la partie sera celui qui vivra le plus longtemps. »

— C'est à la fois une prémonition morbide, et un vœu très étrange pour une enfant de 5 ans… Elle s'en souvenait ?
— Oui, je peux te dire qu'elle s'en souvenait parfaitement, soixante ans plus tard, cette pensée l'a hantée tout au long de sa vie.
— Pourquoi confier ce secret à un inconnu ? Elle qui ne parlait jamais à personne, c'est bizarre.

— Non, quand on y pense, ce n'est pas si étrange...

J'approchai la photographie pour mieux observer tous ces visages. Je pouvais désormais nommer chaque personne. Ephraïm, Emma, Noémie, mais aussi Maurice, Olga, Viktor, Fania... Les fantômes n'étaient plus des entités abstraites, ils n'étaient plus des chiffres dans des livres d'histoire. J'ai ressenti une contraction très forte dans mon ventre, qui m'a fait fermer les yeux. Lélia s'est inquiétée.

— Tu veux qu'on arrête ?
— Non, non... ça va aller.
— Tu n'es pas trop fatiguée ? Tu as le courage d'écouter la suite ?

J'ai répondu oui d'un signe de tête.

J'ai montré mon ventre à ma mère.

— Dans quelques décennies, les enfants de ma fille retrouveront à leur tour des photographies. Et nous aussi, nous aurons l'air d'appartenir à un monde très ancien. Peut-être même plus ancien encore...

Le lendemain matin, Emma, Ephraïm et leurs deux filles partent pour un voyage de presque deux mille kilomètres. C'est la première fois que Myriam prend un train. Elle colle son visage contre la vitre, pendant des heures, le nez et les joues écrasés, elle ne se lasse pas du spectacle, il lui semble que le train invente pour elle des paysages, au fur et à mesure qu'il avance, elle compose des histoires dans sa tête. Elle trouve les gares des villes impressionnantes. À Budapest, elle croit que le train entre dans une cathédrale. Les gares de campagne, au contraire, lui apparaissent comme des maisons de poupées, avec leurs briques rouges ou leurs volets de bois peints dans des couleurs vives. Un matin, au réveil, les forêts de hêtres ont été remplacées par une voie creusée dans la roche, si proche qu'elle menace de s'abattre sur eux. Un peu plus loin, au-dessus d'un pont plongé dans la brume, Myriam dit à sa mère :

— Regarde, maman, nous roulons au-dessus des nuages !

Cent fois par jour, Emma demande aux filles de rester sages pour ne pas déranger leurs voisins. Mais Myriam s'échappe dans les couloirs, où il y a mille aventures à vivre, surtout aux heures des repas, quand les secousses du train renversent les assiettes sur les robes des femmes et la bière sur les plastrons des hommes. Myriam se régale, de cette joie vengeresse que ressentent les enfants devant l'infortune des adultes.

Au bout d'une heure, Emma part à la recherche de Myriam. Elle traverse un à un les compartiments où les familles jouent aux cartes et se disputent dans mille langues étrangères. Cette promenade dans les couloirs du train rappelle à Emma ses marches dans Lodz, autrefois, avec ses sœurs et ses parents, au printemps, quand la vie domestique perçait à travers les fenêtres ouvertes.

— Quand vais-je les revoir ? se demande-t-elle.

Emma retrouve Myriam au bout du wagon, grondée par la grosse matriochka qui surveille le samovar. Elle s'excuse et emmène Myriam à la voiture-restaurant où, dans une atmosphère de cantine de caserne, on mange tous les jours le même repas, chou et poisson. Un monsieur y raconte en russe des histoires fantastiques à propos de l'Orient-Express.

— C'est autre chose que cette carcasse ! On y rentre comme dans une boîte à bijoux. Tout rutile ! Et les verres sont en cristal de Baccarat. La presse du monde entier est servie le matin avec des croissants chauds. Les cheminots ont des tenues bleu nuit et or assorties aux couleurs des tapisseries...

Cette nuit-là, Myriam s'endort bercée par le roulis du train, elle rêve qu'elle est à l'intérieur d'un être vivant, un formidable squelette aux veines d'acier. Et puis un matin, c'est la fin du voyage.

Arrivée au port de Constanza, Myriam est très déçue que la mer Noire ne soit pas noire. La famille embarque à bord du paquebot *Dacia* de la Serviciul maritim român, la compagnie de navigation de l'État roumain qui assure un service de paquebots de luxe rapides sur les lignes desservant Constanza-Haïfa. Emma admire cet élégant bateau entièrement blanc, un vapeur avec deux cheminées fines qui s'élancent vers le ciel comme les bras d'une jeune mariée.

La croisière est très confortable et Emma profite des derniers moments de raffinement européen avant leur arrivée en Terre promise. Le premier soir, ils dînent dans la grande salle de restaurant, d'un excellent menu qui se termine par un dessert de pommes douces confites au miel.

Chapitre 7

Lorsque Emma aperçoit ses beaux-parents, Nachman et Esther, à la sortie du paquebot, elle a une drôle d'impression.

Où sont passés les costumes trois-pièces ? Les colliers de perles ? Les cols en dentelle et les cravates à pois ? Sa belle-mère porte un gilet difforme, quant à Nachman, son pantalon tirebouchonne sur de vieilles chaussures abîmées.

Emma regarde son mari, que s'est-il passé ? Ses beaux-parents ont tellement changé, la vie d'agriculteurs a transformé leurs corps. Ils ont pris du ventre autant que des muscles. Leurs traits sont plus épais et leurs peaux cuites par le soleil se sont creusées de rides.

— Ils ont des têtes d'Indiens, se dit Emma.

Le rire tonitruant de Nachman résonne dans la cuisine, tandis qu'il cherche désespérément la bouteille qu'il a prévue pour leur arrivée à Migdal.

— «*Un homme vient de la poussière et dans la poussière il finira*», dit-il en prenant Emma par le bras – mais en attendant, il est bon de boire de la vodka ! J'espère que vous n'avez pas oublié mes cornichons !

Le bocal en verre a traversé quatre frontières sans se briser. Emma sort de sa valise les *malosol'nyye*, qui signifie en russe « légèrement salés ». Ces cornichons baignent dans une eau de saumure, aromatisés aux clous de girofle et au fenouil, ce sont les préférés de Nachman.

— Mon père a bien changé, se dit Ephraïm en l'observant, il s'est épaissi, il est plus doux aussi, il rit volontiers… Le lait vieillit pour devenir du fromage…

Puis il regarde autour de lui la maison de ses parents. Tout ici est rudimentaire.

— Je vais vous faire visiter l'orangeraie ! lance Nachman, fier de lui. Allez ! Venez !

Les petites filles courent vers les canaux qui serpentent, fleuves miniatures à travers les orangers à perte de vue. Sur les murets, elles posent consciencieusement un pied après l'autre, les bras en position de funambule, pour ne pas tomber dans les couloirs d'irrigation.

Les ouvriers agricoles s'étonnent en regardant passer les petites-filles du patron, dont les chaussures pleines de poussière s'abîment entre les allées. À l'heure de la sieste, ils vont se reposer à l'ombre des caroubiers aux troncs larges et tordus, rugueux, dont les fleurs rouge carmin tachent les vêtements – Myriam se souviendra que leurs graines donnaient une farine qui avait le goût du chocolat.

Une fois ramassées, explique Nachman, les oranges sont transportées en charrette dans de grands hangars, où les femmes, assises à même le sol, les enveloppent. Une à une. C'est un long et fastidieux travail. Elles humectent leurs doigts pour y coller avec rapidité un « papier d'agrume », ce papier japonais fin comme une feuille de cigarette.

Ephraïm et Emma ont toujours cette drôle d'impression qui ne les quitte pas depuis leur arrivée. Ils s'attendaient à des bâtiments neufs et rutilants. Mais tout est de bric et de broc. Ils constatent que les affaires ne sont pas aussi bonnes que les parents le racontaient dans leurs lettres. La Palestine n'est pas une terre d'abondance pour les Rabinovitch. La vérité, c'est que Nachman et Esther ont du mal à faire prospérer leur orangeraie.

Ephraïm est arrivé avec des projets dans ses valises. Des plans de machines. Des espoirs de brevets. Il s'était imaginé que son père pourrait financer sur place le développement de ses idées. Malheureusement, les difficultés matérielles de ses parents l'obligent à trouver du travail.

Il est tout de suite engagé à Haïfa, dans une entreprise d'électricité, la Palestine Electric Corporation, grâce à la communauté juive, très soudée.

— Eh oui, maintenant je suis sioniste ! annonce Nachman à son fils, avec une grande fierté.

Nachman va chercher un livre lu, relu et annoté, qu'il tend à Ephraïm.

— La voilà, la véritable révolution.

Le livre s'intitule *L'État des Juifs*. L'auteur, Théodore Herzl, y pose les fondements de la création d'un État indépendant.

Ephraïm ne lit pas le livre. Il partage son temps entre l'orangeraie de ses parents, où il doit donner un sérieux coup de main, et son travail d'ingénieur à la P.E.C. Il ne lui reste que quelques soirs pour se plonger dans ses travaux personnels. Souvent, il s'endort sur ses plans.

Emma souffre de voir les rêves de son mari brisés dans leur élan. Elle-même cesse de jouer du piano, faute d'instrument. Pour ne pas oublier, elle demande à Nachman de lui fabriquer un clavier avec des chutes de bois. Les petites filles apprennent à jouer en silence sur un piano factice.

Ephraïm et Emma se consolent, en voyant combien Myriam et Noémie sont heureuses dans cette vie au grand air. Elles aiment marcher sous les palmiers en tirant leurs grands-parents par la manche. Myriam va au jardin d'enfants à Haïfa, elle apprend à parler hébreu, Noémie aussi. C'est le mouvement sioniste qui œuvre à la pratique de la langue.

— Tu veux dire que les Juifs ne parlaient pas hébreu, avant, dans leur vie quotidienne ?
— Non. La langue hébraïque était la langue des textes, uniquement.
— Un peu comme si Pascal, au lieu de traduire la Bible en français, avait encouragé les gens à parler latin ?
— Exactement. L'hébreu est donc le troisième alphabet que Myriam apprend à lire et écrire. À l'âge de 6 ans, Myriam sait déjà s'exprimer en russe, en allemand grâce à sa nourrice de Riga, en hébreu, elle connaît quelques rudiments d'arabe... et elle comprend le yiddish. En revanche, elle ne connaît pas un mot de français.

Au mois de décembre, pour *Hanoucca*, la fête des lumières, les deux sœurs apprennent à fabriquer des bougies avec des oranges, en confectionnant une mèche avec la tige dans l'écorce vidée du fruit. Il faut la remplir d'huile d'olive. Les rites liturgiques scandent l'année des enfants, *Hanoucca*, *Pessah*, *Souccot*, *Kippour*… Et puis un nouvel événement, un petit frère, leur arrive le 14 décembre 1925. Itzhaak.

Après la naissance de son fils, Emma renoue ouvertement avec la religion. Ephraïm n'a pas la force de s'opposer – il proteste à sa manière, en se rasant le jour de *Kippour*. Autrefois, sa mère poussait des soupirs quand son fils provoquait Dieu. Mais désormais elle ne lui en fait plus le reproche. Tout le monde se rend compte qu'Ephraïm ne va pas bien, épuisé par la chaleur, par ses allers-retours entre Migdal et Haïfa. Il semble se soustraire à lui-même.

Cinq années de cette vie-là passent. Ce sont des cycles. Un peu plus de quatre ans en Lettonie. Presque cinq ans en Palestine. Contrairement à Riga, où la chute fut aussi rapide que brutale, leur situation à Migdal se dégrade d'année en année, lentement mais sûrement.

— Le 10 janvier 1929, Ephraïm écrit à son grand frère Boris une lettre que je vais te montrer. Une lettre dans laquelle il avoue le désastre que représente l'aventure palestinienne pour leurs parents et pour lui-même. Il se dit « *sans un sou et sans perspective en quoi que ce soit, sans savoir où je vais, ce que j'aurai à manger demain, sans savoir non plus comment donner du pain à mes enfants* ». Il dit aussi : « *L'exploitation de nos parents est criblée de dettes.* »

Les *Pessahs* en Palestine ne ressemblent pas à ceux de Russie. Les couverts d'argent ont laissé place à de vieilles fourchettes aux dents tordues. Ephraïm regarde son père dépoussiérer les *Haggadahs* qui se salissent d'année en année. Néanmoins il ne peut s'empêcher d'être attendri en voyant ses filles lire tant bien que mal le récit de la sortie d'Égypte, sur des livres trop grands pour leurs petites mains.

— *Pessah* en hébreu, explique Nachman, signifie *passer par-dessus*. Parce que Dieu passa au-dessus des maisons juives pour les épargner. Mais il signifie aussi un passage, passage de la mer Rouge, passage du peuple hébreu devenu peuple juif, passage de l'hiver au printemps. C'est une renaissance.

Du bout des lèvres, Ephraïm répète les paroles de son père, qu'il connaît par cœur. Il les a entendues tous les ans, les mêmes mots, les mêmes phrases, depuis presque quarante ans.

— Quarante ans bientôt… s'étonne Ephraïm.

Ce soir-là, son esprit lui donne rendez-vous avec le souvenir de sa cousine. Aniouta. Jamais il ne prononce son prénom à voix haute.

— *Mah Nichtana* ? Qu'y a-t-il de changé ? En quoi cette nuit diffère-t-elle des autres nuits ? Nous étions esclaves du Pharaon en Égypte…

Ces questions posées par les enfants font divaguer Ephraïm. Soudain il a peur, peur de mourir dans ce pays sans avoir accompli son destin. Cette nuit-là, il ne parvient pas à dormir. La mélancolie le gagne. Elle devient un paysage mental dans lequel il se promène, parfois des jours entiers. Il a l'impression que sa vie, sa véritable vie, n'a jamais commencé.

Il reçoit des lettres de son frère qui aggravent son mal.

Emmanuel est plus heureux que jamais. Il a déposé un dossier de naturalisation française grâce au soutien de Jean Renoir qui lui a écrit une lettre de recommandation. Il tourne dans ses films et commence à percer. Il habite avec sa fiancée, la peintre Lydia Mandel, au 3 rue Joseph-Bara, dans le 6e arrondissement, entre la rue d'Assas et la rue Notre-Dame-des-Champs, tout près du quartier Montparnasse. En lisant ces lettres, Ephraïm a l'impression d'entendre, au loin, les sons joyeux d'une fête où son frère s'amuse sans lui.

Emma remarque que le comportement d'Ephraïm a changé. Elle interroge la *Rebbetzin* de la synagogue.

— Ce n'est pas ta faute si ton mari est *troyerik*. C'est à cause de l'air de ce pays : il est comme un animal, déplacé sous une latitude qui ne correspond pas à son tempérament. Tu ne pourras rien y faire tant que vous vivrez ici.

— Pour une fois que la femme du rabbin ne dit pas de bêtise, confirme Ephraïm. Elle a raison, je n'aime pas ce pays. L'Europe me manque.

— Très bien, répond Emma. Allons nous installer en France.

Ephraïm prend le visage d'Emma dans ses mains et embrasse vigoureusement ses lèvres. Surprise, elle rit, d'un rire qui n'avait pas résonné dans sa gorge depuis longtemps. Le soir même, Ephraïm se remet à étudier ses plans sur la table de la cuisine. Pour conquérir Paris, il n'arrivera pas les mains vides, mais avec une invention : une machine à boulange qui accélère le processus de levée de la pâte à pain. Paris n'est-elle pas la capitale de la baguette ? Désormais, il ne pense qu'à ses projets. Ephraïm redevient ce brillant ingénieur capable de travailler sur son brevet des nuits entières sans se fatiguer.

Ce jour de juin 1929, Emma cherche ses filles pour leur annoncer la nouvelle. Elle les aperçoit au loin, marchant l'une derrière l'autre, comme deux petites gymnastes en équilibre, sur le muret en terre blanche qui sert à guider l'eau miraculeuse du lac de Tibériade. Emma prend Myriam et Noémie à part, sous le hangar des oranges. Leur odeur brillante de pétrole est si puissante qu'elle imprègne les cheveux des fillettes jusqu'au soir, où leur parfum continue de flotter dans la chambre à coucher.

Emma déplie l'un des papiers d'agrume, avec le dessin d'un bateau rouge et bleu.

— Vous voyez ce bateau qui transporte nos oranges vers l'Europe ? demande Emma à ses filles. Eh bien nous allons le prendre ! Cela va être passionnant de découvrir le monde.

Puis Emma prend une des oranges dans sa main.

— Imaginez que c'est le globe terrestre !

Sous les yeux de ses filles, elle enlève l'écorce par petits bouts, pour dessiner la terre et les océans.

— Vous voyez, nous sommes là. Et... nous allons... aller... là ! En France ! À Paris !

Emma prend un clou qu'elle plante dans la chair de l'orange.

— Regardez, c'est la tour Eiffel !

Myriam écoute sa mère, attentive à ces mots nouveaux : *Paris, la France, la tour Eiffel*. Mais, sous le discours sémillant, elle comprend.

Il va falloir partir. De nouveau partir. C'est ainsi. Myriam s'est habituée. Elle sait que, pour ne pas souffrir, il suffit de marcher droit devant soi et ne jamais, jamais, se retourner.

La petite Noémie se met à pleurer. Il est terrible pour elle de quitter ses grands-parents, dieux mythiques de ce paradis peuplé d'oliviers et de dattiers, où, dans leurs jambes, elle fait des siestes à l'ombre des grenadiers.

— Tout est prêt, papa, dit Ephraïm à son père. Emma passera l'été en Pologne, avant de me rejoindre à Paris. Elle n'a pas vu sa famille depuis longtemps et elle veut leur présenter Itzhaak. Pendant ce temps, je me rendrai en France en éclaireur pour préparer l'arrivée des filles et nous trouver un logement.

Nachman secoue sa barbe de coton, de droite à gauche. Ce départ est une très mauvaise idée.

— Que crois-tu gagner en allant à Paris ?
— La fortune ! Avec ma machine à pain.
— Personne ne voudra de toi.
— Papa... ne dit-on pas « Heureux comme un Juif en France » ? Ce pays a toujours été bon avec nous. Dreyfus ! Le pays entier s'est levé pour défendre un petit Juif inconnu !
— Seulement la moitié d'un pays, mon fils. Pense à l'autre moitié...
— Arrête... dès que j'aurai assez d'argent, je vous ferai venir.
— Non merci. *Besser mit un klugn dans gehenem eyder mit un nar dans ganeydn...* Mieux vaut être un sage en enfer qu'un imbécile au paradis.

Chapitre 8

Emma et Ephraïm se retrouvent sur le port de Haïfa, à l'endroit même où ils avaient débarqué cinq ans auparavant. Ils ont un enfant de plus et quelques cheveux blancs. Emma a pris des hanches et de la poitrine, Ephraïm est devenu maigre comme une ficelle. Ils ont vieilli et leurs habits sont usés. Qu'importe, ce départ leur donne l'impression d'avoir de nouveau 20 ans.

Ephraïm embarque pour Marseille, d'où il rejoindra Paris. Et Emma pour Constanza, direction la Pologne.

La famille d'Emma s'émerveille devant Itzhaak, le petit garçon qu'ils ne connaissaient pas. Maurice, son grand-père, lui apprend à marcher sur le magnifique perron en pierre de taille où grimpent les lierres. Emma décide que, désormais, on appellera Itzhaak « Jacques » – ça sonne chic et français.

— Il faut que tu saches que tous les personnages de cette histoire ont plusieurs prénoms et plusieurs orthographes. Il m'a fallu du temps pour comprendre, à travers les lettres que je lisais, qu'Ephraïm, Fédia, Fedenka, Fiodor et Théodore étaient... une seule et même personne ! Écoute-moi bien, c'est seulement au bout de dix ans que j'ai réalisé que Borya n'était pas une cousine Rabinovitch. Mais que Borya *était* Boris ! Bon, ne t'inquiète pas, je vais te faire une liste avec les équivalents, que tu puisses t'y retrouver. Vois-tu, à travers les siècles, les Juifs de Russie ont attrapé quelques caractéristiques de l'âme slave. Ce goût pour les changements de prénoms… et bien sûr, le refus de renoncer à l'amour. L'âme slave.

Cet été-là, l'été 1929, les Wolf reçoivent la visite d'un frère d'Ephraïm, l'oncle Boris. Il arrive de Tchécoslovaquie pour passer quelques jours en Pologne avec ses nièces et sa belle-sœur. Lui aussi avait dû fuir les bolcheviques.

Dans sa jeunesse, l'oncle Boris avait été un vrai *Boïvik* – un militant. À 14 ans il avait créé dans son lycée un *Kruski*, un cercle politique. Devenu chef de l'Organisation militaire du PSR, de la 12e armée, vice-président du Comité exécutif des Soviets du Front nord, il fut député au *soviet* des paysans, élu membre de l'Assemblée constituante, désigné par le PSR.

— Mais soudain, après avoir donné vingt-cinq années de sa vie à la Révolution, après avoir connu l'ivresse des grandes assemblées politiques… il a tout arrêté. Du jour au lendemain. Pour devenir paysan.

Pour Myriam et Noémie, l'oncle Boris est l'éternel oncle Boris. Avec ses drôles de chapeaux de paille et son crâne désormais lisse comme un œuf. Il est devenu fermier, naturaliste, agronome et collectionneur de papillons. Ses voyages lui permettent d'approfondir ses connaissances sur les plantes. Cet oncle tchekhovien est aimé de tout le monde. Les filles font de longues promenades avec lui dans la forêt, elles découvrent le nom latin des fleurs et les propriétés des champignons. Elles apprennent comment imiter le son d'une trompette avec un brin d'herbe coincé entre leurs doigts. Il faut le choisir à la fois large et solide, pour que le son résonne.

— Regarde ces photos, me dit Lélia, elles ont été prises cet été-là. Myriam, Noémie et leurs cousines portent des robes en coton cousues sur le même patron, manches courtes, tissus fleuris et tablier blanc.
— Elles me font penser à celles que Myriam nous fabriquait lorsque nous étions petites.
— Oui, elle vous faisait poser dans ces robes folkloriques, pour prendre des photos exactement comme celle-ci, en rang, de la plus grande à la plus petite.
— Peut-être que Myriam pensait à la Pologne en nous voyant. Je me souviens que parfois son regard se perdait.

Chapitre 9

Dans le paquebot qui le mène de Haïfa à Marseille, Ephraïm éprouve une sensation étrange. Cela fait dix ans qu'il ne s'est pas retrouvé seul. Seul dans un lit, seul pour lire, seul pour dîner quand bon lui semble. Les premiers jours, il cherche sans cesse autour de lui la présence des enfants, leurs rires et même leurs disputes. Et puis soudain, l'image délicate de sa cousine vient emplir l'espace vide. Elle hante son esprit le temps de la traversée. Sur le pont, fixant son regard sur l'écume des vagues dans le sillon du bateau, il imagine les lettres qu'il pourrait lui écrire... *An... Aniouta chérie, Anouchkaïa mon petit Hanneton... je t'écris du paquebot qui m'emmène vers la France...*

Arrivé à Paris, Ephraïm retrouve son petit frère Emmanuel qui a obtenu la nationalité française. Il porte un nouveau patronyme au générique des films. Il est désormais Manuel Raaby – et non plus Emmanuel Rabinovitch.

— Tu es complètement idiot, il fallait prendre un nom français ! s'étonne Ephraïm.

— Ah non ! Moi il me faut un nom d'artiste ! Tu peux prononcer *Woua-a-baie*, à l'américaine.

Ephraïm éclate de rire car son petit frère a l'air de tout sauf d'un Américain.

Emmanuel travaille avec Jean Renoir. Il a fait une brève apparition dans *La Petite Marchande d'allumettes* puis il joue l'un des rôles principaux de *Tire-au-flanc*, une comédie antimilitariste tournée en Algérie. Il sera aussi dans *La Nuit du carrefour*, d'après un *Maigret* de Simenon.

L'arrivée du cinéma parlant l'oblige à travailler sa diction pour gommer son accent russe. Il prend aussi des leçons d'anglais et se passionne pour Hollywood.

Grâce à ses relations, Emmanuel a repéré une maison pour Ephraïm près des studios cinématographiques de Boulogne-Billancourt. C'est ainsi qu'à la fin de l'été, les cinq Rabinovitch, Ephraïm, Emma, Myriam, Noémie, et celui que désormais on appelle Jacques, emménagent au 11 rue Fessart.

En cette rentrée de septembre 1929, les filles ne vont pas encore à l'école. Un précepteur vient à la maison leur apprendre le français. Elles le maîtrisent plus vite que leurs parents.

Emma donne des leçons de piano aux enfants des beaux quartiers. Cela fait cinq ans qu'elle n'a pas joué sur un vrai instrument. Ephraïm réussit à entrer au conseil d'administration d'une société d'ingénierie automobile, la Société des carburants, lubrifiants et accessoires. Un bon début pour faire des affaires.

Tout va très vite, très bien, comme aux premiers temps de Riga. Deux années passent. Ephraïm envoie une lettre à son père, dans laquelle il se félicite de sa décision.

Le 1ᵉʳ avril 1931, la famille quitte Boulogne et déménage aux portes de Paris, 131 boulevard Brune, près de la porte d'Orléans. L'immeuble, nouvellement bâti, possède le confort moderne, gaz de ville, eau et électricité. Ephraïm est heureux de pouvoir offrir un tel luxe à sa femme et à ses enfants. Il se passionne pour la croisière jaune, une expédition organisée par la famille Citroën entre Beyrouth et la Chine.

— Une famille juive de Hollande qui vendait des citrons avant de faire fortune dans les diamants puis l'automobile... Citrons, Citroën !

Ces destins fascinent Ephraïm, qui veut lui aussi être naturalisé français. Il sait que les démarches seront longues, mais il est résolu à les mener jusqu'au bout.

Ephraïm décide que ses filles iront dans le meilleur établissement de Paris. Au printemps, les Rabinovitch sont accueillis par la directrice du lycée Fénelon, pour une visite du petit collège. Fondé à la fin du XIXᵉ, c'est la première institution laïque « d'excellence » pour jeunes filles.

— Les professeures sont d'une grande exigence avec les élèves, prévient-elle.

Pour de petites étrangères qui ne parlaient pas un mot de français deux ans auparavant, il sera difficile d'y réussir.

— Mais vous ne devez pas vous décourager.

En passant devant la fenêtre extérieure du gymnase, les Rabinovitch aperçoivent les bras et les jambes des jeunes filles tourbillonnant silencieusement dans l'air, comme des papillons de nuit.

Myriam et Noémie sont impressionnées par la salle de dessin, décorée avec des têtes de statues grecques en plâtre.

— On dirait le musée du Louvre, disent-elles à la directrice.

Myriam et Noémie regrettent de ne pas manger à la cantine. Le réfectoire est si beau, avec ses nappes blanches, ses corbeilles à pain en osier, ses petits bouquets de fleurs. Il ressemble à un restaurant.

À Fénelon, la discipline est sévère et la bonne tenue impérative. Blouse beige avec nom et classe brodés au fil rouge, pas de maquillage.

— Interdiction d'être attendue aux abords du lycée par un garçon, même si c'est un frère, annonce sèchement la directrice.

Sous le grand escalier, la statue en bronze d'Œdipe aveugle, guidé par sa fille Antigone, fascine les fillettes.

Quand ils sortent dans la rue, Ephraïm s'accroupit et prend chacune de ses filles par la main :

— Vous devez être les premières de la classe, c'est compris ?

En septembre 1931, les filles font leur rentrée dans les petites classes du lycée Fénelon. Myriam a presque 12 ans et Noémie 8 ans. Sur leur fiche d'inscription, on peut lire : « Palestiniennes d'origine lituanienne, sans nationalité. »

Pour se rendre à Fénelon, Myriam et Noémie prennent le métro tous les matins. Dix stations séparent la porte d'Orléans de la place de l'Odéon, ensuite elles traversent la cour de Rohan qui débouche dans la rue de l'Éperon. L'ensemble du trajet prend une demi-heure sans courir. Elles le font quatre fois par jour : externes, elles doivent rentrer à midi boulevard Brune pour avaler un déjeuner en vingt minutes à peine. La cantine coûte plus cher que les tickets de métro.

Ces trajets quotidiens sont des épreuves pour les fillettes. Elles se tiennent l'une à côté de l'autre comme des soldats vaillants. Myriam est toujours là pour que Noémie ne fasse pas de mauvaise rencontre dans le métro. Noémie est toujours là pour attirer la sympathie des autres enfants dans la cour de récréation. Elles fonctionnent désormais comme le gouvernement d'un petit État dont elles sont les deux reines.

— En 1999, quand j'ai fait mes dossiers pour entrer en khâgne au lycée Fénelon, tu savais que Myriam et sa sœur y avaient été élèves soixante-dix ans auparavant ?

— Pas du tout, figure-toi – je n'en étais pas encore là dans mes recherches. Sinon, je t'en aurais parlé évidemment.

— Tu ne trouves pas cela surprenant ?

— Quoi ?

— À l'époque je rêvais d'entrer au lycée Fénelon, tu te souviens ? J'étais tellement déterminée au moment de préparer mes dossiers. Comme si...

La famille déménage une nouvelle fois en février 1932. Ephraïm a trouvé un appartement plus grand, 78 rue de l'Amiral-Mouchez, au cinquième étage d'un immeuble de brique qui existe toujours. C'est un appartement de quatre pièces avec cuisine, salle de bains, toilettes et entrée, gaz de ville, eau et électricité. Le téléphone est installé : GOB(elins) 22-62. Au rez-de-chaussée, il y a un bureau de poste. L'immeuble jouxte le parc Montsouris, à deux pas de la gare Cité universitaire. Les filles n'ont plus que deux stations pour arriver au lycée, ce qui facilite leur vie quotidienne. Il suffit ensuite de couper par le jardin du Luxembourg, en longeant le manège de chevaux de bois, où l'on ne gagne rien à décrocher les anneaux.

Pour Emma, c'est le cinquième déménagement depuis qu'elle est mère. Chaque fois, c'est une épreuve, il faut tout ranger, tout trier, laver, plier. Elle n'aime pas, quand elle arrive dans une nouvelle maison, dans un nouveau quartier, cette sensation de chercher ses habitudes comme un objet égaré.

Ainsi les mois se succèdent, les filles grandissent et s'affirment. Jacques, le petit dernier, reste ce gros garçon joufflu dans les jupes de sa mère.

L'avenir se dessine avec ses promesses. Myriam a 13 ans, elle s'imagine étudiante à la Sorbonne, une fois qu'elle aura passé son bac. Le soir, elle raconte à sa petite sœur la vie qui les attend. Les bistrots enfumés du Quartier latin, la bibliothèque Sainte-Geneviève. Elles ont intégré l'idée qu'elles devront accomplir le destin inachevé de leur mère.

— Je m'installerai dans une chambre de bonne rue Soufflot.

— Je pourrai venir vivre avec toi ?

— Bien sûr, tu auras ta chambre, juste à côté de la mienne.

Et ces histoires les font frissonner de bonheur.

Chapitre 10

Une élève de Fénelon organise un thé d'anniversaire pour les camarades de sa classe. Toutes les fillettes sont invitées. Toutes, sauf Noémie. Qui rentre à la maison les joues rouges de colère. Ephraïm est encore plus vexé que Noémie qu'elle n'ait pas été invitée à cet anniversaire, organisé par une vieille famille française dans leur hôtel particulier du 16e arrondissement.

— La vraie noblesse est celle du savoir, explique Ephraïm. Nous irons visiter le Louvre pendant que ces demoiselles s'empiffreront de petits gâteaux.

Ephraïm marche avec ses deux filles, furieux, en direction du carrousel. Sur le pont des Arts, un type l'arrête brusquement, en l'attrapant par le bras. Ephraïm est prêt à se fâcher. Mais il reconnaît alors un ami du Parti socialiste révolutionnaire, qu'il n'a pas vu depuis presque quinze ans.

— Je croyais que tu étais parti t'installer en Allemagne au moment des procès ? lui demande Ephraïm.

— Oui, mais je suis parti il y a un mois, pour venir ici avec ma femme et mes enfants. La situation est difficile pour nous là-bas, tu sais.

L'homme évoque un incendie qui a eu lieu les jours précédents et qui a ravagé le siège du Parlement. Les communistes et les Juifs ont été accusés bien évidemment. Puis il évoque les haines antisémites du nouveau parti élu au Reichstag, le Parti national-socialiste des travailleurs.

— Ils veulent exclure les Juifs de la fonction publique ! Mais oui ! Tous les Juifs ! Comment ça, tu n'étais pas au courant ?

Le soir même, il en parle avec Emma.
— Ce type, je m'en souviens, il s'affolait pour tout déjà… tempère Ephraïm pour ne pas l'effrayer.

Mais Emma se montre soucieuse. Ce n'est pas la première fois qu'elle entend dire que les Juifs seraient maltraités en Allemagne, plus sérieusement qu'il n'y paraît. Elle voudrait que son mari se renseigne davantage.

Le lendemain, Ephraïm se rend au kiosque à journaux de la gare de l'Est pour y acheter la presse allemande. Il lit les articles, où l'on accuse les Juifs de tous les maux. Et, pour la première fois, il découvre le visage du nouveau chancelier Adolf Hitler. En rentrant chez lui, Ephraïm se rase la moustache.

Chapitre 11

Le 13 juillet 1933 est le jour de la grande distribution des prix au lycée Fénelon. Les professeurs sont réunis autour de madame la directrice, qui trône sur l'estrade décorée de cocardes tricolores. La chorale des élèves entonne *La Marseillaise*.

Myriam et Noémie se tiennent devant, l'une à côté de l'autre. Noémie a le visage rond de sa mère, mais la finesse des traits de son père. C'est une ravissante petite fille, souriante et espiègle. Le visage de Myriam est plus sévère. Sérieuse, droite, elle est moins demandée dans la cour de récréation. Mais chaque année, elle est élue déléguée par ses camarades.

Madame la directrice annonce les prix d'excellence, les premiers prix, les accessits et les tableaux d'honneur. Dans son discours, elle cite en exemple les sœurs Rabinovitch, qui font un parcours remarquable depuis le premier jour de leur arrivée.

Myriam, qui a bientôt 14 ans, obtient le prix d'excellence de sa classe et rafle les premiers et deuxièmes prix dans toutes les matières, sauf en gymnastique, couture, et dessin. Noémie, qui a 10 ans, est aussi félicitée.

Emma se demande, presque inquiète, si tout cela n'est pas trop beau pour être vrai. Ephraïm, lui, est comblé. Ses filles font désormais partie de l'élite parisienne.

— Fier comme un châtaignier qui montre tous ses fruits aux passants, aurait dit Nachman.

Après la cérémonie, Ephraïm décide que toute la famille rentrera à pied rue de l'Amiral-Mouchez.

La douceur du Luxembourg, en ce 13 juillet, est irrésistible. Dans l'harmonie de ce jardin à la française, où volètent les papillons sous le regard des statues des *Reines de France et femmes illustres*, les petits enfants chancellent en faisant leurs premiers pas près du bassin aux bateaux en bois. Les familles rentrent paisiblement chez elles, profitant de la beauté des parterres et du murmure des fontaines. On se salue d'un signe de tête, les messieurs soulèvent leurs chapeaux et leurs épouses sourient avec grâce, devant les chaises vert olive qui attendent les fesses des étudiants de la Sorbonne.

Ephraïm tient fermement le bras d'Emma contre lui. Il n'en revient pas d'être l'un des personnages de ce décor si français.

— Il va bientôt falloir nous trouver un nouveau nom, dit-il en regardant loin devant lui avec sérieux.

Cette assurance d'obtenir la nationalité française fait peur à Emma, qui serre fort la petite main de son dernier enfant, comme pour conjurer le sort. Elle repense aux paroles qu'elle a entendues, pendant le discours de la directrice, de certaines mères qui chuchotaient dans leurs dos :

— Que ces gens sont vulgaires, à exulter de fierté pour leurs enfants.

— Ils sont tellement contents d'eux.

— Ils veulent nous écraser en poussant leurs filles à prendre les meilleures places.

Dans la soirée, Ephraïm propose à sa femme et ses filles d'aller danser au bal populaire du quartier pour fêter la prise de la Bastille, comme tout bon Français.

— Les filles ont si bien travaillé, on peut fêter ça, non ?

Devant la bonne humeur de son mari, Emma chasse loin d'elle ses mauvaises pensées.

Myriam, Noémie et Jacques n'ont jamais vu leurs parents danser. C'est avec étonnement qu'ils les regardent s'enlacer dans les flonflons de la fête.

— Ce 13 juillet, Anne, retiens bien cette date, ce 13 juillet 1933 est un jour de fête pour les Rabinovitch, je dirais même, un jour de bonheur parfait.

Chapitre 12

Le lendemain, le 14 juillet 1933, Ephraïm apprend dans la presse que le parti nazi est devenu officiellement l'unique parti en Allemagne. L'article précise que la stérilisation sera imposée aux personnes atteintes d'infirmités physiques et mentales, afin de sauvegarder la pureté de la race germanique. Ephraïm referme le journal, il a décidé que rien ne viendra entraver sa bonne humeur.

Emma et les enfants font leurs valises. Ils passent la fin du mois de juillet à Lodz chez les Wolf. Maurice, le père d'Emma, offre à Jacques son *Talit*, le grand châle de prière des hommes :

— Ainsi, il portera son grand-père sur son dos le jour où il montera à la *Torah*, dit Maurice à sa fille, évoquant ainsi la *bar-mitsva* de son petit-fils.

Ce cadeau désigne Jacques comme l'héritier spirituel de son grand-père. Emma, émue, prend le châle ancestral, râpé par le temps. Et malgré tout, au moment de le ranger dans sa valise, elle sent au bout de ses doigts que ce cadeau pourrait empoisonner son couple.

En août, Emma et les enfants passent une quinzaine de jours dans la ferme expérimentale de l'oncle

73

Boris en Tchécoslovaquie, pendant qu'Ephraïm, lui, reste à Paris, profiter du calme de l'appartement pour mettre au point sa machine à boulange.

Ces vacances marquent les enfants Rabinovitch d'un bonheur profond. « *Je regrette la Pologne,* écrit Noémie quelques jours après son retour à Paris. *Comme on y était bien ! Il me semble que je sens les roses de chez oncle Boris. Ah, oui ! Je regrette bien la Tchéco, la maison, le jardin, les poules, les champs, le ciel bleu, les promenades, le pays.* »

L'année suivante, Myriam est présentée au concours général d'espagnol. C'est la sixième langue qu'elle maîtrise. Elle s'intéresse à la philosophie. Noémie, elle, se passionne pour les Lettres. Elle écrit des poèmes dans son journal intime et rédige de petites nouvelles. Elle obtient le premier prix de langue française et de géographie. Sa professeure, Mlle Lenoir, note qu'elle a « de grandes qualités littéraires » et l'encourage à écrire.

— Être publiée, un jour, songe Noémie en fermant les yeux.

L'adolescente porte désormais ses longs cheveux noirs en nattes, posées en couronne sur sa tête, à la façon des jeunes intellectuelles de la Sorbonne. Elle admire Irène Némirovsky qui s'est fait connaître avec son roman *David Golder*.

— J'ai entendu dire qu'elle donne une mauvaise image des Juifs, s'inquiète Ephraïm.

— Pas du tout, papa… tu ne la connais même pas.

— Tu ferais mieux de lire les prix Goncourt et surtout les romanciers français.

Le 1er octobre 1935, Ephraïm dépose les statuts de sa société, la SIRE, Société industrielle de radio-électricité, sise au 10-12, rue Brillat-Savarin dans le 13e arrondissement. Au tribunal de commerce de Paris où elle est enregistrée, le formulaire indique qu'Ephraïm est « palestinien ». La SIRE est une société à responsabilité limitée, de 25 000 francs de capital, constituée en 250 parts de 100 francs chacune. Ephraïm en possède la moitié, l'autre moitié est partagée avec deux autres associés – Marc Bologouski et Osjasz Komorn, tous deux polonais. Osjasz appartient comme lui au conseil d'administration de la Société des carburants, lubrifiants et accessoires sise au 56 rue du Faubourg-Saint-Honoré. La société est fichée au service du contre-espionnage.

— Maman, attends. Attends, dis-je en ouvrant la fenêtre de la pièce enfumée. Tu n'es pas obligée d'entrer dans chaque détail, de me donner chaque adresse.
— Tout est important. Ces détails sont ceux qui m'ont permis de reconstituer peu à peu le destin des Rabinovitch, et je te rappelle que je suis partie de rien, me répond Lélia en allumant une cigarette avec le mégot de la précédente.

Jacques, qui a presque 10 ans, rentre de l'école bouleversé. Il s'enferme dans sa chambre et ne veut parler à personne. À cause d'une phrase, prononcée par un de ses camarades dans la cour de récréation :
— Tirez l'oreille à un Juif et tous entendront mal.

Sur le moment, il n'a pas compris ce que cela voulait dire. Puis un élève de sa classe l'a poursuivi pour lui tirer les oreilles. Et quelques garçons se sont lancés à sa poursuite.

Ces histoires ne plaisent pas du tout à Ephraïm, qui commence à s'agacer.

— Tout cela, dit-il à ses filles, c'est à cause des Juifs allemands qui débarquent à Paris. Les Français se sentent envahis. Si, si, je vous le dis.

Les filles se lient d'amitié avec Colette Grés, une élève de Fénelon dont le père vient de mourir brutalement. Ephraïm est satisfait que ses filles soient amies avec une *goy*. D'ailleurs il demande à Emma de prendre exemple sur elles.

— Il faut faire des efforts pour notre dossier de naturalisation, lui dit-il. Évite de fréquenter trop de Juifs…

— Alors j'arrête de dormir dans ton lit ! répond-elle.

Cela fait rire les filles. Pas Ephraïm.

Leur amie Colette habite avec sa mère rue Hautefeuille, à l'angle de la rue des Écoles, au deuxième étage d'un immeuble avec cour pavée et tourelle médiévale. Noémie et Myriam passent de longues après-midis dans cette étrange pièce ronde, au milieu des livres. C'est là qu'elles continuent à rêver de leur avenir. Noémie sera écrivain. Et Myriam, professeure de philosophie.

Chapitre 13

Ephraïm suit de près l'ascension de Léon Blum. Les adversaires politiques, ainsi que la presse de droite, se répandent. On traite Blum de « *vil laquais des banquiers de Londres* », « *ami de Rothschild et d'autres banquiers de toute évidence juifs* ». « *C'est un homme à fusiller*, écrit Charles Maurras, *mais dans le dos.* » Cet article a des conséquences.

Le 13 février 1936, Léon Blum est attaqué boulevard Saint-Germain, par des membres de l'Action française et des Camelots du roi, qui, l'ayant reconnu, le blessent à la nuque et à la jambe. Ils le menacent de mort.

À Dijon, des vitrines sont vandalisées et plusieurs commerçants reçoivent dans la même semaine cette lettre anonyme : « *Tu appartiens à une RACE qui veut ruiner la France et faire la RÉVOLUTION dans notre pays qui n'est pas le tien, puisque tu es juif et que les Juifs n'ont pas de patrie.* »

Quelques mois plus tard, Ephraïm se procure le pamphlet de Louis-Ferdinand Céline, *Bagatelles pour un massacre*. Il veut comprendre ce que lisent les Français – plus de 75 000 exemplaires se sont vendus en seulement quelques semaines.

Le livre en main, il s'installe dans un café. Et comme un vrai Parisien, il commande un verre de bordeaux – lui qui ne boit jamais d'alcool. Il commence sa lecture. « *Un Juif est composé de 85 % de culot et de 15 % de vide... Les Juifs, eux, n'ont pas honte du tout de leur race juive, tout au contraire, nom de Dieu ! Leur religion, leur bagout, leur raison d'être, leur tyrannie, tout l'arsenal des fantastiques privilèges juifs...* » Ephraïm fait une pause, la gorge nouée, il termine son verre de vin et en commande un autre. « *Je ne sais plus quel empoté de petit youtre (j'ai oublié son nom, mais c'était un nom youtre) s'est donné le mal, pendant cinq ou six numéros d'une publication dite médicale (en réalité chiots de Juifs), de venir chier sur mes ouvrages et mes "grossièretés" au nom de la psychiatrie.* » Ephraïm suffoque en pensant au nombre de gens qui achètent cette logorrhée délirante. Il sort dans la rue, chancelant, la nausée au fond de la gorge. Il remonte à pied le boulevard Saint-Michel, longe péniblement les grilles du Luxembourg. Et, ce faisant, il se remémore ce passage de la Bible, qui l'effrayait enfant :

« *Dieu dit à Abraham : sache bien que tes descendants seront pour toujours des étrangers sur une terre qui n'est pas la leur. On les asservira et on les fera souffrir pendant quatre cents ans.* »

Chapitre 14

Myriam quitte le lycée avec le bachot en poche et le prix de l'Association des anciennes élèves de Fénelon, attribué chaque année « *à l'élève idéale, inestimable au point de vue moral, intellectuel et artistique* ».

Noémie passe dans la classe supérieure avec les félicitations de ses professeures. Jacques, au collège Henri IV, a des résultats moins brillants que ses deux sœurs, mais il se débrouille très bien en gymnastique. En décembre, il entre dans sa quatorzième année, l'âge de la *bar-mitsvah*. C'est la cérémonie la plus importante dans la vie d'un Juif, le passage à l'âge adulte, l'entrée dans la communauté des hommes. Mais Ephraïm ne veut pas en entendre parler.

— Je dépose un dossier pour obtenir la nationalité française ! Et tu veux te lancer dans des rites folkloriques ? Mais tu es tombée sur la tête ? demande-t-il à sa femme.

La question de la *bar-mitsvah* de Jacques provoque une fissure dans le couple. C'est le plus profond désaccord qu'ils aient connu depuis le début de leur mariage. Emma doit se résoudre à ne jamais voir son fils faire *miniane*, les épaules couvertes du *Talit* que son grand-père lui a offert. Sa déception est profonde.

Jacques ne comprend pas bien ce qui se passe, il ne connaît rien à la liturgie juive, mais il sent au fond de lui que son père lui refuse quelque chose, sans pouvoir expliquer exactement quoi.

Jacques fête ses 13 ans le 14 décembre 1938. Sans aller à la synagogue. Au deuxième trimestre, ses notes chutent. Il devient le dernier de sa classe et, à la maison, il se réfugie dans les jupes de sa mère comme un enfant. Au printemps, Emma commence à s'inquiéter.

— Jacques ne grandit plus, remarque-t-elle. Sa croissance s'est arrêtée.

— Ça passera, répond Ephraïm.

Chapitre 15

Ephraïm est concentré sur sa demande de naturalisation, pour lui et sa famille. Il dépose un dossier auprès des autorités compétentes, en se recommandant de l'écrivain Joseph Kessel qui écrit une lettre. L'avis du commissaire de police est favorable : « *Bien assimilé, parlant couramment la langue. Bons renseignements...* »

— Nous serons bientôt français, promet-il à Emma.

Sur les papiers remplis par l'administration, ils sont pour le moment déclarés « Palestiniens d'origine russe ».

Ephraïm est confiant, mais néanmoins, il faut compter plusieurs semaines avant d'avoir la réponse officielle. En attendant, il s'est déjà choisi un nouveau patronyme. Un nom qui sonne comme celui d'un héros de roman du XIXe : Eugène Rivoche. Il fait parfois claquer ce nom entre ses lèvres en se regardant dans le miroir de la salle de bains.

— Eugène Rivoche. Que c'est élégant, tu ne trouves pas ? demande-t-il à Myriam.

— ... mais comment tu l'as choisi ?

— Eh bien je vais te répondre... est-ce que tu as lu, quelque part, dans un livre de généalogie par exemple, qu'on était cousins des Rothschild ?

— Non, papa, répond Myriam en rigolant.

— Il fallait donc que je trouve un nom à partir de mes initiales : pour ne pas être obligé de faire refaire toutes mes chemises et mes mouchoirs !

Ephraïm sent que les portes de Paris vont bientôt s'ouvrir devant lui. Il se démène pour essayer de faire connaître son invention, sa machine pour la boulange. Il a déposé en Allemagne et en France un brevet auprès du ministère du Commerce et de l'Industrie sous les deux noms, Ephraïm Rabinovitch et Eugène Rivoche. Il s'en explique à Jacques :

— Tu verras mon fils que, dans la vie, il faut savoir anticiper. Retiens ça. Avoir un coup d'avance est plus utile que d'avoir du génie.

— Au début, me dit Lélia, je ne comprenais pas pourquoi je trouvais dans les archives deux brevets identiques, aux mêmes dates, mais avec des noms différents. C'était tellement mystérieux. Il m'en aura fallu du temps pour comprendre que les deux noms recouvraient en réalité une seule et même personne.

Ephraïm Rabinovitch, alias Eugène Rivoche, a donc inventé une machine qui réduit le temps nécessaire à la fabrication du pain. Elle permet d'accélérer le processus de fermentation de la pâte. Et de gagner deux heures sur chaque fournée, ce qui est énorme dans la journée d'un boulanger !

Assez vite, la machine d'Ephraïm intéresse. Paraît dans le *Daily Mail* un grand article sur l'invention d'Ephraïm-Eugène, intitulé « *A Major Discovery* », que je te ferai lire. On y apprend que des expériences sont menées près de Noisiel, à l'initiative de l'industriel et sénateur de Seine-et-Marne Gaston Menier – oui, le Menier des chocolats Menier – pour montrer les performances de la machine. Ephraïm rêve d'un succès fulgurant, comme celui que connaît Jean Mantelet, qui vient d'inventer le presse-purée avec son premier ustensile. Le *Moulinex*.

En attendant que son brevet pour la pâte à pain fasse des émules, Ephraïm-Eugène se lance dans de nouvelles aventures savantes – des recherches sur la désagrégation mécanique du son. Ephraïm veut fabriquer des bobines pour les postes à galène. Il achète un lot de trente radios, qui envahissent l'appartement. Les filles apprennent avec lui à les monter et à les démonter, elles trouvent cela très amusant.

Quelques semaines plus tard, la demande de naturalisation de la famille Rabinovitch est refusée. Ephraïm est ébranlé, des douleurs l'assaillent, tout le long de l'œsophage et en arrière du sternum. Il tente de comprendre d'où vient ce refus. On lui conseille de redéposer un dossier plus complet dans six mois.

Désormais, Ephraïm voit des agents de l'administration cachés derrière chaque réverbère parisien – prêts à mettre en doute sa parfaite « assimilation ». Il fuit tout ce qui peut évoquer ses origines étrangères. Avant, il avait honte de prononcer son nom. Maintenant, il évite de le faire. Dans la rue, s'il entend parler russe, yiddish ou même allemand, il change de trottoir. Emma n'a plus le droit de se rendre rue des Rosiers pour faire son marché. Ephraïm travaille à faire disparaître son accent russe pour parler comme ses enfants – « pointu ».

Le seul Juif qu'Ephraïm fréquente, c'est son frère.

— J'ai de plus en plus de mal à obtenir des rôles, lui explique Emmanuel. Il y a trop de Juifs, dans le cinéma, entend-on dire çà et là. Je ne sais pas ce que je vais devenir.

Ephraïm repense aux paroles de son père, vingt ans plus tôt :

— Mes enfants, ça pue la merde.

Alors, il décide d'agir. Il achète une maison de campagne, pour s'éloigner de Paris. Il trouve une ferme, dans l'Eure, près d'Évreux, surnommée *Le Petit Chemin*, dans un hameau appelé Les Forges. C'est une belle bâtisse, avec son toit en ardoise, son cellier, son vieux puits, sa grange et sa mare sur un terrain d'un peu plus de 25 ares.

— Faisons-nous un peu discrets si vous voulez bien, demande Ephraïm à sa femme et ses enfants quand ils arrivent au village.

— Se faire discrets, papa ? Qu'est-ce que ça veut dire ?

— Cela veut dire, ne pas clamer sur tous les toits qu'on est juifs ! dit-il avec son accent russe qui, plus que tous les autres membres de la famille, trahit immédiatement ses origines.

Mais cet été 1938, un vent de *Yiddishkeit* va souffler sur leur maison de l'Eure. Car le vieux Nachman arrive de Palestine pour passer les vacances avec ses petits-enfants.

— Il n'a pas l'air juif, soupire Ephraïm en voyant son père débarquer en Normandie. Il a l'air de *cent* Juifs.

Chapitre 16

Devant l'état du jardin, le vieux Nachman secoue sa longue barbe blanche. Il faut tout reprendre en main, créer un potager, remettre le puits en état de fonctionnement, transformer la petite grange en poulailler. Il faut planter des fleurs aussi, pour sa belle-fille Emma qui aime les beaux bouquets. Cette dernière lui conseille plutôt de se reposer et d'arrêter de s'agiter dans tous les sens.

— *Kolzman es rirt zikh an aiver, klert men nit fun kaiver.* Tant qu'un membre remue, on ne pense pas à la tombe, répond-il.

Manches retroussées, Nachman se met à bêcher la terre de Normandie.

— C'est du beurre comparé à la terre de Migdal ! dit-il en riant.

Les mains de Nachman semblent insuffler la vie aux plantes. Du haut de ses 84 ans, il est le plus vaillant de la famille, frais comme un œil, il donne des ordres auxquels tout le monde obéit avec joie. Surtout Jacques, qui fait la rencontre de ce grand-père. Sans jamais se plaindre, Jacques pousse des brouettes remplies de gravats, retourne la terre, plante des graines et cloue des planches, du matin au soir. À l'heure du déjeuner le vieil homme et l'adolescent restent dans le jardin, pour casser la croûte sur leur chantier comme deux ouvriers agricoles.

— On a à faire, expliquent-ils à Emma qui leur propose de déjeuner plus confortablement dans la cuisine.

Jacques découvre l'irrésistible accent de son grand-père, sa façon de parler en ratissant le fond du palais jusqu'au larynx. Il découvre aussi le yiddish, cette langue aux mots sucrés qui roulent dans la gorge de Nachman comme des bonbons. Jacques aime ces yeux bleu-gris qui brillent comme deux billes de verre, leur teinte est pâle, d'une couleur mélancolique et lointaine, lavée par le soleil de Migdal. Le petit-fils tombe sous le charme de ce grand-père de Palestine. Esther, elle, n'est pas venue, elle ne supporte plus les longs voyages, à cause de ses rhumatismes.

Emma observe, ravie, le corps frêle et nerveux du garçon qui s'agite autour de la stature massive et lente du vieil homme. Parfois Nachman se fige sur place, son cœur s'affole, il pose la main sur sa poitrine. Alors Jacques accourt, de peur que son grand-père ne tombe au milieu des outils. Mais Nachman reprend ses esprits et lève les yeux au ciel en secouant la tête :

— Ne t'inquiète pas comme ça mon grand... je compte bien rester en vie !

Puis il ajoute, en lui faisant un clin d'œil :

— Ne serait-ce que par curiosité.

Pendant ce temps, Myriam, inscrite en philosophie, lit les ouvrages au programme. Noémie a commencé l'écriture d'un roman et d'une pièce de théâtre. Elles travaillent côte à côte, sur des chaises longues, chapeau de paille sur la tête, en attendant l'arrivée de leur amie Colette, qui passe ses vacances à quelques kilomètres seulement, dans une maison que son père avait achetée peu de temps avant sa mort.

Quand elles ont bien travaillé, elles partent toutes les trois à vélo, en vadrouille dans la forêt, puis elles reviennent le soir pour dîner avec la famille autour de la table. L'atmosphère est joyeuse. L'oncle Emmanuel vient leur rendre visite – il s'est séparé de la peintre Lydia Mandel pour vivre avec Natalia, une vendeuse au « Toutmain », 26 avenue des Champs-Élysées, originaire de Riga. Ils ont déménagé 35 rue de l'Espérance, dans le 13ᵉ arrondissement.

— Regarde comme la vie est douce, quand tu arrêtes de t'inquiéter pour tout, dit Emma à son mari en allumant une bougie.

Ephraïm accepte que tous les vendredis Emma prépare quelques *hallots*, le pain tressé de *shabbat*, pour faire plaisir à Nachman.

— Tu es triste que ton fils ne croie pas en Dieu ? demande Jacques à son grand-père.

— Autrefois oui, j'étais triste. Mais aujourd'hui, je me dis que l'important est que Dieu croit en ton père.

Emma constate que Jacques prend chaque jour un centimètre. On le surnomme *Jack and the Beanstalk.* Il faut lui tailler de nouveaux pantalons et, en attendant, il met les vêtements de son père. Sa voix change et des poils follets apparaissent sur ses joues. Lui qui ne s'était jamais intéressé à rien, en dehors du football et des billes, découvre que ses parents ont été jeunes, qu'ils ont vécu dans plusieurs pays, en Russie, en Pologne, en Lettonie, en Palestine. Il pose des questions sur sa famille, veut connaître le prénom de ses cousins aux quatre coins de l'Europe. Il boit du vin, dont il n'aime pas le goût, mais pour faire comme les adultes.

— Comment tu as réussi à faire grandir notre fils si vite ? demande Emma à son beau-père.

— C'est une très bonne question à laquelle je vais te donner une très bonne réponse. Les sages disent qu'il faut éduquer un enfant en tenant compte de son caractère. Or Jacques a un caractère bien différent de celui de ses sœurs, il n'aime pas les règles scolaires, il n'aime pas apprendre pour apprendre, c'est un garçon qui a besoin de comprendre l'intérêt immédiat de ce qu'il est en train de faire. C'est ce que les Anglais appellent un *late bloomer*. Tu verras. Ton fils sera un bâtisseur. Plus tard, tu pourras être fière de lui.

Ce soir-là, les adultes racontent de vieilles histoires tout en sirotant un verre de sliwowitz rapportée de Palestine. Emma se fait la réflexion : Nachman n'ose jamais parler de la famille Gavronsky. Cela fait vingt ans. Vingt ans que son beau-père évite le sujet devant elle. Alors Emma, dans un mélange d'orgueil, d'ivresse et de provocation, prend son air le plus détaché pour demander :

— Et vous avez des nouvelles d'Anna Gavronsky ?

Nachman se racle la gorge et jette un coup d'œil furtif à son fils.

— Oui, oui, répond-il un peu gêné. Aniouta vit désormais à Berlin avec son mari et leur fils unique. Elle a failli mourir en couches, le bébé était trop gros. Je crois qu'elle n'a malheureusement pas eu le droit d'avoir d'autres enfants après ça. À un moment donné, ils avaient le projet de partir tous les trois aux États-Unis, mais je ne sais pas où cela en est.

À ces mots, Ephraïm ne peut imaginer ce qu'il aurait ressenti si on lui avait annoncé la mort d'Aniouta. Cette pensée fait trembler tout son corps. Il est si bouleversé qu'au moment de se mettre au lit il ne peut cacher son trouble :

— Pourquoi as-tu posé cette question à mon père ?

— J'ai trouvé que c'était humiliant. Ton père évite le sujet, comme si elle était encore une rivale.

— C'était une erreur, dit Ephraïm.

Oui c'était une erreur, songe Emma en elle-même.

Ephraïm se laisse envahir par le souvenir de sa cousine, durant tout le mois d'août, Aniouta apparaît dans la chaleur de ses siestes. Il revoit la grâce de sa taille, si fine qu'il pouvait l'attraper avec ses deux mains et toucher ses doigts de chaque côté, en un tour complet. Il l'imagine nue et offerte à lui.

À la fin de l'été, la famille se prépare pour rentrer à Paris après deux mois de vacances, il faut fermer la maison. Grâce à Jacques et Nachman, le jardin est devenu une vraie petite ferme agricole. Jacques annonce à son grand-père son désir de devenir ingénieur agronome.

— *Shein vi di zibben velten !* Magnifique comme les sept mondes ! le félicite Nachman. Tu viendras travailler avec moi à Migdal !

— Nachman, dit Emma, restez encore quelques semaines avec nous. Vous pourrez profiter de Paris, la ville est si belle en septembre.

Mais le vieil homme refuse :

— *Un gast iz vi regen az er doï'ert tsu lang, vert er a last.* Un invité est comme la pluie, quand il s'attarde, il devient une nuisance. Je vous aime mes enfants, mais je dois aller mourir en Palestine, sans témoins. Oui, oui, comme un vieil animal.

— Arrête, papa, dit Ephraïm, tu ne vas pas mourir…

— Tu vois, Emma, ton mari est comme tous les hommes ! Il sait qu'il va mourir et pourtant il ne veut pas le croire… Vous savez quoi ? L'année prochaine, vous passerez voir ma tombe. Et vous en profiterez pour vous installer à Migdal. Parce que la France…

Nachman ne termine pas sa phrase et balaye l'air avec sa main, comme s'il chassait devant son visage des mouches invisibles.

Chapitre 17

En septembre 1938, les enfants Rabinovitch font leur rentrée des classes. Myriam est en philosophie à la Sorbonne, Noémie passe la première partie de son bachot à Fénelon et s'inscrit à la Croix-Rouge, Jacques est en quatrième au collège Henri-IV.

Ephraïm essaye de faire avancer son dossier de naturalisation – mais il a l'impression désormais qu'à chaque rendez-vous avec l'administration il fait un pas en arrière. Il y a toujours un nouveau problème, un papier qui manque, un détail à éclaircir. Ephraïm rentre sombre de ses audiences et pose son chapeau dans l'entrée de l'appartement en agitant la tête de gauche à droite. Il repense à cette expression de son père :

— Une foule de gens. Et pas une seule vraie personne parmi eux.

Au début du mois de novembre, il s'inquiète sérieusement devant l'arrivée de réfugiés venus d'Allemagne. Des événements terribles ont précipité les Juifs hors du pays, du jour au lendemain. Certains sont partis en prenant ce qu'ils pouvaient dans une valise, laissant tout derrière eux. Ephraïm soupire et ne veut même pas en entendre parler.

— Parce que je sais déjà l'essentiel : tous ces Juifs qui débarquent en France, ça ne va pas arranger mes affaires…

Quelques jours plus tard, Emma rentre à la maison avec une drôle de nouvelle.

— J'ai rencontré ta cousine Anna Gavronsky, elle est à Paris avec son fils. Ils ont fui Berlin, son mari a été arrêté par la police allemande.

Ephraïm est si surpris qu'il reste silencieux, fixant le broc d'eau posé sur la table, les yeux dans le vague.

— Où l'as-tu vue ? finit-il par demander.

— Elle te cherchait mais elle avait perdu ton adresse, alors elle s'est rendue dans plusieurs synagogues et elle est tombée… sur moi.

Ephraïm ne relève pas le fait que sa femme fréquente encore les lieux de culte malgré ses recommandations.

— Vous vous êtes parlé ? demande fébrilement Ephraïm.

— Oui. Je lui ai proposé de venir dîner à la maison avec son fils. Mais elle a refusé.

Ephraïm ressent une contraction dans la poitrine, comme si quelqu'un appuyait très fort.

— Pourquoi ? demande Ephraïm.

— Elle a dit qu'elle ne pouvait pas accepter l'invitation, puisqu'elle ne pourrait pas la rendre.

Ephraïm reconnaît Aniouta à cette réponse, il rit d'un rire nerveux.

— Même au milieu du chaos, il faut qu'elle pense à la bienséance. C'est bien une Gavronsky…

— Je lui ai répondu que nous étions de la famille et que nous ne pensions pas comme ça.

— Tu as bien fait, répond Ephraïm en se levant de sa chaise — qu'il fait tomber par terre dans sa brusquerie.

Emma a encore quelque chose d'important à lui dire. Elle froisse nerveusement un morceau de papier dans sa poche, qu'Aniouta lui a donné, avec l'adresse de l'hôtel où elle s'est installée avec son fils. Emma hésite à donner ce message à son mari. La cousine est encore belle, son corps n'a pas été abîmé par sa grossesse. Son visage s'est certes un peu creusé et sa poitrine est moins généreuse qu'autrefois, mais elle est encore très désirable.

— Elle aimerait que tu ailles la voir, finit par dire Emma, en tendant le morceau de papier.

Ephraïm reconnaît tout de suite l'écriture délicate, ronde et appliquée de sa cousine. Cette vision le bouleverse.

— Que crois-tu que je doive faire ? demande Ephraïm à Emma, en mettant ses mains au fond de ses poches, pour ne pas lui montrer qu'elles tremblent.

Emma regarde son mari dans les yeux :

— Je pense que tu devrais aller la voir.

— Maintenant ? demande Ephraïm.

— Oui. Elle dit qu'elle veut quitter Paris le plus vite possible.

Aussitôt, Ephraïm attrape son manteau et met son chapeau sur la tête. Il sent son corps se tendre, son sang le fouetter, comme dans sa jeunesse. Il traverse Paris, la Seine, comme s'il flottait au-dessus du sol, ses pensées entremêlées s'échappent de sa tête, ses jambes retrouvent leur musculature d'autrefois, il marche à toute allure vers le nord de la ville. Il comprend qu'il attendait ce moment, qu'il l'espérait et le redoutait en même temps, depuis si longtemps. La dernière fois qu'il a vu Aniouta, c'était pour lui annoncer officiellement son mariage avec Emma, l'année 1918. Il y a vingt ans quasiment jour pour jour. Aniouta avait feint la surprise, mais elle était déjà au courant des projets de son cousin. Au début, elle avait un peu pleuré devant lui. Aniouta avait la larme facile mais Ephraïm en avait été bouleversé.

— Un mot de toi et j'annule le mariage.

— Oh toi ! avait-elle répondu, passant des larmes au rire. Que tu es dramatique ! C'est idiot mais tu me fais rire… allez, allez, nous resterons toujours cousins.

C'était un mauvais souvenir pour Ephraïm. Un très mauvais souvenir.

L'hôtel d'Aniouta, caché derrière la gare de l'Est, tombe quasiment en ruine.

Drôle d'endroit pour une Gavronsky, se dit Ephraïm en observant l'état du tapis, aussi fatigué que la bonne femme derrière le comptoir de l'accueil.

Planquée derrière sa vitrine, la femme cherche dans le registre, mais ne trouve pas la cousine parmi les clients de l'hôtel.

— Vous êtes sûr que c'est ça le nom ?

— Excusez-moi, c'est son nom de jeune fille que je vous ai donné…

Ephraïm se rend compte qu'il est incapable de se souvenir du nom de son mari. Il l'avait su pourtant, mais il l'a oublié.

— Essayez Goldberg, non, Glasberg ! À moins que ce soit Grinberg...

Sa nervosité l'empêche de réfléchir, c'est alors qu'il entend le grelot de la porte d'entrée de l'hôtel. Il se retourne et voit Aniouta faire son apparition dans un manteau de fourrure tacheté et une toque en panthère des neiges. L'air froid a rougi ses joues et tendu la peau de son visage, lui donnant cet air fier de princesse russe qui rend les hommes fous. Elle tient quelques paquets joliment emballés dans sa main.

— Ah tu es déjà là, dit-elle, comme s'ils s'étaient vus la veille. Attends-moi au salon, je vais poser mes affaires dans ma chambre.

Ephraïm reste pantelant, silencieux, face à cette vision presque surnaturelle, tant il lui semble qu'Aniouta n'a pas changé depuis vingt ans.

— Commande-moi un chocolat chaud, tu seras un ange. Excuse-moi mais je ne m'attendais pas à te voir arriver si vite, lui dit-elle dans un français adorable.

Ephraïm se demande si cette phrase est un reproche. Il doit bien reconnaître qu'il a accouru comme un chien au retour de son maître.

— Un matin, nous nous sommes réveillés avec mon mari, explique Aniouta en buvant son chocolat par petites lapées, et toutes les vitrines des commerçants *Jude* dans la rue à côté de chez nous étaient cassées. Il y avait du verre partout sur le trottoir, tout le quartier brillait comme du cristal. Tu ne peux pas imaginer, je n'avais jamais vu ça de ma vie. Ensuite nous avons reçu un coup de téléphone qui nous a appris qu'un ami de mon mari avait été assassiné, devant sa femme et ses enfants, chez lui, au milieu de la nuit. Quand nous avons raccroché, des policiers ont sonné à la maison pour emmener mon mari. Juste avant de partir, il m'a fait promettre de quitter Berlin avec notre fils, sur-le-champ.

— Il a bien fait, répond Ephraïm, dont les jambes tapent nerveusement le bord de sa chaise.

— Tu te rends compte ? Je n'ai même pas rangé mes affaires. Je suis partie, le lit défait. Avec une seule valise. Dans la précipitation la plus terrifiante.

Son sang bat si fort dans ses tempes, qu'Ephraïm a du mal à se concentrer sur les propos de sa cousine. Aniouta a exactement le même âge qu'Emma, 46 ans, mais elle a l'air d'une jeune fille. Ephraïm se demande comment une telle chose est possible.

— Je descends à Marseille dès que possible, d'où nous embarquerons pour New York.

— Qu'est-ce que je peux faire pour toi ? demande Ephraïm. Tu as besoin d'argent ?

— Non, tu es un ange. J'ai pris tout l'argent que mon mari avait préparé, pour que mon fils David et moi puissions tout de suite nous installer aux États-Unis. On ne sait pas pour combien de temps d'ailleurs…

— Alors dis-moi, en quoi puis-je t'être utile ?

Aniouta met sa main sur l'avant-bras d'Ephraïm. Ce geste le trouble tant qu'il a du mal à se concentrer sur les paroles de sa cousine.

— Mon Fédia chéri, il faut que tu partes toi aussi.

Ephraïm reste silencieux quelques secondes, ne pouvant détacher ses yeux de la petite main d'Aniouta, posée sur la manche de sa veste. Ses ongles de nacre rose l'émoustillent. Il s'imagine sur un paquebot de luxe avec Aniouta, accompagné de David, qu'il considérera comme un nouveau fils. Il sent l'air marin et la sirène du bateau revigorer ses sens. Cette vision frappe son esprit si fort, qu'elle fait gonfler la veine de son cou.

— Tu veux que je parte avec toi ? demande Ephraïm.

Aniouta regarde son cousin en fronçant les sourcils. Puis elle éclate de rire. Ses petites dents brillent.

— Mais non ! dit Aniouta. Oh, tu me fais rire ! Je ne sais pas comment tu réussis une chose pareille ! Avec ce que nous vivons. Non mais soyons sérieux… Écoute-moi. Vous devez partir le plus vite possible avec ta femme. Tes enfants. Régler vos affaires, vendre vos biens. Tout ce que vous avez, changez-le en or. Et prenez des billets de bateau pour l'Amérique.

Le rire d'Aniouta, sifflant comme celui d'un petit oiseau, sonne aux oreilles d'Ephraïm d'une façon insupportable.

— Écoute-moi, ajoute Aniouta en secouant le bras de son cousin. C'est important ce que j'ai à te dire. Je t'ai contacté pour t'avertir, pour que tu saches. Ils ne veulent pas seulement qu'on quitte l'Allemagne. Il ne s'agit pas de nous mettre à la porte : mais de nous détruire ! Si Adolf Hitler réussit à conquérir l'Europe, nous ne serons plus en sécurité nulle part. Nulle part, Ephraïm ! Tu m'entends ?

Mais Ephraïm n'entend plus que ce rire pointu, méchamment attendri, le même aujourd'hui qu'il y a vingt ans, quand il lui avait proposé d'annuler son mariage pour elle. Maintenant il n'a qu'une seule envie, quitter cette femme, prétentieuse comme tous les Gavronsky du reste.

— Tu as une tache de chocolat sur le coin de la bouche, lui dit Ephraïm en se levant de table. Mais j'ai compris le message, je te remercie, maintenant il faut que je parte.

— Déjà ? Je veux te présenter mon fils, David !

— C'est impossible, ma femme m'attend. Je suis désolé, je n'ai pas le temps.

Ephraïm voit combien Aniouta est vexée qu'il prenne congé d'elle aussi vite. Il le vit comme une victoire.

— Que pensait-elle ? Que j'allais passer la soirée dans son hôtel ? Dans sa chambre peut-être ?

Sur le chemin du retour, Ephraïm prend un taxi, soulagé de voir l'hôtel d'Aniouta s'éloigner dans le rétroviseur. Il se met à rire dans la voiture, d'un rire étrange. Le chauffeur pense que son client est ivre. Il l'est d'une certaine manière, ivre d'une liberté retrouvée.

— Je n'aime plus Aniouta, se dit-il à lui-même, parlant tout haut comme un fou à l'arrière de la voiture. Qu'elle était ridicule, à répéter les phrases de son mari, comme un perroquet, sans doute un gros notable bien riche, un de ces patrons insupportables qui provoquent la haine contre les Juifs. Et puis elle n'est plus si belle, à la vérité. L'ovale de son visage s'affaisse, comme ses paupières. Il y avait quelques taches brunes sur sa main...

Ephraïm se met à suer dans la voiture, son corps exsude tout l'amour de sa cousine, qui s'échappe de chaque pore de sa peau.

— Tu es déjà là ? s'étonne Emma, qui ne s'attendait pas à voir son mari rentrer si tôt.

Emma épluche silencieusement ses légumes pour occuper ses mains nerveuses.

— Oui, déjà, répond Ephraïm embrassant Emma sur le front, heureux de retrouver la chaleur de son appartement, de sentir les odeurs de cuisine et le bruit des enfants dans le couloir.

Jamais son foyer ne lui a semblé si accueillant.

— Aniouta voulait m'annoncer qu'elle part pour l'Amérique. On n'allait pas non plus y passer la soirée. Elle pense que nous devrions prendre nos dispositions et fuir l'Europe le plus vite possible. Qu'en penses-tu ?

— Et toi ? répond Emma.

— Je ne sais pas, je voulais avoir ton avis.

Emma prend un long temps pour réfléchir. Elle se lève de table, lance tous les légumes dans la casserole d'eau, la vapeur chaude brûle son visage. Puis elle se retourne vers son mari.

— Je t'ai toujours suivi. S'il faut partir et tout recommencer, je te suivrai.

Ephraïm regarde sa femme avec amour. Comment a-t-il mérité une épouse aussi dévouée et fidèle ? Comment peut-il aimer une autre femme qu'elle ? Il se lève pour la prendre dans ses bras.

— Voilà ce que je pense, répond Ephraïm. Si ma cousine Aniouta avait des connaissances en politique, nous le saurions depuis longtemps. Je crois qu'elle est trop émotive. Bien sûr, ce qui se passe en Allemagne est terrible... mais l'Allemagne n'est pas la France. Elle confond tout. Tu sais quoi ? Ses yeux étaient ceux d'une folle. Les pupilles dilatées. Et puis, que faire en Amérique ? À notre âge ? Tu repasserais des pantalons à New York ? Pour une misère en plus ! Et moi ? Non, non, non, il y a déjà bien trop de Juifs là-bas. Toutes le bonnes places seront déjà prises. Emma, je ne veux plus t'imposer cela.

— Tu es sûr de toi ?

Ephraïm prend quelques secondes pour réfléchir sérieusement à la question posée par sa femme, et conclut :

— Ce serait complètement idiot. Partir juste au moment où nous allons obtenir nos papiers français. N'en parlons plus et appelle les enfants. Dis-leur qu'on passe à table.

Chapitre 18

Après onze années de recherches, l'oncle Boris a mis au point un appareil qui peut déterminer le sexe des poussins avant leur éclosion. En observant l'évolution des araignées de l'œuf, ces filaments rouges qui constituent les veines du futur poussin, il peut prédire s'il sera une poule ou un coq. Une révolution, commentée dans plusieurs journaux tchèques dont le *Prager Presse*, le *Prager Tagblatt*, un journal pragois francophile, et le *Narodni Osvobozeni.*

Au début du mois de décembre 1938, Boris débarque de Tchéchoslovaquie pour déposer les brevets de son invention en France. La société d'Ephraïm, la SIRE, va représenter ses travaux scientifiques. Les deux frères s'enferment des jours entiers dans le bureau pour rédiger les documents. Ils sont dans un état d'excitation qui rejaillit sur toute la maison. Emma respire un peu – son mari cesse pour un temps de ressasser ses colères contre l'administration.

Pour les vacances de Noël, toute la famille part à la campagne, dans la maison des Forges en Normandie.

— Un vrai kolkhoze ! Je vois que Nachman est passé par là ! s'exclame l'oncle Boris en arrivant. Mais il va falloir faire des améliorations…

L'oncle Boris, devenu paysan après avoir été haut membre du PSR, connaît tout sur la vie des animaux. Grâce à lui, la petite ferme des Rabinovitch s'agrandit. Boris installe des poules ainsi que quelques cochons. Myriam et Noémie adorent cet oncle rêveur. Les adultes sans progéniture fascinent les enfants autant qu'ils les rassurent.

Emma voudrait fêter *Hanoucca* en famille, mais les deux frères s'y opposent. Devant cette coalition et la bonne humeur de son mari, elle n'insiste pas.

— Mais je vous promets, les enfants, annonce Ephraïm, que dès lors que nous obtiendrons la nationalité française, nous fêterons Noël, et nous achèterons un sapin !

— Et la crèche avec le petit Jésus ? demande Myriam pour se moquer de son père.

— Non... il ne faut pas exagérer... répond-il en regardant sa femme.

Lorsqu'ils rentrent à Paris, le 5 janvier 1939, Boris reçoit une invitation de l'Université du Maryland pour se rendre au prochain congrès mondial de l'aviculture, le *Speeding Up Production, Seventh World's Poultry Congress*. C'est la consécration et, pour l'occasion, Ephraïm achète une bouteille de champagne. Emmanuel vient dîner rue de l'Amiral-Mouchez. Il annonce à ses frères qu'il a le projet de partir aux États-Unis pour tenter sa chance à Hollywood.

— Aujourd'hui, je regrette de ne pas avoir écouté papa quand il nous a dit de partir en Amérique. J'aurais réussi, comme les Fritz Lang, les Lubitsch, Otto Preminger ou Billy Wilder, qui sont partis au bon moment… J'étais trop jeune, je croyais savoir tout mieux que mon père…

Mais Boris et Ephraïm lui conseillent d'attendre un peu, de mûrir sa réflexion.

De retour en Tchécoslovaquie, l'oncle Boris envoie à ses nièces et à son frère Ephraïm des cartes postales inquiètes.

La situation en Europe se dégrade.

— On ne se rendait pas compte, écrit-il.

En mars, l'Allemagne envahit la Tchécoslovaquie. Boris est coincé sur le territoire et doit renoncer à se rendre au Congrès mondial de l'aviculture dans le Maryland. C'est une grande déception. Il repense à sa conversation avec Emmanuel et se demande s'il n'aurait pas dû l'encourager à partir aux États-Unis avant que cela ne devienne impossible.

Nachman demande à toute la famille de venir le rejoindre en Palestine pour y passer les vacances d'été 1939. Mais Emma et Ephraïm, qui se souviennent de semaines terribles sous une canicule écrasante, préfèrent rester dans la fraîcheur de leur maison en Normandie. Et puis Ephraïm compte toujours sur sa naturalisation : un voyage à Haïfa ne serait pas bien vu dans son dossier.

Au mois de mai, la France s'engage à aider militairement la Pologne en cas d'attaque allemande. Emma écrit tous les jours à ses parents des lettres qui voyagent jusqu'à Lodz. Elle ne montre à personne ses craintes, surtout pas aux enfants.

Pendant les vacances, Myriam se met à peindre de petites natures mortes, des corbeilles de fruits, des verres de vin et autres vanités. Elle préfère le mot anglais pour parler de ses tableaux : *still life*. Toujours en vie. Noémie écrit son journal intime, tous les jours, consciencieusement. Et Jacques potasse le *Sommaire d'agronomie* de Lasnier-Lachaise. Au début du mois de septembre, la veille de leur retour à Paris, Myriam et Noémie se rendent à Évreux pour se ravitailler en gouaches et petites toiles.

Tandis qu'elles longent l'imposant bâtiment de la caisse d'épargne, poussant leurs vélos à côté d'elles, les filles entendent retentir le tocsin de la grande tour de l'Horloge. Ce sont des coups répétés et prolongés, à n'en plus finir. Puis toutes les cloches des églises carillonnent. Quand elles arrivent devant le marchand de couleurs, celui-ci abaisse sa vitrine en fer dans un boucan de ferraille.

— Rentrez chez vous ! lance-t-il aux sœurs.

Un cri perce par une fenêtre ouverte.

Myriam se souviendra que cela fait beaucoup de bruit, une déclaration de guerre.

Les deux filles se dépêchent de rentrer à vélo à la ferme. Sur le chemin du retour, la campagne est exactement la même. Indifférente.

La famille Rabinovitch, qui était sur le point de fermer la maison, défait les valises. Ils ne rentreront pas à Paris, à cause des menaces de bombardements.

Les parents vont à la mairie déclarer la maison des Forges en tant que résidence principale. Ce qui permettra à Noémie et Jacques d'aller au lycée à Évreux.

Ils se sentent plus en sécurité à la campagne, et puis les voisins sont aimables. Il est facile de se nourrir grâce au jardin potager planté par Nachman et les poules de Boris donnent de gros œufs bien frais. Dans ce chaos, Ephraïm se félicite d'avoir acheté cette ferme au bon moment.

Une semaine plus tard, Noémie et Jacques font leur rentrée. Noémie en classe de terminale. Jacques en troisième. Myriam fait des allers-retours à Paris pour se rendre à la Sorbonne où elle suit ses cours de philo. Emma fait venir un piano pour pouvoir faire ses gammes. Le dimanche, Ephraïm joue aux échecs avec le mari de l'institutrice.

— Nous sommes en guerre, répètent les Rabinovitch, comme si le sens de ces mots allait bien finir par devenir tangible dans cette vie tout à fait normale.

Pour le moment ce sont des mots employés à la radio, des mots lus dans les journaux, qu'on se répète de voisins en voisins, au bistrot.

Dans une lettre adressée à son oncle Boris, Noémie écrit : « *Pourtant je n'ai pas envie de mourir. Il fait si bon de vivre quand le ciel est bleu.* »

Les semaines passent ainsi dans une atmosphère étrange, c'est l'insouciance grave des périodes troublées, quand au loin gronde la rumeur irréelle de la guerre. Et la masse abstraite des morts au front.

— J'ai retrouvé dans les papiers de Myriam quelques pages d'un cahier de Noémie. Elle écrit : « *Et le reste du monde va son train, on mange, on boit, on dort, on vaque à ses besoins et c'est tout. Ah oui, on sait qu'on se bat quelque part. Qu'est-ce que tu veux que ça me fasse, moi j'ai tout ce qu'il faut. Non sans blague, on crève de faim là-bas dit-on en s'empiffrant des mets les plus divers. Encore Barcelone, je veux de la musique, et le bouton de la TSF tourne remplaçant les nouvelles que le speaker donne par la voix merveilleusement roucoularde de Tino Rossi. Quel succès. Indifférents, complètement indifférents. Des yeux clos, un air de candeur et d'innocence. On discute toujours, on crie beaucoup on se crêpe le chignon on se raccommode et pendant ce temps les hommes meurent.* »

Les Allemands ont envahi la Pologne. Les Français et les Anglais lancent de faibles offensives, ils semblent ne pas véritablement y croire. C'est une sorte de « fausse guerre », que les Anglais surnomment *the phoney war*. Un journaliste français confond avec le mot *funny* et cette histoire devient pour toujours la « drôle de guerre ».

Le père d'Emma, Maurice Wolf, écrit des lettres à sa fille dans lesquelles il lui raconte la campagne de septembre et l'entrée des blindés dans la ville de Lodz. Les Wolf vont devoir déménager pour laisser leur maison aux occupants germaniques, et peut-être même leur céder la filature ainsi que la belle *datcha* où, sur le perron en pierre, Jacques a appris à faire ses premiers pas. Il est douloureux d'imaginer des soldats allemands monter les escaliers où grimpe le lierre. Toute la ville est réorganisée et les quartiers sont divisés en territoires. Miasto, Baluty et Marysin sont réservés aux Juifs. Les Wolf doivent déménager à Baluty pour s'y installer dans un petit appartement. Un couvre-feu est instauré. Les habitants n'ont pas le droit de sortir de chez eux entre sept heures du soir et sept heures du matin.

Ephraïm, comme la plupart des Juifs de France, ne comprend pas ce qui est en train de se tramer.

— La Pologne n'est pas la France, répète-t-il à sa femme.

À la fin de l'année scolaire, la drôle de guerre se termine. Les examens sont reportés ou supprimés. Les filles ne savent pas comment elles obtiendront leurs diplômes. Ephraïm apprend dans le journal que les Allemands sont à Paris – menace étrange, à la fois lointaine et proche. Les premiers bombardements. Le 23 juin 1940, Hitler décide de visiter la ville avec son architecte personnel, Speer, afin que celui-ci s'inspire de Paris pour le projet *Welthauptstadt Germania*, autrement dit *Germania, capitale du monde*. Adolf Hitler veut faire de Berlin une ville modèle, reproduisant les plus grands monuments d'Europe, mais avec des volumes dix fois supérieurs aux originaux, dont les Champs-Élysées et l'Arc de Triomphe. Son monument préféré est l'opéra Garnier, avec son architecture néo-baroque.

— Il possède le plus bel escalier du monde ! Quand les dames, dans leurs toilettes précieuses, descendent devant les uniformes faisant la haie... Monsieur Speer, nous aussi, nous devons construire quelque chose comme ça !

Tous les Allemands ne sont pas aussi enthousiastes qu'Hitler à l'idée de venir en France. Les soldats de l'Occupation doivent quitter leur foyer, leur patrie, leur femme et leurs enfants. L'office de propagande nazie lance une grande campagne publicitaire. L'idée est de promouvoir la qualité de vie française. Une expression yiddish est cyniquement détournée pour devenir un slogan nazi, *Glücklich wie Gott in Frankreich* – Heureux comme Dieu en France.

La famille Rabinovitch ne rentre pas à Paris après l'annonce de l'armistice du 22 juin 1940. Ils suivent les départs vers l'ouest et posent leurs valises pour quelques semaines en Bretagne, au Faouët près de Saint-Brieuc. Les filles sont d'abord surprises par l'odeur de varech, de sel et de goémon aux abords de la plage. Puis elles s'habituent. Un matin, la mer s'est retirée très loin, à perte de vue. Les filles n'ont jamais vu cela de leurs yeux, elles restent un moment silencieuses.

— On dirait que la mer aussi a peur, dit Noémie.

Pendant quelques jours, les journaux ne paraissent plus, l'occupation de Paris devient alors une chose irréelle, surtout quand on profite des derniers rayons de soleil sur la plage. Les yeux fermés. Le visage tendu vers la mer. Le bruit des vagues et des enfants qui font des châteaux de sable. Les derniers jours d'août donnent plus que jamais l'impression diffuse que ces moments de bonheur ne reviendront plus. Les journées d'insouciance, les moments inutiles. Cette sensation désagréable des derniers jours, que tout ce qui est vécu est déjà perdu.

Chapitre 19

Rentrée des classes 1940. La France se met à l'heure allemande imposée par Berlin. Les administrations doivent avancer d'une heure toutes les horloges et l'on s'y perd, surtout dans les horaires de correspondances à la SNCF. Désormais les lettres sont timbrées avec la surcharge *Deutsches Reich* et la croix gammée flotte sur la chambre des députés. Les écoles sont réquisitionnées, un couvre-feu est imposé de vingt et une heures à six heures du matin, l'éclairage public ne fonctionne plus la nuit et il faut des tickets de rationnement pour faire ses courses. Les civils doivent aveugler toutes leurs fenêtres en les recouvrant de satinette noire, ou d'un coup de peinture, afin d'éviter le signalement des villes aux avions alliés. Les soldats allemands font des vérifications. Les jours raccourcissent. Pétain est le chef de l'État français. Il engage une politique de rénovation nationale et signe la première « loi portant statut des Juifs ». Tout commence là. Avec la première ordonnance allemande du 27 septembre 1940 et la loi du 3 octobre suivant. Myriam écrira plus tard, pour résumer la situation :

— Un jour, tout se perturba.

Le propre de cette catastrophe réside dans le paradoxe de sa lenteur et sa brutalité. On regarde en arrière et on se demande pourquoi on n'a pas réagi avant, quand on avait tout le temps. On se dit, comment ai-je pu être aussi confiant ? Mais il est trop tard. Cette loi du 3 octobre 1940 considère comme juive « *toute personne issue de trois grands-parents de race juive ou de deux grands-parents de la même race, si son conjoint lui-même est juif* ». Elle interdit aux Juifs les métiers de la fonction publique. Les enseignants, le personnel des armées, les agents de l'État, les employés des collectivités publiques – tous doivent quitter leurs fonctions. Elle leur interdit aussi de publier des articles de presse dans les journaux. Ou d'exercer les métiers qui concernent le spectacle : théâtre, cinéma, radio.

— Il n'y avait pas aussi une liste d'auteurs interdits à la vente ?

— Tout à fait, la « liste Otto », du nom de l'ambassadeur d'Allemagne à Paris, Otto Abetz. Elle établit la liste de tous les ouvrages retirés de la vente des librairies. Y figuraient évidemment tous les auteurs juifs, mais aussi les auteurs communistes, les Français « dérangeants » pour le régime, comme Colette, Aristide Bruant, André Malraux, Louis Aragon, et même les morts, comme Jean de La Fontaine...

Le 14 octobre 1940, Ephraïm est le premier à se faire recenser en tant que « Juif » à la préfecture d'Évreux. Lui, Emma et Jacques portent respectivement les numéros d'ordre 1, 2, 3 sur le registre qui est composé de feuilles de copies, grand format, petits carreaux. Ephraïm n'ayant pas reçu l'accord pour sa nationalité française, la famille est fichée comme « Juifs étrangers ». Cela fait pourtant plus de dix ans qu'ils vivent en France. Ephraïm espère que l'administration française se souviendra un jour de sa diligence à obéir. Il doit décliner son identité et préciser son métier, ce qui lui pose un problème. Les ordonnances allemandes interdisent aux Juifs les métiers d'« entrepreneur, directeur et administrateur ». Il lui est donc interdit de dire la vérité : qu'il dirige une petite société d'ingénierie. Pour autant, il n'a pas envie de dire qu'il est sans emploi. Donc le voilà obligé de mentir, et de s'inventer un métier en piochant dans la liste des métiers autorisés. Ephraïm choisit « cultivateur » – lui qui avait tant détesté la vie agricole en Palestine. En signant le registre, Ephraïm écrit dans la marge qu'il est fier de ceux qui ont fait la guerre à l'Allemagne en 1939-1940, et il signe une deuxième fois. Les filles trouvent l'attitude de leur père gênante. Elles ont honte de son geste ridicule.

— Tu crois que Pétain va lire le registre ?

Elles refusent d'aller se faire recenser. Ephraïm se fâche, ses filles ne se rendent pas compte du danger qu'elles courent. Emma est bouleversée. Elle supplie ses filles d'obéir. Quatre jours plus tard, le 18 octobre 1940, les filles finissent par se rendre ensemble à la préfecture pour signer à contrecœur le registre de recensement. Elles se déclarent sans religion et portent les numéros 51 et 52. La préfecture leur fournit de nouvelles cartes, sur lesquelles est inscrit le mot « Juif ». Les cartes sont délivrées par la préfecture d'Évreux, le 15 novembre 1940, n° 40 AK 87 577.

Emmanuel nourrit toujours l'espoir d'un départ vers l'Amérique. Mais il doit trouver des fonds pour la traversée – il n'a plus d'engagement depuis qu'il lui est interdit de jouer dans des films. Il ne sait pas où trouver de l'argent et, en attendant, ne se fait pas recenser. Ephraïm est agacé par son petit frère, qui cherche toujours à se démarquer.

— C'est obligatoire d'aller se présenter à la préfecture, lui fait-il remarquer.

— L'administration, ça m'angoisse, répond Emmanuel en allumant avec nonchalance une cigarette. Qu'ils aillent tous se faire foutre.

— Emmanuel n'est pas allé se faire recenser ?
— Non, il choisit l'illégalité. Tu vois, toute leur vie, Nachman et Esther se sont fait du souci pour leur fils Emmanuel, parce que c'était un enfant désinvolte, qui ne voulait pas travailler à l'école ni rien faire comme tout le monde. Et c'est sa désinvolture qui le sauvera. Regarde Ephraïm et Emmanuel. Les voici donc, les deux frères que tout oppose. Deux frères mythologiques. Ephraïm a toujours été travailleur, fidèle à son épouse, soucieux du bien commun. Emmanuel n'a jamais tenu ses promesses aux femmes, il disparaissait à la moindre difficulté, et se foutait de la France comme de sa première chemise. En temps de paix, ce sont les Ephraïm qui fondent un peuple – parce qu'ils font des enfants et qu'ils les élèvent avec amour, avec patience et intelligence, jour après jour. Ils sont les garants d'un

pays qui fonctionne. En temps de chaos, ce sont les Emmanuel qui sauvent le peuple – parce qu'ils ne se soumettent à aucune règle et sèment des enfants dans d'autres pays, des enfants qu'ils ne reconnaîtront pas, qu'ils n'élèveront pas – mais qui leur survivront.

— C'est terrible de se dire qu'Ephraïm obéit à l'État, quand l'État organise sa destruction.

— Mais cela, il ne le sait pas. Il ne peut même pas l'envisager.

Une ordonnance annonce que les ressortissants étrangers de « *la race juive* » vont être « *internés dans des camps* », « *en résidence forcée* ». Elle est brève, lapidaire. Et peu claire. Pourquoi devraient-ils être internés dans des camps ? Et dans quel but ? Les rumeurs évoquent des départs en Allemagne pour « *y travailler* » sans autre précision. Dans les ordonnances, les Juifs étrangers et sans profession sont considérés comme « *en surnombre à l'économie nationale* ». Ils vont donc servir de main-d'œuvre dans le pays des vainqueurs.

— … Ce qui est très important aussi, c'est de noter que les premiers départs concernent uniquement « les Juifs étrangers ».

— C'est pensé, j'imagine…

— Bien sûr. Les Français assimilés ont des appuis dans la société. Si les ordonnances avaient commencé par s'attaquer aux Juifs « français », les gens auraient davantage réagi – les amis, les collègues de travail, les clients, les conjoints… Regarde ce qui s'est passé pendant l'affaire Dreyfus.

— Les étrangers, eux, sont moins enracinés dans le pays – donc ils sont « invisibles »...

— Ils vivent dans la zone grise de l'indifférence. Qui va s'offusquer qu'on s'attaque à la famille Rabinovitch ? Ils ne connaissent personne en dehors de leur cercle familial ! Donc ce qui va compter, au départ, dans la mise en place de ces ordonnances, c'est de faire des Juifs une catégorie « à part ». Avec, à l'intérieur de cette catégorie, plusieurs catégories. Les étrangers, les Français, les jeunes, les vieux. C'est tout un système réfléchi et organisé.

— Maman... il y a bien un moment où on ne pourra plus dire « on ne savait pas »...

— L'indifférence concerne tout le monde. Envers qui, aujourd'hui, es-tu indifférente ? Pose-toi la question. Quelles victimes, qui vivent sous des tentes, sous des ponts d'autoroute, ou parquées loin des villes, sont tes invisibles ? Le régime de Vichy cherche à extraire les Juifs de la société française, et y parvient...

Ephraïm est convoqué à la préfecture. En dehors de ce déplacement, il n'est plus autorisé à voyager.

On le reçoit pour mettre à jour les renseignements le concernant lui et sa famille.

— Au précédent rendez-vous, vous vous êtes déclaré « cultivateur », affirme l'agent administratif qui le reçoit.

Ephraïm se sent mal, il sait qu'il a menti.

— Combien possédez-vous d'hectares ? Avez-vous des employés ? Des ouvriers agricoles ? Quelles machines utilisez-vous ?

Ephraïm est bien obligé de dire la vérité. En dehors de son petit jardin, de ses trois poules, ses quatre cochons et d'un petit terrain potager qu'il partage avec un voisin... on ne peut pas dire qu'il soit à la tête d'une grande propriété agricole.

La personne chargée de mettre à jour la fiche d'Ephraïm s'empresse de rayer la mention « cultivateur » au crayon de papier. Elle inscrit dans la marge : « *M. Rabinovitch possède une propriété de 25 ares sur laquelle il a quelques pommiers. Il élève quelques poules et lapins pour sa consommation personnelle.* »

— Tu comprends la logique ? Elle est redoutable.
— Oui, on te pousse à mentir, puis on te traite de menteur. On t'empêche de travailler – et ensuite on t'explique que tu es un parasite sur le territoire.
— Sur la fiche, la mention « cultivateur » est donc remplacée par « sp », qui signifie « sans profession ». Voici comment Ephraïm est transformé en chômeur apatride, profitant des fruits d'une terre française dont il a voulu être le « propriétaire » mais qui n'aurait jamais dû lui appartenir. Ce n'est pas tout. Il n'est plus « apatride », mais désormais « d'origine indéterminée ».
— Je vois. Être apatride, c'est être quelque chose. Être indéterminé, c'est louche.

Au même moment, les entreprises et biens appartenant aux Juifs doivent être mis sous séquestre. Les commerçants et les patrons doivent eux-mêmes aller se déclarer au commissariat de leur quartier. C'est ce qu'on appelle « l'aryanisation des entreprises ». Ephraïm va devoir céder la SIRE à des gérants français – avec ses inventions, ses brevets, ceux de son frère, soit vingt années de travail – tout cela part dans les mains de la Compagnie générale des eaux.

Pendant que ce grand filet de pêche est cousu fil à fil par l'État français et l'occupant, la vie des sœurs Rabinovitch se poursuit, dans leur élan vital. Noémie écrit une nouvelle, qu'elle fait lire à son ancienne professeure de Fénelon, Mlle Lenoir, qui connaît des gens dans l'édition. Évidemment, il faudra trouver un pseudonyme, mais Noémie croit en son talent. Myriam, quant à elle, rencontre dans le quartier de la Sorbonne un jeune homme qui s'appelle Vicente. Il a 21 ans, son père est le peintre Francis Picabia, sa mère Gabriële Buffet est une figure de l'intelligentsia parisienne. Ce ne sont pas des parents, ce sont des génies.

Chapitre 20

Vicente Picabia est un jeune homme qui a poussé seul comme le chiendent qui rend la vie dure aux jardiniers, comme les pissenlits que rien n'étouffe. Il s'est faufilé partout de sa naissance à ses 21 ans, désiré nulle part, précédé partout d'une mauvaise réputation, méprisé par ses professeurs, ballotté de pensions en pensions. Enfant, il était souvent resté seul sous le grand porche de l'école, le jour des vacances, à l'heure où ses camarades rentraient chez eux. Ses parents ne venaient pas le chercher, trop occupés à être eux-mêmes des enfants.

Gabriële passait le moins de temps possible avec ce petit dernier, qu'elle trouvait trop flou. Elle n'avait rien à lui dire, elle attendait qu'il devienne plus intéressant avant de faire sa connaissance. Vicente était né bien après ses frères et sœurs, sans doute par accident – ses parents étaient déjà séparés depuis longtemps. Gabriële l'inscrivit en pension à l'École des Roches, à Verneuil dans l'Eure, un établissement moderne qui s'inspirait des méthodes d'éducation anglaises, basées sur le sport au grand air et les activités en atelier. Elle avait lu comme tout le monde le best-seller d'Edmond Demolins, traduit dans plus de huit langues, *À quoi tient la supériorité des Anglo-Saxons ?*, dont la quatrième de couverture donnait la réponse immédiate, faisant fi de tout suspense : « *Elle tient à l'éducation.* »

Malgré ces initiatives, Vicente n'apprit rien à l'École des Roches. Il cherchait ses mots en répétant inlassablement le début d'une phrase. Il ne parvenait pas à se concentrer et, lorsqu'il fallait lire à haute voix devant la classe, les lettres et les mots s'inversaient.

— Mais cela ne sert à rien l'école, mon grand. L'important, c'est de vivre, de sentir, lui disait sa mère.

— Ne t'embête pas avec l'orthographe, lui répétait son père. Ce qui est beau, c'est d'inventer des mots.

Quand il rencontre Myriam, en octobre 1940, Vicente n'a aucun diplôme, pas même le brevet des collèges. Avant la guerre, il était plongeur dans un restaurant. Maintenant, il veut devenir guide de montagne et poète. Son problème, c'est la grammaire. Il a déposé une annonce à la Sorbonne, pour chercher un étudiant qui lui donnerait des cours. C'est comme ça qu'il fait la connaissance de Myriam. Ils sont nés à trois semaines d'intervalle, Myriam quelque part au mois d'août en Russie, et Vicente, le 15 septembre, à Paris.

— Ce n'est pas un hasard, ai-je dit à Lélia.

— Que veux-tu dire ?

— Ce n'est pas un hasard que je sois née un 15 septembre, exactement comme ton père.

— Tu sais, on peut définir le hasard sous trois angles. Soit il sert à définir des événements merveilleux, soit des événements aléatoires, soit des événements accidentels. Tu te ranges dans une des catégories ?

— Je ne sais pas. J'ai l'impression qu'une mémoire nous pousse vers des lieux connus de nos ancêtres, nous entraîne à célébrer des dates qui furent importantes dans le passé, ou à apprécier des gens dont – sans que nous le sachions – la famille a croisé autrefois la nôtre. Tu peux appeler cela de la psychogénéalogie ou croire en une mémoire des cellules... mais moi je ne parle pas de hasard. Je suis née un 15 septembre, j'ai fait mes classes préparatoires au lycée Fénelon, puis mes études à la Sorbonne, j'habite rue Joseph-Bara comme l'oncle Emmanuel... La liste des détails est troublante, maman.

— Peut-être... qui sait ?

Myriam et Vicente se donnent rendez-vous deux fois par semaine, au bistrot L'Écritoire, place de la Sorbonne. Myriam apporte le *Vaugelas*, ainsi que des cahiers et des stylos pour écrire. Vicente arrive les mains dans les poches, les cheveux en désordre, dégageant une étrange odeur d'écurie. Il s'habille d'une drôle de façon, un jour drapé dans une vieille cape, le lendemain avec son costume de chasseur alpin, mais jamais deux fois de la même manière. Myriam n'a jamais vu un garçon pareil.

Très vite, elle se rend compte que Vicente a un problème de diction, il accroche sur les mots difficiles. Il a aussi du mal à se concentrer mais il est drôle et désarmant. Il adore lui faire perdre son sérieux professoral en faisant des blagues. La jeune fille éclate de rire au milieu des mots irréguliers et des accords de participes passés.

Vicente commande des grogs. Gagné par une légère ivresse, il invente des phrases absurdes pour les dictées, il démontre le caractère illogique des règles de grammaire. Il se moque du sérieux pontifiant des étudiants de la Sorbonne, imite les professeurs en train de boire leur thé doctement.

— On serait mieux à la piscine Lutetia, conclut-il en parlant fort.

À la fin du cours, Vicente pose des questions à l'étudiante, des rafales de questions, sur ses parents, sur sa vie en Palestine, sur les pays qu'elle a traversés. Il lui demande de répéter la même phrase dans toutes les langues qu'elle connaît. Puis la regarde, concentré. Personne ne s'est jamais intéressé à Myriam avec autant d'intensité.

Lui en revanche se livre peu. Tout ce qu'elle apprend, c'est qu'il a quitté son emploi de « placier en baromètres ».

— Ils m'ont viré au bout d'un mois. J'aurais été meilleur à vendre des livres. Moi j'aime les auteurs américains. Tu connais *The Savoy Cocktail Book* ?

Dès le premier jour, Myriam est troublée par la beauté de son visage d'Espagnol, sa chevelure noire et, sous les yeux, une ombre, comme la marque d'une douleur ancienne. Il tient ses traits de son grand-père, un être flegmatique qui n'a jamais travaillé de sa vie ; maigre comme un jeune toréro, il avait épousé en secondes noces un petit rat de l'Opéra en âge d'être sa fille. Il avait des cernes sous les yeux.

Au bout de quelques semaines, ces rendez-vous deviennent pour Myriam les seuls qui comptent.

Autour d'elle, l'espace se rétrécit, le temps aussi, à cause du couvre-feu, du dernier métro, des magasins fermés, des livres censurés, des voyages interdits, il y a partout des barrières. Mais elle n'en souffre plus depuis Vicente, son nouvel horizon.

Elle qui n'a jamais été coquette le devient. Dans cette période de pénurie où il faut faire sa lessive à l'eau froide et sans savon, elle réussit à se procurer un flacon de shampooing Edjé à moitié entamé, ainsi qu'un fond de parfum qui lui coûte toutes ses économies, *Soir de Paris* de Bourjois, un bouquet de roses damascena et de violettes surnommé « le philtre d'amour » qui avait joui d'une réputation sulfureuse lors de son lancement.

À la vue du flacon, Noémie comprend que sa grande sœur a fait une rencontre. Troublée de n'être pas dans la confidence, son esprit divague. Cela doit être un homme marié ou un des professeurs de la Sorbonne, pense-t-elle.

Un jour, Vicente n'est pas au rendez-vous. Myriam attend, impatiente de commencer son cours, maquillée, parfumée. Puis elle s'inquiète, peut-être que son élève est coincé dans le métro à cause d'une alerte ? Après quatre heures d'attente, elle ressent un sentiment d'humiliation et s'en veut d'avoir raté le cours de Gaston Bachelard sur la philosophie des sciences.

La fois suivante, lorsque Myriam arrive au bistrot, le serveur l'informe que « le jeune homme de d'habitude » a laissé une enveloppe pour elle. À l'intérieur il y a une feuille, avec quelque chose griffonné au crayon à papier. Un poème.

Tu sais, les femmes,
Il ne faut pas chercher à les retenir
C'est comme les cheveux
On peut un peu retarder leur départ
Mais elles finissent toujours par s'en aller.
Toi tu ne réponds pas comme les autres
De quelle époque reviens-tu ?
Les amis autour de moi me donnent l'impression qu'il
n'y a personne.
Tu es la lune aux yeux noirs
J'avais beaucoup de choses à te dire,
Mais j'ai tout oublié.
Je me sens épuisé
Ma tête s'écroule doucement,
Il y a encore des cigarettes mais mon briquet
ne marche plus
Et les allumettes du monde entier sont mouillées
par les larmes
La vie n'est pas le contraire de la mort,
pas plus que jour n'est le contraire de la nuit
Ce sont peut-être deux frères jumeaux qui n'ont
pas la même mère.
Commencement du monde
Toi ou moi
Fin du monde
Je n'ai plus d'encre.
Heureusement pour toi ?

Au dos de la feuille, Vicente a fait exprès de mal orthographier : « Ge tinvite a une fette ché ma merre de main soire. Vyen. » Myriam rit mais son cœur soudain bat très fort.

— Il y a l'adresse, mais il n'a pas indiqué l'heure, dit Myriam à Noémie, en lui montrant la feuille. À ton avis, qu'est-ce que je dois faire ? Je ne voudrais pas arriver trop tôt ni trop tard.

Noémie apprend tout d'un coup : que sa sœur est amoureuse d'un poète, qu'il est beau et organise des fêtes chez sa mère.

— Je peux venir avec toi ?

— Non, pas cette fois-ci, répond Myriam en chuchotant, comme pour atténuer la peine.

Comment expliquer à Noémie que cette nuit lui appartient, qu'elle veut la vivre seule, pour une fois ? Elles ont toujours été deux, mais pour cette histoire-là, ce n'est pas un chiffre possible.

Noémie, blessée, se sent méprisée. Elle déteste cet homme qui l'éloigne de sa sœur. Elle déteste qu'il écrive des poèmes beaux et bizarres. Myriam devait se fiancer à un jeune étudiant avec qui elle aurait préparé l'agrégation de philosophie. Les poètes, les fils de peintre, les marginaux, c'était pour elle. Pour elle que les hommes devaient écrire des poèmes, pour elle qu'on devait organiser des fêtes joyeuses, elle, la belle lune aux yeux noirs. Elle s'enferme dans sa chambre et écrit rageusement dans ses cahiers qu'elle cache sous son lit.

Le lendemain soir, Myriam demande à son amie de l'aider à teindre ses jambes. D'une main sûre, Colette trace un trait au crayon noir sur ses mollets, pour feindre la couture des bas.

— Tu peux le laisser te caresser, mais pas trop loin ou il finira par comprendre la supercherie, lui dit Colette en riant.

123

Myriam se rend à la fête de Vicente, fébrile. En montant les escaliers, elle n'entend ni les éclats de voix ni la musique. Silence. Se serait-elle trompée de jour ? Embarrassée, elle sonne à la porte de l'appartement. Myriam hésite, elle compte jusqu'à trente avant de repartir, mais soudain Vicente apparaît dans l'embrasure de la porte. Son beau visage est plongé dans le noir, de toute évidence il dormait et l'appartement est vide.

— Je suis désolée, je me suis trompée de jour… s'excuse Myriam.

— J'ai annulé. Attends-moi, je vais chercher une bougie.

Vicente revient dans un peignoir oriental qui dégage une odeur d'encens et de poussière, la bougie qu'il tient dans la main fait miroiter les mille petits miroirs cousus sur le tissu. Vicente ouvre la marche, pieds nus, comme un prince maharadja.

Myriam pénètre dans l'appartement éclairé par la seule lueur de la flamme, elle traverse des pièces encombrées d'un fouillis de vieilleries, comme un magasin d'antiquités, avec des tableaux entassés les uns sur les autres au pied des murs, des photographies posées sur les étagères et des statuettes africaines.

— Il ne faut pas faire de bruit, dit Vicente en chuchotant, parce qu'il y a quelqu'un qui dort…

En silence, Vicente conduit Myriam jusqu'à la cuisine, où, dans la lumière électrique, elle s'aperçoit qu'il s'est maquillé les yeux avec de la poudre de khôl. Vicente ouvre une bouteille de vin qu'il goûte directement au goulot. Puis il tend un verre à Myriam. Elle s'aperçoit alors qu'il est nu sous son peignoir de femme.

— J'ai bien aimé le poème, dit-elle.

Mais Vicente ne répond pas merci, parce qu'en vérité ce poème n'est pas de lui, il l'a volé, en fouillant dans les lettres que Francis Picabia envoie à Gabriële Buffet. Bien qu'ils soient divorcés depuis quinze ans, leur correspondance est toujours amoureuse.

— Tu veux ? demande-t-il en montrant une corbeille de fruits.

Alors Vicente épluche une poire dont il ôte la peau, il coupe des petits morceaux qu'il tend à Myriam, un à un, dégoulinants de jus, que la jeune femme mange docilement.

— J'avais plus envie de cette fête parce que j'ai découvert ce matin que mon père s'est remarié. Ça fait six mois. Personne ne m'a prévenu, dit-il à Myriam. Je compte pour rien dans cette famille.

— Avec qui s'est-il remarié ?

— Une Suisse allemande, une conne. C'était notre jeune fille au pair. J'ai toujours pensé qu'on écrivait « jeune fille au père ».

C'est la première fois de sa vie que Myriam rencontre un garçon dont les parents sont divorcés.

— Tu n'en as jamais souffert ? demande la jeune fille.

— Oh tu sais, ceux qui médisent derrière mon dos, mon cul les contemple... Mon père et la Suisse se sont mariés le 22 juin ! Le jour même de l'armistice. Tu vois, ça en dit long sur leur union... Quand je pense que j'étais pas invité. Je suis sûr que le jumeau y était.

— Tu as un frère jumeau ?

— Non. C'est comme ça que je l'appelle, le jumeau, parce que frère, j'y arrive pas.

Alors Vicente raconte à Myriam l'étrange histoire de sa naissance.

— Mes parents étaient séparés, mon père s'était installé chez sa maîtresse, Germaine, et ma mère vivait ici avec Marcel Duchamp, le meilleur ami de mon père. Enfin. Tu vois quoi…

Myriam ne voit rien mais elle écoute. Elle n'a jamais entendu d'histoires pareilles.

— Germaine est tombée enceinte de Francis, c'est ce qu'elle voulait. Mais quand elle a compris que Gabriële était aussi enceinte, elle a fait toute une histoire, elle s'est demandé si Francis n'était pas encore secrètement amoureux de sa femme… Francis l'a rassurée en disant que l'enfant n'était pas de lui, mais de Marcel. Tu me suis ?

Myriam n'ose pas lui dire non.

— Les deux filles sont tombées enceintes en même temps. Ma mère et la maîtresse de mon père. C'est simple, non ?

Vicente se lève pour chercher un cendrier.

— Germaine se plaignait quand même beaucoup, elle voulait se marier avec mon père, pour clarifier la situation de l'enfant. Mais Francis a écrit « Dieu a inventé le concubinage. Satan le mariage » sur les murs de son immeuble. Les voisins se sont plaints, cela a fait une histoire tout ça…

Vicente fut le premier à naître. Et Marcel le mit au monde. Peut-être espérait-il être le père de ce *ready-made* vivant ? Mais Vicente était noir comme un petit taureau d'Espagne et personne ne put douter du fait qu'il était le fils de Francis Picabia. Tout le monde fut très déçu. Francis le premier, qui dut choisir un prénom en sa qualité de père. Il décida de l'appeler Lorenzo. Quelques semaines plus tard, Marcel Duchamp, dégagé de ses responsabilités, partit pour l'Amérique. Et l'autre femme accoucha à son tour d'un petit garçon aux cheveux noirs. Francis dut choisir de nouveau un prénom et, comme il était à court d'idées, il décida de l'appeler aussi Lorenzo.

— Il faut penser à l'aspect pratique des choses.

Vicente détestait son prénom et son demi-frère. Il était obligé de passer des vacances avec lui, dans le sud de la France, quand il allait voir son père. Francis aimait faire la plaisanterie :

— Je vous présente mes deux fils, Lorenzo et Lorenzo.

Vicente en souffrait.

Francis engagea une jeune fille au pair, Olga Molher, que les garçons surnommaient Olga de Malheur ou Olga Molaire. Elle était moins intelligente que Gabriële, moins belle que Germaine, mais elle savait y faire avec Francis. Elle obtint tout de lui et révéla alors sa vraie nature : elle n'aimait pas s'occuper des enfants.

— Je n'étais bien nulle part et personne ne voulait de moi. Alors, à l'âge de 6 ans, j'ai essayé de me suicider. C'était en pension, j'ai sauté du deuxième étage. Malheureusement, je m'en suis sorti avec seulement deux côtes fêlées et le bras cassé. Personne ne parla de l'incident à mes parents. À l'âge de 11 ans, un matin, j'ai décidé qu'on ne m'appellerait plus Lorenzo mais Vicente. Et en 1939, je me suis engagé dans le 70ᵉ régiment des chasseurs alpins de forteresse. Incorporé soldat deuxième classe. Ma mère m'avait appris à skier et j'ai pensé qu'elle aurait été fière de moi, une fois dans sa vie. Ensuite j'ai demandé à partir avec un bataillon de chasseurs alpins pour la campagne de Norvège. J'ai fait la bataille de Narvik. Évacué en juin avec les Polonais. Puis débarqué à Brest. La mort ne veut pas de moi, tu vois, même elle. C'est comme ça.

Vicente découpe des petits morceaux de fruit que Myriam mange doucement, sans en refuser un seul, de peur que Vicente ne s'arrête de parler.

— Merde, ça ne se voit pas trop que je pleure ? demande-t-il en essuyant son œil charbonneux de ses doigts sucrés, pleins de jus.

Il se lève pour aller chercher un torchon, Myriam prend ses mains pour les porter à sa bouche. Elle lèche ses doigts. Il pose ses lèvres sur les siennes, maladroitement, sans bouger. Myriam sent le torse nu de Vicente sous son peignoir. Il la prend par la main et l'emmène vers une petite chambre au bout d'un couloir.

— C'est la chambre de ma sœur Jeanine, tu peux rester dormir à cause du couvre-feu, dit-il. Je reviens.

Myriam s'allonge tout habillée sur le lit qu'elle n'ose pas défaire. En attendant Vicente, elle repense à l'odeur de ses doigts, à sa beauté sombre et brûlante, à ce baiser étrange. Une chaleur inconnue au creux du ventre, elle regarde l'aube percer à travers les volets fermés. Soudain elle entend du bruit dans la cuisine et pense que Vicente prépare un café.

— Vous voulez quelque chose ? lui demande une petite bonne femme, avec le peignoir aux miroirs indiens que son fils portait la veille.

Avant que Myriam ait eu le temps de répondre, Gabriële lui sert une tasse en ajoutant :

— Vous avez laissé un beau bazar dans la cuisine.

Myriam rougit en voyant la bouteille de vin terminée, les épluchures de fruits et les cigarettes fumées.

Gabriële jauge Myriam. Elle est moins jolie que la précédente, la petite Rosie. Son fils brise les cœurs avec une constance qu'elle ne lui connaît que dans ce domaine.

— Avec lui, ça se termine toujours mal.

Gabriële aurait voulu que son fils soit homosexuel, elle trouvait ça chic et provocant. Elle lui disait souvent :

— C'est plus simple les garçons, crois-moi.

— Qu'est-ce que tu en sais ? répondait agressivement Vicente, qui ne supportait pas que sa mère parle aussi librement.

Vicente avait une beauté qui provoquait brutalement le désir, des jeunes filles aux vieux messieurs. À l'école, il avait connu les aventures des pensionnats et les attouchements honteux de professeurs salaces. Et quand il rentrait chez ses parents, il retrouvait un monde d'adultes à la vie trop libre pour son esprit d'enfant, il connaissait les odeurs de foutre dans leurs draps. Au bout du compte, tout cela avait fini par détraquer quelque chose en lui. Ses histoires d'amour étaient toujours bizarres. Mais que faire ? se demandait sa mère.

Vicente entre dans la cuisine, les yeux encore endormis, les paupières gonflées. Il voit la tête de sa mère contrariée, alors sans réfléchir il attrape la main de Myriam et dit d'une voix solennelle :

— Maman, je te présente Myriam, nous allons nous fiancer.

Myriam et Gabriële arrêtent leur geste en même temps, la jeune fille sent le sol se dérober sous elle, mais la mère reste calme, elle n'en croit pas un mot.

— Nous nous fréquentons depuis deux mois, ajoute-t-il tranquillement. Je ne t'ai jamais parlé d'elle, parce que c'est très sérieux.

— Bien, je ne sais pas quoi dire, répond Gabriële, gênée.

— Myriam est en philosophie à la Sorbonne, elle parle six langues, oui, six, son père était un révolutionnaire, elle a traversé la Russie en charrette, fait de la prison en Lettonie, vu les Carpates dans un train, vogué sur la mer Noire, appris l'hébreu à Jérusalem, ramassé des oranges avec des Arabes en Palestine...

— Mais votre vie est un roman ! dit Gabriële en se moquant un peu de l'emphase de son fils.

— Tu es jalouse ? demande Vicente avec désinvolture.

Myriam se jette dans les rues de Paris avec le sentiment qu'elle a joué sa vie entière en une seule nuit. Elle rentre chez elle au petit matin, comme dans un conte, la lune lui a donné un fiancé. Et plus rien ne sera comme avant, à cause de ce garçon compliqué, mais beau, d'une beauté à crever.

Chapitre 21

Les semaines suivantes, Myriam présente son fiancé à sa sœur et à Colette, autour d'un chocolat chaud à la pâtisserie Viennoise, rue de l'École-de-Médecine. Colette le trouve *épatant*. Noémie est plus réservée, elle ressent l'aventure de sa sœur comme un abandon.

— Fais attention. Ne te jette pas dans les bras du premier venu, dit-elle. Je te rappelle que Pétain veut interdire le divorce.

Myriam voit bien, sous ces conseils bienveillants, poindre des accents de jalousie. Elle ne relève pas.

Vicente, lui aussi, présente sa fiancée à ses amis. Ils sont étranges et mal élevés, ils prennent de la confiture au haschich, ils boivent des *glass*, ils détestent les bourgeois, ils ont les cheveux longs gominés et des vestes à soufflet, ils ne se déplacent qu'entre les trois monts : Montmartre, Montparnasse, et la villa Montmorency, où certaines nuits, avenue des Sycomores, Vicente a dormi chez André Gide.

Ils jugent Myriam trop sérieuse :

— Elle est terne et besogneuse. Rosie était une bourgeoise, mais elle était jolie.

Vicente répond alors cette phrase que lui avait dite un jour son père, devant un coucher de soleil :

— Méfie-toi de ce qui est joli. Cherche ce qui est beau.

— Mais qu'est-ce que tu lui trouves de beau ?

Vicente regarde ses amis en insistant bien sur chacun des mots :

— Elle est juive.

Myriam, c'est son cri de guerre. C'est son fragment noir de beauté. Avec elle, il emmerde la terre entière. Les Allemands, les bourgeois et Olga Molaire.

Noémie, qui avait toujours été une élève brillante, se met à travailler de façon incohérente. Son professeur d'allemand écrit sur son bulletin, à la fin du premier trimestre : « Élève déconcertante. Fait très bien ou très mal. »

Elle quitte l'hypokhâgne pour suivre les cours de littérature en auditeur libre à la Sorbonne – ainsi elle retrouve sa sœur. Elle est prête à l'attendre des heures, devant les portes de l'amphithéâtre Richelieu, simplement pour pouvoir rentrer en métro avec Myriam, comme autrefois quand elles revenaient du collège.

— Elle m'étouffe, dit Myriam à sa mère.

— Mais c'est ta sœur et tu as de la chance de l'avoir, répond Emma dont la gorge se serre.

Myriam s'en veut. Elle sait que sa mère n'a plus de nouvelles de ses parents ni de ses sœurs depuis plusieurs semaines. Les lettres envoyées en Pologne restent sans réponse.

Un matin, à Lodz, les parents d'Emma se réveillent prisonniers. Leur quartier a été bouclé pendant la nuit, avec des barrières en bois, doublées de fils barbelés. Les patrouilles de la police régulière empêchent les gens de s'enfuir. Impossible d'entrer, impossible de sortir. Les magasins ne sont pas approvisionnés. Les germes et les microbes se répandent. Semaine après semaine le ghetto devient un tombeau à ciel ouvert. Chaque jour, des dizaines de personnes y meurent de famine ou de maladie. Les corps s'entassent sur des charrettes dont on ne sait pas quoi faire. Il se répand des odeurs infectes. Les Allemands n'entrent pas à cause des épidémies. Ils attendent. C'est le début de l'extermination des Juifs, par mort « naturelle ».

Voilà pourquoi Emma n'a plus de nouvelles de ses parents, ni d'Olga, Fania, Maria, ni de Viktor, son petit frère.

Noémie s'inscrit dans un cours de formation accélérée de professeur, qui lui permettrait d'obtenir un diplôme au mois de juillet si les examens ne sont pas repoussés. Et ainsi, de gagner sa vie, tout en écrivant.

— Regarde cette lettre. On y voit que, malgré l'interdiction faite aux Juifs de publier des livres, elle n'abandonne pas son projet.

Sorbonne 9 h en attendant le prof.
Chère Maman, cher Papa, cher Jacquot,
J'ai eu il y a trois semaines une espèce de « choc sentimental ». Et depuis j'ai écrit avec une très

grande facilité de nombreux petits poèmes en prose.

De tout ce que j'ai écrit, ils sont certainement les plus publiables. En ce sens qu'ils sont mûrs, et comportent déjà en eux quelque chose. Je les ai envoyés à Mlle Lenoir et hier elle m'a demandé de venir pour que nous en parlions. Ils lui ont plu. Il y avait même des moments où elle me disait quelles étaient les choses qu'elle aimait, j'en étais gênée... Enfin, elle est très emballée.

Bibliothèque Sorbonne 3 h 20

Elle les a tapés à la machine et envoyés à quelqu'un qui pourra en donner un jugement bien plus impartial, car elle a peur d'être trop sévère ou de ne pas l'être assez. Vraiment, hier a été un grand jour pour moi.

Je ne sais pas exactement comment dire les choses, mais j'ai senti hier avec force que plus tard, non pas plus tard comme on dit un jour, mais dans deux ou trois ans, peut-être plus tôt, peut-être plus tard, j'écrirai et je publierai.

Voilà, je vous aurais raconté bien des choses plus précises encore. Mais je ne peux pas. C'est trop compliqué et par moments trop douloureux. Toujours est-il que je dois à quelqu'un ça. Pas mal. Que j'aime beaucoup.

Là-dessus je vous embrasse fort et attends Jacquot vendredi. Je serai à la gare.

Je vous embrasse, No.

Cette lettre, non datée, a été écrite avant le mois de juin 1941. À cette date, Myriam et Noémie apprennent qu'un *numerus clausus* limite à présent l'inscription des étudiants juifs à l'université. Elles doivent renoncer à la Sorbonne.

Numerus clausus. Ce mot les choque. Elles l'entendaient dans la bouche de leur mère, qui n'avait pas pu faire les études de physique dont elle rêvait. Ces mots latins évoquaient une période éloignée, la Russie, le XIXe siècle... Jamais elles n'auraient pu imaginer que cela pourrait un jour les concerner.

À Paris, des attentats sont commis contre des soldats allemands. En représailles, des otages sont fusillés. Et les théâtres, restaurants et cinémas sont fermés pour un temps donné. Les filles ont la sensation de ne plus avoir le droit de rien faire.

Quelques jours plus tard, Ephraïm apprend que les Allemands sont rentrés dans Riga. La grande synagogue chorale où sa femme aimait aller chanter a été incendiée par des nationalistes. Ils ont enfermé les gens à l'intérieur de la synagogue et les ont brûlés vifs.

Ephraïm ne dit rien à Emma. Tout comme Emma cache à Ephraïm qu'elle ne reçoit plus de courrier de Pologne. Chacun protège l'autre.

Ils doivent se rendre à la préfecture pour signer les registres. Ephraïm, qui a entendu parler de départs vers l'Allemagne, pose des questions à l'agent d'administration.

— Mais qu'est-ce qu'on y fait exactement, en Allemagne ?

L'agent tend à Ephraïm un dépliant, sur lequel on voit le dessin d'un ouvrier regarder vers l'est. En lettres capitales, on peut lire : « *Si tu veux gagner davantage... viens travailler en Allemagne. Renseignez-vous : office de placement allemand ou Feldkommandantur ou Kreiskommandantur.* »

— Pourquoi pas, dit Ephraïm à Emma. Peut-être que travailler quelques mois, au nom de la France, permettrait de faire avancer notre naturalisation ? Cela montrerait nos efforts et, surtout, notre bonne volonté.

Dans les couloirs, les Rabinovitch croisent Joseph Debord, le mari de l'institutrice des Forges, qui est employé à la préfecture.

— Qu'en pensez-vous ? demande Ephraïm en lui montrant le dépliant.

Joseph Debord jette un coup d'œil à droite, un coup d'œil à gauche, puis sans rien dire, attrape le dépliant des mains d'Ephraïm et le déchire en deux. Les Rabinovitch le regardent s'éloigner silencieusement dans le couloir.

Chapitre 22

En face de l'opéra Garnier, la façade d'un immeuble Art déco ressemble à une gigantesque boîte de biscuits rose, avec sa galerie commerciale, son cinéma *Le Berlitz*, et son dancing au décor peint par Zino. Une dizaine d'ouvriers, trapézistes au bout de leurs cordes, y hissent une affiche aux dimensions gigantesques. On découvre alors, sur plusieurs mètres de hauteur, le dessin d'un vieil homme aux doigts crochus, aux lèvres lippues, qui s'accroche à un globe terrestre comme s'il voulait le posséder. En lettres capitales rouges, on peut lire : « LE JUIF ET LA FRANCE ». L'exposition est organisée par l'Institut d'étude des questions juives, dont la principale mission est d'orchestrer une propagande antisémite de grande ampleur pour le compte de l'occupant.

L'exposition débute le 5 septembre 1941, elle a pour fonction d'expliquer aux Parisiens pourquoi les Juifs forment une race dangereuse pour la France. Il s'agit de prouver « scientifiquement » qu'ils sont avides, menteurs, corrompus, et obsédés sexuels. Cette manipulation de l'opinion publique permet de démontrer que l'ennemi de la France, c'est le Juif. Pas l'Allemand.

L'exposition est pédagogique et ludique. Dès l'entrée, les visiteurs peuvent se faire photographier devant la reproduction géante d'un nez juif. Des maquettes mettent en scène différents faciès : des nez crochus, des lèvres épaisses, des cheveux sales. À la sortie, un mur présente les photographies de nombreuses personnalités juives, Léon Blum, Pierre Lazareff, Henri Bernstein ou encore Bernard Natan, qui tous incarnent « *le péril juif dans tous les domaines de l'activité nationale* ». La France est symbolisée par l'image d'une belle femme « *victime de sa générosité* ».

Les visiteurs peuvent ensuite acheter un ticket pour voir, au cinéma *Le Berlitz*, un documentaire allemand, supervisé par Goebbels, intitulé *Le Juif éternel*. L'écrivain Lucien Rebatet l'a qualifié de chef-d'œuvre.

Cette manipulation de l'opinion publique a des conséquences. Au mois d'octobre, six synagogues parisiennes sont plastiquées par des militants collaborationnistes armés par l'occupant. Rue Copernic, la bombe détruit une partie de l'édifice, où des fenêtres sont arrachées. Le lendemain, un rapport des renseignements généraux mentionne : « *L'annonce des attentats commis hier contre les synagogues n'a causé dans le public ni surprise ni émoi. "Cela devait arriver", entend-on dire avec une certaine pointe d'indifférence.* »

Cette propagande permet aussi de justifier les mesures antisémites, qui s'intensifient. Les familles qui ont un poste de radio doivent le rendre à la préfecture de police en même temps qu'ils émargent les listes. Tous les comptes bancaires sont soumis au Service du contrôle des administrateurs provisoires. Les arrestations, principalement de Polonais en âge de travailler, commencent.

Les préfectures organisent le recensement des biens de chacune des familles présentes sur leur territoire, afin que l'État puisse confisquer ce qui l'intéresse. Il sera décrété que les Juifs doivent payer une amende d'un milliard de francs.

— Comme tu pourras le constater sur la fiche que j'ai retrouvée, les Rabinovitch ne possédaient plus grand-chose.

Ordonnance concernant une amende imposée aux Juifs.
Nom : Rabinovitch
Prénoms : Ephraïm Emma et leurs enfants
Résidence : Les Forges
Indication des objets de valeur saisissables sans dommage pour l'économie générale ni pour les créanciers français (argenterie, bijoux, œuvres d'art, valeurs mobilières, etc.) :
Une voiture automobile et mobilier de première nécessité.

Tous les dimanches, Ephraïm joue aux échecs avec Joseph Debord, le mari de l'institutrice.
— Je crois que les Juifs devraient essayer de quitter la France, dit-il à Ephraïm en déplaçant un pion sur l'échiquier.
— Nous n'avons pas de papiers et nous sommes assignés à résidence, répond Ephraïm.
— Peut-être que… vous pourriez vous renseigner quand même ?
— Mais comment ?

— Par exemple, quelqu'un pourrait le faire pour vous.

Ephraïm comprend bien le message que veut lui faire passer Debord. Mais il a l'habitude de gérer ses affaires lui-même, surtout en ce qui concerne sa famille.

— Écoutez, chuchote Debord, si un jour il vous arrivait un problème... venez me voir chez moi – mais jamais à la préfecture.

Ces paroles font malgré tout leur chemin dans l'esprit d'Ephraïm, qui réfléchit aux possibilités de partir à l'étranger. Pourquoi ne pas retourner chez Nachman pour quelque temps, en trouvant un moyen de voyager clandestinement ? Mais la Grande-Bretagne n'autorise plus les Juifs à émigrer en Palestine sous mandat britannique. Ephraïm se renseigne alors pour les États-Unis, mais les politiques d'accueil des immigrés se sont durcies. Roosevelt a mis en place une politique restrictive d'immigration. Un paquebot fuyant le Troisième Reich a dû faire demi-tour et les mille passagers du *Saint-Louis* ont été renvoyés en Europe.

Des frontières s'érigent de toute part. Ce qui était encore possible il y a quelques mois ne l'est plus désormais.

Pour partir, il faudrait trouver de l'argent, mais tout ce qui leur appartient est hypothéqué par l'État français. Et puis il faudrait voyager clandestinement, tout recommencer depuis le bas de l'échelle. Ephraïm se sent trop vieux pour ça, il n'a plus le courage d'embarquer sa famille dans une charrette pour traverser des forêts enneigées.

Son corps fatigué est aussi une limite, sa frontière.

Vicente et Myriam se marient le 15 novembre 1941 à la mairie des Forges, sans dragées ni photographe. Les Picabia, pour qui ce n'est pas un événement, ne font pas le déplacement. Myriam porte une robe polonaise de sa mère, en lin lourd, brodée d'un liseré rouge. Pour se rendre à la mairie, il faut traverser le village. Les habitants regardent passer le cortège des Rabinovitch, avec leur drôle d'allure, Noémie a mis sur la tête un petit chapeau à voilette prêté par Mme Debord, l'institutrice. Et Myriam un napperon plié comme un foulard. Le maire trouve que ces gens ont l'air de ces saltimbanques qu'on voit errer aux abords des villes, moitié artistes, moitié voleurs.

— Ces Juifs, ils sont quand même bizarres... dit-il à sa secrétaire de mairie.

Personne n'a vu cela aux Forges, une noce sans messe, sans chanson de régiment, ni danse au son d'un accordéon. La cérémonie est un peu pâlotte, certes, mais elle délivre Myriam : elle est rayée de la liste des Juifs de l'Eure pour être transférée sur la liste de Paris.

Myriam s'installe donc officiellement à Paris, rue de Vaugirard, dans un appartement au cinquième et dernier étage. Trois chambres de bonnes reliées entre elles par un long couloir.

Désormais jeune mariée, Myriam essaye de tenir son foyer. Mais Vicente ne veut rien changer à leurs habitudes.

— Arrête, on n'est pas devenus des petits bourgeois. Et puis on s'en fout de faire le ménage.

Il faut quand même se nourrir. Quand elle n'est pas en cours à la Sorbonne, Myriam fait la queue devant les magasins d'alimentation. En tant que Juive, elle n'a pas le droit de faire ses courses en même temps que les Françaises : seulement entre quinze heures et seize heures. Le ticket de rationnement DN donne droit à du tapioca, le DR à des petits pois, et le ticket 36 à des mange-tout. Parfois quand arrive son tour, il ne reste plus rien. Elle s'excuse auprès de Vicente.

— Pas la peine de t'excuser ! On va boire, c'est bien mieux que manger !

Vicente aime s'étourdir le ventre vide, il entraîne Myriam avec lui dans les caves interdites, au Dupont-Latin à l'angle de la rue des Écoles, et au café Capoulade rue Soufflot. Myriam écrira : « *Un soir rue Gay-Lussac avec Vicente. Le bruit que nous faisons incommode les voisins. Ils appellent la police. Alors j'ai sauté par une fenêtre. Il faisait nuit noire. Arrivant au niveau de la rue des Feuillantines, j'entends venir une patrouille de deux policiers français. Dans un coin sombre, je me suis accroupie.* »

Sauter, se cacher, échapper à la police : c'est comme un grand jeu dont il faut se sortir vivante. Myriam ne doute de rien et surtout pas du fait qu'elle est invincible.

— Après la guerre, on va découvrir un syndrome de dépression qui va toucher certains résistants. Parce que jamais ils ne s'étaient sentis aussi vivants que frôlant la mort à chaque instant. Tu crois que Myriam a pu le ressentir ?

— ... Mon père oui, c'est sûr. Vicente a souffert du retour à la « vie normale ». Il avait besoin de la brûlure du risque.

Petit à petit, à mesure que l'administration fait son travail minutieux d'épouilleuse, cherchant à recenser un à un chaque Juif vivant sur le sol français, l'occupant continue d'émettre de nouvelles ordonnances qui restreignent toujours plus leur liberté. C'est un travail lent, efficace. Entre la fin de l'année 1941 et le courant 1942, les Juifs ne doivent plus s'éloigner de chez eux dans un rayon de plus de cinq kilomètres. Le couvre-feu leur est imposé à partir de vingt heures – ils n'ont pas le droit de déménager. En mai 1942, le port d'une étoile jaune bien visible sur leur manteau est obligatoire afin de faciliter le travail de la police qui doit vérifier qu'ils respectent le couvre-feu et les restrictions de déplacement.

En signe de protestation, les étudiants de la Sorbonne cousent sur leurs vestes des étoiles jaunes avec l'inscription « Philo ». Ils se font arrêter au Quartier latin par des policiers. Les parents deviennent fous.

— Mais vous vous rendez compte des risques que vous prenez ?

La famille Rabinovitch est enfermée dans sa campagne, elle n'a plus le droit de voyager, plus le droit de sortir le soir, plus le droit de prendre le train.

Myriam et Vicente, eux, peuvent faire des allers-retours entre Paris et la Normandie. À l'aller, ils emportent dans leurs bagages des objets de première nécessité et, au retour, de la nourriture. Ces mouvements de va-et-vient donnent un peu d'air à la famille Rabinovitch.

C'est pour Noémie que la situation est la plus douloureuse, surtout lorsqu'elle voit sa grande sœur prendre le train pour Paris avec son jeune et beau mari.

Un soir, assise à la terrasse de *La Rhumerie martiniquaise*, 166 boulevard Saint-Germain, Myriam boit un verre avec Vicente et sa bande de copains. Il commence à se faire tard, le couvre-feu interdit aux Juifs de se trouver dans la rue après huit heures du soir, mais Myriam n'a pas envie de quitter cette bande joyeuse qui rigole à gorge déployée dans les vapeurs d'alcool. Elle est majeure, elle est mariée, elle est femme, elle veut sentir sur sa peau la morsure de la liberté. Elle ferme les yeux et penche la tête en arrière pour mieux apprécier la brûlure du rhum, de ses lèvres jusqu'au fond de sa gorge.

Quand elle rouvre les yeux, la police est là. Contrôle des papiers. C'est rapide comme une inondation. Quelques secondes plus tôt, elle pouvait se lever, partir – s'en sortir. En une respiration, elle est prise, la main au collet, c'est terminé. Elle ressent d'étroites caresses glacées sur ses joues et sa nuque – sous les bras. Sensation de noyade. Et pourtant, elle pourrait presque en rire d'ivresse. L'alcool lui donne la sensation ouatée que tout cela n'est peut-être pas une scène de la vie réelle.

Dans *La Rhumerie martiniquaise*, la tension monte parmi les buveurs assis en terrasse, la présence des uniformes n'est pas agréable, les clients montrent une forme d'hostilité. Les hommes fouillent dans leurs poches, un peu trop longtemps, afin d'agacer les policiers. Les dames soupirent en cherchant leurs papiers dans leurs sacs à main.

Myriam sait qu'elle est foutue. Des éclairs inutiles traversent sa pensée. S'enfermer dans les toilettes ? Le policier viendra l'y chercher. Payer son verre et partir comme si de rien n'était ? Non. On l'a déjà repérée. Partir en courant ? Mais on la rattraperait bien vite. Myriam est prise au piège. Tout devient absurde. Son verre de rhum. Le cendrier. Les cigarettes écrasées. Mourir pour se sentir libre en buvant de l'alcool à la terrasse d'un café parisien. Quelle absurdité quand la vie s'arrête. Myriam tend sa carte d'identité au policier, sur laquelle le mot « JUIF » est tamponné.

— Vous êtes en fraude.

Oui, elle le sait. C'est passible d'internement. Elle peut dès ce soir être envoyée dans ces étranges « camps » dont personne ne sait ce qu'il s'y passe. En silence elle se lève. Elle prend ses affaires, son manteau, son sac, fait un signe de la main à Vicente puis elle suit les policiers. Les clients la regardent s'éloigner, menottes aux poignets. Pendant quelques minutes, on s'indigne du sort réservé aux Juifs.

— Cette jeune femme, elle n'a rien fait.

— Ces ordonnances sont humiliantes.

Puis les rires reprennent. Et les cocktails au rhum finissent d'être sirotés.

Désespéré, Vicente quitte la table pour se rendre chez sa mère et lui raconter ce qui vient de se passer.

— Mais qu'est-ce que vous faisiez dans la rue ? hurle Gabriële. Deux idiots vous êtes ! Vous pensez que c'est un jeu ? Je t'avais dit que Myriam ne devait pas continuer à traîner dehors, la nuit.

— Mais maman, c'est ma femme, dit Vicente, elle ne peut pas rester enfermée chez nous toute la soirée.

— Écoute-moi bien, Vicente, parce que je ne rigole pas. On va se parler de choses sérieuses, toi et moi.

Pendant que mère et fils ont la première conversation de leur vie, Myriam est emmenée au commissariat de la rue de l'Abbaye où elle passe la nuit. Au matin, elle est transférée à pied à la préfecture de police, au dépôt, qui se trouve sur l'île Saint-Louis, mais on ne lui passe pas les menottes. Elle dort une seconde nuit en prison.

Le dimanche matin, un policier vient la chercher.

Le visage de cet homme est dur, fermé. Il ne regarde jamais Myriam dans les yeux, mais toujours par terre. Une fois dans la rue, il la fait monter dans sa voiture en disant :

— Montez, sans discuter.

Pendant que le policier fait le tour de sa voiture pour aller s'asseoir au volant, Myriam respire l'odeur de son chemisier à l'endroit des aisselles, pour se rendre compte, gênée, qu'elle sent très mauvais après ces deux jours passés au dépôt.

Myriam demande si elle va être transférée dans une autre prison parisienne. Mais le policier ne répond pas. Ils roulent dans un Paris vide et silencieux. Depuis que les Français n'ont plus le droit de prendre leur voiture, la capitale est affreusement calme. Myriam et le policier suivent les panneaux blancs, bordés de noir, qui ont été posés partout dans la ville pour que les Allemands s'y repèrent.

Myriam finit par comprendre, inquiète, qu'il l'emmène à la gare, car le policier prend systématiquement la direction *Der Bahnhof Saint-Lazare*. Elle se demande si elle est envoyée dans un de ces camps éloignés de Paris. Effrayant.

Myriam regarde par la fenêtre le défilé des employés de bureau, les passants avec leurs lunettes dorées, leurs serviettes de cuir, leurs costumes noirs et leurs souliers vernis, qui courent pour attraper un des rares autobus qui roulent au ralenti à cause du mauvais gazogène. Elle se demande si elle va, un jour, faire à nouveau partie de ce qui lui semble désormais un décor derrière une vitre.

Soudain la voiture s'arrête dans une des ruelles adjacentes. Le policier sort de la poche de son uniforme trois pièces de 10 francs, qu'il donne à Myriam. Elle remarque que ses mains sont fines et qu'elles tremblent.

— Pour votre billet de train. Rentrez chez vos parents, dit le policier en lui donnant l'argent.

Cette phrase est très claire. Mais Myriam reste interdite, regardant dans sa main les épis de blé sous la devise de la France, liberté, égalité, fraternité.

— Dépêchez-vous, ajoute le policier avec nervosité.

— Ce sont mes parents qui vous ont… ?

— Pas de questions, coupe le policier. Entrez dans la gare, je vous surveille.

— Laissez-moi juste écrire une lettre, je veux prévenir mon mari.

— Attends, maman, cette histoire de policier me semble très étrange. C'est toi qui imagines que les choses se sont passées ainsi ?

— Non, ma fille, je n'invente rien. Je restitue et je reconstitue. Voilà tout. Regarde. Enfin, lis plutôt.

Lélia me tend une page, arrachée d'un cahier d'écolier, une feuille quadrillée, recto verso. Je reconnais l'écriture de Myriam.

« Il est vrai que pour moi la chance s'est souvent manifestée. L'étoile ? Je ne l'ai jamais portée. La Rhumerie martiniquaise à Saint-Germain-des-Prés. Avais-je déjà le beau tampon rouge, <u>juive</u>, ou était-ce simplement mon nom ? Une vérification d'identité, heure trop tardive, vers 8 heures du soir ? Les Juifs devaient observer le couvre-feu, donc <u>arrestation</u> et conduite au commissariat rue de l'Abbaye. J'ai dormi sur l'épaule d'un gars charmant, souteneur de son métier, Riton je crois, et le matin, à pied, sans menottes ni cinéma, un policier en civil m'a amenée à la préfecture de police dans l'île Saint-Louis. On servait du café à ceux qui pouvaient payer. J'étais là avec une Espagnole, énorme, qui pestait contre les Français. J'avais un peu d'argent. Quand le garçon de café est revenu chercher les tasses vides, il emporte avec la vaisselle un billet que j'avais fourré sous les quelques pièces pour le pourboire. "Je vous donne tout ce que j'ai et vous demande de signaler ma présence ici, au numéro... pour dire que je me trouve à la préfecture." J'ai passé la nuit, et le dimanche matin un policier est venu me chercher. "On m'a chargé de vous amener à la gare. J'ai l'argent pour votre billet." Je n'ai pas pu repasser chez moi. Le policier m'a autorisée à écrire une lettre à mon mari. Il m'a rendu mes papiers et de là je suis partie aux Forges. »

— Tu te souviens ? Quand je te disais de retenir la date du 13 juillet 1933, comme celle d'un jour de bonheur parfait ?
— Le jour de la remise des prix au lycée Fénelon...
— Nous voici rendus très exactement neuf ans plus tard. Le 13 juillet 1942. Aux Forges.

Chapitre 23

Jacques a été reçu à la première partie du baccalauréat – il est allé à Évreux chercher ses résultats avec l'étoile jaune sur son veston. Sur le chemin du retour, Jacques et Noémie sont partis à vélo pour rendre visite à Colette, lui annoncer la bonne nouvelle.

La journée a été chaude. Ils se sont bien amusés tous les trois. Depuis que Myriam est mariée, Jacques a pris sa place entre les deux filles. Noémie apprécie cette nouvelle alliance, inattendue. Elle découvre son petit frère, au caractère joyeux. Colette songe à leur proposer de rester dormir à la maison, puis finalement, y renonce.

En rentrant chez leurs parents, Jacques et Noémie s'arrêtent sur la place du village des Forges, où le bal du soir se prépare, avec son estrade et ses lampions.

— Tu crois qu'on pourra venir faire un tour après le dîner ? demande Jacques à Noémie.

Elle ébouriffe son petit frère dans un geste moqueur. Il peste en lançant ses grands bras dans l'air. Il ne supporte pas qu'on touche à ses cheveux.

— Allez, tu connais la réponse.

Ils rentrent chez leurs parents en pliant leurs vestes sur le porte-bagages de sorte qu'on ne puisse pas voir leur étoile. Bien leur en a pris. Ils ont croisé des Allemands à moto et c'est déjà l'heure du couvre-feu.

Pour le dîner du soir, Emma a trouvé de quoi faire un bon repas et dresse une jolie table sous les arbres, il faut fêter les résultats de Jacques. Depuis qu'il a décidé de devenir ingénieur agronome, il travaille aussi bien que ses sœurs.

Emma décore la nappe avec des fleurs qu'elle dispose soigneusement en chemin de table. Myriam est là. Elle n'est pas retournée à Paris depuis sa miraculeuse libération de prison. Toute la famille dîne dans le jardin, derrière la maison. Ils sont tous les cinq, aux mêmes places qu'ils occupaient autour de la table en Palestine, comme en Pologne, puis à Paris rue de l'Amiral-Mouchez – cette table, c'est leur barque. La nuit semble ne plus vouloir tomber, l'air du jardin est encore gorgé de la chaleur sucrée du jour.

Soudain, un ronronnement de moteur perce le calme de cette soirée. Une voiture s'approche – non, ce sont deux voitures. Dans le jardin, les conversations s'interrompent, les oreilles se dressent comme celles d'animaux inquiets. On attend que le bruit s'éloigne, qu'il s'évanouisse. Mais non. Il persiste, s'amplifie. Les cœurs se crispent. Tous les cinq retiennent leur souffle. Ils entendent le bruit des portes et des bottes qui claquent.

Les mains se cherchent sous la table, les doigts s'entrelacent, dans les cœurs une déchirure. Des coups sont frappés, les enfants sursautent.

— Que tout le monde reste calme, je vais ouvrir, dit Ephraïm.

Il sort, voit les deux voitures garées, l'une avec trois militaires allemands et l'autre avec deux gendarmes français, dont l'un est censé traduire les instructions. Mais Ephraïm, qui parle l'allemand, comprend les consignes et leurs conversations.

Les gendarmes sont venus chercher ses enfants.

— Prenez-moi à leur place, dit-il tout de suite aux policiers.

— Ce n'est pas possible. Qu'ils préparent en vitesse une valise pour leur voyage.

— Quel voyage ? Où vont-ils ?

— Vous serez informés en temps et en heure.

— Ce sont mes enfants ! J'ai besoin de savoir.

— Ils vont partir travailler. Personne ne leur fera de mal. Vous aurez des nouvelles.

— Mais où ? Quand ?

— Nous ne sommes pas là pour discuter, nous avons l'ordre de chercher deux personnes, nous repartirons avec ces deux personnes.

Deux personnes ?

Mais bien sûr, se dit Ephraïm, Myriam est sur les listes de Paris. Ils parlent de Noémie et Jacques.

— Tout le monde est couché, dit-il. Ma femme est au lit, il serait plus facile de revenir demain matin.

— Demain c'est le 14 juillet, la gendarmerie sera fermée.

— Laissez-moi juste quelques minutes, alors, que ma femme et mes enfants aient le temps de s'habiller.

— Une minute, pas plus, disent les policiers.

Ephraïm marche calmement vers la maison, tout en réfléchissant. Faut-il demander à Myriam de s'embarquer avec eux ? C'est l'aînée, la plus débrouillarde, elle pourrait partir avec les deux petits, pour les aider à s'en sortir – n'a-t-elle pas réussi à s'échapper toute seule de prison ? Ou, au contraire, faut-il dire à Myriam de se cacher pour ne surtout pas prendre le risque d'être arrêtée ?

Dans le jardin, tout le monde attend le père en silence.

— C'est la police. Ils sont venus chercher Noémie et Jacques. Montez faire vos valises. Pas toi Myriam. Tu n'es pas sur la liste.

— Mais ils vont nous emmener où ? demande Noémie.

— Travailler en Allemagne. Donc prenez des pull-overs. Allez, dépêchez-vous.

— Je pars avec eux, dit Myriam.

Elle se lève d'un bond pour faire aussi sa valise. Alors quelque chose traverse Ephraïm. Le souvenir inconscient et lointain de cette nuit où la police bolchevique était venue l'arrêter. Emma avait eu un malaise et il s'était approché de son ventre en ayant peur que le bébé soit mort.

— Va te cacher dans le jardin, lui dit-il en la prenant fermement par le bras.

— Mais papa… proteste Myriam.

Ephraïm entend les policiers qui frappent à la porte pour entrer dans la maison. Il attrape sa fille par le col, il serre son chemisier jusqu'à l'étrangler, avant de lui ordonner, droit dans les yeux et la bouche déformée par la peur :

— Fous le camp loin d'ici. C'est compris ?

Chapitre 24

— Pourquoi les enfants Rabinovitch sont-ils arrêtés – et non pas leurs parents ?

— Oui, cela semble étrange, parce que nous avons en tête ces images où l'on voit des familles entières arrêtées ensemble : parents, grands-parents, enfants... Mais il y a eu plusieurs sortes d'arrestations. Le projet du Troisième Reich, l'extermination de millions de personnes, était un projet si vaste, qu'ils ont dû procéder étape par étape, sur plusieurs années. Dans un premier temps, on a vu comment la promulgation des ordonnances visait à neutraliser les Juifs pour les empêcher d'agir. Tu as compris le tour de passe-passe ?

— Oui, séparer les Juifs de la population française, les éloigner physiquement, les rendre invisibles.

— Jusque dans le métro, où ils n'avaient plus le droit de prendre les mêmes wagons que les Français...

— Mais tout le monde ne sera pas indifférent. Je me souviens de cette phrase de Simone Veil : « *Dans aucun autre pays, il n'y a eu un élan de solidarité comparable à ce qui s'est passé chez nous.* »

— Elle avait raison. La proportion de Juifs sauvés de la déportation pendant la Seconde Guerre mondiale en France fut élevée par rapport aux autres pays occupés par les nazis. Mais pour en revenir à ta question, non, en effet, les Juifs n'étaient pas, au départ, déportés en famille. Les premiers déportés, ceux de 1941, étaient uniquement des hommes, dans la force de l'âge. La plupart polonais. On a appelé cela : la convocation du billet vert. Parce que les hommes qui étaient embarqués recevaient une assignation sous forme d'un billet de couleur verte.

Ils prennent d'abord les hommes, vaillants, pour crédibiliser l'idée qu'on va envoyer cette main-d'œuvre travailler. Les jeunes pères de famille, les étudiants, les ouvriers costauds, etc. Ephraïm, qui a plus de 50 ans, n'est donc pas concerné. Cela permet d'éliminer en premier les hommes forts. Ceux qui peuvent se battre, ceux qui savent se servir d'une arme. Tu vois, quand tu disais que tu ne comprenais pas pourquoi les gens s'étaient laissé faire, comme des vivants déjà morts – et que cette idée était insupportable... Eh bien ces hommes, les « billets verts », ne se sont pas laissé embarquer sans réagir. Tout d'abord, presque la moitié d'entre eux ne sont pas allés à leur convocation. Les billets verts se sont ensuite battus. Beaucoup vont s'échapper – ou essayer de s'échapper – des camps français de transit où ils sont enfermés. J'ai lu des récits d'évasions, de bagarres terribles avec les surveillants de camps. Sur les 3 700 billets verts arrêtés, presque 800 ont réussi à s'échapper – même si la plupart ont été arrêtés de nouveau.

Tout cela est calculé pour faire croire aux gens qu'il s'agit « seulement » d'emprisonner les Juifs et de les envoyer travailler quelque part en France. Pas de les tuer. En gros, on les associe à des prisonniers de guerre. Et puis, petit à petit, on va arrêter aussi des jeunes, comme Jacques et Noémie, puis d'autres nationalités – et puis petit à petit tout le monde va y passer, les jeunes, les vieux, les hommes, les femmes, les étrangers, les pas étrangers... même les enfants. J'insiste sur cette question des enfants, tu sais sans doute que les Allemands voulaient déporter les enfants *après* leurs parents. De son côté, le gouvernement de Vichy voulait se débarrasser des enfants juifs le plus vite possible. L'administration française a exprimé à l'administration allemande « *le souhait de voir les convois à destination du Reich inclure également les enfants* ». C'est écrit noir sur blanc.

Les Allemands auraient inventé un nom de code, *Vent de printemps*, pour désigner l'opération visant à mettre un coup d'accélérateur dans le processus de déportation des Juifs de l'Europe de l'Ouest. L'idée d'origine consistait à arrêter tout le monde le même jour, à Amsterdam, à Bruxelles et à Paris.

— Le même jour ! On voit la mégalomanie du rêve antisémite : arrêter tous les Juifs d'Europe en même temps, à la même heure !

— Mais les choses vont s'avérer plus difficiles à mettre en place. Le 7 juillet 1942, une rencontre est organisée à Paris entre représentants des deux pays. Les Allemands exposent leur projet. Aux Français de l'exécuter. L'opération prévoit – entre autres – le départ de quatre convois de train par semaine, chacun devant transporter 1 000 Juifs. Soit 16 000 Juifs par mois envoyés vers l'Est – dans le but d'obtenir, en un trimestre, un premier contingent de 40 000 Juifs déportés de France. Je dis bien un premier contingent. Et ce n'est qu'un début. C'est clair, net et précis.

Le lendemain de la réunion, les commandants de gendarmerie de différents départements reçoivent les ordres suivants. Je te lis la note telle qu'elle a été écrite : « *Tous les Juifs âgés de 18 ans à 45 ans inclus, des deux sexes, de nationalités polonaise, tchécoslovaque, russe, allemande et précédemment autrichienne, grecque, yougoslave, norvégienne, hollandaise, belge, luxembourgeoise, et apatrides devront être immédiatement arrêtés et transférés dans le camp de transit de Pithiviers. Les Juifs qui de visu sont reconnus estropiés ainsi que les Juifs issus de mariage mixte ne devront pas être arrêtés. Les arrestations devront être intégralement exécutées le 13 juillet à 20 heures. Les Juifs arrêtés devront être livrés pour le 15 juillet à 20 heures, dernier délai, au camp de transit.* »

— Le 13 juillet, c'est le jour de l'arrestation des enfants Rabinovitch. Noémie a 19 ans, elle entre dans les critères. Mais Jacques ? Il n'a que 16 ans et demi – or, 18 ans c'est 18 ans – et l'administration respecte normalement les règles.

— Tout à fait. Tu as raison. Jacques ne devrait pas être embarqué. Mais l'État français a un problème. Dans certains départements, le nombre de Juifs disponibles pour la déportation n'atteint pas les objectifs de rentabilité demandés par les Allemands. Tu te souviens ce que je t'ai dit ? Mille Juifs par convoi, quatre convois par semaine. Etc. L'ordre officieux est donc donné que les limites d'âge des Juifs arrêtés soient élargies à 16 ans. Je pense que c'est pour ça que Jacques se retrouve sur la liste.

— Et Myriam ? Que se serait-il passé pour elle si elle s'était présentée aux Allemands ce soir-là ?

— Elle aurait été embarquée avec son frère et sa sœur – afin d'atteindre...

— ... les objectifs de rentabilité.

— Mais ce soir-là, elle n'était pas sur la liste, parce qu'elle venait de se marier. C'est le mince fil de hasard auquel tient chacune de nos vies.

Chapitre 25

Serrés l'un contre l'autre, Noémie et Jacques sont assis à l'arrière de la voiture de police, vers une destination inconnue. Jacques a mis sa tête contre l'épaule de sa grande sœur, les yeux fermés, il repense à ce jeu d'autrefois, qui consistait à trouver des séries de mots commençant par la même lettre dans différentes catégories. Sport, batailles célèbres, héros. Noémie tient dans une main celle de son frère et dans l'autre leur valise. Elle fait la liste de tout ce qu'elle a oublié de prendre dans la précipitation : sa pommade Rosat pour les lèvres gercées, un morceau de savon et son gilet bordeaux qu'elle aime tant. Elle regrette d'avoir emporté la bouteille de lotion capillaire Pétrole Hahn de Jacques qui prend une place inutile.

Elle pose sa joue contre la vitre et regarde les rues du village, qu'elle connaît par cœur. Dans cette nuit particulière, les jeunes gens de son âge se rendent au bal, ils avancent par petites grappes. Les phares de la voiture éclairent leurs jambes et leurs bustes. Pas leurs visages. Au fond, elle préfère.

Noémie se dit que cette épreuve fera d'elle un écrivain, oui, un jour, elle écrira tout ça. Elle observe pour ne rien oublier, chaque détail, les filles qui marchent pieds nus, tenant dans leurs mains leurs chaussures vernies pour ne pas les abîmer sur les cailloux des chemins, leurs seins gonflés par des corsages trop serrés. Elle racontera les garçons poussant leurs vélos devant elles et des cris d'animaux pour les faire rire, leurs cheveux gominés, brillants sous la lune. Et dans l'air, elle décrira la promesse érotique de la danse, une jeunesse grisée sans avoir bu, enivrée par les flonflons du bal dont les notes parviennent, portées par le vent de ce mois de juillet. Le vent lourd et parfumé du soir d'été.

La voiture de police prend la sortie du village en direction d'Évreux. À la lisière de la forêt, un couple sort des buissons, comme pris en flagrant délit dans la lumière des phares. Ils se tiennent par la main. Cette vision blesse Noémie. Comme si elle savait que jamais cela ne lui arriverait.

La voiture s'enfonce dans la forêt, le silence envahit la route puis la maison où Ephraïm et Emma se trouvent seuls à présent, pétrifiés de peur, le silence envahit aussi le jardin où Myriam se cache. Elle attend que quelque chose se passe, sans savoir quoi exactement.

Un jour, beaucoup plus tard, au milieu des années 70, dans le cabinet d'un dentiste, à Nice, une après-midi de grande chaleur, soudain, Myriam comprendra ce qu'elle attendait, allongée dans le jardin. Elle sera envahie par le souvenir de cette attente. Lui reviendra la sensation de l'herbe sur ses lèvres. Et celle de la peur au ventre. Elle comprendra alors qu'elle espérait que son père change d'avis. Tout simplement. Elle attendait que son père vienne la chercher pour lui demander de rejoindre Jacques et Noémie.

Mais Ephraïm ne revient pas sur sa décision et demande à Emma de fermer les volets puis de se coucher, tout en gardant son calme. Que la panique ne s'installe pas dans leur maison.
— La peur fait prendre les mauvaises décisions, dit-il avant d'éteindre les bougies.

Myriam voit que ses parents ont fermé les volets de leur chambre. Elle attend encore un peu. Et quand elle comprend que personne ne viendra la cueillir dans ce jardin, au creux de la nuit, en silence, elle choisit le vélo de son père, bien qu'il soit trop grand pour elle. En enroulant ses doigts autour du guidon, Myriam sent les mains d'Ephraïm se glisser dans les siennes pour lui donner du courage – le vélo tout entier devient le corps du père, une ossature fine mais solide, des muscles résistants et souples, capables de conduire sa fille toute la nuit jusqu'à Paris.

Elle est confiante, elle sait qu'il faut profiter de la générosité de l'obscurité et, surtout, de la bonté de la forêt, qui ne juge personne et abrite en son sein tous les fugitifs. Ses parents lui avaient tant de fois raconté la fuite de Russie, l'épisode de la charrette qui se détache. Fuir, s'en sortir, elle sait faire. Soudain, sur le bord de la route, Myriam aperçoit la forme d'un animal, qui la fait freiner d'un coup sec. Elle s'arrête devant le cadavre d'un oiseau mort, dont le sang noir se mêle aux plumes éparpillées. Cette vision morbide la trouble comme un mauvais présage. Myriam recouvre d'humus le corps bombé de l'animal, encore chaud, puis elle récite en chuchotant les vers araméens que lui avait appris Nachman en Palestine, le *kaddish* des endeuillés, et seulement après avoir prononcé ces paroles rituelles, elle trouve la force de repartir, fille d'oiseau, elle vole en prenant les chemins de traverse, elle se cache dans les bordures de forêt, se faufile adroitement comme les animaux sur son passage – avec eux elle n'est jamais seule, ils sont ses compagnons de disparition.

Aux premières vibrations de l'air, aux premières lueurs fluorescentes du matin, Myriam aperçoit enfin la Zone de Paris. Elle est presque arrivée.

— Ce qu'on appelle la Zone, m'explique Lélia, était à l'origine un grand terrain vague qui encerclait Paris. Une zone de tir… réservée au canon pour l'artillerie française. *Non aedificandi.* Mais y poussa peu à peu toute la pauvreté des rejetés de la capitale, des misérables hugoliens, des familles aux mille enfants, tous ceux que les grands travaux du baron Haussmann avaient chassés du centre de Paris s'y entassèrent dans des baraques, dans des cabanons de bois ou des roulottes, des cahutes qui baignaient dans la boue et l'eau croupie, dans des bicoques rafistolées. Chaque quartier avait sa spécialité, il y avait les chiffonniers de Clignancourt et les biffins de Saint-Ouen, les boumians de Levallois et les rempailleurs d'Ivry, les ramasseurs de rats, qui revendaient les bestioles aux laboratoires des quais de Seine pour leurs expériences. Les ramasseurs de crottes blanches, qui revendaient la merde au kilo, à des artisans gantiers qui s'en servaient pour blanchir le cuir. Chaque quartier avait sa communauté, il y avait les Italiens, les Arméniens, les Espagnols, les Portugais… mais tous étaient surnommés les *zonards* ou les *zoniers*.

À l'heure où Myriam traverse la ceinture noire de la Zone, tout est calme dans ce lieu sans eau et sans électricité, mais non sans humour, car les habitants qui poussent là au milieu de la moisissure ont nommé leurs ruelles avec des jeux de mots improbables : ainsi Myriam traverse-t-elle la « rue-Barbe », la « rue-Bens » – mais aussi la « rue-Scie ».

Il est six heures du matin, les fleurs de la Zone ont terminé leur travail de nuit, les ouvriers et artisans commencent leur journée, c'est la levée du couvre-feu pour les travailleurs bleu bronze qui embauchent dans la capitale au petit jour en rêvant d'un café crème. Myriam attend avec eux l'ouverture de la porte de Paris, elle se faufile dans une foule de vélos qui s'avance, en faisant bien attention à observer les règles que tous les habitants qui circulent à vélo doivent respecter dans les rues de la capitale. Ne pas lâcher le guidon. Ne pas mettre la main à la poche. Ne pas éloigner les pieds des pédales. Respecter la priorité aux véhicules dont les plaques d'immatriculation sont WH, WL, WM, SS ou POL.

Myriam traverse un Paris presque vide, les quelques rares passants semblent filer en rasant les murs. La beauté de la ville lui redonne de l'espoir. Le jour qui se lève efface ses pensées, le petit matin frais de l'été lave les idées noires de la nuit.

— Comment ai-je pu imaginer que mon frère et ma sœur allaient être envoyés en Allemagne ? C'est absurde. Ils sont mineurs.

Myriam se souvient qu'une nuit, dans la maison de Boulogne, la première maison que la famille avait habitée au retour de Palestine, sa sœur ne pouvait pas s'endormir à cause d'une araignée près de leur lit. Mais au petit matin, elle s'était aperçue que l'affreuse bête n'était qu'un bout de ficelle enroulé sur lui-même. Les voilà, les idées noires – des broutilles que l'imagination recouvre de poils dans l'obscurité, se dit Myriam. Et le petit matin chasse les angoisses folles de la nuit.

Myriam traverse le pont de la Concorde vers le boulevard Saint-Germain. Elle ne fait pas attention à l'immense banderole affichée sur la façade du Palais-Bourbon, « *Deutschland siegt an allen Fronten* », auréolée d'un immense V de la victoire. Elle continue de penser que ses parents réussiront à récupérer Jacques et Noémie avant qu'ils ne soient envoyés en Allemagne.

— Quand ils se rendront compte que mon frère et ma sœur ne savent à peu près rien faire de leurs dix doigts, les Allemands les renverront chez nous, se dit-elle pour se donner la force de monter quatre à quatre les cinq étages jusqu'à son appartement de la rue de Vaugirard.

Vicente ouvre la porte dans un nuage de fumée. Il fait entrer Myriam et retourne boire son café dans le salon, plongé dans des pensées qui l'ont tenu éveillé toute la nuit, à en croire ses cernes sous les yeux et le cendrier plein posé sur la table. Myriam lui raconte avec nervosité l'arrestation de Jacques et Noémie, son retour à vélo vers Paris, mais Vicente n'écoute pas, il est ailleurs, lui non plus n'a pas dormi de la nuit. Il se rallume une cigarette avec le cul de la précédente, en silence, va chercher une tasse de Tonimalt dans la cuisine, une boisson à base de grains de malt transformés en paillettes qui remplace le café et que Vicente achète à prix d'or en pharmacie.

— Attends-moi là, je reviens, dit-il en lui tendant la tasse.

Un nuage de fumée s'échappe au-dessus de la tête de son mari au moment où il disparaît dans le couloir – et Myriam imagine une locomotive entrant dans un long tunnel. Puis elle s'allonge sur le tapis, épuisée, son corps entier lui fait mal après cette nuit de fuite, elle se sent entièrement rouée des milliers de coups de talons donnés dans les pédales. Elle en tremble, allongée sur le sol dans la poussière du tapis du salon, elle ferme les yeux et, soudain, elle croit entendre des bruits provenir de la chambre du fond. La voix d'une femme.

— Une femme ? Une femme aurait donc dormi dans mon lit, avec mon mari ? Non, c'est impossible.

Et Myriam plonge dans le sommeil jusqu'à ce qu'un petit personnage miniature, une petite bonne femme, la secoue énergiquement pour la réveiller.

Chapitre 26

— Je te présente ma grande sœur, précise Vicente, comme si la petitesse de la jeune femme pouvait en faire douter.

Jeanine a trois ans de plus que Vicente mais elle lui arrive bien en dessous des épaules. Comme Gabriële. Myriam trouve d'ailleurs que la fille ressemble à la mère d'une façon troublante, avec son front large de femme intelligente, avec ses lèvres fines et décidées.

— Sur certaines photographies d'archives, dit Lélia, il m'est arrivé de les confondre, tu sais.

— Comment est-ce possible que Myriam n'ait jamais rencontré la sœur de son mari ?

— Je te rappelle que chez les Picabia on ne s'est jamais vraiment intéressé au concept de « famille », si ce n'est pour détruire cette notion bourgeoise. Aucun membre Picabia n'avait daigné se rendre au mariage de Vicente et Myriam – et puis c'est vrai que Jeanine était une jeune femme très occupée. Deux ans plus tôt, en mars 1940, elle avait obtenu son diplôme d'infirmière de la Croix-Rouge, avant de rejoindre la section sanitaire du 19ᵉ régiment du Train à Metz. Après l'armistice et jusqu'à sa démobilisation

165

en décembre 1940, elle fut affectée à la section de Châteauroux pour gérer le ravitaillement des camps de prisonniers de Bretagne et de Bordeaux. Ce n'est pas une oisive, tu comprends ? C'est une femme qui conduit des ambulances. Même si, de dos, on pourrait la confondre avec une enfant de 12 ans.

— Tu n'es pas enceinte ? questionne Jeanine de but en blanc.
— Non, répond Myriam.
— Bon ça va, on va pouvoir la mettre dans la Citroën de maman.
— Dans la Citroën ? demande Myriam.
Mais Jeanine ne répond pas, elle s'adresse uniquement à Vicente.
— Elle prendra la place des valises de Jean – tu les descendras en train – qu'est-ce que tu veux que je te dise ? de toute façon, maintenant, on n'a plus le choix. On part demain matin à la levée du couvre-feu.
Myriam ne comprend rien mais Jeanine lui fait signe de ne pas poser de questions.
— Tu te souviens du « miracle » qui s'est produit, lorsqu'un policier est venu te sortir de prison ? Ce « miracle », ma grande, avait un visage, un nom, une famille et des enfants. Ce miracle avait aussi un grade, celui d'adjudant-chef. Ce miracle s'est fait arrêter par la Gestapo la semaine dernière, compris ? Donc voilà la situation. Tu ne peux pas rester en zone occupée. C'est trop dangereux maintenant qu'on sait que la police est susceptible de te rechercher au même titre que ton frère et ta sœur. C'est dangereux pour toi. Donc pour ton mari. Donc pour moi.

On va te passer en zone libre. On ne peut pas partir aujourd'hui parce que c'est férié. Les voitures n'ont pas le droit de circuler. On partira demain matin, à la première heure, de chez ma mère. Prépare-toi, on va chez elle, maintenant.

— Je dois prévenir mes parents.

Jeanine soupire.

— Non, tu ne peux pas les prévenir… toi et Vicente, vous êtes vraiment des enfants.

Vicente comprend que sa sœur n'en supporterait pas davantage et, pour la première fois de sa vie, il s'adresse à Myriam comme un mari :

— Pas la peine de parlementer. Tu pars avec Jeanine. Tout de suite. C'est comme ça.

— Mets plusieurs sous-vêtements les uns sur les autres, lui conseille Jeanine, parce que tu ne pourras pas prendre de valise avec toi.

En sortant de l'immeuble, Jeanine attrape Myriam par le bras.

— Tu ne poses pas de questions, tu me suis. Et si on croise la police c'est moi qui parle.

Parfois, l'esprit se colle sur des surfaces inutiles. Certains détails absurdes retiennent l'attention quand la réalité se vide de toute sa substance habituelle, quand la vie devient si folle qu'on ne peut faire appel à aucune expérience. Et tandis que les deux jeunes femmes descendent la rue qui longe le théâtre de l'Odéon, le cerveau de Myriam fixe une image qui s'imprime dans sa mémoire : l'affiche d'une comédie de Courteline. Longtemps après la guerre, peut-être à cause de l'association phonétique des mots

« culotte » et « Courteline », coq-à-l'âne absurde, toute évocation du dramaturge lui fera automatiquement penser aux cinq culottes qu'elle avait enfilées les unes sur les autres ce jour-là, ces cinq culottes qui faisaient bouffer sa jupe quand elle marchait le long des murs du théâtre sous les arcades en pierres ocre. Ces cinq culottes qui lui tiendraient toute une année, jusqu'à l'usure, jusqu'à être trouées à l'entrejambe.

Quand elles arrivent chez Gabriële, Jeanine dit à Myriam :

— Tu ne manges rien de salé et demain matin tu ne bois pas une goutte d'eau, c'est compris ?

Jacques et Noémie se réveillent en prison comme des criminels. Ils ont été incarcérés à Évreux la veille au soir, à 23 h 20 selon le livre d'écrou. Motif d'incarcération : Juifs. Jacques s'appelle désormais Isaac. Il est enfermé avec Nathan Lieberman, un Allemand né à Berlin âgé de 19 ans, Israël Gutman, un Polonais de 32 ans, et son frère Abraham Gutman, 39 ans.

Jacques repense aux récits de ses parents, eux aussi ont connu la prison, quand ils ont fui la Russie juste avant d'entrer en Lettonie. Pour eux, tout s'était bien terminé.

— Ils ont été libérés au bout de quelques jours, raconte-t-il à Nathan, Israël et Abraham pour les rassurer.

En ce 14 juillet, l'ensemble des brigades de gendarmerie est mobilisé. Les Allemands craignent des débordements patriotiques et interdisent tout défilé ou rassemblement. Les transferts sont reportés.

Jacques et Noémie passent une nuit supplémentaire à Évreux.

Ce matin-là, à quelques kilomètres de la prison où se trouvent ses enfants, Ephraïm a les yeux grands ouverts dans son lit. Une phrase le hante, une phrase prononcée par son père, le dernier soir de *Pessah* où toute la famille a été réunie. Nachman leur avait dit : « Un jour, ils voudront tous nous voir disparaître. »

— Non... ce n'est pas possible... songe Ephraïm.

Et pourtant. Il se demande pourquoi il n'a plus de nouvelles de ses beaux-parents à Lodz. Plus de nouvelles de Boris à Prague. Plus de nouvelles des anciens de Riga. Partout, un silence de mort.

Ephraïm repense au rire d'Aniouta, son rire cruel qui l'avait empêché de prendre au sérieux ses projets de fuite. Elle était aux États-Unis depuis quatre ans, quatre ans déjà. Cela lui paraissait une éternité. Et lui, qu'avait-il fait en quatre ans ? Il s'était laissé embourber dans une situation inextricable, pris au piège de la montée des eaux qu'il était en train d'observer. Doucement mais sûrement.

Au même moment, à Paris, Myriam est réveillée par Jeanine dans l'appartement de Gabriële. Elle a dormi tout habillée, elle se sent comme après une nuit en train.

Les deux jeunes femmes sortent de l'appartement et se dirigent vers une ruelle à l'écart où une voiture les attend. Gabriële est là, mains gantées, drapée, chapeautée, allure décidée. On dirait qu'elle se rend à un rallye automobile, avec sa Citroën traction faux cabriolet dotée d'un moteur 4 cylindres à soupapes en tête. La banquette arrière est entièrement recouverte d'un monceau de sacs et de valises, le tout surmonté d'un tas de paquets emballés. Myriam voit émerger des formes sombres roulées dans du papier journal, puis les têtes de quatre corbeaux. Vision étrange. Myriam se demande comment elle va s'asseoir au milieu de tout ce fatras, alors Jeanine jette un coup d'œil à droite, un coup d'œil à gauche, la ruelle est vide, aucun passant, aucune voiture à l'horizon, d'un geste rapide elle écarte les sacs pour montrer à Myriam une trappe dans la banquette.

— Faufile-toi là-dedans, dépêche-toi.

Myriam comprend alors qu'un faux fond est fabriqué dans le dossier arrière, relié au coffre de la voiture.

Avec un ami garagiste, Jeanine avait aménagé la voiture de sa mère, afin d'y créer un espace secret, dans lequel Myriam se glisse. Telle Alice au pays des merveilles, elle rapetisse pour entrer à l'intérieur du coffre et s'enroule dans la cachette, mais, au moment d'allonger ses jambes, elle sent quelque chose bouger dans le fond du terrier, quelque chose de vivant, elle pense d'abord à un animal mais c'est un homme qui attendait là sans bouger.

Myriam ne peut pas le voir en entier, elle en devine des morceaux, son regard clair de poète, sa frange ronde, comme une tonsure de prêtre – et sur le menton une fossette de pitre.

— C'est Jean Hans Arp, qui est alors âgé de 56 ans.

— Le peintre ?

— Oui, c'était un ami intime de Gabriële. J'ai découvert cet épisode en retrouvant des écrits de Myriam, après sa mort, où elle mentionnait « *passage de la ligne de démarcation dans un coffre avec Jean Arp* ». J'ai appris ensuite qu'à ce moment-là il rejoint Nérac, dans le sud-ouest de la France, où il a rendez-vous avec sa femme, Sophie Taeuber. Ils fuient Paris, parce que Jean est d'origine allemande, mais aussi parce que ce sont des artistes dits « dégénérés » – et, à ce titre, ils peuvent être arrêtés.

Allongés l'un à côté de l'autre, la jeune femme et le peintre n'échangent aucune parole car le temps des silences a commencé ce jour-là, des mots que l'on ne prononce pas pour se protéger, des questions que l'on ne pose pas, pas même à soi-même, pour ne pas se mettre en danger. Jean Arp ne sait pas que la jeune fille est juive. Myriam ne sait pas que Jean Arp fuit le nazisme pour des raisons idéologiques.

La voiture avance doucement en direction de la porte d'Orléans. Là, Jeanine et Gabriële doivent se justifier en montrant leur *Ausweis*, une attestation qui leur donne l'autorisation de se déplacer. C'est un faux, bien évidemment, qu'elles montrent aux soldats avec assurance. Les deux femmes ont mis au point une histoire de mariage. Jeanine est censée retrouver son futur mari pour la noce. Devant les soldats, Jeanine joue la jeune femme troublée, et Gabriële la mère dépassée par les événements. Jamais mère et fille n'ont été aussi charmantes, ni aussi souriantes.

— Si vous saviez le nombre de valises que ma fille m'a fait mettre dans le coffre ! Un déménagement.

Elle a voulu emmener son trousseau que nous devrons ensuite rapporter à Paris. N'est-ce pas absurde ? Vous êtes mariés ? Je vous le déconseille.

Gabriële fait rire les soldats, elle leur parle en allemand, qu'elle a appris dans sa jeunesse lorsqu'elle étudiait la musique à Berlin. Ils apprécient cette Française pétillante qui s'adresse à eux dans une langue impeccable, ils la félicitent, elle les remercie, on s'attarde et on bavarde. Gabriële propose de donner aux soldats un des oiseaux morts qu'elle descend pour le repas de noces. Les corbeaux sont des mets recherchés sous l'Occupation, ils se vendent jusqu'à 20 francs pièce – et font de bons bouillons.

— *Wollen Sie eins ?* propose Gabriële.
— *Nein, danke, danke.*

La vérification des papiers se passe bien, les soldats laissent partir les deux femmes. Et Gabriële démarre tranquillement la voiture, surtout, sans précipitation.

Ephraïm et Emma Rabinovitch n'ont pas dormi de la nuit, ils ont attendu que le matin arrive et, avec lui, l'ouverture des bureaux de la mairie. Calmement ils s'habillent. Emma veut dire quelque chose à Ephraïm mais son mari lui fait comprendre d'un signe de la main que, pour le moment, il ne peut supporter que le silence. Après s'être habillée, Emma descend dans la cuisine et pose sur la table les bols des enfants, leurs cuillères et leurs serviettes. Ephraïm la regarde faire sans rien dire, sans savoir quoi penser de ce geste. Puis ils se rendent ensemble, droits et dignes, à la mairie des Forges. M. Brians, le maire, leur ouvre ce matin-là. C'est un homme petit, une frange noire plaquée sur son front blanc, luisant comme un ventre de poisson. Depuis que les Rabinovitch se sont installés sur sa commune, il n'a qu'une seule envie, les en voir disparaître.

— Nous voulons savoir où ont été emmenés nos enfants.

— La préfecture ne nous dit rien, répond le maire de sa petite voix fluette.

— Ils sont tous les deux mineurs ! Vous êtes donc dans l'obligation de nous informer de l'endroit où ils se trouvent.

— Je ne suis dans l'obligation de rien du tout. Parlez-moi sur un autre ton. Et ce n'est pas la peine d'insister.

— Nous voudrions leur donner de l'argent, surtout s'ils doivent voyager.

— Eh bien je serais vous, je garderais votre argent pour vous.

— Que voulez-vous dire ?

— Non, non, rien, répond le maire avec lâcheté.

Ephraïm a envie de lui casser la figure mais il remet son chapeau sur sa tête et sort en espérant que sa bonne conduite lui permettra de revoir vite ses enfants.

— Et si on allait chez les Debord ? demande Emma en sortant de la mairie.

— On aurait dû y penser plus tôt.

Emma et Ephraïm sonnent à leur porte, mais personne ne répond. Ils attendent un peu, dans l'espoir de voir l'institutrice et son mari revenir du marché. Mais un voisin qui passe par là leur explique que les

Debord sont partis pour les vacances d'été, depuis deux jours déjà.

— C'est monsieur qui portait les valises, je peux vous dire qu'il était chargé !

— Vous savez quand ils vont rentrer ?

— Pas avant la fin de l'été, je pense.

— Vous avez une adresse où je pourrais leur écrire ?

— Ah non monsieur, il va falloir attendre le mois de septembre j'ai bien peur.

L'essence est réquisitionnée par les Allemands. Jeanine et Gabriële, comme tous les Français, doivent donc utiliser d'autres liquides capables de faire fonctionner des moteurs à explosion. Une voiture peut se déplacer au cognac Godet, à l'eau de Cologne, au détachant pour vêtements, à la dissolution, voire au vin rouge. Jeanine et Gabriële roulent ce jour-là avec un mélange composé d'essence, de benzol et d'alcool de betterave.

Les effluves qui proviennent de la traction avant mettent Myriam et Jean dans un état d'ivresse, proche d'une demi-conscience. Ils sont précipités l'un contre l'autre dans les tournants, les sauts de la voiture les propulsent sur la tôle du coffre. Le sculpteur fait son possible pour s'excuser lorsque son bras ou sa cuisse écrase le corps de la jeune fille. Pardon de vous toucher, semble-t-il dire avec les yeux, pardon d'être contre vous... De temps en temps, la voiture s'arrête au bord d'un sous-bois. Jeanine fait sortir Myriam et Jean. Tenir debout, faire circuler le sang. Et puis retourner dans le coffre plusieurs heures durant. Chaque kilomètre les rapproche de la zone libre. Mais il leur faudra passer les contrôles, qui se trouvent sur la ligne de démarcation.

Cette ligne coupe la France en deux sur presque mille deux cents kilomètres, elle divise le territoire non sans quelques absurdités – au château de Chenonceau, bâti sur le lit de la rivière, on entre dans le domaine en zone occupée mais on se promène dans le parc en toute liberté.

Gabriële et Jeanine ont décidé de passer par Tournus, en Saône-et-Loire, ce qui n'est pas le chemin le plus court pour se rendre à Nérac, mais c'est une route que Gabriële connaît comme sa poche, elle l'a parcourue tant de fois en son temps avec Francis, mais aussi Marcel et Guillaume.

Le poste de frontière pour passer la « déma » se trouve à Chalon-sur-Saône. Gabriële et Jeanine ont prévu d'arriver à l'heure du déjeuner, quand les travailleurs traversent la ville pour rentrer manger chez eux.

— Les soldats n'auront pas envie de faire du zèle, pense Jeanine.

Quand elles traversent la ville, Gabriële et Jeanine passent par la place de l'Hôtel de ville, où le drapeau nazi flotte dans l'air comme une menace. Elles s'arrêtent pour demander leur chemin puis, tout doucement, elles longent les bâtiments de la caserne Carnot qui a été réquisitionnée pour loger les troupes allemandes et rebaptisée « caserne Adolf Hitler ». Elles avancent sur la place du Port-Villiers, où s'ennuie un immense piédestal vide dont le bronze a été récupéré par l'occupant pour être fondu. Le fantôme de la statue, le portrait en pied de Joseph Nicéphore Niépce, l'inventeur de la photographie, semble flotter dans l'air à la recherche de son socle.

Les deux femmes aperçoivent le pont des Chavannes où se trouve le poste de contrôle, une guérite en bois installée à l'entrée, à l'endroit même où, au Moyen Âge, s'organisaient les péages. Du côté allemand, ce sont les hommes du Service de surveillance des frontières qui en assurent le contrôle. Et du côté français, les gardes mobiles de réserve. Ils sont nombreux et semblent bien moins sympathiques que les soldats de l'octroi de Paris. Les grandes rafles de Juifs qui viennent d'avoir lieu dans toute la France occupée obligent les services de police à redoubler d'attention, à cause des tentatives de fuite.

Les cœurs de la mère et de la fille cognent fort dans leurs poitrines. Heureusement, comme elles l'avaient prévu, elles ne sont pas les seules à vouloir passer la frontière à cette heure-ci. De nombreux vélos traversent dans les deux sens, des riverains qui franchissent la ligne quotidiennement pour leur travail et doivent montrer leur *Ausweis* dit « de proximité », valable dans un rayon de cinq kilomètres.

En attendant leur tour, Jeanine et Gabriële lisent l'affiche, posée la veille, qui précise quelles représailles sont prévues pour les familles qui voudraient aider des personnes recherchées par la police :

1. – Tous les proches parents masculins en ligne ascendante ainsi que les beaux-frères et les cousins à partir de 18 ans seront fusillés.

2. – Toutes les femmes au même degré de parenté seront condamnées aux travaux forcés.

3. – Tous les enfants, jusqu'à 17 ans révolus, des hommes et des femmes frappés par ces mesures, seront remis à une maison d'éducation surveillée.

Mère et fille sont prévenues de ce qui les attend. Ce n'est pas le moment de flancher. Les gardes s'approchent de leur Citroën pour le contrôle. Les deux femmes tendent leurs faux *Ausweis* et repartent dans leur grand numéro de charme, l'excitation du mariage, la robe de la mariée, le trousseau, la dot, les invités. Les gardes sont moins commodes que ceux de Paris mais ils finissent par les laisser passer – une mère qui marie sa fille, ça se respecte. Puis c'est au tour des Allemands, postés quelques mètres plus loin.

Il faut les convaincre de ne pas défaire les valises ni ouvrir le coffre. Le fait que Gabriële parle parfaitement l'allemand est un avantage, les soldats sont sensibles aux efforts que fait la dame, qui demande des nouvelles de Berlin, la ville a dû changer depuis ses études de musique, c'était en 1906, que le temps passe vite, elle a adoré les Berlinois... Soudain, les chiens se mettent à renifler près du coffre, ils tirent sur leurs laisses, insistent, aboyant de plus en plus fort, ils veulent faire comprendre à leurs maîtres qu'ils ont senti à l'intérieur quelque chose de vivant.

Myriam et Jean Arp entendent des coups frappés sur la tôle par leurs gueules enragées. Myriam ferme les yeux et s'arrête de respirer.

Au dehors, les Allemands essayent de comprendre pourquoi leurs chiens sont en train de devenir fous.

— *Tut mir leid meine Damen, das ist etwas im Kofferaum.* Pardon mesdames, il y a quelque chose qui excite les chiens dans votre coffre…

— Ah, c'est à cause de nos corbeaux ! dit Gabriële en allemand. *Die Krähen ! Die Krähen !*

Elle attrape les oiseaux qui gisent sur la banquette arrière. C'est pour le banquet du mariage ! Et Gabriële met les corbeaux sous le museau des chiens. Et les chiens se ruent sur les appâts, oubliant le coffre de la voiture. Des plumes noires volètent dans tous les sens, les soldats voient le banquet de la noce englouti dans l'estomac de leurs bêtes.

Embarrassés, ils laissent filer la Citroën.

Dans le rétroviseur, Gabriële et Jeanine regardent la guérite des soldats devenir de plus en plus petite – jusqu'à disparaître. À la sortie de Tournus, Jeanine demande à sa mère de s'arrêter, elle veut rassurer ses passagers. Myriam tremble de tout son corps.

— C'est bon, on a réussi, dit-elle pour la calmer.

Puis Jeanine fait quelques pas sur la route et gonfle ses poumons de l'air de la zone libre. Ses jambes deviennent molles, elle pose un genou à terre, puis l'autre. Et reste quelques secondes ainsi, prostrée, la tête penchée en avant.

— Allez ma grande, il nous reste encore six cents kilomètres à faire avant la nuit, dit Gabriële en posant sa main sur l'épaule de sa fille.

C'est la première fois qu'elle montre une véritable tendresse à l'un de ses enfants.

Gabriële et Jeanine roulent sans s'arrêter. Un peu avant minuit, à l'heure du couvre-feu, la voiture entre dans une grande propriété. Myriam sent la voiture qui ralentit et des voix qui chuchotent. On lui demande de sortir du coffre, ce n'est pas facile avec les membres engourdis. Elle est emmenée comme une prisonnière dans une chambre inconnue, où elle s'endort sans demander son reste.

Lorsque Myriam se réveille le lendemain, des bleus sont apparus sur sa peau. Elle a du mal à poser un pied par terre mais s'approche de la fenêtre. Elle découvre un château dont l'allée majestueuse est bordée de grands chênes. Il ressemble à une grande villa italienne, avec sa façade ocre et ses balustrades d'opérette. Elle qui n'avait jamais franchi la Loire découvre la beauté de la lumière humide scintillant dans les arbres. Une femme entre alors dans la chambre, avec une carafe et un verre d'eau.

— Où sommes-nous ? lui demande-t-elle.
— Au château de Lamothe, à Villeneuve-sur-Lot, répond l'inconnue.
— Mais où sont les autres ?
— Partis tôt ce matin.

Myriam s'aperçoit en effet que la Citroën n'est plus dans la cour.

— Ils m'ont abandonnée là, songe Myriam avant de s'allonger par terre, car ses jambes n'arrivent plus à la porter.

Chapitre 27

Au petit matin du 15 juillet, Jacques et Noémie quittent la prison d'Évreux accompagnés de quatorze autres personnes. Jacques est le plus jeune. Le groupe est mené au siège de la 3e légion de gendarmerie à Rouen, où l'on regroupe tous les Juifs arrêtés dans l'Eure lors de la rafle du 13 juillet.

Le lendemain après-midi, le 16 juillet 1942, les parents Rabinovitch apprennent que des arrestations massives ont eu lieu à Paris, le matin même. Des familles ont été tirées du lit dès quatre heures du matin, obligées de partir sur-le-champ avec une valise, sous la menace des coups. Ces arrestations ne passent pas inaperçues. Les renseignements généraux parisiens notent dans un rapport : « *Bien que la population française soit, dans son ensemble et d'une manière générale, assez antisémite, elle n'en juge pas moins sévèrement ces mesures, qu'elle qualifie d'inhumaines.* »

— Ils prennent même des jeunes femmes avec leurs enfants, c'est ma sœur qui est concierge à Paris qui m'a raconté ça, explique une voisine du village à Emma. La police est venue avec des serruriers, quand les gens refusent d'ouvrir, ils entrent en force.

— Et ensuite, ajoute le mari, ils vont voir les gardiens d'immeuble pour dire d'aller fermer le gaz dans les appartements. Parce qu'ils vont pas revenir de sitôt…

— On a emmené les familles au Vélodrome d'Hiver, paraît-il. Vous connaissez ?

Le Vélodrome d'Hiver, oui, Emma voit très bien ce stade, rue Nélaton dans le 15e, où ont lieu les compétitions de cyclisme, de hockey sur glace, et les matchs de boxe. Quand Jacques était petit, une année, son père l'avait emmené assister au « Patin d'or », une course de patinage à roulettes.

— Qu'est-ce que c'est que cette histoire ? songe Ephraïm, gagné par la frayeur.

Emma et Ephraïm retournent à la mairie pour en savoir davantage. M. Brians, le maire des Forges, s'agace, devant ce couple d'étrangers, drapés dans leur dignité, qui passent leur temps à hanter les couloirs de la mairie.

— Nous avons entendu dire que des Juifs ont été rassemblés à Paris. Nous voudrions savoir si nos enfants se trouvent parmi eux, dit Ephraïm au maire.

— Pour cela, il nous faut une autorisation spéciale de déplacement, ajoute Emma.

— Faut voir avec la préfecture, répond le maire, en fermant à clé la porte de son bureau.

Le maire boit un petit verre de cognac pour se remettre. Il demande à sa secrétaire de mairie de lui éviter désormais tout contact avec ces gens. Cette jeune femme porte un joli nom, Rose Madeleine.

Chapitre 28

Le 17 juillet, Jacques et Noémie sont transférés vers un camp d'internement qui se trouve à deux cents kilomètres de la prison de Rouen. Dans le Loiret, près d'Orléans. Le voyage dure toute la matinée.

La première chose qu'ils voient en arrivant au camp de Pithiviers, ce sont des miradors équipés de projecteurs ainsi que des fils barbelés. Derrière ces grillages sinistres, se profilent toutes sortes de bâtiments. Cela ressemble à une prison en plein air, un camp militaire sous haute surveillance.

Les policiers font descendre tout le monde du camion. À l'entrée du camp, le frère et la sœur font la queue avec d'autres, devant eux, derrière eux. Tous attendent d'être enregistrés. L'officier de police qui inscrit les arrivants est assis derrière une petite table en bois, il s'applique, secondé dans sa tâche par un soldat. Jacques remarque leurs casquettes rutilantes. Leurs bottes en cuir brillent sous le soleil de juillet.

Jacques est inscrit dans le livre d'écrou sous le numéro 2582. Noémie sous le numéro 147. Tous remplissent la fiche des comptes spéciaux : Jacques et Noémie n'ont pas un centime sur eux. Leur groupe rejoint ensuite d'autres arrivants dans la cour. Les haut-parleurs leur demandent de se mettre en rang, dans le calme, pour écouter le règlement du camp. L'emploi du temps est tous les jours le même, 7 heures café, de 8 heures à 11 heures corvées de propreté et d'aménagement, à 11 h 30 repas, de 14 heures à 17 h 30 de nouveau corvées de propreté et d'aménagement, 18 heures repas et 22 h 30 extinction des feux. On demande aux prisonniers d'être patients et coopératifs, on leur promet de meilleures conditions de vie lorsqu'ils seront affectés à l'étranger, sur leur lieu de travail. Le camp n'est qu'une étape de transition, à chacun de prendre sur soi et d'être obéissant. Les haut-parleurs leur demandent de se mettre en marche pour rejoindre leur baraquement. Jacques et Noémie découvrent le camp de Pithiviers. Il comporte dix-neuf baraques et peut accueillir jusqu'à deux mille internés. Les bâtiments sont en bois, tous construits selon le modèle « Adrian », du nom de Louis Adrian – un ingénieur militaire qui avait conçu ces baraquements rapidement démontables pendant la guerre de 14-18. Longs de trente mètres et larges de six mètres, un couloir central départage deux rangées de châlits à étages recouverts de paille. C'est le couchage des internés.

Dans ces baraques, on étouffe de chaleur l'été et l'hiver on meurt de froid. Les conditions sanitaires sont déplorables, les maladies circulent aussi vite que les rats qui se faufilent par dizaines dans les parois. On entend le bruit de leurs griffes croches qui courent sur le bois, nuit et jour. Jacques et Noémie découvrent les lavabos et les sanitaires qui se trouvent en extérieur, si l'on peut appeler sanitaires ces latrines où chacun s'accroupit pour faire ses besoins au-dessus de fossés recouverts de ciment. Il faut faire cela devant les autres.

Les cuisines sont en dur, ainsi que les bâtiments de l'administration. En passant devant l'infirmerie, Noémie sent le regard d'une femme en blouse blanche se poser sur elle, une Française d'une quarantaine d'années, les cheveux bouclés, qui semble prendre sa pause dehors sur les marches. Elle regarde Noémie, longtemps, de ses yeux clairs et intenses.

Jacques et Noémie sont de nouveau éloignés l'un de l'autre : Jacques occupe la baraque 5 et Noémie la baraque 9. Chaque séparation est pénible et provoque chez Jacques des crises de panique. La compagnie des hommes ne lui est pas familière.

— Je viendrai te voir dès que possible, lui promet sa sœur.

Noémie entre dans sa baraque, où une femme polonaise lui montre comment suspendre ses vêtements pour ne pas se faire voler ses affaires pendant la nuit. Elle s'adresse à elle dans un dialecte approximatif et Noémie lui répond en polonais. Les prisonniers de juillet 1942 sont pour la plupart des Juifs étrangers, des Polonais, des Russes, des Allemands, des Autrichiens. Beaucoup d'entre eux ne parlent pas bien français et en particulier les femmes qui restent la plupart du temps à la maison. Dans le camp, le yiddish est la langue commune, que tout le monde comprend. Un prisonnier est d'ailleurs préposé à la traduction des ordres que les haut-parleurs déversent à longueur de journée.

Pendant que Noémie installe ses affaires, elle sent soudain une main encercler son bras avec fermeté. Une poigne d'homme. Mais quand elle se retourne, elle se trouve face à la femme aux yeux clairs, qui la regardait fixement devant l'infirmerie.

— Toi, lui dit-elle, tu parles français ?

— Oui, répond Noémie, étonnée.

— Tu parles d'autres langues ?

— L'allemand. Je parle aussi le russe, le polonais et l'hébreu.

— Le yiddish ?

— Un peu.

— Parfait. Dès que tu as terminé de t'installer, tu vas à l'infirmerie. Si des soldats te demandent quoi que ce soit, tu dis que le docteur Hautval t'attend. Dépêche-toi.

Noémie obéit aux ordres, elle installe ses affaires. Et trouve au fond de sa valise sa petite pommade Rosat qu'elle pensait avoir oubliée. Puis elle se rend directement à l'infirmerie.

Arrivée là-bas, la femme au regard intense lui lance une blouse blanche.

— Tu mets ça. Et tu regardes ce que je fais, lui dit-elle.

Noémie regarde la blouse.

— Oui elle est sale, affirme la femme, on n'a pas mieux.

— Mais, qui est le docteur Hautval ? demande la jeune fille.

— C'est moi. Je vais t'apprendre tout ce que doit savoir une aide-soignante, il faut que tu retiennes les termes et que tu respectes les règles d'hygiène, c'est compris ? Si tu t'en sors bien, tu viendras tous les jours travailler avec moi.

Jusqu'au soir, sans s'arrêter, Noémie observe avec attention le travail du médecin. Elle se charge de la désinfection des ustensiles. L'adolescente comprend vite que l'essentiel de sa tâche consiste aussi à rassurer, écouter, apporter son soutien aux femmes qui arrivent à l'infirmerie. La journée passe très vite car les malades affluent sans discontinuer, des femmes de toutes les nationalités, dont il faut s'occuper dans l'urgence.

— C'est bien, lui dit le docteur Hautval à la fin de la journée. Tu mémorises tout. Je veux te revoir ici demain matin. Mais fais attention : tu t'approches trop des malades. Tu ne dois pas toucher leur sang ni respirer les miasmes. Si tu tombes malade, qui va m'aider ?

— Attends, maman, cette histoire de docteur et d'infirmerie, comment la connais-tu ?

— Je n'invente rien. Le docteur Adélaïde Hautval a vraiment existé, elle a écrit un livre après la guerre, *Médecine et crimes contre l'humanité*. Tiens, j'ai le livre là, attrape-le s'il te plaît. J'ai surligné certains passages. Regarde, elle décrit cette journée du 17 juillet où les nouveaux internés arrivent par vagues : « *Vingt-cinq femmes. Toutes des étrangères qui vivent en France. Dès leur entrée je suis frappée par une jeune fille, No Rabinovitch. Visage lituanien type, corps charpenté, sain, solide. Elle a dix-neuf ans. Tout de suite, je jette mon dévolu sur elle. Elle deviendra ma meilleure collaboratrice.* »

— C'est émouvant que cette femme se souvienne de Noémie et qu'elle ait écrit sur elle.

— Tu vas voir, elle en parle beaucoup dans son livre. Cette Adélaïde Hautval a été une Juste parmi les Nations. À l'époque du récit, elle avait 36 ans, neuropsychiatre, fille de pasteur, transférée à Pithiviers pour s'occuper de l'infirmerie du camp. Son livre n'est pas le seul témoignage sur Noémie que j'ai retrouvé : elle marquait les gens, partout où elle passait. Je vais te raconter.

À la fin de cette première journée, le docteur Hautval donne à sa nouvelle aide-soignante deux petits morceaux de sucre blanc. Noémie traverse le camp en les serrant précieusement dans sa poche, elle a hâte de les donner à son frère. Mais quand elle le retrouve, Jacques est furieux.

— Tu n'es pas venue une seule fois me voir, je t'ai attendue toute la journée.

Puis il fait fondre les deux morceaux de sucre dans sa bouche et se radoucit.

— Qu'est-ce que tu as fait ? lui demande Noémie.

— Les corvées. On m'a envoyé aux chiottes avec les jeunes. Tu verrais les vers blancs, gros comme des doigts, comme ça, ils grouillent au fond des latrines. C'est dégueulasse. Il faut les asperger de Crésyl, un désinfectant en granules, mais l'odeur âcre m'a donné mal à la tête alors je suis retourné à la baraque. C'est horrible ici, dis. Tu ne te rends pas compte. Il y a des rats. On les entend quand on s'allonge sur les lits. Je voudrais rentrer chez nous. Fais quelque chose. Myriam, elle, elle aurait trouvé une solution, dit Jacques.

Noémie ne supporte pas cette remarque et attrape les épaules de son petit frère pour le secouer.

— Elle est où Myriam ? Hein ? Va la voir. Demande-lui une solution. Vas-y !

Jacques s'excuse en baissant les yeux. Le lendemain matin, Noémie apprend que le camp autorise l'envoi d'une lettre par personne et par mois. Elle décide d'écrire tout de suite à ses parents, pour les rassurer. Cela fait cinq jours qu'ils ont été séparés. Cinq jours sans nouvelles les uns des autres. Noémie enjolive : elle dit qu'elle travaille à l'infirmerie et que Jacques se porte bien.

Ensuite, elle rejoint son poste pour une nouvelle journée de travail. Quand Noémie arrive, le docteur est en pleine dispute avec l'administrateur du camp, elle dénonce le manque de moyens de son équipe. L'administrateur répond par des menaces. Noémie comprend alors que le docteur Hautval n'est pas une employée du camp, mais une prisonnière. Une prisonnière comme elle.

— Quand ma mère est morte, en avril dernier, se confie Hautval à la fin de la journée, j'ai voulu me rendre à Paris pour son enterrement. Mais je n'avais pas d'*Ausweis*. J'ai donc décidé de franchir illégalement la ligne à Vierzon et je me suis fait arrêter par la police. Puis interner à la prison de Bourges. Là, j'ai vu un soldat allemand maltraiter une famille juive et je suis intervenue. « Puisque tu défends les Juifs, tu partageras leur sort », m'a répondu le soldat qui était très vexé qu'une femme, française, lui tienne tête. J'ai dû porter l'étoile jaune et un brassard avec l'inscription « amie des Juifs ». Peu de temps après, le camp de Pithiviers a fait savoir qu'ils avaient besoin d'un médecin. C'est comme ça que j'ai été envoyée ici, afin de gérer l'infirmerie. Mais toujours en tant que prisonnière. Au moins j'aide les autres.

— Justement, pensez-vous que je pourrais avoir du papier et un stylo ?

— Pour quoi faire ? demande le docteur Hautval.

— C'est pour mon roman.

— Je vais voir ce que je peux faire.

Le soir même, le docteur Hautval apporte à Noémie deux stylos et quelques feuilles de papier.

— J'ai pu t'obtenir ça de l'administration, mais il faut que tu me rendes un service.

— Qu'est-ce que je peux faire ?

— Tiens, tu vois cette femme là-bas ? Elle s'appelle Hode Frucht.

— Je la connais, elle est dans ma baraque.

— Alors ce soir, tu iras lui écrire une lettre pour son mari.

— Tout cela, tu l'as appris dans le livre du docteur Hautval ?

— C'est au hasard de mes recherches que j'ai appris que Noémie était devenue l'écrivain public des femmes de Pithiviers. En rencontrant les descendants de Hode Frucht. Ils m'ont montré les lettres manuscrites de Noémie, avec son écriture si jolie. Tu sais, comme toutes les adolescentes, Noémie avait des fantaisies d'écriture. Elle faisait des M majuscules avec des jambages bouclés, qu'on retrouve sur toutes les lettres rédigées pour ses compagnes du camp.

— Qu'est-ce que les femmes racontaient dans ces lettres ?

— Les prisonnières voulaient rassurer leurs proches, ne pas les inquiéter, leur dire que tout allait bien... elles ne disaient pas la vérité. C'est pourquoi ces correspondances ont été utilisées plus tard par les révisionnistes.

Jacques vient voir Noémie à l'infirmerie. Rien ne va, un soldat lui a confisqué sa lotion Pétrole Hahn, il a des douleurs au ventre, il se sent seul. Noémie lui conseille de se faire des amis.

Ce soir-là, les hommes de sa baraque organisent un *shabbat* dans un coin du camp. Jacques les rejoint et se met tout au fond. Cela lui plaît, la sensation de faire partie d'un groupe. Après les prières, les hommes restent à parler entre eux, comme à la synagogue. Jacques entend alors leurs conversations, ils parlent des trains qui partent. Personne ne sait exactement où ils vont. Certains évoquent la Prusse-Orientale, d'autres la région de Koenigsberg.

— Ce serait pour travailler dans les mines de sel en Silésie.

— Moi j'ai entendu parler de fermes.

— Si c'est vrai, c'est bien.

— Tu parles. Tu crois que tu vas aller traire des vaches ?

— C'est nous qu'ils vont mener à l'abattoir. Une balle dans la nuque. Devant des fosses. Un par un.

Ces histoires font peur à Jacques. Il en parle à Noémie, qui à son tour demande au docteur Hautval ce qu'elle pense de toutes ces rumeurs effrayantes. Le docteur attrape Noémie par le bras et, droit dans les yeux, lui dit avec véhémence :

— Écoute-moi bien No, ici, on appelle ça « radio chiotte ». Tiens-toi loin de toutes ces histoires dégueulasses. Et dis à ton frère de faire la même chose. Ici les conditions sont dures, il faut pouvoir les supporter. Ces récits horribles, il faut les fuir. C'est compris ?

— À ce moment-là, le docteur Hautval croyait sincèrement que les prisonniers du camp de Pithiviers étaient envoyés en Allemagne pour travailler. Dans ses Mémoires, elle écrira : « *J'ai encore beaucoup de chemin à faire avant de comprendre.* » Une façon pudique de dire ce à quoi elle va bientôt être confrontée. Si tu veux un aperçu, lis le sous-titre de son livre : *Médecine et crimes contre l'humanité : le refus d'un médecin, déporté à Auschwitz, de participer aux expériences médicales*. Prends-le si tu veux, je te conseille de te munir d'une bassine, parce que je t'assure que ça donne envie de vomir et ce n'est pas une façon de parler.

— Mais pourquoi le docteur Hautval va-t-elle être envoyée à Auschwitz ? Elle n'est ni juive ni prisonnière politique.

— Elle était trop grande gueule, elle défendait trop les faibles. Elle sera déportée début 1943.

Les 17 et 18 juillet sont des journées chaudes. Beaucoup de travail à l'infirmerie. Évanouissements, malaises, les femmes enceintes ont des contractions. Une femme hongroise demande une piqûre de coramine, elle est médecin, elle sait qu'elle est en train de faire une crise cardiaque.

Le lendemain, le 19 juillet, les premières familles débarquent du Vélodrome d'Hiver. Les huit mille personnes emprisonnées depuis plusieurs jours ont été réparties entre les différents camps de transit, Pithiviers et Beaune-la-Rolande. Pour la première fois, il y a majoritairement des enfants et leurs mères. Ainsi que des personnes âgées.

— Quelques jours avant les grandes rafles, des rumeurs avaient circulé dans Paris. Certains chefs de famille avaient pu s'enfuir. Seuls. Parce que personne n'avait anticipé que cette fois-ci les femmes et les enfants seraient embarqués. Tu imagines la culpabilité de ces pères ? Comment vivre après ça ?

Le camp de Pithiviers n'a pas la capacité d'accueillir autant de monde d'un seul coup. Il n'y a plus de place dans les baraques, plus de lit nulle part, rien n'est prévu ni adapté à ce flot.

Les bus arrivent sans discontinuer. L'arrivée des familles à Pithiviers provoque une panique qui s'empare de tous, des prisonniers qui étaient là avant eux, des administrateurs du camp, des soignants et des policiers eux-mêmes. Le secrétariat général à la Santé avait pourtant envoyé une lettre au secrétaire général de la police, René Bousquet, pour avertir que les camps de Pithiviers et de Beaune-la-Rolande *« ne sont pas aménagés pour recevoir un nombre trop important d'internés (...). Ils ne pourraient les héberger, même pour un temps relativement court, qu'au détriment des règles les plus élémentaires d'hygiène et au risque de voir se développer, surtout dans la saison chaude, des épidémies d'affection contagieuses. »* Mais aucune mesure d'hygiène n'est prise. En revanche, le 23 juillet, le préfet du Loiret envoie sur place cinquante gendarmes supplémentaires.

L'administration pénitentiaire n'a rien prévu pour les enfants en bas âge. Il n'y a pas de nourriture appropriée, il n'y a pas de quoi les laver, ni les changer. Pas de médicaments adaptés. Dans la chaleur de ce mois de juillet, la situation des mères est effroyable, elles n'ont pas de langes, pas d'eau propre, les autorités n'ont pas pensé qu'il faudrait fournir du lait – ni des ustensiles pour faire bouillir l'eau. Un rapport d'inspection est envoyé à ce sujet au préfet. Qui n'en fera rien. Mais de nouveaux fils barbelés sont rapidement livrés, afin de doubler ceux existants. Les gendarmes ont eu peur que les petits enfants puissent s'échapper en se faufilant.

Au camp, le rapport d'un policier indique que *« le contingent de juifs arrivé aujourd'hui se compose, pour 90 % au moins, de femmes et d'enfants. Tous les internés sont très fatigués et déprimés par leur séjour au Vélodrome d'Hiver, où ils ont été très mal installés et ont manqué de tout »*. Quand Adélaïde Hautval prend connaissance de ce rapport, elle se dit que les termes « très fatigués » et « déprimés » sont de drôles d'euphémismes. Les familles arrivent du Vél' d'Hiv dans un état de détresse absolue. Elles ont passé plusieurs jours entassées dans un stade, dormant par terre, sans sanitaires, dans des gradins ruisselants d'urine à l'odeur insoutenable. La chaleur était étouffante. L'air saturé de poussière, irrespirable. Les hommes sont sales, ils ont été traités comme du bétail, humiliés, battus par les policiers, les femmes aussi sont puantes de chaleur, celles qui ont eu leurs règles ont leurs habits ensanglantés, les enfants sont poussiéreux et dans un état d'épuisement inimaginable. Une femme s'est suicidée en se jetant depuis les gradins sur la foule. Sur les dix toilettes, la moitié a été condamnée, à cause des fenêtres qui donnaient sur la rue et pouvaient permettre aux gens de s'échapper. Il ne restait donc que cinq latrines pour près de huit mille personnes. Dès la première matinée, les cabinets débordèrent et il fallut s'asseoir sur les excréments. Comme on ne leur donnait ni nourriture ni eau, les pompiers ont fini par ouvrir les vannes d'incendie pour désaltérer les hommes, femmes et enfants qui mouraient littéralement de soif. Désobéissance civile.

Le 21 juillet, Adélaïde et Noémie assistent au déplacement des mères et enfants en bas âge, qui sont parqués dans les hangars qui servaient jusque-là d'ateliers, désormais réquisitionnés et transformés en dortoirs. On les fait s'allonger à même le sol, sur de la paille. Il n'y a pas assez de cuillères ni de gamelles pour tout le monde, alors on met la soupe dans de vieilles carcasses de conserve. Aux enfants, on distribue d'anciennes boîtes de biscuits secs de la Croix-Rouge. Elles leur servent à manger, mais aussi à recueillir les urines la nuit. Les enfants se blessent sur le fer qui leur incise la peau.

La situation sanitaire se dégrade et des épidémies se propagent. Jacques attrape la dysenterie. Il reste le plus souvent possible dans sa baraque, où on entre « *comme dans des cages à lapins, paille, poussière, vermine, maladies, disputes, criailleries. Pas une minute d'isolement* », écrit Adélaïde Hautval dans ses Mémoires. Noémie de son côté aide à gérer les débordements à l'infirmerie. Le docteur Hautval ajoute : « *À l'infirmerie nous sommes deux, No et moi. On y trouve toutes les maladies possibles : des dysenteries graves, des scarlatines, des diphtéries, coqueluches, rougeoles.* » Les gendarmes réclament des bons d'essence pour leurs camions en gare de Pithiviers, ils demandent de nouvelles baraques pour entasser les nouveaux venus. Rien ne les a formés à ça.

— Que racontent-ils à leurs femmes, quand ils rentrent chez eux le soir ?
— L'histoire ne le dit pas.

Noémie impressionne le docteur non seulement par sa capacité de travail, mais aussi par sa sagesse. Elle dit souvent qu'il lui faudra elle-même passer par des épreuves terribles et faire preuve d'un grand courage. Elle le sent. « *D'où lui vient cette connaissance ?* » écrira le docteur Hautval dans ses Mémoires. Le soir, dans la baraque, Noémie rédige son roman, jusqu'à ce que la nuit l'empêche absolument de voir.

Une Polonaise vient lui parler :

— Celle qui couchait là, à ta place. La femme avant toi. Écrivain aussi.

— Ah bon ? demande Noémie. Il y avait une femme écrivain ici ?

— Comment c'était son nom déjà ? demande la Polonaise à une autre femme.

— Je me souviens que de son prénom, répond-elle. Irène.

— Irène Némirovsky ? demande Noémie en fronçant les sourcils.

— Oui, c'est ça ! répond la jeune femme.

Irène Némirovsky n'est restée que deux jours au camp de Pithiviers, baraque n° 9. Elle a été déportée avec le convoi n° 6 du 17 juillet, soit quelques heures avant l'arrivée de Noémie.

Le 25 juillet, le docteur Hautval comprend, en passant dans les couloirs de l'administration, qu'un nouveau départ de convoi se prépare. Mille personnes vont être envoyées en Allemagne, afin de désengorger le camp. Elle a peur d'être séparée de Noémie. « *No est une aide magnifique*, écrit-elle. *Elle regarde la vie en pleine face, attendant d'elle quelque chose de fort, de riche. Elle est prête à s'y jeter corps et âme, débordante de possibilités, sachant qu'elle sera appelée à être celle vers laquelle regarderont beaucoup de gens.* » Adélaïde Hautval réfléchit à une solution pour garder « No » auprès d'elle. Elle en parle à l'un des administrateurs du camp.

— Ne m'enlevez pas cette aide-soignante. J'ai mis beaucoup de temps à la former. Elle est efficace.

— Très bien. Nous allons chercher une solution. Laissez-moi réfléchir.

La lettre que Noémie avait envoyée à ses parents arrive aux Forges ce même samedi 25 juillet. Ils sont rassurés. Ephraïm prend alors sa plume pour écrire une lettre au préfet de l'Eure. Il veut savoir ce que l'administration française compte faire de ses enfants. Combien de temps vont-ils rester au camp de Pithiviers ? Quelle sera ensuite la situation dans les semaines à venir ? Il joint à son courrier une enveloppe timbrée, pour obtenir une réponse.

— Un jour, aux archives de la préfecture de l'Eure, je suis tombée sur cette lettre d'Ephraïm. C'était bouleversant. J'ai tenu dans les mains l'enveloppe qu'il avait fournie, avec son timbre d'1,50 F à l'effigie du maréchal Pétain. Personne n'avait répondu.

— Je croyais que les archives de l'administration avaient été détruites après la guerre ?

— Pas vraiment, disons que l'État français a nettoyé ses administrations, notamment des dossiers compromettants. Mais trois départements n'ont pas obéi – dont, par chance pour nous, l'Eure. Tu n'imagines pas ce qui est encore là, dans les archives, comme un monde souterrain, un monde parallèle, encore vivant. Des braises sur lesquelles il suffit de souffler pour les raviver.

Les jours passent. Ils sont ponctués par les démarches d'Ephraïm et d'Emma à la mairie pour notifier leur présence. Que peuvent-ils faire d'autre, sinon attendre des nouvelles de leurs enfants ?

Pendant ce temps, le docteur Hautval et l'administrateur du camp de Pithiviers ont trouvé une solution pour que Noémie ne soit pas sur la liste du prochain départ de convoi. En ce mois de juillet 1942, certaines personnes sont encore épargnées par les départs à Auschwitz : les Juifs français, les Juifs mariés avec des Français, les Roumains, les Belges, les Turcs, les Hongrois, les Luxembourgeois et les Lituaniens.

— Votre aide-soignante appartient-elle à l'une de ces catégories ?

Adélaïde se souvient que Noémie est née à Riga. Elle sait que c'est en Lettonie, et non en Lituanie, mais elle tente sa chance. L'administrateur du camp ne fait pas la différence entre les deux.

— Trouvez-moi sa fiche d'entrée qui prouve sa nationalité lituanienne et je veillerai à ce qu'elle ne parte pas.

Hautval se précipite dans les bureaux de l'administration pour récupérer sa fiche d'entrée. Malheureusement, le lieu de naissance de Noémie n'y est pas mentionné.

— Essayez, propose l'administrateur du camp, de retrouver un acte de naissance. En attendant, j'indique que son cas n'est pas clair et que le départ est suspendu.

L'administrateur du camp rédige, ce mardi 28 juillet, une liste intitulée : « *Camp de Pithiviers : personnes paraissant avoir été arrêtées par erreur* ». Sur cette liste, il inscrit les noms de Jacques et Noémie Rabinovitch.

— Cette liste, tu l'as retrouvée, maman ?

Lélia fit oui de la tête. Je sentais que son émotion était trop profonde pour prononcer des paroles. J'essayai d'imaginer ce qu'elle avait pu ressentir en lisant ces mots : personnes paraissant avoir été arrêtées par erreur. Mais imaginer n'est parfois pas possible. Il faut alors simplement écouter l'écho du silence.

Adélaïde Hautval fait une demande spéciale à l'administration pour tenter de retrouver les papiers d'entrée en France de Jacques et Noémie. Elle ne croit pas au miracle, mais elle gagne du temps.

La nouvelle se répand dans le camp qu'un nouveau départ de convoi est imminent. Où vont ces trains ? Que vont devenir les enfants ? Un mouvement de panique gagne les internées. Certaines femmes hurlent qu'on les envoie à la mort. Elles propagent l'idée qu'ils finiront tous assassinés. Ces femmes considérées comme « folles » sont mises à l'écart pour ne pas contaminer le moral des autres. Le docteur Adélaïde Hautval écrit dans ses Mémoires : *« L'une d'elles clame : On nous mettra dans des trains, puis, après la frontière, ils feront sauter les wagons ! Ces paroles nous rendent songeurs. Se pourrait-il qu'elle voie juste, de cette clairvoyance illuminée que possèdent quelquefois les aliénés ? »*

Le convoi n° 13 se prépare à Pithiviers. Le docteur Hautval consulte la liste des noms dans les bureaux de l'administration. Elle n'en a pas le droit et prend des risques. Elle découvre que tout le groupe des prisonniers de Rouen fait partie du convoi. Dont Jacques et Noémie. Elle essaye une dernière fois de convaincre le chef de camp de retarder le départ des Rabinovitch.

— J'attends une vérification quant à leur possible nationalité lituanienne, dit-elle.

— Pas le temps d'attendre, répond le chef de camp.

Le docteur Hautval se met en colère.

— Je fais comment sans elle ? Nous sommes débordés à l'infirmerie ! Vous voulez que les épidémies se propagent davantage ? Cela va être une catastrophe, elles vont aussi toucher les surveillants, les policiers…

Elle sait que c'est la grande crainte de l'administration. Les travailleurs extérieurs ne veulent plus venir à cause des épidémies et il est de plus en plus difficile de trouver de la main-d'œuvre. Le chef de camp soupire.

— Je ne vous garantis rien.

Tous les prisonniers sont appelés dans la cour. La liste des 690 hommes, 359 femmes et 147 enfants, annoncée par les haut-parleurs, se termine.

Jacques et Noémie n'en font pas partie.

Les mères qui doivent s'avancer dans le convoi, laissant leurs enfants au camp, parfois des bébés, refusent de partir. Certaines se jettent la tête contre le sol. Une femme est mise nue par les gendarmes, passée sous une douche froide, et remise dans les rangs sans ses habits. Le commandant du camp demande au docteur Adélaïde Hautval de calmer toutes ces femmes qui rendent la situation ingérable – il sait que le docteur a de l'influence auprès des internées.

Adélaïde accepte de leur parler à condition qu'on lui donne des explications sur la façon dont le gouvernement français envisage de traiter les enfants. Le commandant du camp lui montre une lettre de la préfecture d'Orléans : « *Les parents seront envoyés à l'avance pour préparer le camp. La plus grande sollicitude sera mise en œuvre pour que les conditions de vie pour ces enfants soient les meilleures possibles.* » Rassurée par cette lettre qui donne des gages de bon traitement, le docteur Adélaïde promet aux mères que, bientôt, leurs enfants les rejoindront en bonne santé.

— Vous serez enfin tous réunis.

Jacques et Noémie voient leurs compagnons de Rouen sortir par la grande porte. À travers les barbelés, ils les regardent se mettre en rang dans un grand champ près du camp. Là, ils sont dépouillés de leurs objets de valeur, puis partent à pied rejoindre la gare de Pithiviers.

Au camp, les heures qui suivent les départs de convoi sont mutiques. Personne ne parle. Au milieu de la nuit, un cri déchire le silence. Un homme s'est ouvert les veines avec le verre de sa montre.

Chapitre 29

Noémie et le docteur Hautval doivent s'occuper des soins pour les petits en bas âge dont les mères sont parties lors du dernier convoi : « *No et moi devons assurer les soins nocturnes. De tout côté on entend pipi et caca.* » Ils parlent entre eux la langue des enfants du camp, que les adultes ne comprennent pas. Beaucoup sont malades, fièvre, otites, rougeoles, scarlatines, toutes les maladies enfantines. Certains enfants ont des poux jusque dans les cils. Les plus âgés vagabondent dans le camp, en bande, ils observent en haut des latrines les objets qui y ont été jetés au dernier moment par ceux qui devaient partir, ne voulant pas laisser aux gendarmes leurs précieux souvenirs. Et les enfants regardent, fascinés, ces objets qui brillent dans la merde, dans les trous, au fond des feuillées.

Dès le lendemain, le 1er août, le docteur Adélaïde Hautval apprend qu'un nouveau convoi se prépare. Elle est chargée par le commandant du camp, qui travaille pour le compte de la police judiciaire, de préparer la séparation des mères et de leurs petits.

— Dites-leur qu'une fois là-bas les enfants iront à l'école.

Ces femmes refusent de laisser leurs enfants et deviennent folles, elles s'en prennent aux gardes, bravant les coups. Certaines sont frappées jusqu'à perdre connaissance, pour lâcher leurs enfants.

Noémie est chargée de coudre le nom, le prénom et l'âge des enfants, sur de petits cordons blancs.

— C'est pour faciliter les transferts, dit-on aux mères qui vont partir. Que vous puissiez retrouver vos enfants quand ils vous rejoindront.

Mais les enfants n'y comprennent rien. À peine posés, ils arrachent leurs cordons ou se les échangent quelques minutes plus tard.

— Comment va-t-on retrouver nos enfants !
— Ils ne connaissent pas leur nom de famille !
— Comment allez-vous faire pour nous les envoyer ?

Les petits enfants errent, sales, déboussolés, la morve au nez et le regard vide. Des gendarmes s'amusent avec eux comme avec de petits animaux. À la tondeuse, ils dessinent des formes sur leurs crânes, leur font des coiffures ridicules, ajoutant l'humiliation à la misère. C'est leur jeu, leur divertissement.

Dans les hangars, on reconnaît les petits déjà séparés de leurs mères depuis le dernier départ parce qu'ils ont arrêté de pleurer. Certains ne bougent plus, à moitié engourdis dans la paille. D'une docilité surprenante, ils sont comme des poupées molles, perdus, dans un état de saleté indescriptible. Autour d'eux une nuée d'insectes tourne et vrombit, comme s'ils attendaient d'un moment à l'autre que la chair vivante devienne cadavre. Le spectacle est insoutenable.

Les petits ne répondent pas à l'appel des noms. Ils sont trop petits. Les gendarmes s'énervent. Un garçon s'approche et demande tout doucement s'il peut jouer avec le sifflet du monsieur. L'homme ne sait pas quoi répondre, il se tourne vers son supérieur.

Le lendemain matin, le docteur découvre sur les listes que Noémie et son frère sont appelés pour le départ du prochain convoi. Il faut de nouveau les sauver.

Adélaïde compte sur le commandant allemand. C'est son dernier recours. Il vient sur place les jours de départ pour superviser l'organisation du convoi. Il a autorité sur les Français.

Dès qu'il arrive, le docteur Hautval explique au commandant la perte regrettable que le départ de son aide-soignante représenterait pour l'organisation du camp.

— Et pourquoi ?
— Parce qu'elle n'a pas d'enfant.
— Je ne vois pas le rapport.
— Allez faire un tour dans le hangar et vous comprendrez qu'aucune mère ne pourrait supporter d'y travailler. J'ai besoin de quelqu'un qui puisse garder son calme.

— *Einverstanden*, répond le commandant allemand. Je vais la faire rayer de la liste.

Ce jour-là, le 2 août 1942, il fait très chaud. Ce convoi prévoit le départ de 52 hommes, 982 femmes et 108 enfants. Les mères déportées sans leurs enfants se mettent à pousser des hurlements qui s'entendent jusque dans le village de Pithiviers. Des écoliers témoigneront, des décennies plus tard, avoir entendu les cris des femmes pendant qu'ils jouaient dans leur cour de récréation. Au milieu de ce chaos, les noms de Jacques et Noémie sont crachés par les haut-parleurs. Le docteur Hautval est furieuse, elle trouve le commandant allemand, qui la rassure :

— Je n'oublie pas ma promesse, lui dit-il, elle ne partira pas. Elle va simplement subir la fouille comme les autres, mais ensuite je la ferai revenir.

Les femmes sont regroupées en rangs pour être envoyées dans le champ extérieur au camp – les petits enfants s'agrippent à tout ce qu'ils peuvent, se traînent par terre, les gendarmes les assomment en leur mettant de grands coups de pied. Un survivant se souviendra tout de même avoir vu un gendarme pleurer en voyant des minuscules mains se frayer un chemin entre les barbelés.

Les haut-parleurs répètent que :

— Les enfants et les parents seront réunis plus tard.

Mais les mères n'y croient pas, les femmes forment un essaim qui tourbillonne dans tous les sens. Les gendarmes français sont dépassés. La foule gonfle et se presse vers la grande porte d'entrée, on pousse, on pousse, la porte est sur le point d'être forcée. Mais soudain elle s'ouvre en grand et un camion allemand s'arrête devant la foule. À l'intérieur, chaque soldat est armé d'une mitraillette, qu'il braque sur les femmes. Un responsable est chargé d'expliquer dans le haut-parleur que chacun doit rentrer dans sa baraque pour éviter un bain de sang. Sauf les appelés, qui ont ordre de se mettre en rang dans le calme.

Noémie et Jacques marchent vers le champ où les fouilles sont organisées. Ils sont disposés en ligne. Chacun doit poser sur une table ses bijoux ainsi que tout l'argent qu'il possède. Lorsque les femmes ne vont pas assez vite, on arrache les boucles directement sur leurs oreilles. Elles subissent ensuite une fouille gynécologique et anale afin de vérifier qu'elles ne cachent pas de l'argent dans leurs entrailles. Les heures passent et « *le soleil tape dur sur le pré qui n'offre aucun abri* », écrit le docteur Hautval qui s'inquiète de ne pas voir revenir Noémie. Elle finit par trouver le commandant :

— Vous m'avez promis, cela fait des heures qu'ils sont partis.

— J'y vais, dit-il.

Noémie, depuis sa place, observe l'arrivée du commandant allemand. Il parle avec les chefs français. Puis pointe l'index en sa direction. Noémie comprend que les hommes parlent d'elle, qu'Adélaïde a réussi à intervenir en sa faveur. Le commandant allemand avance entre les rangs et se dirige vers elle. Le cœur de Noémie s'accélère.

— C'est toi l'aide-soignante ?

— Oui, répond-elle.

— Bon, tu viens avec moi, dit-il.

Noémie le suit à travers les rangs. Puis s'arrête. Elle cherche au loin la silhouette de Jacques.

— Et mon frère ? demande-t-elle au commandant. Il faut aller le chercher lui aussi.

— Il ne travaille pas à l'infirmerie à ce que je sache. Avance.

Noémie explique que ce n'est pas possible, qu'elle ne peut pas se séparer de son frère. Agacé, le commandant fait signe aux gendarmes que finalement la jeune fille reste dans son rang. Le convoi peut à présent partir pour la gare. Coup de sifflet. Il faut se mettre en marche. Au milieu du champ, brisant le silence, une voix d'homme s'élève dans le ciel :

— *Frendz, mir zenen toyt !* Mes amis, nous sommes tous morts.

Chapitre 30

Il est 19 heures. Le convoi n° 14, qu'on appellera le convoi des mères, marche en direction de la gare. Adélaïde Hautval tente d'apercevoir Noémie à travers la foule qui défile devant les barbelés, mais en vain.

À la gare de Pithiviers, le frère et la sœur découvrent le train qui les attend, un train de marchandises dont les wagons sont conçus à l'origine pour recevoir huit chevaux. Les soldats comptent les hommes et les femmes qu'ils poussent à l'intérieur, jusqu'à quatre-vingts personnes par wagon. Une femme se débat et refuse de monter. Elle est frappée et se retrouve avec la mâchoire cassée.

Puis on explique aux prisonniers :

— Si l'un d'entre vous tente de s'évader pendant le voyage, tout son wagon sera exécuté.

Le train reste à quai. Les mille passent une nuit entière à attendre, immobiles, serrés dans leurs wagons. Ne sachant rien de ce qui va leur arriver. Les plus chanceux sont ceux qui se trouvent près de la lucarne grillagée – et peuvent un peu respirer. Jacques a envie de vomir à cause de l'odeur, et sa dysenterie l'a affaibli. Au petit matin, il entend le signal du départ. Tandis que le train se met lentement en marche, une voix d'homme s'élève au-dessus des wagons.

— *Yit-gadal ve-yit-kadash shemay rabba, Be-al-ma dee vra chi-roo-tay ve-yam-lich mal-choo-tay...*

Ce sont les premiers mots du *kaddish derabbanan*, la prière des morts. En colère, une mère hurle en mettant sa main sur les oreilles de sa fille :

— *Shtil im !* Mais faites-le taire !

Pour se donner du courage, les jeunes imaginent les travaux qu'ils vont faire en Allemagne.

— Toi tu es docteur, tu pourras travailler dans un hôpital, dit une petite fille à Noémie.

— Mais je ne suis pas docteur, répond l'adolescente.

— Taisez-vous ! disent les adultes. Économisez votre salive.

Ils ont raison. La chaleur de ce mois d'août devient étouffante. Les prisonniers, entassés les uns sur les autres, n'ont pas d'eau. Lorsque les mains sortent des wagons, réclamant de quoi boire, les gendarmes les frappent du bout de leurs crosses et les doigts se brisent sur les parois.

Jacques s'allonge par terre pour coller son visage contre le sol et respirer un peu d'air entre les lattes du plancher. Noémie se met au-dessus de lui pour empêcher les autres de le piétiner. Aux heures où le soleil tape le plus fort, certains se déshabillent, hommes et femmes restent en sous-vêtements, à demi nus.

— On dirait des animaux, dit Jacques.

— Tu ne dois pas dire ça, répond Noémie.

Le voyage dure trois jours et il faut faire ses besoins devant tout le monde dans une tinette. Lorsque la tinette est pleine, il ne reste que le coin, avec un tas de paille. Ceux qui rêvent de se jeter dehors ne le font pas, pour ne pas prendre le risque de faire tuer tous les autres. Pour tenir, Noémie pense à son roman qu'elle a laissé dans sa chambre, son début de roman, elle le réécrit dans sa tête et imagine la suite.

Au bout de trois jours, le train, qui n'avait jamais sifflé dans aucune des cinquante-trois gares traversées, se met à émettre un son strident. Il freine brusquement. Les portes des wagons sont ouvertes avec fracas. Jacques et Noémie sont aveuglés par des lumières de projecteurs, beaucoup plus puissants qu'à Pithiviers. Ils ne voient pas, ne comprennent pas où ils se trouvent, ils entendent les aboiements des chiens qui se jettent en avant pour les mordre. Aux chiens s'ajoutent les hurlements des gardes qui crient leur colère, *alle runter*, *raus* et *schnell*, pour faire sortir les mille personnes du train. Les gardes matraquent les malades couchés sur le sol des wagons, il faut réveiller ceux qui sont évanouis et faire évacuer les morts. Noémie reçoit un coup sur le visage qui fait enfler sa lèvre. La violence du coup lui ôte tous ses repères, elle ne comprend plus dans quel sens elle doit avancer et lâche la main de Jacques. Puis elle le retrouve, qui court devant elle, sur la rampe. Pendant qu'elle court elle aussi pour le rattraper, sous les ordres allemands, elle sent une épouvantable odeur qui l'envahit soudain, une odeur qu'elle n'a jamais sentie de sa vie, un fond nauséabond, une odeur de corne et de graisse brûlées.

— Dites que vous avez 18 ans, entend Jacques dans la précipitation sans savoir d'où vient cette phrase.

C'est un de ces cadavres vivants, en pyjama rayé, qui lui a chuchoté ce conseil. Longilignes, la peau sur les os, ces êtres semblent entièrement vidés de leur sang. Sur la tête, ils portent l'étrange casquette ronde des malfaiteurs. Leurs regards sont figés, comme s'ils contemplaient avec effroi une chose invisible qu'eux seuls peuvent voir. *Schnell, schnell, schnell*, vite, vite, vite, les gardes leur ordonnent de retirer la paille souillée des wagons.

Quand tout le monde est sur la rampe, les malades, les femmes enceintes et les enfants sont mis d'un côté. Ceux qui sont fatigués peuvent se joindre à eux. Des camions arrivent pour les emmener directement à l'infirmerie.

Mais soudain tout s'arrête. Hurlements, aboiements de chiens, coups de matraque.

— Il manque un enfant !

Les mitraillettes se braquent. Les mains se lèvent. Affolement.

— Si un enfant s'est échappé, on fusille tous les autres.

Les armes brillent dans la lumière des projecteurs. Il faut retrouver le petit qui manque. Les mères tremblent. Les secondes passent.

— C'est bon ! crie un homme en uniforme qui passe devant eux.

L'homme tient dans la main le petit cadavre d'un enfant, pas plus grand qu'un chat écrasé, retrouvé sous la paille d'un wagon. Les mitraillettes s'abaissent. Le mouvement reprend. Le tri des hommes et des femmes commence.

— Je suis fatigué, dit Jacques à Noémie. Je veux aller dans les camions pour l'infirmerie.

— Non, on reste ensemble.

Jacques hésite mais il finit par suivre les autres.

— On se retrouvera là-bas, dit-il en s'éloignant.

Noémie le regarde, impuissante, disparaître à l'arrière du camion. De nouveau elle se prend un coup sur la tête. Pas le temps de s'arrêter. Il faut se mettre en colonne pour marcher en direction du bâtiment principal. C'est un rectangle en brique, long peut-être d'un kilomètre. Au milieu, une tour avec un toit en triangle, c'est la porte pour rentrer à l'intérieur du camp. On dirait la bouche grande ouverte de l'enfer, surmontée de miradors, comme deux yeux haineux. Un groupe de SS interroge succinctement les nouveaux détenus. Deux groupes sont formés, d'un côté les aptes au travail, de l'autre, les jugés inaptes. Noémie fait partie des sélectionnés pour le travail. (À l'été 1942, les tatouages sur l'avant-bras gauche ne sont pas encore pratiqués. Seuls les prisonniers soviétiques se font marquer avec une plaque composée d'aiguilles formant des chiffres, appliquée sur la poitrine. Les *schreiber* – détenus chargés de tatouer chiffre à chiffre les nouveaux arrivants – commenceront en 1943, pour permettre aux nazis de rationaliser la gestion des morts en simplifiant leur identification.)

Un officier supérieur s'adresse à tous les arrivants. Son costume est rutilant, tout y brille, du cuir de ses chaussures aux boutons de sa veste. Il fait le salut nazi, puis annonce :

— Vous êtes ici dans le camp modèle du Troisième Reich. Nous y faisons travailler les parasites qui ont toujours vécu à la charge des autres. Vous allez enfin apprendre à vous rendre utiles. Soyez satisfaits de contribuer à l'effort de guerre du Reich.

Noémie est ensuite envoyée vers la gauche, au camp des femmes, où elle passe par le centre de désinfection, dit « le sauna ». Toutes les femmes y sont déshabillées puis assises sur des gradins, les unes à côté des autres. Elles doivent attendre toutes nues, chacune leur tour, d'être entièrement rasées – crâne, poils pubiens – puis douchées. Seules quelques jeunes filles échappent à la tonte, celles qui seront envoyées au bordel du camp.

Au passage de la tondeuse, les longs cheveux de Noémie, ses cheveux qui faisaient sa fierté, qu'elle remontait en couronne sur le haut de sa tête, tombent sur le sol. Ils se mêlent aux cheveux des autres femmes, formant un immense tapis chatoyant. Ces cheveux servirent, selon la circulaire Glücks de ce 6 août 1942, à fabriquer des pantoufles pour les équipages des sous-marins. Et des bas en feutre pour les membres de la compagnie des trains.

Les vêtements des arrivants sont rassemblés dans des baraques appelées « Canada », où ils sont triés, ainsi que les objets qui peuvent avoir de la valeur. Les mouchoirs, peignes, blaireaux et valises sont envoyés à l'Office chargé de la diffusion du germanisme. Les montres vont à l'Office central d'administration économique des SS à Oranienburg. Les lunettes au service sanitaire. Dans les camps, tout ce qui peut être rentabilisé est récupéré et recyclé. Les corps sont eux-mêmes exploités. Les cendres humaines, riches en phosphates, sont déversées comme engrais sur les sols des marais asséchés. Les dents en or fournissent chaque jour, après la fonte, plusieurs kilos d'or pur. Une fonderie est installée près du camp, d'où les lingots sortent pour rejoindre les coffres-forts secrets de la SS à Berlin.

Noémie reçoit une écuelle et une cuillère avant d'être conduite dans sa baraque. Elle découvre le camp, vingt fois plus grand que celui de Pithiviers. Il faut beaucoup marcher, sans cesse sous la surveillance des gardes armés, sous les cris des hommes et les aboiements des chiens. Il lui semble entendre les violons d'un orchestre, elle se dit que c'est impossible, et pourtant elle aperçoit des musiciens juifs sur une estrade, ils accompagnent en musique les activités du camp. Pour s'amuser, les gardes ont déguisé ces hommes avec des robes. Le chef d'orchestre porte une tenue blanche de mariée.

Dans les baraques, toutes les femmes ont le crâne tondu, certaines saignent à cause du rasoir. Noémie retrouve des châlits, comme à Pithiviers, sauf qu'il faut partager sa couche avec cinq ou six filles. Il n'y a pas de paille et elles dorment à même les planches.

Noémie demande à une prisonnière où elle se trouve. Auschwitz. Noémie n'a jamais entendu ce nom. Elle ne sait pas où cela se situe sur une carte.

Elle explique aux autres filles que son frère est parti dans le camion des malades, elle voudrait savoir comment le retrouver. Une prisonnière attrape Noémie par l'épaule, l'entraîne à l'entrée de la baraque et pointe son doigt vers les cheminées, d'où s'échappe une épaisse fumée bourrée de cendre grise, une fumée huileuse et noire. Noémie pense que c'est la direction de l'infirmerie, et espère y retrouver son frère le lendemain.

Le camion de Jacques traverse le camp, vers une petite forêt de bouleaux. Dans ce bois, il y a des baraquements, où, lui dit-on, il va pouvoir se laver. À l'arrivée, quelqu'un l'interroge sur ses études. Les adultes doivent indiquer leur métier. Il s'agit encore de faire croire aux prisonniers qu'ils vont travailler.

Jacques ne ment pas sur sa date de naissance, il ne fait pas croire qu'il a 18 ans, comme on le lui a conseillé. Il n'a pas osé, par peur des représailles. On le dirige ensuite vers un escalier souterrain qui mène à une salle de déshabillage. À partir de là, une très longue queue se forme, comme un long serpent noir, car les premiers camions sont rejoints par ceux qui ont été jugés « inaptes » au travail.

Jacques apprend qu'il doit prendre une douche avec un produit spécial, pour être désinfecté, avant l'installation dans le camp. On lui tend une serviette et un morceau de savon. Les SS expliquent qu'après cette douche ils auront le droit à un repas. Ils pourront même se reposer et dormir, avant leur journée de travail qui commencera le lendemain. Ces paroles donnent à Jacques un peu d'espoir. Il se dépêche, plus vite il passera la corvée de désinfection, plus vite il pourra enfin remplir son ventre vide. La faiblesse physique explique aussi la passivité des prisonniers.

Dans la salle de déshabillage, tout le long des murs, se trouvent des numéros. Jacques s'assoit sur une petite planche pour enlever ses habits. Il n'aime pas se mettre nu devant les hommes. Il n'aime pas qu'on regarde son sexe, il est gêné par le corps des autres. Un SS de garde, accompagné d'un prisonnier français chargé de la traduction, lui explique de retenir le numéro sous lequel il laisse ses affaires, afin de les retrouver facilement quand il sortira de la douche. Il lui demande aussi de lacer ses chaussures entre elles.

Tout doit être bien plié et bien rangé, pour faciliter le travail du tri quand les affaires arriveront au Canada.

Schnell, schnell, schnell. Jacques et les autres prisonniers sont bousculés pour maintenir les rythmes de cadence, mais aussi pour qu'ils n'aient pas le temps de réfléchir, pas le temps de réagir.

Les gardes SS les poussent avec leurs mitraillettes pour bourrer la salle de douche avec le plus de monde possible. Jacques reçoit un coup de crosse qui lui déboîte l'épaule. Une fois la pièce bondée, les gardes ferment les portes à clé. À l'extérieur, deux hommes soulèvent une trappe afin d'introduire du gaz dans la pièce, du Zyklon B, un gaz à base d'acide cyanhydrique qui agit en quelques minutes. Les prisonniers regardent alors en direction des pommeaux qui se trouvent au plafond. Très vite ils comprennent.

Je vois le visage de Jacques, sa tête brune d'enfant, posée contre le sol de la chambre à gaz.

Je pose mes mains sur ses yeux grands ouverts pour les fermer dans cette page.

Noémie meurt du typhus quelques semaines après son arrivée à Auschwitz. Comme Irène Némirovsky. L'histoire ne dit pas si elles se sont rencontrées.

Chapitre 31

À la fin du mois d'août, Ephraïm et Emma Rabinovitch reçoivent une visite de Joseph Debord. À son retour de vacances, il a appris que les enfants Rabinovitch avaient été arrêtés au début de l'été.

— Je peux vous aider à rejoindre l'Espagne, leur dit-il.

— Nous préférons attendre le retour de nos enfants, répond Ephraïm, en raccompagnant le mari de l'institutrice à la porte de chez lui.

Ephraïm rentre dans sa maison. Il met la table, pose les couverts des enfants. Comme tous les jours depuis leur arrestation.

Le jeudi 8 octobre 1942 à seize heures, les Rabinovitch entendent des coups forts, frappés à la porte d'entrée. Ils attendent ce moment depuis longtemps. Ils ouvrent calmement aux deux gendarmes français qui sont venus les chercher. Une nouvelle opération générale contre les Juifs apatrides a été lancée.

— J'ai le nom des deux gendarmes, me dit Lélia. Tu veux les connaître ?

J'ai réfléchi, et j'ai répondu à ma mère que je ne préférais pas.

Emma et Ephraïm sont prêts, ils ont préparé leurs valises, ils ont mis la maison en ordre, ils ont posé des draps sur les meubles pour les protéger de la poussière. Emma a pris soin de classer les papiers de Noémie. Elle a rangé dans un tiroir les carnets de sa fille. « CARNETS NOÉMIE », a-t-elle écrit sur l'enveloppe.

Les Rabinovitch se laissent faire, ils sentent, ils savent, qu'ils vont rejoindre leurs enfants. Ils se rendent aux gendarmes, véritablement, ils se rendent.

Ephraïm porte un élégant feutre gris sur la tête. Emma son tailleur bleu marine, confortable, un manteau avec un col de fourrure, une paire de chaussures rouges aux talons pas trop hauts pour pouvoir marcher facilement. Son sac à main contient un crayon, un porte-mine, un couteau de poche, une lime à ongles, des gants noirs, un porte-monnaie et une carte d'alimentation. Et tout leur argent.

Ils ont une valise pour deux, presque rien, mais quelques objets qui feront plaisir aux enfants, quand ils les retrouveront. Emma a pris pour Jacques son jeu d'osselets et pour Noémie un carnet neuf avec du beau papier. Ils seront contents. Ephraïm et Emma franchissent le pas de la porte de la maison des Forges entre les deux gendarmes.

Ils ne se retournent pas.

La voiture les emmène à la gendarmerie de Conches où ils seront incarcérés deux jours avant d'être transférés à Gaillon, petite ville de l'Eure. Le lieu d'internement administratif est un château

Renaissance, à flanc de colline et dominant la ville. Il a été transformé en prison sous Napoléon. Depuis septembre 1941, il est réservé aux communistes, aux droit-commun et aux personnes se livrant « au trafic illicite de denrées alimentaires », c'est-à-dire le marché noir. Quelques Juifs y passent en transit avant d'être transférés à Drancy.

Les formalités d'écrou se font dans les bureaux de la gendarmerie, Ephraïm a la fiche 165 et Emma la 166. Ils sont respectivement en possession de 3 390 francs et de 3 650 francs.

Sur sa fiche, il est noté qu'Ephraïm a les yeux « bleu ardoise ».

Quelques jours plus tard, Ephraïm et Emma partent de Gaillon. Ils débarquent au camp de Drancy le 16 octobre 1942. Où on leur prend tout leur argent. Ce jour-là, la fouille des nouveaux entrants rapporte 141 880 francs à la Caisse des dépôts et consignations.

À Drancy, l'organisation du camp est différente de celle de Pithiviers. Les internés sont organisés non pas en baraques mais en escaliers. La vie est rythmée par des coups de sifflet qu'il faut savoir reconnaître. 3 longs, 3 courts : appels des chefs d'escalier pour une petite arrivée d'internés. 3 fois 3 longs, 3 courts : appels des chefs d'escalier pour une grande arrivée d'internés. 3 longs : fermeture des fenêtres. 2 longs : corvées d'épluchures. 4 longs : corvée de pain et de légumes. 1 long : appel et fin d'appel. 2 longs, 2 brefs : corvées générales.

Le soir du 2 novembre, les appelés sont environ un millier. Parmi eux, Emma et Ephraïm. Ils sont rassemblés à l'intérieur d'un espace grillagé de la cour où débouchent les escaliers 1 à 4. Ces escaliers sont réservés aux départs imminents.

Les internés des « escaliers de départ » sont séparés du reste du camp et n'ont pas le droit de se mélanger aux autres. Emma atterrit dans l'escalier 2, chambre 7, 3ᵉ étage, porte 280. Avant le départ, une dernière fouille. Il fait froid, les femmes doivent se présenter sans chaussures ni sous-vêtements. Ce sont les dernières consignes, pour réduire le stockage à l'arrivée.

Puis Ephraïm et Emma sont embarqués dans des cars pour la gare du Bourget. Comme leurs enfants, ils passent une nuit à attendre dans le train, avant le départ du convoi qui démarre le 4 novembre à 8 h 55.

Ephraïm ferme les yeux. Quelques images. Les mains de sa mère quand il était petit enfant, elles sentaient bon la pommade. La lumière dans les arbres autour de la *datcha* de ses parents. Lors d'un repas de famille, une robe blanche de sa cousine qui compressait ses seins comme deux colombes enfermées dans une cage de dentelles. Le verre brisé sous son pied le jour de son mariage. Le goût du caviar qui avait fait sa fortune. Sa joie de voir ses deux petites filles jouant dans les orangeraies de ses parents. Le rire de Nachman dans le jardin, avec son fils Jacques. Les moustaches de son frère Boris, concentré sur sa collection de papillons. Le brevet qu'il avait déposé au nom d'Eugène Rivoche et, sur le chemin du retour, la sensation que sa vie allait enfin commencer.

Ephraïm regarde Emma. Son visage est un paysage qu'il a tant parcouru. Il prend les pieds de sa femme, ses pieds gelés à cause du froid dans le wagon à bestiaux. Et les réchauffe dans ses mains en soufflant dessus.

Emma et Ephraïm furent gazés, dès leur arrivée à Auschwitz, la nuit du 6 au 7 novembre, en raison de leur âge, 50 ans et 52 ans.

— Fier comme un châtaignier qui montre tous ses fruits aux passants.

Chaque semaine, M. Brians, le maire des Forges, doit envoyer une liste à la préfecture de l'Eure. Une liste qui s'intitule : « Juifs existants à ce jour sur la commune ».

Ce jour-là, monsieur le maire écrit, en s'appliquant de son écriture ronde et joliment calligraphiée, avec la satisfaction du travail bien fait :

« Néant. »

— Voilà, ma fille. C'est ainsi que s'achèvent les vies d'Ephraïm, Emma, Jacques et Noémie. Myriam n'a jamais rien raconté de son vivant. Je ne l'ai jamais entendue prononcer le prénom de ses parents ni de ses frère et sœur. Tout ce que je sais, je l'ai reconstitué grâce aux archives, en lisant des livres, et aussi parce que j'ai retrouvé des brouillons dans les affaires de ma mère après sa mort. Celui-ci par exemple, elle l'a écrit au moment du procès Klaus Barbie. Je te laisse lire.

L'affaire Barbie.
Quelle que soit la forme du procès, les souvenirs s'éveillent, et tout ce que j'ai dans une cassette de ma mémoire, se déroule, peu à peu, en ordre ou en désordre, avec quelques blancs et beaucoup de (illisible). Dire que ce sont des souvenirs, non, ce sont des moments de la vie, où man hat es erlebt, *– on l'a vécu, c'est en soi, c'est imprégné, une marque peut-être – mais je n'ai pas envie de vivre avec ces souvenirs-là, car on n'en tire aucune expérience. Toute description est banale. On arrivait à vivre, sans demander son reste, impuissants*

souvent et actifs pourtant devant l'ampleur du cataclysme. Celui qui survit à un accident d'avion peut-il savoir d'où vient sa chance ? S'il était arrivé quelques minutes plus tôt, ou plus tard, aurait-il occupé la bonne place ? Il n'est pas un héros, il a eu de la chance, et c'est tout.

<u>*Les grands coups de chance qui m'ont sauvée.*</u>

1) Lors d'une vérification d'identité dans le train qui me ramenait vers Paris après l'exode.

2) Après le couvre-feu à l'angle de la rue des Feuillantines et de Gay-Lussac.

3) Lors de mon arrestation à la Rhumerie martiniquaise.

4) Au marché de la rue Mouffetard.

5) Traversée de la ligne de démarcation à Tournus dans le coffre d'une voiture avec Jean Arp.

6) Les 2 gendarmes sur le plateau à Bououx.

7) Lors des rendez-vous des Filles du calvaire à la fin de la guerre lorsque je suis rentrée dans la Résistance.

Les situations les plus <u>banales</u> 1, 4, 6,

les plus <u>cocasses</u> 2,

une chance <u>inouïe</u> 3,

risquée 5,

risque accepté, organisé 7.

Que ces situations aient été banales, risquées, cocasses, inouïes ou acceptées, la chance a joué en ma faveur. J'ai toujours essayé de garder mon espoir et le plus de sang-froid possible. Se souvenir c'est rapide. Rédiger c'est autre chose. Je m'arrête là aujourd'hui.

— Les personnages sont des ombres, conclut Lélia en ouvrant la fenêtre sur le soir tombant, pour allumer la dernière cigarette de son paquet. Personne ne pourra plus dire comment ils furent exactement de leur vivant. Myriam a gardé la plupart de leurs secrets. Mais bientôt, il faudra reprendre là où Myriam s'est arrêtée. Et rédiger. Allez viens, on va faire un tour au tabac, cela nous fera prendre l'air.

Pendant que j'attends Lélia dans la voiture garée en double file, au carrefour de la Vache noire, où le bureau de tabac reste ouvert après huit heures du soir, j'entends un petit bruit, puis je sens un faible écoulement le long de mes cuisses. Un mince filet d'eau tiède sort de mon corps, que je ne parviens pas à arrêter.

LIVRE II

Souvenirs d'un enfant juif sans synagogue

— Grand-mère, est-ce que tu es juive ?
— Oui, je suis juive.
— Et grand-père aussi ?
— Ah non, il n'est pas juif, lui.
— Ah. Et maman, elle est juive ?
— Oui.
— Donc moi aussi ?
— Oui, toi aussi.
— C'est bien ce que je pensais.
— Mais pourquoi tu fais cette tête, ma chérie ?
— Cela m'embête beaucoup ce que tu dis.
— Mais pourquoi ?
— Parce qu'on n'aime pas trop les Juifs à l'école.

Tous les mercredis ma mère vient à Paris dans sa petite automobile rouge chercher ma fille à l'école en fin de matinée. C'est leur jour, le petit jour. Elles déjeunent, puis ma mère dépose Clara au judo avant de repartir dans sa banlieue.

Comme toujours, je suis arrivée très en avance, avant la fin du cours. C'est le moment de la semaine que je préfère. Le temps s'arrête, dans le gymnase éclairé par des néons fatigués. Jigoro Kano, l'inventeur du judo, surveille, bienveillant, les petits lionceaux se battre sur des tatamis décolorés par le temps. Parmi eux, il y a ma fille de 6 ans, son petit corps flotte dans un kimono blanc trop grand. Je la regarde, fascinée.

Mon téléphone a sonné. Je n'aurais décroché pour personne, mais c'était ma mère qui appelait. Sa voix était fébrile, je lui ai demandé plusieurs fois de se calmer pour m'expliquer ce qui se passait.

— C'est une conversation que j'ai eue avec ta fille.

Lélia a essayé d'allumer une cigarette pour se détendre, mais son briquet ne marchait pas.

— Va prendre des allumettes dans la cuisine, maman.

Elle a posé le combiné du téléphone pour aller chercher du feu, pendant ce temps ma fille, d'un geste sûr et énergique, plaquait au sol un garçon plus grand qu'elle. J'ai souri, fierté de mère – la mienne est revenue, sa respiration s'est apaisée au fur et à mesure que la fumée entrait et sortait de ses poumons – alors elle m'a dit la phrase prononcée par Clara :

« Parce qu'on n'aime pas trop les Juifs à l'école. »

Mes oreilles se sont mises à bourdonner, j'avais envie de raccrocher, maman je te laisse, le cours de Clara se termine, je te rappellerai plus tard. J'ai eu une montée de salive chaude au fond de la gorge, le gymnase s'est mis à tanguer, alors pour ne pas me noyer je me suis accrochée au kimono de ma fille comme à un radeau blanc, j'ai réussi à faire les gestes d'une mère, dire à ma fille de se dépêcher, l'aider à se rhabiller dans le vestiaire, plier le kimono, le ranger dans son sac de sport, retrouver ses chaussettes cachées dans les ourlets du pantalon, retrouver les claquettes glissées entre les bancs du vestiaire, tous ces objets miniatures – chaussures, boîtes de goûter, gants reliés par un fil de laine – conçus pour disparaître dans les recoins. J'ai pris ma fille dans mes bras et je l'ai serrée de toutes mes forces contre ma poitrine, pour calmer mon cœur.

« Parce qu'on n'aime pas trop les Juifs à l'école. »

Sur le chemin du retour, j'ai regardé la phrase flotter dans la rue, au-dessus de nos corps, je ne voulais surtout pas en parler, je voulais oublier la conversation, qu'elle n'ait pas eu lieu, je me suis glissée avec les chaussons dans la routine du soir, je me suis fait une armure avec le bain, avec les coquillettes au beurre, avec les histoires de *Petit Ours brun*, avec le brossage des dents – toutes ces tâches répétitives qui ne laissent pas de place à la réflexion. Me détacher. Redevenir cette mère solide sur qui on peut compter.

En allant dans la chambre de Clara pour l'embrasser, je savais que je devais lui poser la question :

— Que s'est-il passé à l'école ?

À la place, j'ai trébuché sur quelque chose à l'intérieur de moi-même.

— Bonne nuit, ma chérie, ai-je dit en éteignant la lumière.

J'ai eu du mal à m'endormir. J'ai tourné dans mes draps, j'avais chaud, mes cuisses brûlaient, j'ai ouvert la fenêtre. Puis je me suis levée, les muscles noués. J'ai allumé la lumière de ma lampe de chevet mais un malaise continuait de m'envelopper. J'ai senti au pied de mon lit l'eau trouble d'un bain saumâtre – un jus qui suintait, le jus sale de la guerre, stagnant dans des zones souterraines, remontant des égouts, jusqu'entre les lattes de mon parquet.

Me vint alors une image. Très nette.

Une photographie de l'opéra Garnier, prise à la tombée du jour. Ce fut comme un flash.

À partir de ce moment, je me suis lancée dans l'enquête. J'ai voulu coûte que coûte retrouver l'auteur de la carte postale anonyme que ma mère avait reçue seize ans auparavant. L'idée de retrouver le coupable ne m'a plus lâchée, il fallait que je comprenne son geste. Pourquoi la carte est-elle revenue me hanter précisément à ce moment-là de ma vie ? Il y a cet événement qui a tout déclenché, ce qui s'était passé à l'école avec ma fille Clara. Mais il me semble avec le recul qu'un autre événement, plus silencieux, est entré dans cette histoire. J'allais avoir 40 ans.

Cette question du chemin parcouru à moitié explique aussi mon obstination à résoudre cette enquête, qui m'a occupée tout entière, jour et nuit, pendant des mois. J'avais atteint cet âge où une force vous pousse à regarder en arrière, parce que l'horizon de votre passé est désormais plus vaste et mystérieux que celui qui vous attend devant.

Chapitre 1

Le lendemain matin, après avoir déposé ma fille à l'école, j'ai téléphoné à Lélia.

— Maman, tu te souviens de la carte postale anonyme ?

— Oui, je m'en souviens.

— Tu l'as toujours ?

— Elle doit être quelque part, dans mon bureau…

— J'aimerais bien la voir.

Étrangement, Lélia ne semblait pas plus étonnée que ça – elle ne m'a pas posé de question, elle ne m'a pas demandé pourquoi j'évoquais soudain cette histoire si ancienne.

— Elle est chez moi, si tu la veux. Viens.

— Maintenant ?

— Quand tu veux.

J'ai hésité, j'avais du travail à faire, des pages à écrire. Ce n'était pas du tout raisonnable, mais j'ai répondu à ma mère :

— J'arrive tout de suite.

J'ai vu qu'il me restait deux tickets de RER dans mon porte-monnaie. Mais ils étaient périmés. Depuis la naissance de ma fille, je n'allais plus chez mes parents qu'en voiture. Et encore, une ou deux fois par an, pas davantage.

En arrivant sur le quai de Bourg-la-Reine, j'ai repensé aux centaines, aux milliers de fois que j'avais effectué ce trajet entre Paris et la banlieue. Dans mon adolescence, tous les samedis, j'avais attendu le RER B ici même. Les minutes étaient interminables, le train n'arrivait jamais assez vite pour m'emporter vers la capitale et ses promesses. Je m'asseyais toujours au même endroit, dans le dernier carré du wagon, près de la fenêtre, dans le sens de la marche. Les fauteuils rouge et bleu en faux cuir collaient aux cuisses, l'été. L'odeur de métal et d'œuf dur si caractéristique du RER B dans les années 90, cette odeur à laquelle on était habitués, était pour moi celle de la liberté. De mes 13 à 20 ans, j'ai été si heureuse dans ce train qui m'éloignait de la banlieue, les joues en feu, grisée par la vitesse et le sombre bruit des machines. Vingt ans plus tard, j'avais hâte, mais dans le sens inverse. Je voulais que le RER se dépêche de m'emmener chez ma mère pour voir la carte postale.

— Cela fait combien de temps que tu n'es pas venue jusqu'ici me rendre visite ? m'a demandé ma mère en ouvrant la porte.
— Je suis désolée, maman, justement je me disais que je devrais venir plus souvent. Tu l'as retrouvée ?
— Je n'ai pas eu le temps de la chercher. J'étais en train de me faire un thé.
Mais moi je voulais voir cette carte postale, pas prendre un thé.

— Tu es toujours pressée, ma fille, a dit Lélia comme si elle lisait dans mes pensées. Mais à la fin de la journée, la nuit tombe à la même heure pour tout le monde, tu sais. Tu as parlé avec Clara de ce qui s'est passé à l'école ?

Elle a mis l'eau à chauffer dans la bouilloire et a ouvert la boîte de thé fumé de Chine.

— Non, maman. Pas encore.

— C'est important, tu sais. Tu ne peux pas laisser passer une chose pareille, a-t-elle dit en cherchant une clope dans son paquet de cigarettes déjà entamé.

— Je vais le faire, maman. Alors, on monte dans ton bureau la chercher ?

Lélia m'a fait entrer dans son bureau qui ne changeait pas avec les années. En dehors d'une photo de ma fille, punaisée sur le mur, tout était exactement comme autrefois. Les meubles couverts des mêmes objets et des mêmes cendriers, les bibliothèques pleines des mêmes livres et des mêmes boîtes d'archives. Pendant qu'elle commençait à chercher, j'ai pris dans ma main un petit pot d'encre noire, biseauté sur les côtés et brillant sur son bureau comme une obsidienne. Il datait du temps où elle rechargeait elle-même ses cartouches, de ce temps où je la regardais taper ses articles sur une machine à écrire. J'avais l'âge de Clara.

— Je crois qu'elle est là, a dit Lélia en ouvrant un tiroir de son bureau.

Ses doigts tâtonnaient dans le noir, ils fouillaient entre des souches de chéquiers, des factures d'EDF, des agendas périmés et une collection de vieux tickets de cinéma, ces gisants de papier qu'on entasse et que les générations suivantes hésiteront à jeter, quand elles videront les tiroirs de nos meubles après nous.

— La voilà ! je l'ai ! s'est exclamée ma mère comme lorsque autrefois elle me retirait une écharde du pied.

Lélia me l'a tendue en disant :

— Qu'est-ce que tu veux faire exactement avec cette carte postale ?

— Je voudrais retrouver la personne qui nous l'a envoyée.

— C'est pour un scénario ?

— Rien à voir… non… j'ai envie de savoir.

Ma mère a eu l'air surprise.

— Mais comment tu vas t'y prendre ?

— Eh bien tu vas m'aider, ai-je dit en levant les yeux, pour lui montrer sa bibliothèque.

Les archives du bureau de Lélia avaient encore augmenté de volume.

— J'ai l'intuition que son nom est sûrement là-dedans, quelque part.

— Écoute, tu peux la garder… mais je n'ai pas tellement le temps de réfléchir à tout ça.

Ma mère me prévenait à sa façon qu'elle ne m'aiderait pas sur ce coup-là. Cela ne lui ressemblait pas.

— Quand tu as reçu la carte postale, tu te souviens, on en a parlé tous ensemble…

— Oui, je me souviens.

— Tu n'as pas pensé à des gens en particulier ?

— Non. Personne.

— Tu ne t'es pas dit, tiens, c'est Untel qui aurait pu envoyer cette carte postale ?

— Non.

— C'est bizarre.

— Qu'est-ce qui est bizarre ?

— On dirait que tu n'es pas curieuse de savoir qui...

— Prends-la si tu veux, mais ne m'en parle pas, a dit Lélia en me coupant la parole.

Elle s'est approchée de la fenêtre pour s'allumer une cigarette – quelque chose dans l'air est devenu inflammable et j'ai senti que ma mère cherchait à se calmer en s'éloignant physiquement de moi. Et comme une feuille de papier dont l'épair se dessine devant une source lumineuse, au moment où ma mère s'est mise devant la fenêtre, j'ai vu apparaître à l'intérieur d'elle la forme d'une boîte en fer toute froide, dont la rouille avait scellé les bords – ma mère y avait enfermé la carte postale pour des raisons qui me semblaient maintenant évidentes, mais que je ne m'étais pas formulées jusqu'alors. Ce que ma mère avait enfermé au fond du puits noir de sa boîte en fer – j'emprunte les mots d'Helen Epstein – « *était si puissant, que les mots s'effritaient avant d'arriver à le décrire* ».

— Excuse-moi, maman, je suis désolée. Je ne voulais pas te brusquer. Je comprends que tu n'aies pas envie d'entendre parler de cette carte postale. Allez... buvons ce thé.

Nous sommes retournées à la cuisine où ma mère m'a préparé un sac avec un pot de cornichons malossol, mes préférés, que je mangeais enfant à quatre heures pour le goûter. J'aimais leur mélange de mollesse et de croquant, leur fade saveur aigre-douce. Lélia nous nourrissait de harengs marinés, de pain noir en tranches, de gâteaux au fromage blanc, de galettes de pomme de terre, de tarama, de blinis, de caviar d'aubergine, et de pâtés de foie de volaille. C'était sa façon à elle de perpétuer une culture disparue. À travers le goût de la Mitteleuropa.

— Allez, je te raccompagne en voiture à la gare du RER, m'a-t-elle dit.

En descendant les marches d'escalier, j'ai remarqué la nouvelle boîte aux lettres, flambant neuve.

— Vous avez changé la boîte aux lettres ?
— L'autre avait fini par rendre l'âme.

Je suis restée figée quelques secondes, déçue par la disparition de notre vieille carcasse, comme si on m'annonçait qu'un témoin essentiel à mon enquête avait rendu l'âme.

Dans la voiture, j'ai reproché à ma mère de ne pas m'avoir prévenue de ce changement. Lélia s'est étonnée et a ouvert la fenêtre de la voiture, allumé une énième cigarette et m'a promis :

— Je t'aiderai à trouver l'auteur de la carte postale. À une condition.
— Laquelle ?
— Que tu règles au plus vite ce qui s'est passé à l'école avec ta fille.

Chapitre 2

Derrière la fenêtre du RER, je regardais défiler les paysages de la banlieue sud dont je reconnaissais chaque centre commercial, chaque immeuble d'habitation ou de bureaux. Je me suis souvenue que c'était là, entre Bagneux et Gentilly, qu'autrefois se tenait la « Zone » de Paris, le quartier des rempailleurs de chaises et de la vannerie, que Myriam avait traversé à vélo en 1942 pour se sauver.

Après la station Cité U, apparaissent des immeubles anciens, en brique rouge orangé, hauts de six étages. Ils étaient appelés les HBM, les habitations bon marché, ancêtres des HLM, à l'époque des logements populaires à prix social avec une exonération fiscale. Ils existent toujours. Les Rabinovitch vécurent dans l'un d'eux, 78 rue de l'Amiral-Mouchez, à l'époque où c'étaient eux qui constituaient « les étrangers de France ». Soixante-quinze ans plus tard, j'avais réalisé le rêve d'Ephraïm, le rêve d'intégration. Je ne vivais plus en périphérie mais au centre. Une vraie Parisienne.

J'ai sorti la carte postale de mon sac à main et j'ai commencé à l'étudier. L'opéra Garnier m'a évoqué les années noires de l'Occupation. Ce n'était sans doute pas un hasard si l'auteur avait choisi ce monument. Le premier qu'Hitler visita lors de son passage à Paris.

En arrivant à ma station, je me suis demandé s'il ne fallait pas penser tout autrement. L'auteur avait peut-être choisi cette carte au hasard, parce qu'il l'avait sous la main. Sans message particulier. Pour mener mon enquête, je devais me méfier des évidences – et surtout du romanesque.

Au verso, les quatre prénoms écrits en quinconce, les uns en dessous des autres, formaient une sorte de puzzle à l'écriture étrange, surtout celle des prénoms qui semblait délibérément falsifiée. Je n'avais jamais vu un A écrit de cette manière, à la fin du prénom Emma, comme deux S à l'envers, qu'il fallait peut-être lire dans un miroir à la façon des énigmes spéculaires de Léonard de Vinci.

La photographie de l'Opéra avait été prise à l'automne, sans doute lors d'une de ces soirées douces du mois d'octobre, au moment du changement d'heure, quand les réverbères ont l'air d'avoir été allumés par erreur, parce que le ciel est encore bleu comme en été. C'est d'ailleurs ainsi que je l'imaginais, lui, l'auteur anonyme, un être crépusculaire, à la frontière des mondes. Un peu comme l'homme de dos au premier plan de la photo, avec un sac à l'épaule droite. Sa transparence lui donnait une aura fantomatique. Ni tout à fait vivant, ni tout à fait mort.

La carte postale était bien antérieure à l'année de son envoi en 2003. Que s'était-il passé ? Avait-il changé d'avis devant le bureau de poste ? Avait-il ressenti le besoin de réfléchir encore un peu ?

Il hésite, il s'apprête à la glisser dans la boîte aux lettres, mais il retient son geste au dernier moment. Soulagé peut-être, ou soucieux, il fait demi-tour, rentre chez lui, et la repose sur son bureau. Jusqu'au siècle suivant.

Ce soir-là, après avoir dîné avec ma fille, après l'avoir lavée, mise en pyjama, embrassée et couchée dans son lit, je ne lui ai pas demandé de me raconter ce qui s'était passé à l'école. J'avais promis à ma mère. Mais encore une fois, quelque chose m'en a empêchée.

À la place, je suis allée dans la cuisine, j'ai mis la carte postale sous la lumière de la hotte, et je l'ai regardée longtemps, comme si j'allais finir par comprendre.

J'ai passé doucement mes doigts sur le carton, avec la sensation de frotter une peau, la membrane d'un être vivant dont je pouvais sentir battre le pouls, d'abord faiblement, puis de plus en plus fort à mesure que je le caressais. Je les ai appelés, Ephraïm, Emma, Jacques et Noémie. Pour leur demander de me guider dans mon enquête.

J'ai pris quelques secondes pour essorer mon cerveau, me demandant par quel bout aborder le problème. Je suis restée debout dans la cuisine, dans le silence de l'appartement. Puis je suis allée me coucher. En sombrant dans le sommeil, il m'a semblé l'apercevoir. L'auteur de la carte postale. Ce fut une vision rapide. Dans l'obscurité d'un vieil appartement, au bout d'un couloir sombre comme au fond d'une grotte, il attendait depuis des décennies, patiemment, que je vienne le chercher.

— C'est bizarre ce que je vais te dire... Mais parfois j'ai l'impression qu'une force invisible me pousse...
— Tes *dibbouks* ? m'a demandé Georges le lendemain, à l'heure du déjeuner.
— D'une certaine manière, je crois à une forme de fantôme... mais je voudrais que tu prennes mon histoire au sérieux !
— Je la prends « très » au sérieux. Tu sais quoi ? Tu devrais montrer ta carte postale à un détective privé, ils ont des techniques pour retrouver les gens, ils ont des vieux bottins, des filons auxquels on ne pense pas...
— Mais je ne connais pas de détective privé, dis-je en riant.
— Tu devrais aller voir Duluc Détective.
— Duluc Détective ? Comme dans les films de Truffaut !
— Oui, c'est ça.
— Elle n'existe plus cette agence, c'étaient les années 70...
— Mais si, Duluc Détective, je passe devant tous les matins pour me rendre à l'hôpital.

Je connaissais Georges depuis déjà quelques mois. Nous avions l'habitude de déjeuner ensemble près de l'hôpital où il est médecin. Et nous nous retrouvions parfois le samedi soir, quand je n'avais pas ma fille et qu'il n'avait pas ses enfants. J'adorais ces moments avec lui. Tous les deux séparés, nous avions envie de prendre notre temps et de profiter de ce début d'histoire. Nous n'étions pas pressés.

— Tu n'oublies pas le *Seder* ? C'est demain, m'a rappelé Georges à la fin du déjeuner.

Je n'avais pas oublié. C'était la première fois que nous allions officialiser notre relation. C'était aussi la première fois que j'allais fêter *Pessah*. Et cela me mettait mal à l'aise : j'avais dit à Georges que j'étais juive, mais je n'avais pas précisé que, pour autant, je n'étais jamais entrée dans une synagogue de ma vie.

Lors de notre premier dîner en tête à tête, je lui avais raconté l'histoire de ma famille. Les Rabinovitch partis de Russie en 1919. Et lui m'avait raconté ses parents, son père, né lui aussi en Russie, résistant chez les Francs-tireurs et partisans, main-d'œuvre immigrée. Nous avions parlé pendant des heures des destins croisés de nos familles. Nous avions lu les mêmes livres, nous avions regardé les mêmes documentaires. Cela nous donna la sensation que nous nous connaissions déjà.

Après ce dîner, il fit des recherches sur un site internet que mentionne Mendelsohn dans *Les Disparus*, où l'on trouve des documents généalogiques sur les familles ashkénazes du XIXe siècle. Georges apprit qu'en 1816, en Russie, un Tchertovski avait épousé une Rabinovitch.

— En effet, nos ancêtres s'aimaient déjà, m'avait-il téléphoné. Et ce sont eux qui ont organisé notre rencontre.

Aussi absurde que cela puisse paraître, je suis tombée amoureuse de Georges quand il a prononcé cette phrase-là.

En rentrant chez moi après le déjeuner, je me suis mise à mon bureau pour travailler, mais j'étais incapable de me concentrer. Je repensai encore et encore à la carte postale. Était-elle une réparation pour ceux qui avaient été privés de toute sépulture ? L'épitaphe d'un tombeau dont ce rectangle cartonné de 15 sur 17 centimètres était la plaque ? Ou, au contraire, était-elle liée à une volonté de faire mal ? De faire peur ? Poème macabre d'un *memento mori* au rire sardonique. Mon intuition oscillait sans cesse entre deux chemins d'interprétation, entre la lumière et l'ombre, à l'image des deux statues qui trônent sur les couronnements de l'opéra Garnier. Sur la carte postale, l'Harmonie est éclairée tandis que la Poésie disparaît dans la nuit, comme deux esprits ailés que la lumière oppose. Alors, au lieu de travailler, j'ai tapé « Agence Duluc » dans le moteur de recherche de Google.

Maison fondée en 1913, enquête, recherche, filature Paris.

Le portrait officiel de M. Duluc est apparu sur l'écran de mon ordinateur, un petit monsieur brun au visage anguleux, aux sourcils dessinés comme les deux cornes d'un bélier. Sa moustache démesurément grande s'enroulait sur elle-même jusqu'aux narines, d'un noir si profond qu'on aurait dit un postiche en feutrine.

Présente à la même adresse depuis 1945, dans le 1ᵉʳ arrondissement de Paris, l'Agence Duluc s'est développée en diversifiant ses champs d'activités : enquêtes et recherches, pour le compte d'entreprises et de particuliers. L'agence est à votre disposition 24 h/24 7 j/7. Nos consultations sont gratuites. « Pour pouvoir décider, il faut savoir. »

La devise m'a laissée songeuse. J'ai tout de suite envoyé un mail avec mes coordonnées :

« *Bonjour, je vous écris car j'ai besoin de vos services pour retrouver l'auteur d'une carte postale anonyme envoyée à ma famille en 2003. C'est très urgent et important pour moi. Merci de me répondre rapidement.* »

Une minute plus tard, mon téléphone portable a sonné, avec un message du détective de l'agence. La publicité n'était donc pas mensongère. *24 h/24 7 j/7.*

« *Bonjour, je suis étonné de votre réaction 16 ans + tard ! Je suis actuellement sur mon trajet de retour à Paris et serai au bureau dans une heure. Cordialement, FF.* »

Après avoir traversé le pont des Arts, j'ai aperçu au loin une enseigne en lettres capitales, vert fluo, qui m'était familière. Je l'avais vue plus d'une fois scintiller, tard le soir, en traversant la rue de Rivoli au niveau du Louvre. Certaines lettres ne s'allumaient plus. On lisait DUC DE CIVE. J'avais toujours pensé qu'il s'agissait d'un club de jazz démodé.

Devant la porte en bois, j'ai trouvé une plaque en laiton dorée, vissée juste au-dessus du digicode : « Enquêtes » et « 1er étage ».

La porte s'est ouverte automatiquement, j'ai suivi le couloir jusqu'à une salle d'attente. Il n'y avait personne, tout était silencieux. Le brevet original de M. Jean Duluc, le fondateur de l'agence, encadré au mur, confirma que je ne m'étais pas trompée d'endroit. La pièce était vide, à l'exception de quelques bibelots exposés dans une vitrine. Je me demandai si ces objets avaient une valeur sentimentale pour le détective privé ou s'il les avait achetés uniquement pour décorer sa salle d'attente. Ces objets étaient si incongrus qu'ils agissaient avec un pouvoir hypnotique. Le premier bibelot était une figurine en porcelaine représentant la jarre chinoise du *Lotus bleu*, dont jaillissaient Tintin et Milou. À côté, il y avait un robinet, en verre, sous lequel deux sculptures de poissons rouges s'embrassaient, ainsi que de nombreux aquariums miniatures. Autant la présence de Tintin parmi les objets exposés faisait sens dans cet endroit – le jeune Belge n'était pas détective privé mais, d'une certaine façon, ses enquêtes de reporter l'amenaient souvent à résoudre des énigmes –, autant la présence des aquariums me paraissait plus énigmatique.

J'ai attrapé sur la table basse le prospectus de l'agence.

« *Pour pouvoir décider, il faut savoir. Mais rechercher l'information, apporter une information complète, fiable, utile, ne s'improvise pas. Il faut beaucoup d'expérience et de technique, de la rigueur et de l'intuition, des moyens matériels et humains. Et une totale garantie de confidentialité.* »

La suite du livret expliquait que Jean Duluc était né le 16 juin 1881 à Mimizan, dans le département des Landes, avant d'obtenir vingt-neuf ans plus tard un brevet de détective délivré par la préfecture de police de Paris. Les nombreuses photographies reproduites nous apprenaient même qu'il mesurait 1,54 mètre, un petit homme pour son époque donc, mais à la moustache très longue, une extraordinaire moustache en forme de guidon, à la façon des brigades du Tigre, enroulée sur elle-même aux extrémités.

La porte de la salle d'attente s'est ouverte avant que je ne puisse lire la fin du texte.

— Suivez-moi, m'a dit le détective, essoufflé comme s'il revenait d'une course-poursuite infernale. Mon train a eu du retard, désolé.

Sympathique, trapu, âgé d'une soixantaine d'années, des cheveux gris parsemés, Franck Falque portait une grosse paire de lunettes en écaille, un pantalon à bretelles d'un velours marron plus ou moins assorti à sa veste, une chemise qui n'avait jamais dû rencontrer de fer à repasser et un visage rond de bon vivant. Je l'ai suivi dans son bureau, une pièce si étroite qu'on pouvait quasiment toucher les murs en écartant les bras. La fenêtre donnait sur la rue du Louvre et son agitation.

Juste en dessous se trouvait un immense aquarium éclairé par des néons bleus où nageaient une vingtaine de guppys, ces poissons d'eau douce originaires d'Amérique latine. Ils avaient tous des couleurs vives, bleutées ou jaunes, et leurs écailles bordées de noir me firent penser aux lunettes du détective. J'en ai déduit que Franck devait nourrir une passion pour ces poissons... d'où la présence des bibelots « aquatiques » de la salle d'attente.

Derrière le bureau, des dossiers entassés les uns sur les autres, comme des sandwichs éventrés, dégoulinaient.

— Alors, cette carte postale ? me dit-il avec un accent du Sud-Ouest, sans doute comme l'avait déjà, il y a plus d'un siècle, Jean Duluc qui avait vu le jour à Mimizan.

— Voilà, dis-je en m'asseyant en face de lui, je vous l'ai apportée.

J'ai sorti la carte postale de mon sac à main pour la lui donner.

— Donc c'est votre mère qui a reçu cette carte anonyme, c'est cela ?

— Tout à fait. En 2003.

Falque a pris le temps de la lire.

— Et qui sont ces gens, là, Ephraïm… Emma… Jacques et Noémie ?

— Ce sont les grands-parents de ma mère. Son oncle et sa tante.

— Bon… et c'est pas l'une des quatre personnes, qui a pu l'envoyer, la carte ? m'a-t-il demandé dans un soupir, comme le garagiste vous demande d'emblée si vous n'avez pas tout simplement oublié de mettre de l'huile.

— Non, ils sont tous morts en 1942.

— Tous ? a demandé le détective, déstabilisé.

— Oui. Tous les quatre. Morts à Auschwitz.

Falque m'a regardée avec une grimace. Je ne savais pas s'il compatissait ou s'il n'avait pas bien compris le sens de ma réponse.

— En camp d'extermination, ai-je précisé.

Mais Falque restait silencieux et les sourcils froncés.

— Tués par les nazis, ai-je ajouté, pour être sûre qu'on se soit bien compris lui et moi.

— Oh là là, m'a-t-il dit avec son accent du Sud-Ouest. Mais elle est horrible votre histoire ! Oh non, c'est vraiment terrible.

Sur ces mots, Falque a agité la carte postale dans un mouvement de va-et-vient, comme un éventail. Il ne devait pas avoir l'habitude d'entendre les mots « Auschwitz » et « camp d'extermination » dans son bureau. Alors il est resté silencieux un moment, estomaqué.

— Vous pensez que vous pourriez m'aider à trouver l'auteur ? ai-je répété pour relancer la conversation.

— Oh là là, a recommencé Falque, en agitant ma carte. Vous savez, avec ma femme, on fait les adultères, espionnage d'entreprise, les problèmes de voisinage... des trucs de la vie de tous les jours. Mais pas... ça !

— Vous n'enquêtez jamais sur des lettres anonymes ? ai-je demandé.

— Si, si, si, bien sûr, a répondu Falque en hochant énergiquement la tête, mais là... cela me semble trop compliqué.

Nous ne savions plus quoi dire, lui et moi. Falque a vu sur mon visage la déception.

— C'était en 2003 ! Vous auriez pu vous réveiller plus tôt ! Très honnêtement, madame, vous avez peu de chances de retrouver vivant l'auteur de cet envoi...

J'ai repris mon manteau, je l'ai remercié.

Franck Falque m'a fixée par-dessus ses grosses lunettes en écaille, il commençait à transpirer et j'ai bien senti qu'il n'avait qu'une seule envie, me voir déguerpir aussi vite que possible. Néanmoins, il a consenti à me donner quelques minutes supplémentaires.

— Bon, m'a-t-il dit en soupirant, je vais vous dire ce qui me passe par la tête... Pourquoi l'opéra Garnier ?

— Je ne sais pas justement. Vous auriez une idée ?

— Vous pensez qu'on a pu y cacher des membres de votre famille ?

— Honnêtement, je ne pense pas... cela aurait été très risqué.

— C'est-à-dire ?

— Pendant l'Occupation, l'opéra Garnier était le haut lieu de la mondanité allemande. Les façades de l'Opéra étaient entièrement recouvertes de croix gammées.

Franck s'est remis à réfléchir.

— Votre famille, elle habitait dans le coin ?

— Non. Pas du tout. Ils étaient dans le 14e, rue de l'Amiral-Mouchez.

— Peut-être que c'était un lieu de rendez-vous ? Ils étaient résistants ? Vous voyez... à une station de métro ou quelque chose comme ça.

— Oui. C'est possible. Un lieu de rendez-vous...

J'ai laissé ma phrase volontairement ouverte, pour que le détective déplie sa pensée.

— Il y avait des musiciens dans votre famille ? m'a-t-il demandé après quelques secondes de silence.

— Oui ! Emma, celle dont vous voyez le prénom, là, était pianiste.

— Vous pensez qu'elle a pu jouer à l'Opéra, faire partie d'un orchestre ?

— Non, elle était seulement professeure de piano. Elle ne donnait pas de concerts. Et puis vous savez, les Juifs n'avaient plus le droit de jouer à l'Opéra pendant la guerre. Les compositeurs étaient rayés du répertoire.

— Écoutez, a-t-il dit en regardant successivement les deux côtés de la carte postale, je ne sais pas quoi vous dire d'autre...

Falque considérait qu'il avait rempli sa tâche, il avait pris le temps de regarder ma carte et maintenant il avait envie que je parte. Mais j'ai insisté.

— Oui, m'a-t-il dit en soupirant, il y a bien une chose à laquelle je pense...

Puis Falque s'est essuyé le front en silence, je crois qu'il regrettait déjà de m'avoir avoué qu'il pensait à quelque chose.

— Vous savez, mon beau-père... était gendarme... il nous racontait toujours des histoires de gendarmes...

Falque s'est soudain arrêté de parler. Il a réfléchi à quelque chose de très lointain, il semblait perdu dans ses pensées.

— Cela devait être intéressant, ai-je dit pour le relancer.

— Non, détrompez-vous. Surtout qu'il radotait beaucoup, il racontait toujours les mêmes anecdotes, mais c'était parfois utile, vous allez comprendre pourquoi. Vous avez remarqué, le timbre ?

— Le timbre ? Oui. J'ai remarqué qu'il était collé à l'envers.

— Eh bien. C'est peut-être pas pour rien... a dit Falque en hochant la tête de haut en bas.

— Vous voulez dire que ce serait volontaire de la part de l'auteur ?
— Tout à fait.
— Comme un message ?
— Voilà. Comme un message.

Falque a regardé droit devant lui, j'ai senti qu'il allait me dire des choses déterminantes.

— Cela ne vous embête pas que je prenne des notes ?
— Non, non, allez-y, m'a-t-il dit en essuyant la buée de ses lunettes. Figurez-vous qu'autrefois, je vous parle de ça... au XIXe siècle... on payait le courrier deux fois. Une fois pour envoyer la lettre. Et une deuxième fois pour la recevoir. Vous comprenez ?
— Il fallait payer pour lire ? Je ne savais pas...
— Oui, au tout début de l'histoire de la Poste, c'était comme ça. Mais vous aviez le droit de refuser la lettre qu'on vous envoyait. Et on ne payait pas, à ce moment-là... Alors les gens ont imaginé un code, pour ne pas payer la deuxième fois. Suivant la façon dont le timbre était positionné sur l'enveloppe, cela voulait dire quelque chose de particulier, par exemple, si vous mettiez le timbre sur le côté, penché à droite, cela signifiait « maladie ». Vous voyez ?
— Très bien, dis-je. Pas besoin d'ouvrir la lettre ni de payer la taxe. Le message était contenu dans le timbre. C'est ça ?
— Tout à fait. Depuis ce temps-là, les gens ont attribué un sens à la position des timbres, a-t-il ajouté. Par exemple, encore aujourd'hui, les aristocrates collent les timbres à l'envers, en signe de contestation. Une façon de dire, à mort la République.

— Donc sur ma carte postale, le timbre aurait été mis délibérément à l'envers. C'est ce que vous pensez ?

Falque a de nouveau acquiescé, puis m'a fait comprendre que je devais l'écouter attentivement.

— Chez les résistants, envoyer une lettre avec un timbre à l'envers signifiait : « Lire le contraire ». Par exemple, si on envoyait une lettre avec écrit « Tout va bien » il fallait comprendre en vrai « Tout va mal ».

Puis le détective a replongé le dos dans son fauteuil, en poussant une sorte de soupir, soulagé d'avoir réussi à tirer quelque chose de cette carte postale.

— Ok. Y a un truc que je ne comprends pas. Vous dites : « On l'a envoyée à ma mère. » M. Bouveris ? C'est qui ? C'est pas votre mère. Si ?

— Ah non, pas du tout. « M. Bouveris » c'est « Myriam Bouveris », ma grand-mère. Elle est née Rabinovitch, puis elle s'est mariée à un monsieur Picabia avec qui elle a eu ma mère, puis à un monsieur Bouveris. Donc pour résumer on l'a envoyée à ma grand-mère, mais à l'adresse de ma mère. Qui s'appelle Lélia.

— Je n'ai rien compris à votre histoire.

— Bon. 29 rue Descartes c'est l'adresse de ma mère, Lélia. Mais « M. Bouveris » c'est ma grand-mère, Myriam. Vous comprenez ?

— Ok, ok, ok j'ai compris. Mais elle en dit quoi, elle ? Myriam ?

— Rien. Ma grand-mère est morte en 1995. Huit ans avant l'envoi de la carte postale.

Franck Falque a pris un moment pour réfléchir en plissant les yeux.

— Non je dis ça parce qu'au début, quand vous m'avez montré la carte, moi j'ai lu… Monsieur Bouveris. Vous voyez ? « M. Bouveris » pour « Monsieur ».

Cette réponse m'a paru tout à fait pertinente.

— Oui, vous avez raison, je n'avais jamais envisagé que cela puisse être « monsieur Bouveris »…

J'ai pris des notes dans mon carnet, il fallait que je parle de tout cela à Lélia.

Franck Falque s'est penché vers moi. J'ai senti que j'allais pouvoir encore profiter de ses lumières de détective.

— Bon. Et qui c'est monsieur Bouveris ? Vous pouvez m'en dire plus ?

— Pas grand-chose. C'était le second mari de ma grand-mère, il est mort au début des années 90. Je crois que c'était un homme très mélancolique. Il a travaillé pour les impôts, un temps, mais je n'en suis même pas sûre.

— Il est mort de quoi ?

— Ce n'est pas clair, je crois qu'il s'est suicidé. Comme mon grand-père avant lui.

— Votre grand-mère a eu deux maris, qui se sont tous les deux suicidés ?

— Oui, c'est bien ça.

— Dites donc, a-t-il répondu en soulevant ses épais sourcils vers le plafond, dans votre famille, on meurt pas souvent dans un lit… Donc votre grand-mère a vécu à cette adresse ? m'a-t-il demandé en me montrant la carte postale.

— Non. Myriam vivait dans le sud de la France.

— Alors ça se complique…

— Pourquoi ?

— Le nom de votre grand-mère, Bouveris, était-il sur la boîte aux lettres de chez vos parents ?

J'ai fait non de la tête.

— Alors pourquoi le facteur l'a déposée, puisqu'il n'y a pas de « M. Bouveris » sur votre boîte aux lettres ?

— Je n'y ai pas pensé... c'est étrange en effet.

À ce moment-là, nous avons sursauté en même temps, à cause de la sonnette de la porte d'entrée qui venait de retentir. Un coup strident. Le rendez-vous de Falque était arrivé.

Je me suis levée en tendant la main au détective pour lui témoigner toute ma reconnaissance.

— Je vous remercie, infiniment. Combien je vous dois ?

— Rien, a répondu le détective.

Avant de me laisser filer derrière la porte, Franck Falque m'a donné un bristol défraîchi :

— Tenez, c'est un copain, vous pouvez l'appeler de ma part, il est spécialisé dans l'analyse graphologique des lettres anonymes.

J'ai glissé le bristol dans ma poche. C'était l'heure d'aller à l'école. J'ai pris le bus pour ne pas être en retard. Pendant le trajet, j'ai repensé aux *dibbouks*, dont Georges m'avait parlé, ces esprits troublés qui entrent dans les corps des gens pour vivre à travers eux des histoires aussi puissantes qu'invisibles – et retrouver ainsi la sensation d'être vivants.

Chapitre 3

Tenue vestimentaire appropriée *Pessah*
J'ai tapé ces quatre mots dans le moteur de recherche Google. Michelle Obama est apparue sur l'écran de mon ordinateur. Elle était assise à une table, entourée d'hommes portant leurs kippas. Elle arborait ce sourire franc qu'on lui connaît et une robe bleu marine, simple, assez semblable à une robe qui devait être quelque part dans mon placard. Cela m'a rassurée, j'ai eu la sensation que le dîner chez Georges ne serait pas forcément une catastrophe.

La baby-sitter est arrivée. Pendant qu'elle lisait une histoire à ma fille, j'ai continué ma recherche. Les photographies qui s'affichaient à l'écran montraient des livres en hébreu posés sur des tables, des assiettes garnies de choses étranges. Os, feuilles de salade, œufs durs… Un labyrinthe de signes. Un monde inconnu, dans lequel j'avais peur de me perdre. Georges pensait, à la suite de nos conversations, que je connaissais la liturgie des fêtes juives et que je savais lire l'hébreu.

Je n'avais pas démenti.

C'était la première fois que je sortais avec un homme de confession juive. Avant lui, ne s'était jamais posée la question de savoir si je connaissais le déroulement du *Seder* ni si j'avais fait ma *bat-mitsva*. Mon nom de famille n'étant pas juif, chaque fois que j'avais rencontré un homme, au bout de quelque temps, il s'était étonné :

— Ah bon ? Tu es juive ?

Oui, contre toute apparence…

À la fac, j'étais devenue amie avec une fille, Sarah Cohen, les cheveux noirs, la peau brune. Elle m'avait expliqué que les hommes qu'elle rencontrait pensaient naturellement qu'elle était juive. Mais sa mère ne l'étant pas, elle non plus, selon la loi. Sarah en avait développé un complexe.

Moi j'étais juive, mais rien ne le laissait paraître. Sarah avait tout l'air d'une Juive, mais ne l'était pas selon les textes. Nous en avions ri. Tout cela était absurde. Dérisoire. Et pourtant cela marquait nos vies.

Avec les années, cette question demeurait complexe, insaisissable, incomparable à quoi que ce soit. Je pouvais avoir un grand-père au sang espagnol ou un autre de sang breton, un arrière-grand-père peintre ou un autre commandant de brise-glace, mais rien, absolument rien, n'était comparable au fait d'être issue d'une lignée de femmes juives. Rien ne me marquait aussi fortement dans le regard des hommes que j'avais aimés. Rémi avait eu un grand-père collaborateur. Théo se posait des questions sur ses possibles origines juives cachées. Olivier ressemblait à un Juif et on le prenait souvent pour tel. Encore aujourd'hui avec Georges. Ce n'était jamais anodin.

J'ai fini par mettre la main sur ma robe bleu marine. Elle était devenue un peu trop serrée à la taille, mon bassin s'étant élargi avec la grossesse. Mais je n'avais plus le temps d'en trouver une autre. J'étais en retard. Chez Georges, tous les invités étaient déjà là.

— Enfin ! dit-il en attrapant mon manteau, j'ai cru que tu n'arriverais jamais. Anne, je te présente mon cousin William et sa femme Nicole. Leurs deux garçons sont dans la cuisine. Je te présente aussi François, mon meilleur ami – et sa femme, Lola. Mes fils malheureusement sont restés à Londres parce qu'ils sont en période d'examens. C'est triste, c'est le premier *Seder* que je vais passer sans eux. Je te présente aussi Nathalie, qui a écrit un livre que je vais t'offrir. Ah, fit-il en apercevant une femme qui apparut dans le salon, et voici Déborah !

Je ne l'avais jamais rencontrée mais je savais très bien qui était Déborah. Georges m'avait déjà à plusieurs reprises parlé d'elle.

Son regard me fit comprendre plusieurs choses. Que Déborah était une femme autoritaire et sûre d'elle. Et qu'elle n'était pas du tout contente de ma présence à ce dîner.

Déborah et Georges se connaissaient depuis l'internat. À l'époque Georges était très amoureux de Déborah mais ce n'était pas réciproque. Elle avait repoussé ses avances. Comment avait-il pu s'imaginer un instant qu'une fille comme elle pouvait s'intéresser à un garçon comme lui ?

— Je préfère qu'on reste amis, lui avait-elle dit.

Plus de trente ans s'étaient écoulés. Georges et Déborah avaient vécu leurs vies sans jamais se perdre de vue. Ils avaient travaillé dans les mêmes hôpitaux. Georges avait eu deux fils et un long divorce. Déborah avait eu une fille et une séparation rapide. Ils avaient continué à se fréquenter de loin, aux anniversaires des copains médecins, comme ça, sans vraiment se parler.

— On se connaît mal depuis longtemps, disait Déborah à propos de Georges.

— On s'est bien connus autrefois, disait Georges à propos de Déborah.

Jusqu'à ce que, trente ans plus tard, Déborah considère Georges à nouveau et qu'il devienne enfin intéressant à ses yeux.

Déborah avait pensé que Georges serait très heureux de retrouver son amour d'internat. Mais les choses ne se passèrent pas ainsi et Georges lui proposa :

— Déborah, j'aimerais vraiment qu'on soit amis.

Déborah en conclut que reconquérir l'amour de Georges serait moins facile qu'elle ne l'avait imaginé.

— Tant mieux, avait-elle songé.

Georges entretenait avec Déborah ce qu'il appelait une amitié, mais qui au fond était une sorte de revanche, car il était flatté. Cette fille qui l'avait fait tant souffrir désormais lui faisait la cour.

Quand Déborah m'a vue arriver chez Georges, elle a d'abord été surprise. Georges lui avait parlé de moi, mais elle avait considéré que je n'étais pas une rivale sérieuse, étant donné que je n'étais pas médecin. Ma présence au dîner de *Pessah* lui fit revoir son jugement. Que Georges n'ait pas pris la peine de la prévenir la blessa. Elle considéra qu'il l'avait humiliée.

— Commençons le dîner, dit Georges.

— Tu vas voir ce que tu vas voir, pensa Déborah.

Pendant que les hommes mettaient leurs kippas, Déborah fit une blague sur la différence entre un *Pessah* séfarade et un *Pessah* ashkénaze, que tout le

monde trouva très drôle. Sauf moi, évidemment. Déborah souligna mon ignorance en s'excusant :
— Désolée, ce sont des blagues juives…
— Mais Anne est juive aussi, a dit Georges.
— Ah bon ? Je pensais que ton nom de famille était breton… a-t-elle répondu, circonspecte.
— Ma mère est juive, ai-je dit en rougissant.

Georges a commencé à dire la prière en hébreu, mon cœur s'est mis à battre, tout le monde suivait ses paroles en les ponctuant par un *Amen* qu'ils prononçaient *O-meyn*. Et cela m'a troublée, car je croyais que seuls les chrétiens disaient *Amen*. Je sentais Déborah observer chacun de mes gestes, tout cela ressemblait à un cauchemar.

Georges a demandé à l'un de ses neveux, qui préparait sa *bar-mitsva*, d'expliquer le plateau du *Seder*.
— Les symboles sont le *maror*, les herbes amères qui rappellent l'âpreté de l'esclavage en Égypte, la vie amère de nos ancêtres, en souvenir des souffrances endurées par les Hébreux captifs. La *matza*, symbole de la hâte avec laquelle les Hébreux ont recouvré leur liberté…

Pendant que le neveu récitait sa leçon, tout le monde s'est assis. En me baissant vers ma chaise, la couture de ma robe s'est déchirée sur le côté. Déborah n'a pas pu s'empêcher de sourire.
— Prenez vos *Haggadahs*, a dit Georges, j'ai retrouvé celles de mes parents. Il y en a une par personne, pour une fois.

J'ai pris le livre posé sur mon assiette, en essayant de cacher mon trouble, mais tout était écrit en hébreu.

Déborah s'est penchée vers moi, en parlant fort pour que tout le monde entende :

— Une *Haggadah* s'ouvre par la droite.

Je me suis mise à balbutier des excuses, maladroitement. De sa voix grave, Georges a commencé le récit de la sortie d'Égypte.

— « *Cette année nous sommes esclaves…* »

Le récit de la *Haggadah* rappelait à tous, autour de la table, les terribles épreuves subies par Moïse.

Je me laissais bercer par les réponses et par la beauté âpre du récit de la libération du peuple hébreu. Le vin de *Pessah* me donnait une ivresse forte, joyeuse, et la sensation que j'avais déjà vécu cette scène, que je connaissais déjà tous ces gestes que nous étions en train de faire. Tout m'était familier, passer de main en main les *matsots*, tremper les herbes amères dans l'eau salée, déposer du bout de mon doigt une goutte de vin dans mon assiette et mettre mon coude sur la table. Les plats en cuivre où étaient posés les mets symboliques de *Pessah* me semblaient eux aussi connus, comme si je les avais toujours eus sous les yeux. Les chants hébreux sonnaient avec familiarité à mon oreille. Le temps était comme aboli, j'ai ressenti un émerveillement, la chaleur d'une joie profonde qui venait de loin. La cérémonie me transportait dans un temps ancien, j'eus la sensation de sentir des mains se glisser dans les miennes. Les doigts de Nachman, râpés comme les racines d'un vieux chêne. Son visage s'est penché vers moi au-dessus des bougies pour me dire :

— Nous sommes tous les perles d'un même collier.

Ce fut la fin du *Seder*. Le dîner a commencé.

Volubile, à l'aise avec tous, Déborah s'octroyait la place de maîtresse de maison. Elle faisait des compliments à chacun, posait des questions à tout le monde. Sauf à moi, évidemment. J'étais cette parente éloignée qu'on invite, pour ne pas la laisser seule un soir de fête – mais à qui on n'a rien à dire.

Bavarde, belle et drôle, Déborah se mit à parler avec humour du dîner qu'elle avait préparé pour Georges, des poivrons qu'elle avait laissés brûler, de la recette du caviar d'aubergine qu'elle tenait de sa mère, de celle des poivrons marinés qu'elle tenait de son père – elle parlait, parlait, parlait et tout le monde l'écoutait.

— Et alors ? Ta mère, elle le prépare comment le *Gefilte fish* ? m'a demandé Déborah.

Je n'ai rien répondu. J'ai fait comme si je n'avais pas entendu. Déborah s'est ensuite tournée vers Georges :

— Ce qui me frappe chaque année dans la *Haggadah*, c'est cette injonction si ancienne, que nous devons aller en Israël pour échapper aux persécutions. « *Reconstruis Jérusalem la ville sainte rapidement de nos jours.* » C'est écrit noir sur blanc. Depuis plus de cinq mille ans.

— Il paraît que tu songes à t'installer en Israël ? a demandé Georges à son cousin.

— Oui, figure-toi. Quand je lis les journaux, quand je vois ce qui se passe pour nous, ici, en France, je me dis que les gens ne veulent plus de nous.

— Tu exagères toujours, papa, a dit le fils de William. On n'est pas persécutés.

William a reculé sa chaise, stupéfait par la remarque de son fils.

— Tu veux qu'on fasse le décompte de tous les actes antisémites qui ont eu lieu depuis le début de l'année ? a-t-il demandé à son fils.

— Papa, il y a beaucoup plus d'agressions contre les Noirs ou contre les Arabes chaque année en France.

— Tu as vu qu'il est question de rééditer *Mein Kampf* ? Avec des « commentaires avisés ». Cynisme. C'est simplement un succès de librairie annoncé.

La femme de William a lancé un regard à son fils, signifiant que ce n'était pas la peine de répondre. Et François, le meilleur ami de Georges, a changé de sujet.

— Est-ce que tu pars si le Front national est élu ? a-t-il demandé à Georges.

— Non, moi je ne pars pas.

— Pourquoi ? Tu es fou ! a dit William.

— Parce que je vais résister. Et que la résistance s'organisera sur place.

— Je ne comprends pas ce raisonnement. Si tu as envie de te battre, pourquoi tu ne le fais pas maintenant, avant qu'il ne soit trop tard ? L'idée c'est quand même d'éviter que cela nous tombe dessus, a dit Lola, la femme du meilleur ami de Georges.

— Elle a raison. Nous sommes là, à attendre la catastrophe assis sur nos chaises...

— Pour toi, au fond, ce qui se joue, c'est la possibilité de revivre ce que ton père a vécu dans ses années de guerre et de résistance. Mais l'histoire ne se répète pas. Tu ne vas pas prendre le maquis !

— C'est vrai, a dit Georges, c'est un fantasme familial très fort.

— Voilà le problème, a dit le fils de William qui avait envie d'en découdre avec les vieux. C'est vos fantasmes. Vous vous dites qu'avec l'arrivée du Front national vous allez pouvoir enfin vous battre, comme vos parents avec Mai 68 et comme vos grands-parents pendant la guerre. En fait vous avez hâte que l'extrême droite arrive pour que vous puissiez vous sentir vivants. Vous, les puissants de gauche. Vous attendez la catastrophe, pour qu'enfin il se passe quelque chose dans vos vies.

— Mon fils est devenu fou, pardonnez-le, a dit William.

— Non ! Non au contraire, c'est intéressant ce qu'il exprime, répondit François.

— La catastrophe… attends, modéra Lola. Même si le Front national est élu – ce que je ne crois pas d'ailleurs –, même si nous sommes précipités dans cet extrême-là, je ne vois pas en quoi nous, les Juifs, allons souffrir de la situation ? Soyons réalistes. Je suis d'accord avec ton fils, William. Bien que je sois juive, je crois que ce sont les sans-papiers, les populations africaines, les immigrés, qui vont être mis en danger. Pardon de vous décevoir, messieurs, mais ce n'est pas vous qu'on va arrêter dans la rue.

— Et pourquoi pas ? a demandé William.

— Mais tu sais bien que Lola a raison ! Toi, moi, il ne nous arrivera rien, ajouta Nicole, la femme de William. On ne va pas porter l'étoile jaune.

— Mais il y aura une autre forme de violence contre les Juifs…

— Vous êtes complètement à côté de la plaque. Ce sont les citoyens d'origines africaine et nord-africaine qui risquent, en cas de victoire du Front national. Bien plus que nous.

— Le problème c'est : êtes-vous prêts à vous battre pour d'autres que vous-mêmes ? Et si vous deveniez des Justes à votre tour ? Regardez les familles dans la rue et les enfants qui crèvent de faim sur des matelas. Cela ne vous rappelle rien ? Et si c'était à votre tour d'être généreux ? De prendre quelqu'un chez vous à dormir sur votre canapé ? Prendre des risques. Et si pour une fois vous n'étiez pas les victimes mais ceux qui peuvent aider ?

— Les Juifs avaient des ennemis en France. Alors que les migrants n'ont pas d'ennemis sur notre territoire.

— Et votre indifférence ? Ce n'est pas une forme de collaboration ?

— Oh oh oh. Calme-toi, et ne parle pas comme ça à ton père.

— Ce discours bien-pensant est simpliste, a répondu William. Et culpabilisant pour les Juifs. Nous vivons dans un pays où il y a encore beaucoup d'antisémitisme – la preuve ces jours-ci. Imagine-toi si soudain, avec l'arrivée du Front national, tu dois être confronté à la justice alors que le sommet de la pyramide d'État n'est pas de ton côté. Eh bien, pour moi, cela change la perception d'être juif dans ce pays – c'est sûr.

— Avec ces discours catastrophistes, tu te donnes bonne conscience de ne rien faire pour les autres.

— Vous ne pouvez pas comprendre ! s'est écrié William. Georges et moi, dans notre génération, avons subi beaucoup d'antisémitisme et ça marque, n'est-ce pas, Georges ?

Georges s'est mis à rire parce que William était devenu soudain très théâtral.

— Écoute, William, lui a-t-il répondu, je suis d'accord avec toi sur tout. Mais si je suis honnête, je n'ai jamais subi d'acte antisémite. Ni à l'école, ni dans mon travail.

William a posé ses bras sur son ventre. Il n'en revenait pas d'une telle idiotie prononcée par son cousin. En souriant, sûr de son effet, il a demandé à Georges :

— Ah bon, tu es vraiment sûr ?

— Oui, a confirmé Georges. J'en suis sûr.

— Tu veux dire que tu ne t'es jamais interrogé sur ce qui t'est arrivé, l'année de ta *bar-mitsva* ?

Soudain Georges a compris l'allusion de son cousin.

— Ok ok... a concédé Georges dans un geste de contrition qui montrait qu'il s'avouait vaincu. Je me trouvais à l'intérieur de la synagogue, le soir de l'attentat de la rue Copernic.

— Si c'est pas un acte antisémite ! a crié William en se levant.

Sa chaise est tombée en arrière, on aurait dit une pièce de théâtre que se jouaient les deux cousins.

— Oui, c'était le 3 octobre 1980, quelques mois après ma *bar-mitsva*, j'étais encore dans l'élan de ferveur du judaïsme. Une des rares périodes de ma vie où j'allais très régulièrement à la synagogue...

— Pardon de t'interrompre, a dit William, mais je voudrais préciser une chose à mon fils : la date avait été choisie pour célébrer la nuit du 3 octobre 1941, où six synagogues avaient été attaquées dans Paris ! Dont Copernic.

— C'était l'office du vendredi soir, la synagogue était pleine, j'étais en train de prier avec ma sœur. Une dizaine de minutes avant la fin de l'office, pendant le

Adon 'olam asher... la bombe a explosé. On a entendu une déflagration. Les vitraux sont tombés sur quelques membres de la communauté. Le rabbin nous a rapidement fait sortir par-derrière. Avec ma sœur, nous avons vu des voitures en feu. Nous avons pris sur la gauche jusqu'à l'avenue Kléber où nous avons attrapé notre bus. En arrivant à la maison, on a retrouvé Irène, notre nounou, qui regardait les actualités régionales sur FR3. Ils venaient d'annoncer l'attentat. Elle a tout de suite réalisé que nous avions échappé à un immense danger.

— Et toi ?

— Moi sur le moment non. Mais, le soir dans mon lit, mes jambes se sont mises à trembler, sans que je puisse les maîtriser.

— Ensuite, ajouta William, tu te souviens, les déclarations antisémites de Raymond Barre.

— ... oui, il était Premier ministre à l'époque... il a dit que cet attentat était d'autant plus choquant qu'il avait frappé « des Français innocents » qui se trouvaient dans la rue, par hasard, devant la synagogue.

— Il a dit « des Français innocents » ?

— Oui, oui ! Comme si dans son esprit, nous, les Juifs, n'étions ni tout à fait français ni vraiment innocents...

— Mais tu ne penses pas que cet attentat a laissé une trace en toi ?

— Non. Je ne pense pas.

— C'est du déni tout ça.

— Tu crois ?

— Oui, c'est du déni. De l'enfouissement. Et aussi le sentiment d'être protégé par l'assimilation.

— Qu'est-ce que tu veux dire ?

— Regarde-nous, autour de cette table, a dit François. Nous sommes tous des enfants ou des petits-enfants d'immigrés. Tous autant que nous sommes. Et est-ce que nous nous pensons comme tels ? Absolument pas. Nous nous pensons comme des bourgeois français, issus des classes moyennes qui ont réussi. Nous avons tous le sentiment d'être parfaitement assimilés. Nos noms ont tous des consonances étrangères, et pourtant nous connaissons les bons vins du terroir, nous avons lu la littérature classique, nous cuisinons la blanquette de veau... Mais réfléchissez bien et demandez-vous si ce sentiment d'être profondément ancrés ici ne ressemble pas à ce que ressentaient les Juifs français de 1942 ? Beaucoup avaient servi l'État pendant la Première Guerre. Et pourtant on les a envoyés dans les trains.

— Voilà. Tout cela c'est le même déni. De penser qu'il ne t'arrivera rien.

— Mais personne ne vous demande vos papiers quand vous prenez le métro. Arrêtez votre délire, a dit le fils de William.

— Ce n'est pas un « délire ». La France traverse une période de grande violence, économique et sociale. Si tu regardes l'histoire de la Russie de la fin du XIXe, de l'Allemagne des années 30, ces facteurs ont toujours provoqué des manifestations antijuives : depuis que le monde est monde. Dis-moi pourquoi ce serait différent aujourd'hui ?

— Écoute, la fille d'Anne a eu un problème à l'école. N'est-ce pas ? Raconte ce qui s'est passé.

Tous les regards se sont tournés vers moi. Je n'avais quasiment pas participé au débat depuis le début du repas. Et les amis de Georges étaient curieux de m'entendre – il leur avait beaucoup parlé de moi.

— Attendez, on ne sait pas encore ce qui s'est passé à l'école... ai-je commencé. Mais quelque chose l'a perturbée et... elle a demandé à ma mère si elle était juive...

— Tu veux dire que ta fille ne sait pas qu'elle est juive ? a demandé Déborah en me coupant la parole.

— Si mais pas vraiment... Je ne suis pas pratiquante. Alors c'est vrai que je ne me suis pas réveillée un matin en disant : « Tiens au fait, tu sais qu'on est juifs... »

— Vous ne faites pas les fêtes ?

— ... Justement. Toutes ! Noël... et la galette des Rois... et Halloween... et les œufs de Pâques... tout cela j'imagine doit se mélanger dans sa tête.

— Bon, a dit Georges, explique-leur ce qui s'est passé.

— Ma fille a dit : « J'ai l'impression qu'à l'école, on n'aime pas trop les Juifs. »

— Quoi ?

— Mais quelle horreur !

— Que s'est-il passé pour qu'elle pense une chose pareille ?

— Je ne sais pas trop, en fait...

— Comment ça ?

— ... Je ne lui ai pas demandé... pas encore.

Mon cœur s'est serré. Je passais pour une mère indigne et une femme inconséquente, devant tous les amis de Georges que je rencontrais pour la première fois.

— Je n'ai pas eu vraiment le temps d'en reparler avec elle, ai-je ajouté... cela s'est passé il y a seulement quelques jours.

Celui qui ne disait rien, c'était Georges, mais je voyais bien qu'il ne trouvait pas comment me venir en aide.

La tension devint palpable, ses amis, ses cousins semblaient avoir changé de visage. Tout le monde m'a regardée avec méfiance.

— Je n'ai pas envie d'en faire un drame, ai-je ajouté pour me défendre. Je ne veux pas entretenir le communautarisme. Et puis si on commence à prendre au sérieux les insultes des cours d'école…

J'ai senti que mes arguments avaient agi. Les amis de Georges ne cherchaient qu'à être d'accord de toute façon, ils allaient embrayer sur autre chose, d'ailleurs c'était l'heure de passer au salon. Georges a proposé que tout le monde se lève. Déborah me lança alors à la volée :

— Si tu étais vraiment juive, tu ne prendrais pas cela à la légère.

Sa phrase avait rasé les visages de chacun avant de m'atteindre. Tout le monde fut surpris de la violence de sa remarque.

— Qu'est-ce que tu veux dire ? a demandé Georges. Elle t'a dit que sa mère est juive. Sa grand-mère est juive. Sa famille est morte à Auschwitz. Tu veux quoi en plus ? Il te faut un certificat médical ?

Mais Déborah ne s'est pas démontée.

— Ah oui. Tu parles du judaïsme dans tes livres ?

Je n'ai pas su quoi répondre, j'étais déstabilisée. Je me suis mise à bafouiller. Alors Déborah m'a fixée droit dans les yeux pour me dire :

— En fait, si je comprends bien, toi tu es juive quand ça t'arrange.

Chapitre 4

Georges,
Les remarques de Déborah m'ont blessée, mais si je suis honnête, je dois bien avouer qu'elles cachaient une vérité.

Je n'étais pas à l'aise de venir fêter *Pessah* chez toi.

À cause d'un quiproquo qui s'est installé entre nous, depuis notre premier dîner.

Je t'ai parlé de ma famille, de leur destin. Tu as pensé naturellement que j'avais grandi dans une culture qui est aussi la tienne, et tu as exprimé le fait que cela nous rapprochait. Et je n'ai pas démenti, parce que j'avais envie que « cela nous rapproche ».

Mais ce n'est pas la vérité.

Je suis juive mais je ne connais rien de cette culture.

Il faut que tu comprennes qu'après la guerre ma grand-mère Myriam s'est rapprochée du Parti communiste, poursuivant ainsi l'idéal révolutionnaire de ses parents du temps où ils vivaient en Russie. Elle pensait que ses enfants, ses petits-enfants, naîtraient dans un monde nouveau, sans lien avec le monde ancien. Ma grand-mère, seule survivante après la guerre, n'est plus jamais entrée dans une synagogue. Dieu était mort dans les camps de la mort.

À leur tour, mes parents ne nous ont pas élevées, mes sœurs et moi, dans le judaïsme. Les mythes fondamentaux de mon enfance, ma culture, mes modèles familiaux, appartiennent essentiellement au socialisme laïc et républicain, tel qu'il fut rêvé par une génération de jeunes adultes à la fin du XXe siècle. En cela, mes parents ressemblent à mes arrière-grands-parents dont je t'ai parlé, Ephraïm et Emma Rabinovitch.

Je suis née de parents qui ont eu 20 ans en 1968 et pour qui cela a compté. Ce fut là ma religion, si je peux dire.

C'est la raison pour laquelle je ne suis jamais entrée dans une synagogue. Pour mes parents, la religion était l'opium du peuple. Je ne faisais pas *shabbat* le vendredi soir. Ni *Pessah*. Ni *Kippour*. Les grands moments de rassemblements familiaux, c'était la fête de l'Huma pour les concerts, c'était Barbara Hendricks chantant *Le Temps des cerises* sur la place de la Bastille, c'était « la fête des parents », une fête que nous avions inventée nous-mêmes, une version non pétainiste et anticapitaliste de la fête des Mères. Je ne connais aucun texte biblique, je ne connais aucun rite, je n'ai pas fait le Talmud Torah. En revanche, mon père me lisait parfois des extraits du *Manifeste du Parti communiste* le soir avant de m'endormir. Je ne sais pas lire l'hébreu mais j'ai lu tout Barthes, dont j'empruntais les essais dans la bibliothèque de mes parents.

Je ne connais pas les chants de *Kippour* mais toutes les paroles du *Chant des partisans*. Nous n'allions pas à la synagogue entendre le *Hazzan* pour les fêtes, mais mes parents nous faisaient écouter les Doors dont je connaissais toutes les chansons par cœur avant l'âge de 10 ans. On ne m'a pas appris qu'un peuple a été élu pour sortir d'Égypte, en revanche, mes parents m'expliquaient qu'il faudrait que je travaille beaucoup, parce que j'étais une femme et que je n'aurais pas d'héritage.

Je ne connaissais pas la vie du prophète Élie. Mais les aventures du Che et du sous-commandant Marcos. Je n'avais jamais entendu parler de Maïmonide mais mon père m'a conseillé de lire François Furet quand j'ai étudié la Révolution. Ma mère n'a pas fait sa *bat-mitsva*. Mais elle a fait Mai 68.

Cette éducation ne donnait pas les armes pour se battre dans la vie. Mais cette culture un peu romantique, ce lait dont j'ai été nourrie, je ne l'échangerais contre aucun autre. Mes parents m'avaient inculqué les valeurs d'égalité entre les êtres, ils avaient vraiment cru en l'avènement d'une utopie, ils nous avaient façonnées mes sœurs et moi pour devenir des femmes intellectuellement libres, dans une société où les lumières de la Culture effaceraient, par leur intelligible clarté, toute forme d'obscurantisme religieux. Ils n'ont pas tout réussi, loin de là. Mais ils ont essayé. Ils ont *vraiment* essayé. Et je les admire pour cela.

Néanmoins.

Néanmoins un élément perturbateur venait régulièrement contredire cette éducation.

Cet élément perturbateur, c'était un mot, le mot « juif », ce mot bizarre qui jaillissait de temps en temps, le plus souvent dans la bouche de ma mère, sans que je comprenne de quoi il s'agissait. Ce mot, ou cette notion, ou plutôt cette histoire secrète, inexpliquée, ma mère l'évoquait toujours d'une façon désordonnée, et qui me paraissait brutale.

J'étais confrontée à une contradiction latente. Avec, d'un côté, cette utopie que mes parents décrivaient comme un modèle de société à bâtir, gravant en nous jour après jour l'idée que la religion était un fléau qu'il fallait absolument combattre. Et de l'autre, planquée dans une région obscure de notre vie familiale, il y avait l'existence d'une identité cachée, d'une ascendance mystérieuse, d'une étrange lignée qui puisait sa raison d'être au cœur de la religion. Nous étions tous une grande famille, qu'importe notre couleur de peau, notre pays d'origine, nous étions tous reliés les uns aux autres par notre *humanité*. Mais au milieu de ce discours des Lumières qu'on m'enseignait, il y avait ce mot qui revenait comme un astre noir, comme une constellation bizarre, qui revêtait un halo de mystère. Juif.

Et des idées s'affrontaient dans ma tête. Pile, la lutte contre toute forme d'héritage patrimonial. Face, la révélation d'un héritage judaïque transmis par la mère. Pile, l'égalité des citoyens devant la loi. Face, le sentiment d'appartenance à un peuple élu. Pile, le refus de toute forme d'« inné ». Face, une affiliation désignée au moment de la naissance. Pile, nous étions des êtres universels, citoyens du monde. Face, nous tirions nos origines d'un monde aussi particulier que fermé sur lui-même. Comment s'y retrouver ? De loin, les choses enseignées par mes parents me semblaient claires. Mais de près elles ne l'étaient plus.

J'ai oublié des mois, des années entières de mon existence, j'ai oublié des villes que j'ai visitées, des événements qui me sont arrivés, j'ai oublié des histoires qu'en général les gens n'oublient pas, mes notes au baccalauréat, le nom de mes maîtresses d'école, et bien d'autres choses. Et malgré cette mémoire défaillante, je peux décrire avec précision chaque fois où j'ai entendu le mot « juif » dans mon enfance. Depuis la première fois qu'il m'est apparu. J'avais 6 ans.

Septembre 1985.
Pendant la nuit notre maison a été taguée d'une croix gammée. Évidemment je n'en connais pas la signification.

— Ce n'est rien, dit ma mère.

Je la sens tout de même affectée.

Lélia essaye d'enlever la croix avec une éponge et de l'eau de Javel, mais la peinture noire ne s'efface pas, sa teinte demeure dense et profonde.

La semaine suivante, notre maison est de nouveau taguée. Cette fois-ci, d'un cercle barré qui ressemble à une cible. Mes parents prononcent des mots que je n'avais jamais entendus auparavant, ce mot « juif » qui me surprend comme une gifle, ce mot qui vient pour la première fois s'immiscer dans ma vie. J'entends aussi le mot « gud » dont la sonorité, onomatopée comique, frappe mon esprit d'enfant.

— Oui, allez, c'est sans intérêt il ne faut plus y penser. Ces dessins n'ont rien à voir avec nous, me dit ma mère.

Je comprends malgré ces paroles rassurantes que Lélia se sent menacée par « quelque chose » et que ce « quelque chose », l'antisémitisme, existe dans un monde à côté du mien, un cercle d'espace et de temps qui tourne autour de ma planète d'enfant.

Janvier 1986.
Lorsque ma mère parle, des mots volent au-dessus de ma tête, insectes de nuit qui vrombissent autour de mes oreilles. Parmi eux, il y en a un qui revient dans leurs conversations, un qui n'est jamais prononcé comme les autres, avec une sonorité particulière – un mot qui me fait peur et m'excite en même temps. Ma répulsion naturelle à l'entendre est contredite par les frissons de mon corps dès qu'il apparaît – car j'ai bien compris que ce mot a un rapport avec moi, oui, je me sens « désignée » par lui.

Dans la cour de récréation, avec les autres enfants, je n'aime plus jouer à cache-cache parce que je ressens la peur douloureuse d'être découverte – la peur de la proie. À l'une des surveillantes qui s'interroge sur mes pleurs, je réponds : « Dans ma famille on est juifs. » Je me souviens de son regard étonné à ce moment-là.

Automne 1986.
Je suis en classe de CE1. La plupart de mes camarades vont au catéchisme et se retrouvent le mercredi après-midi pour faire des activités.

— Maman, je voudrais m'inscrire à l'aumônerie.
— Ce n'est pas possible, répond Lélia, agacée.
— Mais pourquoi ?

— Parce que nous sommes juifs.

Je ne sais pas ce que cela veut dire mais je sens qu'il vaut mieux ne pas insister. Soudain j'ai honte de mes désirs, honte d'avoir voulu participer à l'aumônerie – tout ça parce que les petites filles portent de belles robes blanches le dimanche devant l'église.

Mars 1987.

Dans les emballages de Malabar à l'odeur sucrée, on trouve des décalcomanies. Il faut retirer le papier protecteur, le passer sous l'eau puis attendre que l'image se colle contre la peau. J'en applique un à l'intérieur de mon poignet.

— Enlève ce tatouage immédiatement, me dit Lélia.

— Moi, j'ai envie de le garder, maman.

— Mamie sera très fâchée si elle voit ce que tu t'es fait.

— Mais pourquoi ?

— Parce que les Juifs ne se font pas de tatouages.

De nouveau le mystère. Sans autre explication.

Début de l'été 1987.

Shoah de Claude Lanzmann est diffusé pour la première fois à la télévision française durant quatre soirées. Je sens bien, malgré mes 8 ans, qu'il s'agit d'un événement très important. Mes parents décident d'enregistrer les émissions télévisées grâce au magnétoscope acheté l'été précédent pour la Coupe du monde de football.

Les cassettes de *Shoah* sont rangées à part, on ne les mélange pas avec les autres VHS. Ma grande sœur a dessiné une étoile de David sur chaque tranche, avec un point d'exclamation rouge et cet ordre en grosses lettres : NE PAS EFFACER. Ces cassettes me font peur, je suis contente qu'elles soient rangées à l'écart.

Ma mère les regarde pendant de longues heures. Il ne faut pas la déranger.

Décembre 1987.

Je finis par demander à ma mère :

— Qu'est-ce que cela veut dire, maman, être juif ?

Lélia ne sait pas vraiment quoi répondre. Elle réfléchit. Puis va chercher un livre dans son bureau. Elle le pose par terre sur le tapis, dont l'épaisse laine blanche peluche sur les bords.

Face à ces photographies en noir et blanc, ces images de corps décharnés en pyjamas, de fils barbelés sous la neige, de cadavres empilés les uns sur les autres et de montagnes d'habits, de lunettes et de chaussures, mes huit années de vie ne sont pas suffisantes pour réussir à organiser une résistance mentale. Je me sens physiquement attaquée, blessée par elles.

— Si nous étions nées à cette époque-là, nous aurions été transformées en boutons, dit soudain Lélia.

Les mots contenus dans cette phrase « nous aurions été transformées en boutons » dessinent une idée trop bizarre, qui m'abîme.

Ce jour-là les mots brûlent la peau de mon cerveau. C'est un endroit où plus rien ne poussera, un angle mort de la pensée.

Ma mère s'est-elle trompée ce jour-là en utilisant le mot « bouton » ? Ou est-ce moi qui ai confondu avec le mot savon ? Les expériences effectuées sur les restes humains des Juifs avaient pour but de fabriquer, à partir de la graisse, des « savons » et non des « boutons ».

Néanmoins c'est ce mot qui me reste en tête pour toujours. Je déteste recoudre des boutons – à cause de cette idée très désagréable que je pourrais être en train de recoudre un ancêtre.

Juin 1989.

C'est l'année du bicentenaire de la Révolution française. Mon école organise un spectacle sur l'année 1789. Les rôles sont distribués. Je suis choisie pour jouer Marie-Antoinette et le garçon qui est choisi pour jouer Louis XVI s'appelle Samuel Lévy.

Le jour du spectacle, ma mère et le père de Samuel discutent ensemble. Lélia fait un commentaire ironique sur le choix des acteurs pour interpréter les têtes couronnées, destinées à la décapitation. De nouveau, ce mot « juif » qui tombe dans mon oreille avec la froideur effrayante d'une guillotine. Je ressens une émotion trouble, la fierté d'être différente, mêlée d'une menace de mort.

Cette même année, 1989.

Mes parents achètent *Maus I : Mon père saigne l'histoire* et puis ensuite *Maus II : Et c'est là que mes ennuis ont commencé*. Je regarde les couvertures de ces bandes dessinées comme des miroirs terrifiants qui ne demandent qu'à être traversés. J'hésite. J'ai

10 ans et je sens bien que, si je plonge dans ces bandes dessinées, je prends le risque d'un voyage qui pourrait me transformer à jamais. Je finis par les ouvrir. Les pages de *Maus* se collent à mes doigts, le papier s'incruste dans la chair de mes mains, je ne peux plus m'en défaire. Les personnages en noir et blanc viennent se déposer en moi, tapisser les parois de mes poumons, mes oreilles deviennent très chaudes. La nuit, j'ai du mal à m'endormir, je regarde sur les murs de mon crâne la danse macabre des chats et des cochons courant après les souris, lanternes magiques terrifiantes. Des présences pâles s'assoient autour de moi jusque dans mon lit, des formes qui portent des pyjamas rayés. C'est le début des cauchemars.

Octobre 1989.

J'ai 10 ans. Je vois avec ma mère *Sexe, mensonges et vidéo*, le film de Soderbergh qui vient d'avoir la Palme d'or à Cannes, dans notre petit cinéma de quartier. Le caissier du cinéma, qui est aussi l'ouvreur et le projectionniste, me laisse entrer malgré mon très jeune âge.

Dans le film, il est question d'un mot que je ne comprends pas. De retour à la maison, une fois seule dans ma chambre, j'ouvre le dictionnaire. Masturbation. Je décide de mettre en pratique la définition, allongée sur la moquette, le dictionnaire ouvert à côté de moi. Un monde s'ouvre. Un monde inconnu et puissant.

Les jours qui suivent, je comprends aux réactions des adultes que je n'aurais jamais dû voir ce film qui pourtant m'a enchantée. La surveillante de la cantine, avec qui je m'entends bien, ne veut pas me croire. Elle me traite de menteuse et souhaite que je cesse de raconter que ma mère m'a emmenée au cinéma voir ce film. Alors je comprends que deux sujets préoccupent les adultes, deux sujets qu'ils cachent aux enfants : la sexualité et les camps de concentration.

Les images de *Sexe, mensonges et vidéo* se superposent à celles des images de *Maus*. Peu à peu je m'interdis le plaisir, à cause de la souffrance qu'ont subie les souris, à cause du peuple juif auquel je me sens appartenir, mais sans bien comprendre pourquoi.

Novembre 1990.

Je suis en sixième, la meilleure en dictée, en grammaire et surtout en rédaction. Je suis la première de la classe, la préférée. Notre professeure de français est une longue femme maigre et grise, toujours habillée de jupes en laine. Pendant la Toussaint, elle nous demande de faire notre arbre généalogique. Ces travaux réalisés à la maison ne seront pas notés, mais ils seront exposés dans la classe à la rentrée.

Les noms de ma famille du côté de ma mère sont compliqués à écrire, il y a beaucoup trop de consonnes pour le ratio voyelles, et la professeure de français n'est pas très à l'aise avec cette ville d'Auschwitz qui revient souvent dans mon arbre.

Depuis ce jour, je sens bien que quelque chose a changé. Je ne suis plus du tout la préférée. Pourtant je redouble d'efforts, pourtant mes notes sont encore meilleures, mais rien n'y fait. La tendresse et l'affection ont fait place à une forme de méfiance.

Et cette impression de nager en eaux troubles, d'être associée à des temps obscurs.

Avril 1993.

Ce printemps-là, je remporte le quatrième prix du *concours national de la Résistance et de la Déportation*, ouvert à tous les collégiens de France. Depuis quelques mois, je lis tout ce qui existe dans les livres d'Histoire au sujet de la Seconde Guerre mondiale. Mon père m'accompagne à la remise des prix qui a lieu à l'hôtel de Lassay, dans les ors de la République. Je suis heureuse d'être avec lui. Lors des discours, il est souvent question des « Juifs » – et je ressens de nouveau ce sentiment de fierté mêlé de crainte d'appartenir ainsi à un groupe dont on étudie l'histoire dans les livres. J'aimerais dire à l'assemblée que je suis juive, comme pour apporter de la valeur à ce prix que je viens de recevoir. Mais quelque chose m'en empêche. Je suis mal à l'aise.

Printemps 1994.

Chaque samedi je prends le RER pour aller avec mes copines au marché aux puces de la porte de Clignancourt. On achète des T-shirts Bob Marley et des pochettes en cuir qui sentent la vache. Un après-midi, je reviens avec une étoile de David autour du cou. Ma mère ne dit rien. Mon père non plus. Mais je comprends à leurs regards qu'ils n'apprécient pas que je porte ce bijou. Nous n'échangeons aucune parole. Je le range dans une boîte.

Automne 1995.

Toutes les classes de seconde sont réunies dans le gymnase du lycée pour un tournoi de handball. Quatre ou cinq filles expliquent au professeur de sport qu'elles n'y participeront pas parce que « c'est *Kippour* ». Je les envie et me sens exclue d'un monde qui devrait être le mien. Je suis vexée de jouer avec les « non-Juifs » sur le terrain de handball.

Ce jour-là, en rentrant à la maison, je suis triste. J'ai le sentiment que la seule chose à laquelle j'appartienne vraiment, c'est la douleur de ma mère. C'est cela, ma communauté. Une communauté constituée de deux personnes vivantes et de plusieurs millions de morts.

Été 1998.

À la fin de mon année d'hypokhâgne, je rejoins mes parents qui sont partis vivre un semestre aux États-Unis. Mon père a été nommé « professeur invité » sur le campus de l'université de Minneapolis. Lorsque j'arrive, l'ambiance n'est pas au beau fixe : depuis leur arrivée sur le sol américain, Lélia est traversée par des tourments, des « crises » étranges.

— C'est parce que je pense aux membres de ma famille qui n'ont pas pu venir se réfugier aux États-Unis. Alors je me sens coupable de leur survivre. C'est pour cela que je suis si mal.

Je suis frappée par le fait que ma mère nous parle de « sa famille » comme si nous, ses propres filles, étions soudain devenues des étrangères.

Je suis aussi frappée par cette résurgence au présent d'un vécu passé, qui a quelque chose de très déroutant – ma mère semble soudain confondre les liens généalogiques, les identités de chacun... Heureusement, de retour en France, les crises disparaissent et tout redevient normal.

À la fin de cet été-là, je suis partie de chez mes parents et j'ai commencé à vivre « ma » vie.

J'ai préparé l'École normale dans le lycée où ma grand-mère Myriam et sa sœur Noémie avaient été élèves soixante-dix ans avant moi – sans le savoir. J'ai échoué au concours, puis j'ai traversé une dizaine d'années douloureuses qui se sont adoucies quand j'ai écrit, quand j'ai aimé et que j'ai eu un enfant.

Tout cela m'a demandé une grande énergie, m'a prise tout entière.

Et au bout de ce chemin je te rencontre toi. Georges.

Tu ne peux pas imaginer comme j'ai trouvé belle cette fête de *Pessah*. Comment une chose que je n'avais jamais connue avait-elle pu me manquer à ce point ? J'ai senti mes ancêtres me frôler du bout de leurs doigts, tu sais... Georges, le jour se lève. Je t'ai écrit ce mail que tu liras en te réveillant. Je ne regrette pas cette nuit blanche, parce que j'ai l'impression de l'avoir passée à tes côtés.

Dans quelques minutes je vais entrer dans la chambre de Clara pour la réveiller. Et je vais lui dire :

— Ton petit déjeuner est prêt. Dépêche-toi ma chérie, j'ai une question importante à te poser.

Chapitre 5

— Clara ma chérie, ta grand-mère m'a dit que tu lui avais parlé d'un problème.
— Non. J'ai pas de problème, maman.
— Mais si, tu lui as dit que... tu avais l'impression qu'on n'aimait pas trop...
— Pas trop quoi maman ?
Clara avait très bien compris, mais j'ai dû insister.
— Si ! Tu as dit à ta grand-mère qu'à l'école on n'aime pas trop les Juifs.
— Ah oui. C'est vrai. C'est pas grave, maman.
— Il faut que tu me racontes.
— C'est bon, t'énerve pas. Avec mes copains de foot, à la récréation, on parlait du paradis, de la vie après la mort, donc chacun a dit sa religion, moi j'ai dit que j'étais juive – je t'ai entendue le dire tu sais –, alors mon copain Assan m'a répondu :
— C'est dommage, je te prendrai plus dans mon équipe.
— Pourquoi ? j'ai demandé.
— Parce que dans ma famille on n'aime pas trop les Juifs.
— Mais pourquoi ? j'ai encore demandé.

— Parce que dans mon pays on n'aime pas trop les Juifs, a dit Assan.

— Ah bon.

— J'étais déçue, maman, parce que Assan c'est le meilleur en foot et qu'on gagne toujours avec lui à la récréation. Donc j'ai réfléchi et lui ai demandé :

— Mais c'est quoi ton pays ?

— Mes parents viennent du Maroc.

— J'espérais vraiment qu'il me donne cette réponse. Parce que j'avais la solution toute trouvée :

— T'inquiète, Assan, je lui ai dit, il n'y a pas de problème. Tu sais quoi ? Ils se sont trompés, tes parents. Au Maroc, on aime beaucoup les Juifs.

— Qu'est-ce que t'en sais ?

— Parce qu'avec ma mère, on est allées dans un hôtel là-bas pendant les vacances. Où ils étaient très gentils avec nous. Donc c'est la preuve qu'ils aiment bien les Juifs.

— Ah ok, a répondu Assan. Alors ça va, tu peux jouer dans mon équipe.

— Et après... vous en avez reparlé ?

— Non. Après on a joué à la récréation comme avant.

J'étais fière de ma fille, et de la réaction de l'autre enfant, si simple, si logique, j'ai embrassé son large front intelligent, qui pouvait effacer un instant la bêtise du monde entier. Tout était terminé. Et je l'ai emmenée à l'école, rassurée.

— Je suis désolé, m'a dit Georges au téléphone, au nom de tout ce que tu m'as écrit, au nom de tout ce que tu m'as raconté : il faut que tu le signales au directeur de l'école – tu ne peux pas laisser passer des propos antisémites dans une école publique…

— Ce ne sont pas des propos antisémites. Mais des paroles idiotes d'un petit garçon qui ne comprend pas ce qu'il dit !

— Justement, il faut que quelqu'un lui explique. Et ce quelqu'un, c'est l'école laïque et républicaine.

— Sa mère est femme de ménage. Je ne vais pas aller voir le directeur pour dénoncer le fils d'une femme de ménage.

— Et pourquoi ?

— Ce serait quand même un peu violent, socialement, que je le dénonce, tu ne trouves pas ?

— Si c'était le fils d'un bon Français, qui avait dit à Clara : « On n'aime pas trop les Juifs dans ma famille », tu irais en parler au directeur ?

— Oui, probablement. Mais ce n'est pas ce qui s'est passé.

— Est-ce que tu te rends compte – je ne veux pas te blesser – de la condescendance de ta réaction ?

— Oui, je m'en rends compte. Et je l'assume. Je la préfère à la honte que j'éprouverais de faire du tort à une femme issue de l'immigration.

— Et toi, tu es issue de quoi ?

— Ok, très bien… Georges, tu as gagné. Je vais envoyer un mail au directeur de Clara, pour lui demander un rendez-vous.

Avant de raccrocher, Georges m'a dit de réserver le week-end de mon anniversaire.

— C'est dans deux mois, ai-je dit.

— Justement, j'imagine que tu es libre. Je voudrais qu'on parte tous les deux.

Toute la journée, j'ai réfléchi à la façon dont j'allais présenter les choses au directeur. Je voulais bien tourner la conversation dans ma tête, afin de ne pas me faire emporter par l'émotion. Et ne pas me laisser déstabiliser par ses questions.

— Je suis venue vous signaler un échange qui a eu lieu dans la cour entre ma fille et un autre élève de l'école. Comprenez que je ne souhaite pas donner à cet événement un caractère de gravité…

— Je vous écoute…

— … et je souhaite aussi que cela reste entre vous et moi. Je ne tiens pas à en parler à la maîtresse.

— Très bien…

— Voilà. Un enfant a dit à ma fille qu'on n'aimait pas les Juifs dans sa famille.

— Pardon ?

— Oui… c'était une conversation d'enfants… sur la religion… qui a débouché sur cette phrase absurde. Et disons que cette remarque a légèrement perturbé ma fille. Mais pas plus que cela, en vrai. J'ai l'impression qu'elle nous dérange davantage nous, les adultes.

— Qui est l'élève en question ?

— Non, je suis désolée, je souhaite préserver l'anonymat de l'enfant.

— Écoutez, j'ai besoin de savoir ce qui se passe dans mon établissement.

— Oui, c'est d'ailleurs la raison pour laquelle je suis venue vous voir, mais pour autant, je ne dénoncerai personne.

— Je veux que la maîtresse de Clara parle aux enfants des valeurs de l'école laïque…

— … Écoutez, monsieur, je respecte votre réaction. Mais…

Tout s'enflammait et je ne pouvais plus rien maîtriser. Les conséquences pour ma fille étaient plus graves encore, je devais la changer d'école… et je voyais déjà les reportages, les journalistes tendant leurs micros : « Pensez-vous qu'il y ait un problème d'antisémitisme dans cet établissement ? », les camionnettes des chaînes d'info continue déferlant dans la rue…

J'ai ainsi imaginé le pire, jusqu'à l'heure du véritable rendez-vous.

Dans le hall d'entrée de l'école, j'ai regardé les dessins accrochés sur les murs, les ballons en mousse abandonnés dans les coins, les petits matelas bleu pétrole, les murs aux couleurs criardes… jusqu'à ce qu'une femme vienne me chercher pour m'emmener chez le directeur. En passant devant les vitres du réfectoire, où des piles de verres Duralex attendaient l'heure du déjeuner, je me suis souvenue que nous lisions notre âge dans le fond du verre.

Lorsque le directeur m'a ouvert la porte, je lui ai serré la main, c'était un peu irréel. Pourtant son bureau était exactement comme je l'avais imaginé. Un panneau de liège punaisé d'emplois du temps, avec un calendrier de l'année. Quelques cartes postales qui évoquaient des voyages lointains. Une étagère avec des dossiers, et sur son bureau, un verre avec des trombones.

Le directeur s'est installé sur son fauteuil à roulettes, il m'a souri avec des petites dents plates et écartées, qui m'ont fait penser à un hippopotame.

J'ai pris mon courage à deux mains et une grande inspiration pour lui présenter la situation. Le directeur m'a écoutée, la tête légèrement penchée vers l'avant, son visage était calme et presque immobile. Il clignait des yeux de temps en temps.

— Je ne veux pas en faire toute une histoire, lui ai-je dit, vous comprenez. Je veux simplement vous signaler l'incident qui a eu lieu dans la cour de votre école.

— Ok, m'a-t-il répondu. C'est noté.

— … Je ne souhaite pas en parler à la maîtresse, ni aux parents d'élèves…

— C'est entendu. Je n'en parlerai pas. Autre chose ?

— Euh… non…

— Eh bien je vous remercie.

J'étais tellement troublée que je suis restée à le regarder, sans bouger.

— Vous aviez quelque chose d'autre à me dire ? m'a-t-il demandé, inquiet que je ne me lève pas de ma chaise.

— Non, ai-je répondu sans bouger d'un iota. Et vous, vous aviez quelque chose d'autre à me dire ?

— Non.

Nous sommes restés ainsi face à face, pendant d'interminables secondes, dans le silence.

— Alors… je vous souhaite une bonne journée, a dit le directeur en se dirigeant vers la porte pour bien me signifier que l'entretien était terminé.

Je suis sortie de son bureau, sonnée. J'ai rallumé mon téléphone portable : il s'était écoulé en tout et pour tout six minutes.

Je n'avais pas eu à me battre pour que cette histoire reste discrète.

Je n'avais pas eu à le convaincre de ne pas en parler aux enfants.

— Tu lui as tout simplement rendu service en ne souhaitant pas que cette affaire s'ébruite, m'a dit ma mère.
— Oui, c'est ce que j'ai compris, un peu tard et brutalement, lui ai-je répondu.
— Mais tu t'attendais à quoi ?
— Je ne sais pas... Je pensais qu'il se sentirait... concerné.

Chapitre 6

— Tu pensais que le directeur se sentirait « concerné » ?

Le rire de Gérard Rambert a empli la salle du restaurant chinois, un rire comme un coup de tonnerre, qui a fait se retourner les clients des tables voisines.

Gérard vit entre Paris et Moscou. Nous déjeunons ensemble tous les dix jours, au gré de ses voyages, toujours dans le même restaurant chinois à équidistance de son appartement et du mien, toujours assis à la même place, nous y prenons le menu du jour. Quand l'été approche, nous choisissons un supplément, moi le dessert, et lui un verre de bière – dont il ne boit que quelques gorgées.

Gérard est un homme de grande taille, avec une belle peau, épaisse et toujours rasée de près. Il parle fort et il sent bon, il est toujours gai même quand il n'a pas le cœur à l'être, Gérard me fait penser à un habitant de Rome qui se serait égaré à Paris, oui Gérard aurait pu être italien, costumes sur mesure, pulls violets et chaussettes de chez Gammarelli, où s'habillent les cardinaux du Vatican.

— On ne s'ennuie jamais avec Gérard.

Voilà ce que pensent les rares personnes qui ont la chance de le fréquenter.

— Tu sais, je ne suis pas en si mauvaise compagnie, seul avec moi-même.

Ce jour-là, je lui avais raconté toute l'histoire, le rendez-vous à l'école, la réaction du directeur.

— Alors comme ça, tu t'étonnes que le directeur de l'école ne se sente pas concerné ? Excuse-moi d'éclater de rire, sinon je pourrais me mettre à pleurer. Tu n'as pas envie que je me mette à pleurer hein ? Alors laisse-moi me moquer de toi. *Fegele.* Toi, tu es un petit oiseau, je vais te dire pourquoi tu es un petit oiseau, mais avant fais-moi plaisir, laisse-moi goûter tes nems et ouvre bien tes oreilles. Tu m'écoutes ? Ils sont délicieux ! Je vais m'en commander aussi. Mademoiselle ? Donnez-moi la même chose que la petite ! Bon. Tu m'écoutes ?

— Oui, Gérard, je ne fais que ça, je te promets !

— On est l'année de mes 8 ans. J'ai un professeur de sport, à l'école communale, qui me dit :

— Gérard Rosenberg, vous êtes bien le digne représentant d'une race mercantile.

Nous sommes au début des années 60, Dalida chante *Itsi bitsi petit bikini*, et, et, et, la France est toujours aussi antisémite. Tu comprends ? Ce professeur, comme tous les Français de cette époque-là, connaît l'existence des chambres à gaz. Les cendres sont encore chaudes. Mais il me dit : « Vous êtes bien le digne représentant d'une race mercantile. » C'est une phrase que je n'ai pas comprise sur le moment. Tu me diras, c'est normal, j'ai 8 ans, je ne saisis pas le sens de chaque mot, tu vois ? Mais la phrase s'enregistre dans mon crâne, comme sur un disque dur. Et j'y ai souvent repensé. Tu veux savoir la suite ?

— Bien sûr, Gérard !

— Deux ans plus tard, l'année de mes 10 ans, nous sommes en 1963 et mon père décide de changer de nom par décret en Conseil d'État. Oui, on va « changer de patronyme ». Pourquoi ? Parce que mon père souhaitait que mon grand frère – qui avait seulement 15 ans à l'époque – devienne un jour médecin. Or il avait entendu dire qu'il y avait beaucoup d'antisémitisme à la fac de médecine. Et mon père craignait un retour du *numerus clausus* qui aurait porté préjudice aux études de mon frère. Tu sais ce que c'est, le *numerus clausus* ?

— Oui, oui... en Russie... les lois de mai... mais aussi les lois de Vichy en France, seul un petit quota de Juifs avait le droit d'aller à la fac...

— C'est ça ! Donc tu connais ! Les gens ne voulaient pas être « envahis » par nous. Toujours la même vieille histoire qui en réalité est aussi une histoire très neuve. Tu verras. Bon. Mon père décide donc du jour au lendemain que toute la famille passera de Rosenberg à Rambert. Tu ne peux pas imaginer comme j'étais furieux !

— Pourquoi ?

— Mais je ne voulais pas changer de nom, moi ! Et mes parents avaient aussi décidé de me changer d'école ! Changer de nom, changer d'école, ça fait beaucoup tu sais, pour un petit garçon de 10 ans ! J'étais pas content, mais alors pas content du tout. Je leur fais une scène, je promets à mes parents de reprendre mon vrai nom le jour de mes 18 ans. Arrive le jour de la rentrée des classes. Le professeur principal fait l'appel.

— Rambert !

Moi je ne réponds pas, parce que je ne suis pas habitué.

— Rambert !

Silence. Je me dis que ce Rambert ferait bien de répondre vite, parce que le principal n'a pas l'air commode.

— RAM-BERT !

Merde ! Je me rappelle soudain que c'est moi Rambert ! Alors je réponds, surpris :

— Présent !

Et bien sûr tous les enfants se marrent, c'est normal. Le principal pense que je l'ai fait exprès, que je fais le pitre, que je veux me faire remarquer, tu vois, ce genre de conneries ! Donc pour te dire que, sur le moment, je suis très mécontent. Vraiment. Très. Mé-con-tent. Mais petit à petit, je me rends compte qu'à l'école, s'appeler Gérard « Rambert » n'a vraiment rien à voir avec le fait de s'appeler Gérard « Rosenberg ». Et tu veux savoir quelle est la différence ? C'est que je n'entendais plus de « sale Juif » quotidien dans la cour de l'école. La différence c'est que je n'entendais plus des phrases du genre « C'est dommage qu'Hitler ait raté tes parents ». Et dans ma nouvelle école, avec mon nouveau nom, je découvre que c'est très agréable qu'on me foute la paix.

— Mais dis-moi, Gérard, qu'est-ce que tu as fait finalement, à tes 18 ans ?

— Comment ça, qu'est-ce que j'ai fait ?

— Tout à l'heure tu m'as dit : « Je promets à mes parents de reprendre mon vrai nom le jour de mes 18 ans. »

— Ce jour-là, si quelqu'un m'avait demandé : « Gérard, tu as envie de redevenir Gérard Rosenberg ? », j'aurais répondu : « Pour rien au monde. » Maintenant ma chérie, sois gentille, termine tes nems, tu n'as rien mangé.

— Moi aussi je porte un nom français, tout ce qu'il y a de plus français. Et ton histoire, cela me fait penser que...

— Que ?

— Au fond, je suis rassurée, que sur moi « cela ne se voie pas ».

— C'est sûr ! On te ferait chanter la messe en latin ! Tu sais, je vais t'avouer quelque chose... quand tu m'as dit – alors qu'on se connaissait déjà depuis dix ans – que tu étais juive... je suis tombé de ma chaise !

— À ce point ?

— Je t'assure ! Avant que tu ne me le dises, si quelqu'un m'avait demandé : « Tu sais que la mère d'Anne est ashkénaze ? », j'aurais répondu : « Tu te fous de ma gueule ? Arrête tes conneries ! » Tu as tellement le physique de la « femme française ». Une vraie *goy* ! Une *echte goy* !

— Tu sais, Gérard, dans ma vie j'ai toujours eu beaucoup de mal à prononcer la phrase : « Je suis juive. » Je ne me sentais pas autorisée à la dire. Et puis... c'est bizarre... comme si j'avais intégré les peurs de ma grand-mère. D'une certaine manière, la partie juive cachée en moi était rassurée que la partie *goy* la recouvre, pour la rendre invisible. Je suis insoupçonnable. Je suis le rêve accompli de mon arrière-grand-père Ephraïm, j'ai le visage de la France.

— Toi tu es surtout un cauchemar d'antisémite, a dit Gérard.

— Pourquoi ? lui ai-je demandé.

— Parce que *même toi* tu en es, a-t-il conclu en éclatant de rire.

Chapitre 7

— Maman, j'ai parlé avec Clara, j'ai vu le directeur, j'ai fait tout ce que tu m'as demandé. Maintenant tu dois tenir ta promesse.
— Très bien. Pose-moi des questions et j'essayerai de te répondre.
— Pourquoi tu n'as pas cherché à savoir ?
— Je vais t'expliquer, a répondu Lélia. Attends, je vais chercher mon paquet de clopes.

Lélia a disparu dans son bureau et elle est revenue dans la cuisine quelques minutes plus tard, en s'allumant une cigarette.

— La commission Mattéoli, tu en as entendu parler ? m'a-t-elle demandé. En janvier 2003... j'étais en plein dedans... c'était... tellement étrange de recevoir cette carte à ce moment-là. Je l'ai senti comme une menace.

Je n'ai pas tout de suite compris le lien entre la commission et la menace ressentie par ma mère. J'ai froncé les sourcils et Lélia a compris que j'avais besoin d'éclaircissements.

— Pour que tu comprennes bien, il faut qu'on revienne, comme toujours, un peu en arrière.
— J'ai tout le temps, maman...

— Après la guerre, Myriam a voulu déposer un dossier officiel, pour chacun des membres de sa famille.

— Quel dossier officiel ?

— D'actes de décès !

— Oui… évidemment.

— Ce fut très compliqué. Presque deux ans de démarches administratives assidues pour que Myriam puisse déposer un dossier. Et attention, à ce moment-là, l'administration française ne parle pas officiellement de « morts en camp » ni de « déportés »… on parle des « non rentrés ». Tu comprends ce que cela signifie ? Symboliquement ?

— Tout à fait. L'État français dit aux Juifs : vos familles ne sont pas mortes assassinées par notre faute. Elles ne sont… pas rentrées.

— Tu imagines l'hypocrisie ?

— Et surtout j'imagine la douleur pour ces familles qui n'ont pas pu faire leur deuil. Il n'y a pas eu d'au revoir, il n'y a pas de tombe pour se recueillir. Et pour couronner le tout, l'administration utilise un vocabulaire sibyllin.

— Le premier dossier que Myriam réussit à obtenir, au sujet de sa famille, est daté du 15 décembre 1947. Il est signé par elle et contresigné par le maire des Forges le 16 décembre 1947.

— Le même maire qui signait les lettres pour le départ de ses parents ? Brians ?

— Le même, c'est à lui qu'elle avait directement affaire.

— C'était la volonté de De Gaulle : réconcilier les Français, garder le socle administratif des gens qui n'avaient fait « que leur devoir », reconstruire une nation sans la diviser… mais cela a dû être difficile à avaler pour Myriam.

— Il faut attendre encore un an, jusqu'au 26 octobre 1948, pour qu'Ephraïm, Emma, Noémie et Jacques soient officiellement reconnus comme « disparus ». Myriam accuse réception de ces actes le 15 novembre 1948. Une nouvelle étape commence pour elle : les décès doivent être officiellement attestés. Seul un jugement du tribunal civil peut suppléer à l'absence de corps.

— Comme pour les marins disparus en mer ?

— Exactement. Les jugements sont rendus le 15 juillet 1949, sept ans après leur mort. Or, tiens-toi bien, dans les actes de décès fournis par l'administration française, le lieu officiel de leur mort est : Drancy pour Ephraïm et Emma ; Pithiviers pour Jacques et Noémie.

— L'administration française ne reconnaît pas qu'ils sont morts à Auschwitz ?

— Non. Ils sont passés de « non rentrés » à « disparus » puis « morts sur le sol français ». La date retenue officiellement est celle des départs de France des convois de déportation.

— Je n'en reviens pas…

— Pourtant une lettre du ministère des Anciens Combattants et Victimes de guerre au procureur du tribunal de première instance demandait à ce que le lieu de mort soit Auschwitz. Le tribunal en a décidé autrement. Mais ce n'est pas tout, on refusait de dire que les Juifs étaient déportés pour des questions raciales. On disait que c'était pour des raisons politiques. Les associations d'anciens déportés obtiendront seulement en 1996 la reconnaissance de « mort en déportation » ainsi que la rectification des actes de décès.

— Et qu'est-ce qu'on fait des images des libérations des camps ? Des témoignages ? De Primo Levi…

— Tu sais, il y a eu cette prise de conscience, juste après la guerre, au moment de la libération des camps et du retour des déportés – et puis, peu à peu, dans la société française, on a mis ça sous le tapis. Plus personne ne voulait en entendre parler, tu m'entends ? Personne. Ni les victimes, ni les collabos. Il y a quelques voix qui se sont élevées. Mais il va falloir attendre les Klarsfeld, dans les années 80, et Claude Lanzmann à peu près à la même époque, pour dire : « On ne doit pas oublier. » Eux, font le boulot. Un travail immense, œuvre d'une vie. Mais sans eux, c'est le silence. Tu comprends ?

— J'ai du mal à me le figurer, parce que j'ai grandi à l'époque où justement, grâce aux Klarsfeld et à Lanzmann, on en parlait beaucoup. Je n'avais pas mesuré les décennies de silence qui avaient précédé.

— Donc j'en arrive à la commission Mattéoli… Tu vois ce que c'est ?

— Oui très bien. « La mission d'étude sur la spoliation des Juifs de France ».

Alain Juppé, alors Premier ministre, avait défini les contours de cette mission dans un discours de mars 1997 :

« *Afin d'éclairer pleinement les pouvoirs publics et nos concitoyens sur cet aspect douloureux de notre histoire, je souhaite vous confier la mission d'étudier les conditions dans lesquelles des biens, immobiliers et mobiliers, appartenant aux Juifs de France ont été confisqués ou, d'une manière générale, acquis par fraude, violence ou vol, tant par l'occupant que par les autorités de Vichy, entre 1940 et 1944. Je souhaite notamment que vous tentiez d'évaluer l'ampleur des spoliations qui ont pu ainsi être opérées et que vous indiquiez à quelles catégories de personnes, physiques ou morales, celles-ci ont profité. Vous préciserez également le sort qui a été réservé à ces biens depuis la fin de la guerre jusqu'à nos jours.* »

— Une instance fut ensuite chargée d'examiner les demandes individuelles formulées par les victimes de la législation antisémite établie pendant l'Occupation – ou par leurs ayants droit. Si l'on pouvait prouver que des biens appartenant à notre famille avaient été spoliés, à partir de 1940, l'État français se devait donc d'indemniser, sans délai de prescription.

— C'était essentiellement les tableaux et les œuvres d'art, si je me souviens bien ?

— Non ! Il s'agissait de tous les biens ! Appartements, sociétés, voitures, meubles, et même l'argent liquide que l'État récupérait dans les différents camps de transit. La *Commission pour l'indemnisation des victimes de spoliations intervenues du fait des législations antisémites en vigueur pendant l'Occupation* devait garantir un suivi du traitement des demandes. Et apporter une réparation.

— Et dans la réalité ?

— J'y suis arrivée mais... cela n'a pas été simple. Comment prouver que ma famille était morte en camp à Auschwitz ? Alors que l'État français avait décrété qu'ils étaient morts en France. C'était marqué dans leurs actes de décès de la mairie du 14e. Et comment prouver que leurs biens avaient été spoliés ? Puisque l'État français avait organisé la disparition des traces ! Et je n'étais pas la seule, évidemment... nombreux sont les descendants qui étaient, comme moi, coincés...

— Qu'est-ce que tu as fait ?

— Une enquête. Grâce à un article paru dans le journal *Le Monde*, en l'an 2000. Un journaliste donnait l'adresse de tous les endroits où il fallait écrire, si on voulait déposer un dossier à la commission. « *Si vous voulez des documents, écrivez là, là et là, dites que c'est la commission Mattéoli.* » C'est comme ça qu'on a eu accès aux archives françaises.

— Avant cela vous n'aviez pas accès aux archives ?

— Disons que les archives n'étaient pas officiellement « interdites » au public... mais que l'administration ne facilitait pas les démarches et surtout... n'en faisait pas la publicité. Ce n'était pas comme aujourd'hui, avec Internet. On ne savait pas à qui s'adresser, où, quoi, comment... Cet article a tout changé pour moi.

— Tu as écrit ?

— J'ai écrit aux adresses données par *Le Monde*, et j'ai reçu assez rapidement des réponses. J'ai eu deux rendez-vous. Un aux Archives nationales et un aux archives de la Préfecture de police. Et puis j'ai reçu des documents photocopiés, de la part des archives du Loiret et de celle de l'Eure. Grâce à tous ces documents, j'ai pu avoir les fiches d'entrée et de sortie des camps... J'ai pu monter le dossier qui prouvait qu'ils avaient été déportés.

— Restait à déterminer les biens volés.

— Oui, cela ne fut pas facile. J'ai retrouvé quand même les fiches de la SIRE, la société d'Ephraïm, qui prouvaient que sa société avait été spoliée par la Compagnie générale des eaux au moment de l'aryanisation des entreprises. J'ai mis aussi des photographies de famille que j'avais retrouvées aux Forges, grâce auxquelles j'ai pu montrer qu'ils avaient une voiture, un piano... et que tout ça avait disparu.

— Donc tu as déposé le dossier ?

— Oui, en 2000. C'était le dossier n° 3816. J'ai été convoquée pour un oral qui devait avoir lieu... tiens-toi bien : début janvier 2003.

— Au moment de la carte postale...

— Oui, c'est pour ça que j'ai été mal à l'aise, avec cette histoire.

— Je comprends. Comme si quelqu'un te menaçait pour te déstabiliser dans ta démarche. Et comment s'est passée la commission ?

— J'étais face à une sorte de jury, un peu comme quand j'ai soutenu ma thèse. En face de moi il y avait le président de la commission, et aussi des représentants de l'État, mon rapporteur... cela faisait du monde... Je me suis brièvement présentée. On m'a demandé si je voulais m'exprimer, si j'avais des questions. J'ai dit non. Et puis le rapporteur m'a dit qu'il n'avait jamais vu un dossier aussi bien constitué.

— Cela ne m'étonne pas de toi, maman.

— Quelques semaines plus tard j'ai reçu un papier m'indiquant la somme d'argent que l'État allait me donner. Une somme... symbolique.

— Qu'est-ce que tu as ressenti ?

— Tu sais, pour moi, ce n'était pas une question d'argent. Au fond, ce qui m'importait, c'est que la République française reconnaisse que mes grands-parents avaient été déportés de France. C'était mon seul but. Quelque part... je voulais exister en France... à travers cette reconnaissance officielle.

— Mais tu crois donc que la carte postale avait un lien avec les gens qui s'occupaient de la commission ?

— C'est ce que j'ai pensé sur le moment. Mais aujourd'hui, je sais que c'est une pure coïncidence...

— Tu as l'air très sûre de toi.

— Oui. J'y ai beaucoup réfléchi. Pendant des semaines et des semaines. Qui, dans la commission, aurait pu m'envoyer une chose pareille ? Et pourquoi ? Pour m'intimider ? Que je ne me présente pas à la commission ? Et puis, à force de me creuser la tête, de relire les noms, les dossiers, j'ai eu une révélation. Quelques mois plus tard...

Lélia s'est levée pour aller chercher un cendrier. Je l'ai regardée silencieusement sortir de la pièce puis revenir.

— Tu te souviens, quand je t'ai dit que les Russes avaient plusieurs prénoms ? m'a demandé Lélia.

— Oui, comme dans les romans russes... « on finit par s'y perdre »...

— Eh bien ils avaient aussi plusieurs orthographes. « Ephraïm » s'écrivait aussi « Efraïm ».

Dans les courriers administratifs, il écrivait son prénom avec un *f*. Mais dans le courrier personnel, il écrivait son prénom avec *ph*.

— Où veux-tu en venir ?

— Un jour, j'ai réalisé que, dans les dossiers déposés à la commission, j'avais écrit Efraïm avec un *f*. Et non pas *ph* comme sur la carte postale.

— Tu en as donc conclu que la carte n'était pas liée à la commission...

— ... mais qu'elle venait forcément d'un intime de la famille.

Chapitre 8

1. Statistiquement, les lettres anonymes sont envoyées par le cercle des proches. En premier, par les membres de la famille, puis les amis, les voisins et enfin les collègues de travail. (= Proches des Rabinovitch.)

2. Toujours statistiquement, les voisins comptent beaucoup dans les faits divers. En région parisienne par exemple, plus d'un meurtre sur trois est dû à des altercations entre voisins. (= Voisins des Rabinovitch.)

3. Une célèbre graphologue, Suzanne Schmitt, affirme : « *Avec l'expérience, on s'aperçoit que les personnes qui écrivent des lettres anonymes sont très souvent discrètes. Écrire une lettre anonyme, c'est une façon d'exprimer ce qu'elles ne peuvent pas dire oralement.* » (= Personnalité discrète.)

4. Les courriers anonymes sont écrits, la plupart du temps, en lettres capitales, afin de brouiller les pistes. L'auteur prend sa main gauche s'il est droitier et inversement – afin de modifier son écriture. « *Mais même avec la main gauche, les particularités ressortent* », a observé Suzanne Schmitt. (= L'auteur de la carte anonyme n'a pas écrit en lettres capitales. Écriture modifiée ? Ou, au contraire, voulait-il qu'on le reconnaisse ?)

J'ai lu à Lélia les notes que j'avais prises dans mon carnet. Elle m'a écoutée, le regard au loin, comme lorsqu'elle est très concentrée. J'ai dessiné trois colonnes sur ma page : voisins, amis, famille. Ces trois mots, perdus sur ma feuille blanche, me sont apparus soudain dérisoires. Et pourtant. Ils étaient nos seuls amers, qui offrent aux navigateurs des points de repère – un rocher, un clocher ou une tour. Nous allions nous y accrocher.

— Ok, je t'écoute, a dit Lélia en allumant une cigarette coupée en deux aux ciseaux, une de ses inventions personnelles pour moins fumer.

— Partons des amis de Myriam et Noémie. Qui connaissais-tu ?

— Je ne vois qu'une seule personne. Colette Grés.

— Oui, je m'en souviens, tu m'en avais parlé. Tu sais si elle était encore vivante en 2003 ?

— Tout à fait. Elle est morte en 2005. Je suis allée à son enterrement. Après la guerre, Colette était devenue infirmière dans les salles d'opération de la Pitié-Salpêtrière. C'était une femme très bien. Elle est restée proche de ma mère. Colette s'est beaucoup occupée de moi lorsque j'étais petite, quand Myriam a refait sa vie. Colette habitait 21 rue Hautefeuille. Je dormais dans la tourelle au deuxième étage.

— Alors tu crois qu'elle pourrait être l'auteure de la carte postale ?

— Pas du tout ! Je ne l'imagine pas m'envoyer une carte postale anonyme.

— Était-elle timide ?

— Timide, non. Je ne dirais pas timide. Mais discrète, oui. Une femme plutôt réservée.

— Elle perdait peut-être un peu la tête ?

— Non. Elle m'avait même écrit une lettre très sensée, un an ou deux avant sa mort... Mais le problème c'est... où est-elle, cette lettre ? Tu sais, je trouve, j'archive... mais je ne classe pas vraiment. C'est un peu le bazar... je ne peux pas te dire où sont les choses exactement...

Ma mère et moi avons levé nos yeux devant la bibliothèque remplie d'archives. Où cette lettre pouvait-elle être rangée, parmi les centaines de pages plastifiées des dizaines de classeurs ? Nous allions mettre des heures à la retrouver. Il fallait tout ouvrir, tout regarder, les boîtes cartonnées, les classeurs annotés, contenant des fac-similés de papiers administratifs, des photocopies de vieilles photographies. Pendant que nous nous mettions toutes les deux à chercher, comme si nous creusions dans le sable, j'ai raconté à Lélia mes dernières réflexions.

— J'ai fait une recherche auprès des éditeurs de la carte postale, « La Cigogne » SODALFA, on lit leur adresse écrite en tout petit, au milieu de la carte, avec le nom du photographe, Zone industrielle BP 28, 95380 Louvres. Je me suis dit qu'ils pourraient peut-être m'aider à retrouver la date où la photographie a été prise. Mais cette piste n'a rien donné.

— Dommage, a dit Lélia.

— Le cachet est celui de la poste centrale du Louvre. J'ai fait des recherches.

— Mais elle a fermé depuis, la poste du Louvre, non ?

— Oui, j'ai regardé sur Internet. En 2003, c'était la seule poste ouverte tous les jours de l'année, même le dimanche et les jours fériés. Toute la nuit.

Le cachet a été apposé le 4 janvier 2003 : j'ai vérifié, c'était un samedi.

— Et donc ? a demandé Lélia en continuant à fouiller.

— Et donc on peut affirmer avec certitude que l'auteur de la carte postale s'est rendu à la poste centrale du Louvre, entre la nuit du vendredi au samedi, minuit une, et celle du samedi au dimanche, minuit moins une, « *à l'exception du créneau allant de 6 h à 7 h 30 du matin, réservé à des opérations informatiques de maintenance et de sauvegarde* ».

— Et que peux-tu en conclure ?

— J'ai regardé sur Internet le temps qu'il faisait ce jour-là. Je te cite le bulletin météorologique : « *8 cm de neige dans les rues du 12ᵉ arrondissement à Paris, du jamais vu depuis le 13 janvier 1999 à Paris. À 11 h 30, la pluie se transforme en neige, en grains d'abord, puis de la neige roulée ensuite. La visibilité est pratiquement nulle.* »

— Ah oui, je me souviens maintenant, il avait beaucoup neigé ce week-end-là…

— Il faut être pris d'une étrange nécessité pour envoyer une carte postale anonyme en plein milieu d'une tempête de neige. Tu ne trouves pas ?

Nous sommes restées quelques secondes à imaginer pourquoi l'auteur de la carte postale avait décidé ce jour-là de braver des intempéries capables de bloquer toute visibilité.

— La voilà ! finit par lancer ma mère en brandissant un papier. C'est la lettre de Colette Grés !

Lélia m'a tendu une enveloppe sur laquelle était notée l'adresse de ma mère, mais au nom de Myriam. Exactement comme sur la carte postale. En revanche, la graphie n'avait rien à voir. La lettre était écrite sur un papier de correspondance bleu ciel, très épais et granuleux. Ma mère l'a lue rapidement, puis elle me l'a donnée sans faire de commentaire. Je l'ai sentie troublée.

31 juillet 2002
Ma chère Lélia,
Enfin une surprise très agréable pour moi ! Tu ne m'as pas oubliée ! Tu as bien fait de reconstituer le destin de ta famille Rabinovitch, ta mère était trop traumatisée par la perte de No et Jacques et de ses parents. Cela a été trop dur pour elle – j'ai toujours aimé Noémie, elle m'envoyait des lettres – superbes – elle aurait été un très bon écrivain.

J'ai eu des remords car j'avais une bicoque là-bas à côté de la Picotière, mais les soldats passaient toujours là – qui sait ! Devant la route ! Ils allaient chercher des lapins et des œufs je suppose dans la ferme d'à côté.

J'ai gardé ta lettre longtemps, je te téléphonerai en septembre... si je pars. Excuse-moi.

Je t'embrasse, Lélia, très affectueusement, Colette.

— Pourquoi Colette écrit-elle « tu ne m'as pas oubliée » ?

— Eh bien c'est simple. En 2002, j'étais dans mes recherches, j'ai eu l'idée de lui écrire, pour qu'elle me parle de la guerre et de ses souvenirs.

— Tu te souviens en quel mois tu lui as écrit ?

— Je dirais février ou mars 2002.

— Tu lui écris en mars... et elle attend le mois de juillet pour te répondre... quatre mois... or c'est une vieille dame... elle a du temps pour écrire... Tu sais, cela me fait penser que juillet est un mois particulier dans l'histoire des Rabinovitch... c'est l'arrestation des enfants dont elle parle dans sa lettre. Comme si quelque chose s'était ravivé en elle...

— Mais tout cela n'explique pas pourquoi Colette m'aurait envoyé, six mois plus tard, une carte postale anonyme...

— Moi je vois très bien au contraire ! Dans sa lettre, elle t'écrit : « *J'ai eu des remords car j'avais une bicoque là-bas à côté de la Picotière.* » C'est fort comme mot, « remords », on ne l'emploie pas à la légère. Il y a quelque chose qui la travaille depuis l'arrestation, profondément... juillet 2002... juillet 1942... Ce qui est troublant c'est qu'elle en parle comme si c'était hier, les soldats, les lapins... Au fond, elle s'est dit qu'elle aurait pu cacher les enfants dans cette bicoque... Comme si elle devait s'expliquer vis-à-vis de toi. Une façon de dire : j'aurais pu réussir à cacher Jacques et Noémie chez moi, peut-être, mais ils auraient quand même été découverts... donc il ne faut pas m'en vouloir.

— En effet. On dirait qu'elle se sent dans l'obligation de me rendre des comptes. On a l'impression qu'elle se justifie de quelque chose.

Soudain, tout est devenu clair dans ma tête. Et limpide. Tout s'emboîtait parfaitement.

— Donne-moi une cigarette, maman.

— Tu refumes ?

— Oh ça va, c'est une moitié, en plus... Voilà comment je vois les choses. Après la guerre, Colette se sent coupable. Sans jamais oser aborder le sujet avec Myriam. Mais elle n'oublie jamais l'arrestation de Jacques et Noémie. Soixante ans après les faits, elle reçoit ta lettre. Et elle pense que tu cherches à interroger sa responsabilité pendant la guerre. Gênée, surprise, elle te répond cette lettre où, à demi-mot, elle évoque son sentiment de faute, ses « remords » comme elle dit. Elle a 85 ans, elle sait qu'elle va mourir et elle ne veut pas emmener ces repentirs dans l'au-delà. Alors elle envoie la carte pour se soulager de quelque chose.

— Ça se tient, mais j'ai un peu de mal à y croire…

— Tout colle, maman. Elle était encore en vie en 2003, elle a connu intimement la famille Rabinovitch. Et elle avait ton adresse sous la main… puisque tu lui avais envoyé une lettre quelques mois plus tôt. Je ne vois pas ce qu'il te faut de plus ?

— Donc cette carte serait un aveu ? s'est demandé ma mère, qui n'était toujours pas convaincue par mes arguments.

— Exactement. Avec un lapsus révélateur ! Puisqu'elle te l'envoie à toi – avec le nom de Myriam. Son objectif inconscient était de tout révéler à Myriam, depuis toujours. Tu dis que Colette s'est beaucoup occupée de toi, c'est qu'elle devait sentir une dette vis-à-vis de son amie, tu ne crois pas ? Cette carte est, d'une certaine manière, ce que Jodorowsky aurait appelé « un acte psychomagique ».

— Je ne connais pas…

— Jodorowsky dit, je le cite : « *Nous trouvons dans l'arbre (généalogique) des endroits traumatisés, non digérés, qui cherchent indéfiniment à se soulager. De ces endroits sont lancées des flèches vers les générations futures. Ce qui n'a pas pu être résolu devra être répété et atteindre quelqu'un d'autre, une cible située une ou plusieurs générations plus loin.* » Toi, tu es la cible de la génération d'après... Maman, est-ce que Colette habitait à côté de la poste du Louvre ?

— Pas du tout. Elle vivait dans le 6e, je t'ai dit, rue Hautefeuille... Je n'imagine pas Colette, 85 ans, mettre le pied dehors en pleine tempête. Elle aurait pu se briser les os à chaque coin de rue... pour aller jusqu'à la poste du Louvre un samedi. Cela ne tient pas debout.

— Elle a pu demander à quelqu'un de la mettre au courrier... une personne qui travaillait chez elle par exemple... et qui elle... aurait habité dans le coin du Louvre.

— L'écriture de la carte et celle de la lettre n'ont rien à voir.

— Et alors ! Elle a pu la falsifier...

Je suis restée quelques secondes silencieuse. Tout s'expliquait, tout rentrait dans des déductions précises, et pourtant. Pourtant, je me fiais à l'intuition de ma mère : elle pensait que ce n'était pas Colette.

— Ok maman, je t'entends. Mais j'ai quand même envie de comparer les écritures... En avoir le cœur net.

Cher Franck Falque, je crois que nous avons retrouvé, ma mère et moi, l'auteur de la carte postale. Elle s'appellerait Colette Grés, c'était une amie de ma grand-mère qui a très bien connu les enfants Rabinovitch. Elle est morte en 2005. Pourriez-vous m'aider à en savoir davantage ?

Franck Falque m'a répondu comme toujours, dans la minute suivante :

Vous devriez écrire à Jésus le criminologue dont je vous ai donné la carte.

J'aurais dû le faire depuis longtemps.

317

Cher Monsieur,
Sur les conseils de Franck Falque, je vous envoie une photographie de la carte postale anonyme que ma mère a reçue en 2003. Pourriez-vous me dire ce que vous en pensez ? Pourriez-vous dégager un profil psychologique de l'auteur ? Son âge ? Son sexe ? Ou toute information qui pourrait nous aider à l'identifier ? Je vous mets en pièce jointe la photo recto verso de la carte postale. Avec toute ma reconnaissance pour l'attention que vous porterez à ma demande, Anne.

Chère Madame,
Les mots de la carte postale ne suffisent malheureusement pas pour effectuer un profilage psychologique par graphologie. Je peux simplement vous dire que l'écriture ne semble pas spontanée. Mais rien de plus.
Cordialement, Jésus.

Cher Monsieur,
Je comprends tout à fait que vous soyez réticent à l'idée de livrer une analyse à partir d'une petite quantité de mots, car cela met en péril la pertinence de votre travail. Malgré tout, pourriez-vous me donner quelques éléments ?
Je considérerais les résultats en sachant très bien qu'il faut les prendre « avec des pincettes ».
Je vous remercie infiniment,
   Anne.

Chère Madame,
Voici quelques éléments donc, à « prendre avec des pincettes » comme vous dites.
1. Le A de Emma n'est pas du tout fréquent. Je dirais même que c'est très rare. C'est une façon de tracer les A qui est la marque d'une écriture déguisée intentionnellement. Ou de quelqu'un qui n'aurait pas l'habitude d'écrire.
2. Ce qui est troublant, c'est que l'écriture des prénoms à gauche de la carte semble modifiée, tandis que celle de l'adresse postale semble « sincère » – c'est le terme que nous utilisons pour désigner une écriture spontanée, non modifiée. La question est de savoir si c'est le même scripteur à droite et à gauche. Il me semble que oui. Mais je ne peux pas l'affirmer.
3. Les chiffres de l'adresse ne nous apportent pas d'éléments. Il faut savoir que les chiffres ne sont jamais très concluants pour nous, car nous ne possédons que 10 chiffres, les chiffres de 0 à 9 – tandis que nous disposons de 26 lettres. Les chiffres ne sont jamais vraiment personnalisés, nous apprenons à les tracer à l'école, tous de la même manière. Ensuite ils évoluent très peu dans notre vie. Ce n'est jamais un élément intéressant dans notre travail. Là, sur votre carte postale, à part les 3 particulièrement anguleux, les autres tracés sont très fréquents. (Les majuscules posent exactement le même problème.) Voilà tout ce que je peux observer,
Je ne peux pas vous en dire davantage,
Cordialement, Jésus.

Cher Monsieur,
J'ai une autre demande à vous faire. Mes soupçons se portent sur quelqu'un, dont je possède une lettre manuscrite.
Pourriez-vous comparer les écritures de la carte postale avec une lettre de deux pages ?
Cordialement, Anne.

Chère Madame,
Oui, c'est tout à fait possible. À une seule condition : il faut que la lettre manuscrite date de la même période que l'envoi de la carte postale. Les écritures changent en moyenne tous les cinq ans.
Cordialement, Jésus.

Cher Monsieur,
La lettre a été envoyée en juillet 2002 et la carte postale en janvier 2003 – cela fait seulement six mois d'écart.
Cordialement, Anne.

Chère Madame,
Envoyez-la-moi, je vais voir ce que je peux faire, s'il est possible de déterminer les correspondances graphiques avec la lettre.
Cordialement, Jésus.

Cher Monsieur,
Vous trouverez donc en pièce jointe la fameuse lettre manuscrite, écrite en juillet 2002. Pensez-vous qu'il puisse s'agir du même auteur que la carte postale ?
Cordialement, Anne.

Chapitre 9

Jésus m'a prévenue qu'il me répondrait, mais pas avant quinze jours. Je devais penser à autre chose en attendant, avancer dans mon travail, faire les courses, aller chercher ma fille à l'école, au judo, faire des crêpes et mettre des goûters dans des boîtes pour le quatre-heures, déjeuner avec Georges et prendre des nouvelles de Gérard qui était de nouveau reparti à Moscou. Et surtout, ne pas être impatiente.

Pourtant, tout me ramenait sans cesse à la carte postale. J'ai repensé à cette femme, Nathalie Zajde, que j'avais rencontrée chez Georges et dont il m'avait offert le livre. Elle parlait des livres *Yizkor*, « *les livres compilés après la Seconde Guerre mondiale, remplis de souvenirs de gens qui étaient partis avant la guerre et des témoignages de ceux qui n'étaient pas partis, afin de conserver une trace des communautés* ». J'ai pensé à Noémie, aux romans qui étaient en elle et qui ne seraient jamais écrits. Puis j'ai pensé à tous les livres qui étaient morts, avec leurs auteurs, dans les chambres à gaz.

Après la guerre, dans les familles juives orthodoxes, les femmes avaient eu pour mission de mettre au monde le plus d'enfants possible, afin de repeupler la terre. Il m'a semblé que c'était la même chose pour les livres. Cette idée inconsciente que nous devons écrire le plus de livres possible, afin de remplir les bibliothèques vides des livres qui n'ont pas pu voir le jour. Pas seulement ceux qu'on a brûlés pendant la guerre. Mais ceux dont les auteurs sont morts avant d'avoir pu les écrire.

J'ai pensé aux deux filles d'Irène Némirovsky qui, devenues adultes, avaient retrouvé le manuscrit de *Suite française* sous du linge au fond d'une malle. Combien de livres oubliés, cachés dans des valises ou des armoires ?

Je suis sortie pour marcher dans le jardin du Luxembourg, je me suis installée sur une des chaises en fer, profitant du charme mélancolique de ce jardin, que les Rabinovitch avaient traversé des dizaines de fois jadis.

Il y a eu soudain une odeur de chèvrefeuille après la pluie, j'ai marché vers le théâtre de l'Odéon, comme ce jour où, ayant enfilé cinq culottes les unes sur les autres, Myriam partit traverser la France dans le coffre d'une voiture. Les affiches n'étaient pas celles d'un Courteline mais d'une pièce d'Ibsen, *Un ennemi du peuple*, dans une mise en scène de Jean-François Sivadier. J'ai descendu la rue de l'Odéon et les escaliers de la ruelle Dupuytren qui donne sur la rue de l'École-de-Médecine. Je suis passée devant le 21 rue Hautefeuille et sa tourelle d'angle octogonale, où Myriam et Noémie Rabinovitch avaient passé des heures à rêver leurs vies, chez Colette Grés. J'ai essayé d'entendre les voix des petites filles juives d'autrefois. Quelques mètres plus loin, dans la rue, une pancarte historique mentionnait : « *Le terrain délimité par la rue Hautefeuille, entre les numéros 15 et 21, la rue de l'École-de-Médecine, la rue Pierre-Sarrazin et la rue de la Harpe fut au Moyen Âge, jusqu'en 1310, un cimetière juif.* » Les poches de temps communiquaient sans cesse.

J'ai traversé les rues de Paris avec le sentiment de déambuler, hagarde, dans une maison trop grande pour moi. J'ai continué mon chemin vers le lycée Fénelon. C'était là que, pendant deux années, j'avais été khâgneuse.

Aujourd'hui comme il y a vingt ans, je quittais la lumière de la rue Suger pour trouver l'obscurité et la fraîcheur du hall d'entrée. Ces vingt années étaient passées vite. Je ne savais pas à l'époque que Myriam et Noémie avaient été élèves dans ce lycée, et pourtant, quelque chose en moi sentait que je devais étudier là et pas ailleurs. « *Il me parle d'une manière que les autres ne peuvent pas comprendre* », avait écrit Louise Bourgeois sur ses années à Fénelon. Elle avait aussi écrit cette phrase que je gardais en moi : « *Si vous ne pouvez pas vous résoudre à abandonner le passé, alors vous devez le recréer.* » J'ai ressenti, en passant sous le grand porche en bois, que Myriam et Noémie n'avaient jamais été si proches de moi. Nous avions eu les mêmes émotions, les mêmes désirs de jeunes filles, dans cette même cour de récréation. L'horloge en bois sombre, avec ses deux aiguilles sculptées en forme de ciseaux, les vieux marronniers aux troncs tachetés de la cour, les rampes d'escalier en fer forgé, étaient les mêmes dans mes pupilles que dans les leurs. Je suis montée pour regarder la cour, depuis les coursives du premier étage, il m'a semblé que la guerre était toujours là, partout, dans l'esprit de ceux qui l'avaient vécue, de ceux qui ne l'avaient pas faite, des enfants de ceux qui avaient combattu, des petits-enfants de ceux qui n'avaient rien fait, qui auraient pu faire plus, la guerre continuait de guider nos actions, nos destins, nos amitiés et nos amours. Tout nous ramenait toujours à ça. Les déflagrations continuaient de résonner en nous.

Dans ce lycée, je m'étais passionnée pour l'Histoire, j'avais appris à étudier les facteurs des crises, les événements déclencheurs. Causes et conséquences. Comme un jeu de dominos, où chaque pièce fait basculer la pièce suivante. C'est ainsi qu'on m'avait enseigné les enchaînements logiques des événements, sans phénomènes aléatoires. Et pourtant, nos vies n'étaient faites que de heurts et de cassures. Et pour reprendre les mots de Némirovsky, « *on n'y comprend rien* ». J'ai senti une main posée sur mon épaule qui m'a fait sursauter :

— Que cherchez-vous ? m'a demandé la surveillante du lycée.

— Justement, je ne sais pas bien, lui ai-je répondu... j'étais élève ici autrefois. Je voulais juste voir... si les choses avaient changé. Je m'en vais tout de suite. Excusez-moi.

Chapitre 10

J'ai retrouvé Gérard Rambert au restaurant chinois et nous avons commandé le menu du jour, toujours le même.

— Tu sais, me dit Gérard, en 1956, le Festival de Cannes annonce que, parmi les films sélectionnés pour représenter la France en compétition pour la Palme d'or, il y aura le film d'Alain Resnais, *Nuit et Brouillard.* Et qu'est-ce qui se passe ?

— Je ne sais pas...

— Ouvre grand tes oreilles, bien qu'elles soient toutes petites tes oreilles, j'ai rarement vu des oreilles aussi petites tu sais, mais écoute bien. Le ministère des Affaires étrangères d'Allemagne de l'Ouest demande au gouvernement français de faire retirer le film de la sélection officielle. Tu m'entends ?

— Mais au nom de quoi ?

— Au nom de la réconciliation franco-allemande ! Il faudrait pas l'empêcher, tu comprends !

— Et le film est retiré de la compétition ?

— Oui. Oui. Tu veux que je répète ? Oui. Oui ! Cela s'appelle, tout simplement, de la censure.

— Mais je croyais que ce film avait été projeté à Cannes !

— Ah ! Il y a eu des protestations, c'est normal. Et le film sera projeté mais… hors compétition ! C'est pas tout. La commission de censure française avait demandé qu'une archive soit coupée du documentaire, une photographie où l'on voit un gendarme français surveiller le camp de Pithiviers. Faudrait pas qu'on dise trop que ce sont les Français qui ont aidé à l'organisation de tout ça.

Tu sais, après la guerre, les gens en avaient marre d'entendre parler de nous. À la maison, c'était pareil. Personne ne me parlait jamais de ce qui s'était passé pendant la guerre. Jamais. Je me souviens d'un dimanche de printemps – mes parents avaient invité une dizaine de personnes à la maison –, il faisait chaud ce jour-là, les femmes étaient en robes légères, les hommes en manches courtes. Et je remarque une chose : tous les invités de mes parents ont un numéro tatoué sur le bras gauche. Tous. Michel, le frère du père de ma mère… Arlette, la femme du frère du père de ma mère… a un numéro tatoué sur le bras gauche. Son cousin et sa femme aussi. De même que Joseph Sterner, l'oncle de ma mère. Et moi je suis là, au milieu de toutes ces vieilles personnes, je tourne comme un moustique, je suis sans doute en train de les énerver un peu à tournicoter autour d'eux. C'est à ce moment-là que l'oncle Joseph décide de me taquiner. Et soudain il me dit :

— Toi, tu ne t'appelles pas Gérard.
— Ah bon ? Comment je m'appelle alors ?
— Toi tu t'appelles Supermalin.

L'oncle Joseph parlait avec un accent yiddish à couper au couteau, il appuyait sur la première syllabe pour laisser mourir les dernières, ça fait « SI-PER-ma-lin ».

Je prends très mal cette remarque parce que je suis un enfant et que tous les enfants sont susceptibles – tu sais ça. J'aime pas du tout la blague de l'oncle Joseph. Et soudain tous ces vieux m'énervent terriblement. Alors je décide d'accaparer l'attention de ma mère, de l'avoir pour moi un peu, je la prends à part et je lui demande :

— Maman, pourquoi Joseph il a un numéro tatoué sur le bras gauche ?

Ma mère fait une moue et m'envoie balader :

— Tu ne vois pas que je suis très occupée ? Va jouer plus loin, Gérard.

Mais j'insiste.

— Maman, il n'y a pas que Joseph. Pourquoi TOUS les invités ont un numéro tatoué sur le bras gauche ?

Alors ma mère plante ses yeux dans les miens et me dit sans sourciller :

— Ce sont leurs numéros de téléphone, Gérard.

— Leurs numéros de téléphone ?

— Tout à fait, dit ma mère en hochant la tête pour être davantage persuasive. Leurs numéros de téléphone. Tu vois, ce sont de vieilles personnes, alors c'est pour qu'ils ne l'oublient pas.

— Quelle bonne idée ! j'ai dit.

— Voilà, a répondu ma mère. Et tu ne me reposes plus jamais la question, tu as compris, Gérard ?

— Et j'ai cru ma mère pendant des années. Tu m'entends ? Pendant des années j'ai pensé que c'était génial, que toutes ces vieilles personnes ne se perdraient pas dans la rue, grâce à leur numéro de téléphone. Maintenant on va demander un supplément nems, parce qu'ils ont l'air très bons. Je vais te dire quelque chose, ma vie entière a été hantée par « ça ». À chaque fois que je croisais quelqu'un, je me demandais : « Victime ou bourreau » ? Jusqu'à mes 55 ans je dirais. Après, cela m'est passé. Et aujourd'hui, je ne me pose plus que très rarement cette question... sauf quand je croise un Allemand de 85 ans... bon... heureusement je ne croise pas tous les jours un Allemand de cet âge, tu vois. Parce qu'ils étaient tous nazis ! Tous ! Tous ! Jusqu'à maintenant ! Jusqu'à ce qu'ils crèvent ! Si j'avais eu 20 ans en 1945 je serais allé voir les chasseurs de nazis et j'y aurais consacré ma vie. Je te jure qu'il vaut mieux pas être juif dans ce monde... c'est pas quelque chose en moins. Mais c'est pas quelque chose en plus... Allez on va partager un dessert, c'est toi qui choisis.

Quand j'ai quitté Gérard, Lélia m'a téléphoné, elle voulait me montrer des choses importantes, des papiers retrouvés dans ses archives. Je devais venir chez elle.

Quand je suis arrivée dans son bureau, elle m'a tendu deux lettres tapées à la machine.

— On ne pourra pas les faire analyser, ai-je dit à Lélia.

— Lis, m'a-t-elle répondu. Cela va t'intéresser.

La première lettre était datée du 16 mai 1942. Soit deux mois avant l'arrestation de Jacques et Noémie.

Mamoutchka chou,

En vitesse ce mot pour te dire que je suis bien arrivée. Je ne puis t'écrire longuement car j'ai un boulot monstre, suis obligée de remplacer une absente !

(...)

N'as-tu pas trouvé que No était changée ? Beaucoup moins gaie qu'avant. Je crois quand même qu'elle était contente de ces 24 heures passées ensemble où je t'ai plaquée honteusement. Aujourd'hui il flotte sans arrêt : mes pauvres z'haricots ! (...) Tu ne m'en veux pas trop d'être passée si peu de temps à la Pic Pic ? Je t'embrasse très fort et t'écrirai longuement ce soir,

Ta Colette.

La seconde lettre était datée du 26 juillet, soit treize jours après l'arrestation des enfants Rabinovitch.

Paris le 23 juillet 1942
Mon petit maman,
Trouvé ta lettre du 21 en arrivant à la maison. Je continue à la machine car je vais deux fois plus vite non pas que je veux bâcler ma lettre mais j'ai du boulot, beaucoup de boulot. (...) Nouvelles diverses

1° – Bureau : atmosphère de bagarre entre Toscan et nous, Étienne s'en va toujours à Vincennes. (...)

2° – Reçu une lettre à midi de M. ou Mme Rabinovitch qui m'a attristée : No et son frère ont été enlevés comme beaucoup d'autres

> Juifs : les parents n'ont aucune nouvelle d'eux depuis. C'était d'ailleurs la semaine où je devais aller aux Forges. Tu vois, mon peu d'enthousiasme était un mauvais pressentiment. Je vais essayer de joindre Myriam. Pauvre gosse de No. 19 ans et son frère 17 ans à peine. À Paris cela a été paraît-il effrayant. Séparation des enfants, des maris, femmes, mères, etc. On ne laissait aux mères que leurs enfants de moins de 3 ans !
>
> 3° – Ai écrit à Raymonde : je suis contente qu'elle vienne car depuis midi, je suis absolument démontée par la nouvelle des Forges.
>
> (...) Ta Colette.

Cela m'a semblé si étrange. « No et son frère ont été enlevés comme beaucoup d'autres Juifs : les parents n'ont aucune nouvelle d'eux depuis. » Enlevés ? Le terme était déroutant. Tout comme le caractère banal et quotidien de ces lettres. L'organisation de l'extermination des Juifs était évoquée au milieu des questions de rationnement, des nouvelles du chat et de la pluie. Je l'ai dit à ma mère.

— Ce n'est pas facile de juger hier avec les yeux d'aujourd'hui, tu sais. Et peut-être qu'un jour, nos vies quotidiennes seront considérées comme désinvoltes et irresponsables par nos descendants.

— Tu ne veux pas que je juge Colette... mais ces deux lettres ne font que confirmer ma supposition. Colette a été profondément marquée par ce qui est arrivé aux Rabinovitch pendant la guerre. Elle en a ressenti une culpabilité toute sa vie.

— Peut-être, a dit Lélia en levant les sourcils.

— Mais pourquoi tu ne veux pas reconnaître que tout concorde ? Elle ressasse le même sujet ! Six mois avant que tu reçoives la carte postale. C'est quand même absolument incroyable ! Tu ne trouves pas ?

— Je reconnais que la coïncidence est troublante.

— Mais ?

— Mais ce n'est pas Colette qui a envoyé la carte postale anonyme.

— Pourquoi tu dis ça ? Qu'est-ce qui te rend si sûre de toi ?

— Parce que cela ne colle pas. Je ne sais pas comment te dire. C'est comme si tu me disais que 2 + 3 font 4. Tu pourrais me le démontrer, je te dirais que... cela ne colle pas. Tu comprends ? Je n'y crois pas.

Chapitre 11

> « *Chère Madame,*
> *Comme discuté au téléphone, les quelques mots examinés ne sont pas suffisants pour faire une affirmation complète à 100 pour 100, néanmoins nous pouvons affirmer que ces quelques mots ne semblent pas émaner du même scripteur que celui de la lettre manuscrite. Nous restons à votre entière disposition pour tout autre renseignement que vous pourriez souhaiter.*
> *Cordialement, Jésus F. Criminologue. Expert en Écritures et Documents.* »

Jésus et ma mère s'accordaient sur ce point : Colette n'était pas l'auteur de la carte postale anonyme.

J'ai ressenti une grande déception. Une lassitude aussi.

J'ai repris ma vie quotidienne, en mettant tout cela loin de moi. Je couchais Clara dans son petit lit et lui lisais l'histoire de *Momo le crocodile de mauvaise humeur*, ensuite je fermais les yeux en m'allongeant sur mon lit. Les voisins du dessus jouaient du piano, la musique qui provenait du plafond m'enveloppait.

Un soir j'ai eu la sensation que les notes tombaient dans ma chambre comme une pluie fine.

Les jours suivants, je me suis sentie abattue. Je n'avais plus envie de rien. J'avais tout le temps froid et seul un jet d'eau chaude sous la douche me permettait de revenir à la vie. Je n'ai pas déjeuné avec Georges. J'étais épuisée. La seule chose que j'ai eu envie de faire, c'est d'aller à la cinémathèque acheter des films de Renoir pour voir l'oncle Emmanuel. J'ai trouvé *Tire-au-flanc* et *La Nuit du carrefour*. Ils n'avaient plus *La Petite Marchande d'allumettes*. Le pseudonyme de Manuel Raaby est apparu au générique et cela m'a semblé à la fois irréel et très triste. Ensuite j'ai été prise d'une envie irrépressible de dormir, comme sous l'effet d'un somnifère, j'ai mis mon pull sous la tête et j'ai pensé à Emmanuel, j'ai songé à téléphoner à Lélia pour lui demander la date exacte et les circonstances de sa mort. Mais je n'en ai pas eu le courage.

J'ai été réveillée par la sonnette de la porte d'entrée.

Georges est apparu dans l'ombre de la porte, une bouteille de vin et un bouquet de fleurs dans les mains.

— Puisque tu ne veux plus sortir de chez toi... il fallait que je fasse quelque chose, sinon je vais finir par trop te manquer, a-t-il dit en riant.

J'ai fait entrer Georges dans mon appartement, sans faire de bruit pour ne pas réveiller Clara qui dormait. Nous sommes allés dans la cuisine pour déboucher la bouteille de vin.

— Tu as reçu la réponse de Jésus finalement ? m'a-t-il demandé.

— Oui, et ce n'est pas Colette. Cela m'a un peu découragée. Je me suis dit à quoi bon ?

— Ne te décourage pas. Il faut que tu ailles au bout.

— Je pensais au contraire que tu m'encouragerais à abandonner.

— Non. Il faut que tu persévères. Continue d'y croire.

— Je n'y arriverai jamais. Je vais juste perdre des heures et des heures inutiles.

— Je suis sûr qu'il y a d'autres choses à découvrir.

— Qu'est-ce que tu veux dire ?

— Je ne sais pas… recommence là où tu t'es arrêtée. Tu verras bien où cela te mène.

J'ai ouvert mon carnet de notes et je l'ai montré à Georges.

— Voilà où je me suis arrêtée.

La page contenait trois colonnes. Famille. Amis. Voisins.

— La famille… il ne restait plus personne. Les amis… nous avons fait le tour avec Colette. Il reste à présent les voisins.

Chapitre 12

— Tu veux qu'on aille demander aux gens du village ce qui s'est passé dans les années 40 ?
— Oui. On va aux Forges et on interroge les voisins. On leur demande qui ils ont vu, ce dont ils se souviennent.
— Tu penses sérieusement qu'on va retrouver des gens qui ont connu les Rabinovitch ?
— Bien sûr. Les enfants de 1942 ont 80 ans aujourd'hui. Ils peuvent avoir des souvenirs. On y va demain matin. On va partir demain très tôt, dès que j'aurai déposé Clara à l'école.

Le lendemain matin, Lélia m'attendait, porte d'Orléans, dans sa petite Twingo rouge, la radio à fond, avec les informations du jour. Sa voiture sentait le tabac froid et le parfum, une odeur que je connaissais depuis toujours. Pour m'asseoir sur le siège avant, j'ai dû pousser le bazar qui traînait, une trousse de crayons, un vieux polar, un gant sans sa moitié, un gobelet de café vide et son sac à main. La voiture de l'inspecteur Columbo, ai-je pensé.

— Tu as l'adresse exacte de la maison ?

— Non, a répondu Lélia. Figure-toi que j'ai retrouvé plein de papiers sur les Forges dans mes archives, mais pas avec l'adresse !

— Bon, on va se débrouiller sur place, le village est petit.

Le GPS nous a annoncé un trajet d'une heure et vingt-sept minutes. La radio allumée, il était question des élections européennes et du grand débat national. Soudain le ciel s'est noirci. Nous étions concentrées sur notre expédition. J'ai baissé le bouton du volume de la radio et j'ai commencé à réfléchir à voix haute, sur ce qui avait pu advenir de la maison des Forges depuis que les parents Rabinovitch l'avaient quittée, un jour d'octobre 1942.

— Ils attendaient d'être arrêtés, ai-je dit à Lélia, ils voulaient retrouver leurs enfants en Allemagne. Donc avant de partir, forcément, ils ont rangé la maison et donné des consignes aux voisins. On donne un double des clés à quelqu'un de confiance. Non ? Si ça se trouve elle existe toujours, cette clé.

— Ils l'ont donnée au maire, a affirmé Lélia.

Ma mère a profité de ma surprise pour allumer une cigarette.

— Au maire ? ai-je dit en toussant. Mais comment tu sais ça ?

— Regarde dans la pochette qui est sur la banquette arrière. Tu vas comprendre.

J'ai tendu le bras par-dessus le siège de la voiture pour attraper une chemise en carton verte.

— Maman, ouvre au moins ta fenêtre ou je vais vomir.

— Je pensais que t'avais repris la clope.

— Non, je refume uniquement pour supporter tes cigarettes. Ouvre la fenêtre !

La chemise en carton contenait des papiers photocopiés, ceux que ma mère avait réussi à récupérer quand elle avait fait le dossier pour la commission Mattéoli. J'ai pris une lettre à l'en-tête de la mairie des Forges, écrite à la main par monsieur le maire en personne. Elle était datée du 21 octobre 1942, soit douze jours après l'arrestation d'Ephraïm et Emma.

Le Maire
À Monsieur le directeur des Services
agricoles de l'Eure

Monsieur le Directeur,
J'ai l'honneur de vous informer qu'après l'arrestation du ménage Rabinovitch j'ai procédé à la fermeture des portes de l'habitation dont j'ai conservé les clés. J'ai fait ensuite dresser, en présence du Syndic communal récemment désigné, un inventaire sommaire du mobilier. Les deux porcs qui restaient sont actuellement gardés par Monsieur Fauchère Jean, avec le grain que nous avons trouvé. Mais la situation ne peut se prolonger, l'ouvrier demandant un salaire journalier de 70 francs. (Il procède actuellement au battage de l'orge à la main.) De plus il existe, dans le jardin, quelques fruits et légumes dont il faudrait tirer parti. Et à l'effet de liquider cette situation il serait nécessaire de nommer un administrateur officiel.

Je serais heureux de recevoir quelques directives, la Préfecture me répondant qu'elle ne peut faire solutionner actuellement cette situation anormale.

Avec mes remerciements anticipés, je vous prie d'agréer l'expression de mes sentiments distingués,
Le Maire.

L'écriture du maire était maniérée. Les majuscules des D s'enroulaient sur elles-mêmes de façon un peu ridicule, et les E s'envolaient en volutes sophistiquées.

— Tant de joliesse pour écrire des horreurs.
— Ce devait être un sacré connard.
— Maman, il faut qu'on retrouve les descendants de ce monsieur Jean Fauchère.
— Prends la lettre en dessous. C'est la réponse du directeur des Services agricoles de l'Eure, qui réagit dès le lendemain. Il envoie une lettre à la préfecture.

ÉTAT FRANÇAIS
Le Directeur des Services agricoles de l'Eure,
À monsieur le Préfet de l'Eure (3ᵉ Division)
ÉVREUX
J'ai l'honneur de vous adresser inclus une lettre par laquelle M. le Maire des Forges me signale qu'il conviendrait de liquider la situation du ménage juif RABINOVITCH qui habitait sur sa commune, par la nomination d'un administrateur officiel chargé de s'occuper de l'entretien de la maison appartenant à ce ménage.

Étant totalement incompétent pour entreprendre de suivre cette affaire dont mes services ne peuvent être chargés, je ne puis que vous prier de donner à M. le Maire des Forges les directives nécessaires qu'il sollicite. Le Directeur.

— Les administrations se renvoient le problème.
— Tout à fait. Personne ne semble vouloir répondre au maire des Forges. Ni la préfecture, ni le directeur des Services agricoles.
— Pourquoi, à ton avis ?
— Ils sont surchargés de travail... ils n'ont pas le temps de s'occuper du sort des deux porcs et des pommiers du « ménage juif Rabinovitch ».
— Tu ne trouves pas bizarre qu'ils élèvent des porcs, alors qu'ils étaient juifs ?
— Mais ils s'en foutaient complètement ! Ce truc de ne pas manger de porc, franchement. Dans les pays chauds, les chairs mortes se conservaient mal et pouvaient être toxiques. Mais c'était il y a deux mille ans ! Ephraïm n'était pas religieux.
— Tu sais, peut-être que le directeur agricole répond au maire qu'il n'est pas compétent, comme une forme de résistance. Ne pas s'en occuper... c'est une façon d'empêcher que les choses se fassent.
— Toi tu es une optimiste. Je ne sais vraiment pas d'où te vient ce trait de caractère...
— Arrête de dire ça ! Je ne suis pas optimiste ! Je pense simplement qu'il faut considérer les deux faces de la feuille de papier. Tu comprends, ce qui me fascine dans cette histoire, c'est de penser que dans une même administration, l'administration française, puissent coexister au même moment des justes et des salauds. Prends Jean Moulin et Maurice Sabatier. Ils

sont de la même génération, ils ont reçu à peu près la même formation, ils deviennent tous les deux préfets, avec des similitudes de parcours. Mais l'un devient le chef de la Résistance et l'autre, préfet sous Vichy, supérieur hiérarchique de Maurice Papon. L'un est enterré au Panthéon et l'autre inculpé de crime contre l'humanité. Qu'est-ce qui détermine l'un et l'autre ? Maman, éteins ta cigarette, on va mourir étouffées !

Ma mère a ouvert sa fenêtre et jeté son mégot sur la route. Je n'ai pas fait de commentaire, mais je n'en pensais pas moins.

— Prends la troisième feuille dans la pochette. Tu vas voir que le maire des Forges n'est pas resté les bras croisés à attendre, il a pris les choses en main, il s'est rendu à la préfecture d'Évreux. Et en retour, il reçoit cette lettre, datée du 24 novembre 1942. Un mois plus tard.

> *Division de l'administration*
> *générale et de la Police,*
> *Bureau de la police des Étrangers*
> *Référence à rappeler*
> *Rabinovitch 2239 / EJ*
> *Évreux le 24 novembre 1942*
> *Monsieur le Maire des Forges,*
> *Monsieur,*
> *Comme suite à votre visite du 17 novembre dernier, au bureau général des étrangers, j'ai l'honneur de vous faire connaître que je vous autorise à vendre au ravitaillement général les deux porcs appartenant au juif Rabinovitch*

interné le 8 octobre dernier. Vous ferez bien de vous mettre en rapport à ce sujet avec M. l'Intendant Directeur Général du Ravitaillement Général, caserne Amey à Évreux. Le montant de cette vente sera conservé par vos soins et versé par la suite à l'administrateur provisoire qui sera nommé prochainement.

— Il y a eu un administrateur provisoire chez Emma et Ephraïm ?
— Nommé en décembre. Il est chargé de s'occuper du jardin et des terrains des Rabinovitch.
— Il va habiter dans la maison ?
— Non, pas du tout. Ce sont les terrains qui sont récupérés, spoliés si tu préfères, au compte de l'Allemagne par l'État français – comme toutes les entreprises qui appartiennent à des Juifs –, pour ensuite être confiés à des entrepreneurs français. Dans le cas des Rabinovitch, un administrateur provisoire va employer des ouvriers qui accèdent aux terrains extérieurs mais ils n'entrent pas dans la maison.
— Mais alors que devient la maison ?
— Après la guerre, très vite, Myriam a voulu vendre. Sans se rendre sur place. C'était trop dur pour elle. Tout fut géré par notaires interposés en 1955. Ensuite Myriam ne parla plus des Forges. Mais moi je savais que cette maison existait. J'avais 11 ans, quand elle a été vendue. Est-ce que j'ai entendu des bribes de conversations ? Quoi qu'il en soit, j'avais très clairement à l'esprit que ma famille inconnue, cette famille de fantômes, avait habité dans un village appelé « Les Forges ». C'était dans un coin

de ma tête et cela devait me tracasser, un peu comme toi aujourd'hui, parce qu'en 1974, l'année de mes 30 ans, le destin m'a mise sur le chemin de ce village.

À cette époque-là, nous sommes trois, ton père, ta grande sœur et moi. Nous vivons quasiment en communauté avec nos copains, on se déplace toujours en bande… Un week-end, nous nous retrouvons dans la maison de famille d'un de nos potes, près d'Évreux. J'achète une carte Michelin et puis soudain, en traçant la route au crayon, je vois le nom des Forges apparaître, à huit kilomètres de là où nous allons. Ça me fait un choc, tu comprends. Ce village n'était pas une idée. Pas une légende. Il existait vraiment. Le samedi soir, nous faisons une grande fête chez nos copains, c'est très joyeux, il y a du monde, mais je ne parviens pas à être tout à fait présente, je suis prise par cette idée que je pourrais aller aux Forges, comme ça. Pour voir. Et je ne dors pas de la nuit. Au petit matin, je prends ma voiture et je pars un peu au gré des chemins… une force me guide, je ne me perds pas, je tourne au bon endroit, et je m'arrête devant une maison au hasard. Je sonne. Une femme vient m'ouvrir au bout de quelques secondes. Elle est âgée, elle a une bonne tête, sympathique, les cheveux blancs, elle me fait une agréable impression.

— Excusez-moi, je cherche la maison des Rabinovitch qui habitaient aux Forges pendant la guerre. Cela vous dit quelque chose ? Savez-vous par hasard où elle se trouve ?

Je vois la dame me regarder étrangement. À ce moment-là, la femme pâlit et me demande :

— Vous êtes la fille de Myriam Picabia ?

Je reste figée, le souffle coupé devant cette femme qui sait de quoi je parle, et pour cause : c'était elle qui avait acheté la maison en 1955.

— Maman... tu es en train de me dire qu'en sonnant, tout à fait par hasard, à la première maison devant laquelle tu t'arrêtes, tu tombes sur la maison de tes grands-parents ? Tout de suite !

— Aussi improbable que cela puisse paraître. C'est comme ça que les choses se sont passées :

— Oui, je suis la fille de Myriam, lui ai-je dit, je passe le week-end à côté d'ici, avec ma fille et mon mari, j'avais envie de voir le village de mes grands-parents mais je ne veux pas vous déranger.

— Au contraire, entrez, cela me fait très plaisir de vous rencontrer.

Elle me dit cela sur un ton très doux, très calme. J'entre dans le jardin et je me souviens qu'en apercevant la façade de la maison, un brouillard s'est abattu sur moi et mes jambes ont faibli sous mon poids. J'ai fait un malaise. La femme m'a installée dans son salon devant une orangeade, je crois qu'elle comprenait mon émotion. Au bout d'un petit moment, je reprends mes esprits, on parle, et je finis par lui poser la même question que tu me poses aujourd'hui, je lui demande dans quel état elle a retrouvé l'endroit. Et voici ce qu'elle m'a répondu :

— Je suis arrivée dans cette maison en 1955. Lors de ma première visite, j'avais remarqué qu'il manquait des meubles, on sentait que la maison avait été vidée de ses valeurs. Et ensuite, lorsque je suis revenue le jour du déménagement, j'ai remarqué que des gens étaient venus, entre-temps, prendre des choses. Ils avaient dû faire vite car il y avait des chaises renversées par terre. Vous voyez ? Comme des voleurs qui agissent dans la précipitation. Je me souviens très bien qu'un cadre avait disparu. Une très belle photographie de la maison qui m'avait tapé dans l'œil le jour de la visite. Eh bien, elle n'y était plus. Il ne restait au mur qu'une trace en forme de rectangle, avec la cimaise qui pendouillait.

Tout ce que me racontait cette femme me déchirait le cœur, c'étaient nos souvenirs qu'on avait volés, ceux de ma mère, ceux de notre famille.

— Les quelques objets que j'ai pu garder, m'a dit la femme, je les ai mis dans une malle qui se trouve au grenier. Si vous la voulez, elle vous appartient.

Je l'ai suivie mécaniquement au grenier, je ne comprenais même pas ce qui m'arrivait. Depuis toutes ces années, ces objets attendaient, là, patiemment, qu'on vienne les chercher. Quand elle a ouvert la malle, les émotions m'emportèrent tout entière. C'était trop.

— Je reviendrai prendre la malle un autre jour, lui dis-je.

— Vous êtes sûre ? demanda-t-elle.

— Oui, je vais revenir avec mon mari.

La femme m'a raccompagnée mais avant de me dire au revoir, quasiment sur le pas de la porte, elle ajouta :

— Attendez, je voudrais quand même que vous repartiez avec quelque chose.

Elle est revenue avec un petit tableau dans les mains, pas plus grand qu'une feuille de papier, une gouache qui représentait une carafe en verre, une petite nature morte encadrée d'un bois rustique. Elle était signée Rabinovitch. Je reconnus l'écriture élégante et pointue de Myriam. C'était ma mère qui avait peint ce tableau, à l'époque où elle vivait ici, heureuse, entourée de ses parents, de son frère et de sa sœur Noémie. Depuis ce jour-là, il ne m'a plus jamais quittée.

— Tu es retournée chercher la malle ?

— Bien sûr. Quelques semaines plus tard, avec ton père. Je n'ai rien dit à ma mère sur le moment, je voulais lui faire la surprise.

— Oh là là… quelle mauvaise idée !

— Très mauvaise. Je suis descendue à Céreste pour passer un mois d'été avec Myriam. Je lui apporte la malle, fière et émue de lui offrir ce trésor. Myriam s'est assombrie, elle a entrouvert la malle, silencieuse. Puis l'a refermée immédiatement. Pas un mot. Rien. Puis elle l'a rangée à la cave. À la fin des vacances, avant de rentrer à Paris, je suis allée prendre quelques objets, une nappe, un dessin de sa sœur, et les quelques photographies qui sont dans mes archives, des papiers administratifs… pas grand-chose. À la mort de Myriam en 1995, j'ai recherché la malle à Céreste. Elle était vide.

— Tu crois qu'elle avait tout jeté ?

— Qui sait. Brûlé. Ou donné.

Quelques grosses gouttes de pluie, lourdes, sont tombées sur le pare-brise de la voiture. Cela faisait du bruit, comme des petites billes. Notre arrivée aux Forges s'est faite sous des trombes d'eau.

— Tu te souviens où était la maison ?

— Plus très bien, je crois que c'était à la sortie du village en direction de la forêt. On va voir si je retrouve avec autant de facilité que la première fois.

Le ciel est devenu noir, comme si la nuit tombait. Nous avons essayé d'enlever la buée sur le pare-brise avec les manches de nos pulls. Les essuie-glaces ne servaient plus à rien. Nous avons tourné en rond, Lélia ne reconnaissait pas le village, on revenait chaque fois au point de départ, comme dans les cauchemars, quand on ne trouve plus jamais la sortie du rond-point. Et le ciel qui nous dégoulinait dessus.

Nous sommes arrivées dans une rue composée d'une unique rangée de cinq ou six petits pavillons, pas davantage, qui faisaient face à un champ. Les maisons étaient toutes en rang d'oignons.

— J'ai l'impression que c'est cette rue, m'a dit soudain Lélia. Je me souviens qu'il n'y avait pas de vis-à-vis.

— Attends, je vois écrit « rue du Petit Chemin », ça te dit quelque chose ?

— Oui, je crois bien que c'est le nom de la rue. Et la maison, je dirais que c'est celle-ci, dit ma mère en s'arrêtant devant le numéro 9, je me souviens que c'était presque au bout de la rue, mais pas celle qui fait l'angle, juste avant.

— Je vais voir si je trouve un nom sur le portail.

Je sortis sous la pluie, en courant, nous n'avions pas de parapluie, pour voir le nom qui se trouvait sur la sonnette. Je revins complètement trempée.

— Les Mansois, ça te dit quelque chose ?

— Non. Il y avait un *x* dans son nom, j'en suis sûre.

— C'est peut-être pas la bonne maison.

— J'ai une vieille photo de la façade dans les papiers, regarde, on va comparer.

— Mais comment tu veux faire ? Le portail est trop haut, on n'y voit rien.

— Monte sur le toit, a dit Lélia.

— Sur le toit de la maison ?

— Mais non, monte sur le toit de la voiture ! Comme ça tu auras la vue dégagée et tu pourras regarder par-dessus le portail.

— Non maman, je peux pas faire ça, tu imagines si les gens nous voient.

— Allez... a dit Lélia comme quand, enfant, je rechignais à faire pipi entre les voitures.

Je suis sortie sous la pluie en m'appuyant sur le siège de la voiture, porte ouverte, je me suis hissée sur le toit. Ce n'était pas facile de se mettre debout parce que la pluie rendait la tôle très glissante.

— Alors ?

— Oui maman, c'est la bonne maison !

— Va sonner, m'a crié Lélia qui pourtant ne m'avait jamais donné un ordre de sa vie.

Entièrement dégoulinante de pluie, j'ai sonné plusieurs fois au portail du numéro 9. J'étais émue de me retrouver devant chez les Rabinovitch. J'avais l'impression que, derrière le portail, la maison avait compris que c'était moi, qu'elle m'attendait en souriant.

Je suis restée un long moment sans que rien se passe.

— J'ai l'impression qu'il n'y a personne, ai-je fait signe à Lélia, déçue.

Mais soudain, on a entendu des aboiements et le portail du numéro 9 s'est entrouvert. Une femme d'une cinquantaine d'années apparut. Elle était teinte en blond, les cheveux lui tombaient aux épaules, un visage légèrement empâté, un peu rouge, elle parlait à ses chiens qui couraient et aboyaient, et malgré le grand sourire que je lui montrais pour prouver mes bonnes intentions, son regard restait méfiant. Les chiens, des bergers allemands, tournaient autour de ses jambes, elle leur a parlé méchamment pour leur ordonner de se taire, elle était excédée par ses bêtes. Je me suis demandé pourquoi certains propriétaires de chiens passent leur temps à s'en plaindre alors que rien ne les oblige à vivre avec eux. Je me suis demandé aussi qui me faisait le plus peur, la femme ou ses chiens.

— C'est vous qui avez sonné ? m'a-t-elle aboyé en jetant un coup d'œil furtif à la voiture de ma mère.

— Oui, ai-je dit, en essayant de sourire malgré l'eau qui dégoulinait sur mes cheveux. Notre famille habitait ici pendant la guerre. Ils ont vendu la maison dans les années 50 et on se demandait si on pouvait, sans vous déranger évidemment, peut-être, juste voir le jardin, regarder comment c'était...

La femme m'a bloqué le passage. Et comme elle était physiquement imposante, je n'ai pas pu regarder la façade de la maison. Elle a froncé les sourcils. Après ses chiens, c'était moi qui à présent l'excédais.

— Cette maison appartenait à mes ancêtres, ai-je repris, c'est là qu'ils habitaient pendant la guerre. Les Rabinovitch, ça vous dit quelque chose ?

Son visage est parti en arrière, elle m'a regardée avec une moue, comme si je venais de lui mettre une mauvaise odeur sous le nez.

— Attendez ici, a-t-elle dit en refermant le portail.

Les bergers allemands se sont mis à aboyer très fort. Et d'autres chiens du quartier ont répondu. Tous semblaient prévenir le voisinage de notre présence dans le village. Je suis restée sous la pluie longtemps, comme sous une douche froide. Mais j'étais prête à beaucoup pour voir le jardin que Nachman avait planté, le puits que Jacques avait construit avec son grand-père, chaque pierre de cette maison qui avait vu les jours heureux de la famille Rabinovitch avant leur disparition. Au bout d'un certain temps, j'ai entendu ses pas de nouveau sur les graviers, puis elle rouvrit le portail, j'ai compris alors qu'elle me faisait penser à Marine Le Pen, elle tenait un grand parapluie à fleurs, incongru, qui me cachait la vue, je devinais quelqu'un d'autre derrière elle, un homme, qui portait des bottes en plastique vertes de chasseur.

— Vous voulez quoi exactement ? me dit-elle.

— Juste... visiter... notre famille habitait là...

Je n'ai pas eu le temps de terminer ma phrase que l'homme derrière s'est adressé à moi, je me suis demandé si c'était son père ou son mari.

— Oh oh, on vient pas chez les gens comme ça ! On a acheté cette maison il y a vingt ans, nous sommes chez nous ici ! m'a-t-il craché avec méchanceté. La prochaine fois il faut prendre rendez-vous, dit le vieux monsieur. Sabine, ferme la porte. Au revoir, madame.

Et Sabine m'a claqué le portail au nez. Je suis restée sans bouger, un grand sentiment de tristesse s'est abattu sur moi, si fort que je me suis mise à pleurer. Cela ne se voyait pas, à cause de la pluie qui dégoulinait déjà sur mon visage.

Ma mère s'est calée dans le siège de sa voiture et elle a regardé droit devant elle avec détermination.

— On va aller interroger les autres voisins, m'a-t-elle annoncé. On va retrouver ceux qui nous ont volés, a-t-elle ajouté.

— Volés ?

— Oui, ceux qui ont pris les meubles, les cadres et tout le reste ! Ils doivent bien être quelque part !

Sur ces mots, ma mère a ouvert la fenêtre pour allumer une cigarette mais le briquet s'éteignait chaque fois à cause de la pluie battante.

— Qu'est-ce qu'on fait maintenant ?

— Il nous reste ces deux maisons qui ont l'air habitées.

— Oui, dit-elle songeuse.

— On commence par laquelle ?

— Allons à la numéro 1, a dit ma mère, qui avait calculé que c'était la maison la plus éloignée de la voiture – qui lui permettrait donc de fumer sa cigarette sur le chemin.

Nous avons attendu quelques instants pour reprendre nos forces et nos esprits, puis nous sommes sorties ensemble de la voiture.

Au numéro 1, une femme est apparue devant la maison, aimable, elle paraissait 70 ans, mais sans doute faisait-elle plus jeune que son âge. Elle était teinte en roux et portait un perfecto en cuir ainsi qu'un bandana rouge autour du cou.

— Bonjour madame, pardon de vous déranger, nous sommes à la recherche des souvenirs de notre famille. Ils ont vécu dans cette rue, au numéro 9, jusqu'à la guerre. Peut-être que cela vous évoque…

— Vous dites pendant la guerre ?

— Ils ont vécu aux Forges jusqu'à l'année 1942.

— La famille Rabinovitch ? a-t-elle demandé d'une voix éraillée, une voix de fumeuse grave et profonde.

Cela nous a fait une impression bizarre, que cette femme prononce le nom Rabinovitch, comme si elle les avait croisés le matin même.

— Tout à fait, a dit ma mère. Vous vous souvenez d'eux ?

— Très bien, a-t-elle répondu avec une simplicité déconcertante.

— Écoutez, a dit Lélia, ça ne vous dérange pas qu'on rentre chez vous, cinq minutes, pour parler ?

La femme a semblé soudain hésitante.

De toute évidence, elle n'avait pas envie de nous faire entrer dans sa maison. Mais quelque chose lui interdisait de nous refuser l'entrée, à nous, les descendantes des Rabinovitch. Elle nous a demandé d'attendre au salon, et surtout, de ne pas nous asseoir sur son canapé avec nos manteaux trempés.

— Je vais prévenir mon mari, a-t-elle dit.

J'ai profité de son absence pour jeter mes yeux un peu partout. Nous avons sursauté parce que la femme est revenue très vite, avec des serviettes-éponges.

— Si ça vous ennuie pas, c'est pour protéger le canapé, je vais faire du thé, a-t-elle dit en repartant dans la cuisine.

La femme tenait un plateau de tasses fumantes dans les mains, un service en porcelaine à l'anglaise avec des fleurs roses et bleues.

— J'ai les mêmes chez moi, a dit Lélia, ce qui a fait plaisir à la femme.

Ma mère a toujours su, instinctivement, s'attirer la sympathie des gens.

— J'ai connu les Rabinovitch, je me souviens très bien, a-t-elle affirmé en nous proposant du sucre. Un jour, la maman – pardon je ne me souviens plus de son prénom…

— Emma.

— Oui c'est ça, Emma. Elle m'avait donné des fraises de son jardin. Je l'avais trouvée gentille. C'était votre maman donc ? a-t-elle demandé à Lélia.

— Non… c'était ma grand-mère… vous avez des souvenirs plus précis ? Cela m'intéresse beaucoup, vous savez.

— Écoutez… je me souviens des fraises… j'adorais les fraises… celles de son jardin étaient magnifiques, ils avaient un potager et des pommiers qui dépassaient en espalier. Je me souviens aussi de la musique qu'on entendait parfois jusque dans notre jardin. Votre maman était pianiste, n'est-ce pas ?

— Tout à fait. Ma grand-mère, a rectifié Lélia. Peut-être qu'elle donnait des cours de piano dans le village, ça vous dit quelque chose ?

— Non. J'étais petite et mes souvenirs sont lointains.

La femme nous a regardées.

— J'avais 4 ou 5 ans quand ils ont été arrêtés.

Elle a pris un temps.

— Mais ma mère m'avait parlé de quelque chose.

Elle a de nouveau réfléchi, en regardant sa tasse de porcelaine, plongée dans ses souvenirs.

— Quand les policiers sont venus les chercher. Ma mère a vu les enfants sortir de la maison. Quand ils sont rentrés dans la voiture, ils ont entonné *La Marseillaise*. Cela l'avait beaucoup marquée. Elle me disait souvent : « Les petits, ils sont partis en chantant *La Marseillaise*. »

Qui aurait pu leur demander de se taire ? Ni les Allemands, ni les Français. Aucun ne pouvait faire cet affront à l'hymne de la nation. Les enfants Rabinovitch avaient trouvé une façon de narguer leurs assassins. Et soudain, ce fut comme si leur chant nous parvenait depuis la rue.

— Il y a des meubles qui ont disparu de la maison, un piano, cela vous dit quelque chose ? ai-je demandé.

La femme est restée silencieuse avant d'ajouter :

— Je me souviens des pommiers, ils étaient en espalier, le long du mur.

Puis elle a regardé sa tasse de thé, toujours pensive.

— Vous savez, pendant la guerre, on a été occupés par les Allemands. Ils étaient au château de la Trigall. Il y avait aussi un instituteur qui avait disparu.

Soudain la femme a semblé divaguer, comme si son cerveau était fatigué.

— Oui, ai-je insisté…

— Les propriétaires actuels, ils sont très gentils, a-t-elle dit en nous regardant, comme si quelqu'un l'écoutait, quelqu'un d'invisible pour nous.

Puis elle s'est mise à parler avec des intonations presque enfantines et je pouvais distinguer les traits de la petite fille qu'elle avait été, soixante-dix ans plus tôt, mangeant les fraises du jardin d'Emma. Faisait-elle exprès de jouer l'enfant ?

— Écoutez, on va vous expliquer pourquoi nous sommes là. Nous avons reçu une carte postale étrange il y a quelques années, une carte postale qui parlait de notre famille. On se demande si c'est pas quelqu'un du village qui l'a envoyée.

J'ai vu dans son regard un éclair, elle n'était pas du tout naïve et devait prendre des décisions dans sa tête, les unes après les autres. Je l'ai sentie tiraillée entre deux sentiments. Elle n'avait pas envie de s'avancer davantage dans cette conversation, ni qu'on la pousse dans certains retranchements. Mais une sorte de droiture morale l'obligeait à répondre à nos questions.

— Je vais chercher mon mari, a-t-elle dit brusquement.

Son mari est entré dans la pièce exactement à ce moment-là, comme un acteur qui aurait attendu son entrée dans les coulisses. Avait-il écouté notre conversation derrière la porte ? Sans doute.

— Mon mari, a-t-elle dit en nous présentant un monsieur bien plus petit qu'elle, avec une moustache et des cheveux très blancs. Aux yeux bleus perçants.

Le mari s'est assis sur le canapé, silencieux, il attendait quelque chose mais nous ne savions pas quoi. Il nous regardait.

— Mon mari vient du Béarn, a dit la femme. Il n'a pas grandi ici. Mais il s'est toujours intéressé à l'Histoire en général. Alors il a fait des recherches sur le village des Forges pendant la guerre. Peut-être qu'il pourra mieux vous répondre que moi si vous avez des questions.

Le mari a tout de suite pris la parole.

— Vous savez, le village des Forges, comme la plupart des villages de France, en particulier en zone nord, a été très marqué par la guerre. Il y eut des familles divisées, d'autres endeuillées. On n'imagine pas la difficulté pour les habitants de se remettre de tout cela. C'est presque impossible de se mettre à la place des gens, dans le contexte de l'époque. On ne peut pas juger, vous comprenez ?

Le vieil homme parlait avec une certaine sagesse, posément.

— Aux Forges, il y a eu l'histoire de Roberte qui a profondément secoué le village, vous la connaissez sans doute.

— Non, nous n'en avons pas entendu parler.

— Roberte Lambal ? Vous ne voyez pas ? Il y a une rue qui porte son nom, vous devriez aller voir, c'est très intéressant.

— Vous voulez bien nous raconter son histoire ?

— Si vous le demandez, a-t-il dit en remontant le tissu de son pantalon sur chacun de ses genoux. En août 1944, si mes souvenirs sont bons, un groupe de résistants d'Évreux a tué deux soldats nazis. C'était très grave pour l'occupant, bien évidemment. Les résistants ont quitté Évreux pour venir se cacher dans le village des Forges, où ils ont été accueillis par la mère Roberte, une veuve âgée de 70 ans – ce qui était très vieux à l'époque – qui vivait seule dans une petite ferme avec ses poules et ses chèvres. Au bout de quelques jours, voilà que quelqu'un du village va dénoncer la mère Roberte. Un habitant apprend ça, il vient en courant à la ferme, prévenir les résistants de déguerpir sur-le-champ. Ils veulent prendre avec eux la mère Roberte, car ils savent que les Allemands vont l'interroger mais la veuve refuse, elle promet de ne rien dire. Ce qu'elle veut, elle, c'est rester surveiller ses poules et ses chèvres. Et puis elle est bien trop vieille pour s'enfuir dans la forêt. Les résistants se sauvent. Quelques minutes à peine après leur départ, les Allemands débarquent en force dans la ferme, avec des voitures, des motocyclistes, des mitrailleuses. Ils sont peut-être une quinzaine à entourer la pauvre Roberte. Ils lui demandent où elle a caché les résistants. Elle répond qu'elle ne sait pas de quoi ils parlent. Alors ils fouillent la ferme, ils retournent tout. Et finissent par trouver l'émetteur radio que les résistants avaient caché dans les bottes de foin de la grange. Ils rouent de coups la vieille Roberte, pour la faire avouer. Mais elle ne parle toujours pas. Une nouvelle voiture arrive. Une patrouille a réussi à attraper l'un des résistants en fuite, avec son brassard et son fusil. Gaston. Ils engagent une confrontation entre Gaston et Roberte, mais aucun des deux ne parle, aucun des deux n'avoue, aucun des deux ne dit où sont partis les autres, aucun ne donne de noms. Les Allemands attachent Gaston à un arbre de la ferme, pour le torturer, ils se relaient pour le frapper, mais pas un son ne sort de sa bouche. Ils lui arrachent les ongles, mais toujours rien. Pendant ce temps, ils demandent à Roberte de préparer un repas pour eux, avec ses poules, ses chèvres, les vins de sa cave et toute la nourriture qui se trouve dans la maison. Elle doit dresser une grande table devant l'arbre où se trouve Gaston, ensanglanté, défiguré. Les Allemands passent la soirée à boire et à manger, ils sont servis par Roberte, qui de temps en temps reçoit un coup, la vieille femme trébuche à terre et cela fait rire les hommes. Le lendemain matin, Gaston, qui a passé la nuit attaché à l'arbre, refuse toujours de parler. Alors les hommes le détachent pour l'emmener à l'aube dans la forêt. Ils lui font creuser un trou et l'enterrent vivant. Puis ils retournent chez Roberte pour lui raconter ce qu'ils ont fait subir à Gaston. Ils la menacent, si elle ne parle pas, de la pendre. Mais Roberte tient bon. Elle refuse de dire ce qu'elle sait des résistants. Fou de rage devant l'obstination de la vieille dame à se taire, le sous-officier allemand demande à ce qu'elle soit pendue à l'arbre. Les hommes s'exécutent, passent une corde au cou de Roberte et avant qu'elle ne soit complètement morte, tandis que ses jambes se débattent dans l'air, le sous-officier agacé prend une mitraillette pour se venger. Voilà la fin de l'histoire.

— Vous savez qui a dénoncé Roberte au village ?

Insister, je le savais, c'était comme secouer une mare remplie de vase. L'eau se troublait.

— Non, personne ne sait qui l'a dénoncée, a répondu l'homme avant que sa femme ne puisse parler.

— Votre femme vous a dit pourquoi nous sommes là exactement ?

— Expliquez-moi.

— Nous avons reçu une carte postale anonyme à propos de notre famille et nous cherchons à savoir si elle peut avoir été écrite par quelqu'un du village.

— Vous voulez me la montrer ?

Le vieux monsieur a regardé attentivement et silencieusement la photographie sur mon téléphone.

— Et donc cette carte postale, c'est comme une dénonciation, c'est cela que vous voulez dire ?

Il avait posé la bonne question.

— Son caractère anonyme nous laisse une impression étrange, vous comprenez ?

— Je comprends très bien, a-t-il dit en hochant la tête.

— C'est pour cela qu'on se demande s'il y avait des gens très proches des Allemands aux Forges.

Cette phrase l'a dérangé, il a fait une grimace.

— Cela vous gêne d'en parler ?

Sa femme est intervenue, le couple se protégeait l'un l'autre.

— Écoutez, mon mari vous l'a dit, le passé, personne n'a envie de le revisiter. Mais il y a eu des gens très bien dans le village, vous savez, a-t-elle ajouté.

— Oui, des gens très bien, a renchéri son mari, il y a eu l'instituteur.

— Non, c'était pas l'instituteur, c'était le mari de l'institutrice. Il travaillait pour la préfecture, a rectifié sa femme.

— Vous pouvez nous en parler ? a demandé ma mère.

— Il vivait ici, au village, mais il travaillait à Évreux. À la préfecture donc. Je ne sais pas dans quel service, il n'avait pas un poste important je crois, mais il avait accès à des informations. Et dès qu'il pouvait aider les gens, les prévenir, eh bien il s'organisait. Un gars très bien.

— Il est toujours en vie ?

— Oh non. Il a été dénoncé, dit la femme les larmes aux yeux. Il est mort pendant la guerre.

— Il est tombé dans un piège, a précisé son mari. Deux miliciens sont allés le voir en disant : « Il paraît que vous savez faire passer des gens en Angleterre, on est recherchés par la police, aidez-nous. » Alors il leur a donné rendez-vous pour les sauver – sauf qu'au rendez-vous, les Allemands l'attendaient pour l'arrêter.

— Vous savez en quelle année c'était ?

— Je dirais en 1944. Il a été dirigé vers Compiègne, puis au camp de Mauthausen. Il est mort prisonnier en Allemagne.

— Après la guerre, comment l'institutrice a réagi ?

La femme a baissé les yeux, elle s'est mise à parler tout doucement.

— C'était notre institutrice et nous l'aimions beaucoup, vous comprenez. Après guerre on ne parlait que de ça au village. Des dénonciations, de tout ce qui s'était passé. Et puis après, tout le monde a décidé qu'il fallait passer à autre chose. Notre institutrice aussi. Mais elle ne s'est jamais remariée.

Sa voix est devenue tremblante et ses yeux se sont mouillés de larmes.

— Je voudrais simplement vous poser une dernière question, ai-je tenté. Vous pensez qu'il existe encore des gens dans le village qui auraient connu les

Rabinovitch ? Des gens qui pourraient nous en parler ? Qui auraient des souvenirs ?

La femme et l'homme se sont regardés, comme pour s'interroger l'un l'autre. Ils savaient bien plus de choses qu'ils ne voulaient nous le dire.

— Oui, a dit la femme qui séchait ses larmes. Je pense à quelque chose.

— À quoi ? a demandé son mari, inquiet.

— Les François.

— Ah mais bien sûr, les François, a répété son mari.

— La mère de Mme François était femme de ménage chez les Rabinovitch.

— Ah bon ? Vous pouvez nous dire où elle habite ?

Le monsieur a pris un bloc-notes et y a noté l'adresse. En nous tendant le bout de papier, il a précisé :

— On va dire que vous l'avez trouvé dans l'annuaire. Et maintenant nous allons vous raccompagner car nous avons beaucoup de choses à faire.

Le bloc-notes, cela m'a donné une idée.

Je me suis dit que je pourrais peut-être demander à Jésus de faire une analyse des écritures.

Quand nous sommes sorties de la maison, le ciel était devenu bleu. Le soleil se reflétait dans les flaques d'eau phosphorescentes, nous aveuglant. Nous avons marché jusqu'à la voiture en silence.

— Donne-moi l'adresse des François, ai-je dit à ma mère.

Nous avons mis l'adresse dans le GPS de mon téléphone et nous avons suivi les flèches. Nous avions l'impression que quelque chose se déroulait presque malgré nous, dans un village faussement calme.

Après avoir garé la voiture, nous avons sonné à l'adresse indiquée. Une dame aux cheveux courts s'est approchée du portail. Elle portait une surblouse bleue à motifs géométriques.

— Bonjour, madame François ?

— Oui c'est moi, a-t-elle répondu un peu surprise.

— Excusez-moi de vous déranger, mais nous cherchons des souvenirs sur notre famille. Ils vivaient dans ce village pendant la guerre. Vous les avez peut-être connus. Ils s'appelaient Rabinovitch.

Le visage de la dame s'est figé à travers le portail. Son œil était vif.

— Mais qu'est-ce que vous voulez exactement ?

Elle n'était pas méfiante, elle semblait avoir plutôt peur de quelque chose qui n'avait rien à voir avec nous.

— Savoir si vous vous souvenez d'eux, si vous pouvez nous raconter des choses sur eux…

— C'est pour quoi faire ?

— Nous sommes leurs descendantes et comme nous ne les avons pas connus, nous aimerions simplement quelques anecdotes, vous comprenez…

La femme s'est éloignée de la porte. J'ai senti que nous ne nous y prenions pas de la bonne manière avec elle.

— Nous tombons un peu mal, je suis désolée, lui ai-je dit. Laissez-nous vos coordonnées et peut-être on peut se revoir un autre jour, un peu plus tard.

Mme François semblait soulagée par ma proposition.

— Très bien, dit-elle, comme ça je réfléchis…

— Tenez, écrivez sur la page de ce carnet, dis-je en fouillant dans mon sac. Comme ça quand vous en avez envie... Cela ne vous embête pas de mettre votre nom et votre numéro de téléphone ?

Cela semblait l'embêter, mais comme elle avait envie de se débarrasser de nous au plus vite, elle nota son nom de famille et son adresse ainsi que son numéro de téléphone sur notre carnet.

Un vieux monsieur, son mari de toute évidence, est arrivé dans le jardin. On le sentait très inquiet de voir sa femme discuter à la porte avec deux inconnues. Il portait sa serviette de table autour du cou.

— Hey, oh, qu'est-ce qui se passe, Myriam ? a-t-il demandé à sa femme.

Lélia m'a regardée. Mon cœur s'est figé. La femme a vu l'interrogation dans nos yeux.

— Vous vous prénommez Myriam ? a demandé ma mère, interloquée.

Mais au lieu de nous répondre, la femme s'est adressée à son mari.

— Ce sont des descendantes de la famille Rabinovitch. Elles veulent savoir des choses.

— Nous sommes en train de manger, c'est pas le moment.

— On se rappelle, a-t-elle dit.

Elle semblait terrorisée par son mari qui voulait reprendre le cours de son déjeuner.

— Écoutez, madame, nous comprenons bien qu'il est très impoli de vous importuner à l'heure du déjeuner, mais imaginez... c'est un peu émouvant pour nous, de rencontrer une Myriam, dans le village des Forges...

— J'arrive... a-t-elle dit à son mari, prends les pommes de terre dans le four avant qu'elles brûlent et j'arrive.

Le mari rentra immédiatement dans la maison. La femme alors s'est mise à nous parler vite, d'une seule traite. On ne voyait que sa bouche. Et son œil qui brillait à travers le portail.

— Ma mère travaillait chez eux. C'était une belle famille vous savez, ça je peux vous le dire, croyez-moi ils traitaient ma mère comme aucun autre employeur ne l'a jamais traitée, elle me l'a dit, toute sa vie. C'étaient des gens qui faisaient de la musique, la dame surtout, et ma maman a décidé de m'appeler Myriam à cause d'eux, enfin pas à cause, vous voyez ce que je veux dire. Elle m'a appelée Myriam parce que j'étais sa fille aînée et que leur fille aînée s'appelait Myriam. Voilà, c'est comme ça que ça s'est fait. Maintenant j'y vais parce que mon mari va s'énerver.

Son récit terminé elle est partie sans nous dire au revoir. Nous étions, ma mère et moi, silencieuses. Figées.

— Allons acheter à manger, j'ai vu qu'il y avait une boulangerie après la mairie, ai-je dit à Lélia, j'ai la tête qui tourne.

— D'accord, a répondu ma mère.

En mangeant nos sandwichs dans la voiture, nous étions abasourdies par ce qui venait de se passer. On mastiquait en silence, le regard vide.

— On récapitule, ai-je dit en prenant mon carnet. Au numéro 9, les nouveaux propriétaires, eux, n'ont rien à voir avec l'histoire. Au numéro 7, il n'y avait personne.

— Il faudra retenter après le déjeuner.

— Au numéro 3, il n'y avait personne non plus.

— Ensuite, il y avait la dame du numéro 1, celle des fraises.

— Tu crois que c'est elle qui a pu envoyer la carte postale ?

— Tout est possible. On va pouvoir comparer son écriture avec la carte postale.

— Faut envisager aussi le mari.

— Tu crois qu'ils auraient fait ça en couple ? Jésus disait que ce n'était peut-être pas la même personne qui avait écrit à droite et à gauche... ce serait crédible...

J'ai pris le carnet où le monsieur avait noté son adresse.

— Je les enverrai à Jésus, qu'il nous dise ce qu'il en pense. J'ai aussi l'écriture de la Myriam.

— Très bizarre tout ça...

Soudain on a entendu le téléphone de Lélia sonner, au fond de son sac à main.

— Numéro masqué, a-t-elle dit avec inquiétude.

J'ai pris le téléphone pour décrocher.

— Allô. Allô ?

On entendait simplement le bruit léger d'une respiration. Puis la personne a raccroché. J'ai regardé Lélia, un peu surprise, et le téléphone a sonné de nouveau. J'ai mis sur haut-parleur.

— Allô ? Je vous écoute. Allô ?

— Allez chez M. Fauchère, vous trouverez le piano, a dit une voix avant de raccrocher.

Ma mère et moi nous sommes regardées, les yeux écarquillés.

— Cela te dit quelque chose, M. Fauchère ? ai-je demandé à Lélia.

— Bien sûr que ça me dit quelque chose. Relis la lettre du maire des Forges.

J'ai attrapé la pochette avec la lettre :

Monsieur le Directeur,
J'ai l'honneur de vous informer qu'après l'arrestation du ménage Rabinovitch (...). Les deux porcs qui restaient sont actuellement gardés par Monsieur Fauchère Jean, avec le grain que nous avons trouvé.

— On aurait dû y penser. On en a parlé dans la voiture tout à l'heure.

— Regarde dans les pages blanches, on va peut-être trouver son adresse, à ce Fauchère. Il faut absolument qu'on aille le voir.

J'ai regardé dans le rétroviseur, j'ai eu l'impression vague que quelqu'un était en train de nous observer. Ensuite je suis sortie de la voiture pour faire quelques pas et respirer. Une voiture a démarré derrière moi. J'ai cherché sur le site des pages blanches, mais aucune trace de Jean Fauchère. En revanche, à Fauchère tout court, sans prénom, une adresse est apparue sur mon portable.

— Que se passe-t-il ? a demandé ma mère en voyant ma tête.

— Monsieur Fauchère, 11, rue du Petit Chemin. C'est là d'où l'on vient.

Lélia a démarré le moteur, nous avons repris exactement les mêmes routes. Nos deux cœurs battaient fort, comme si nous nous précipitions volontairement vers un très grand danger.

— Si on dit qu'on est la famille Rabinovitch, ils ne vont jamais nous laisser entrer.

— Il faut qu'on invente quelque chose. Mais quoi ? Tu as une idée ?

— Aucune.

— Bon... il faut... qu'on trouve un prétexte pour qu'il nous emmène dans son salon et qu'il nous montre son piano...

— On pourrait dire qu'on est collectionneuses de pianos ?

— Non, il va se méfier... en revanche on peut dire que nous sommes des antiquaires. Voilà. Qu'on fait l'expertise de certains objets et que cela peut les intéresser...

— Et s'il refuse ?

J'ai appuyé sur la sonnette au nom de Fauchère. Un homme âgé mais portant beau, avec des habits très bien repassés, est sorti de la maison. Cette rue était trop calme soudain.

— Bonjour, a-t-il dit d'une façon plutôt affable.

Il était apprêté, rasé de près, ses joues brillaient, une bonne crème hydratante sans doute, il était bien coiffé. J'ai aperçu dans son jardin une sorte de sculpture étrange, très laide. Cela m'a donné une idée.

— Bonjour monsieur, pardon de vous déranger, nous travaillons pour le Centre Pompidou, à Paris, vous connaissez peut-être ?

— C'est un musée, je crois, dit-il.

— Oui, nous préparons une grande exposition d'un artiste contemporain. Vous vous intéressez à l'art un peu ?

— Oui, dit-il en se passant la main dans les cheveux, enfin, en amateur...

— Alors vous serez sensible à notre demande. Notre artiste travaille à partir de photographies anciennes. À partir de photographies des années 30 plus précisément.

Ma mère hochait la tête à chacune de mes phrases, en fixant l'homme droit dans les yeux.

— Et nous, nous avons pour mission de lui trouver, dans les brocantes ou chez des particuliers, des photographies de cette époque...

L'homme nous écoutait avec attention. Ses sourcils froncés et ses bras croisés montraient qu'il n'était pas du genre à avaler n'importe quelles salades.

— Pour son installation, il a besoin de beaucoup de photos de cette époque...

— On rachète les photos entre 2 000 et 3 000 euros, a dit Lélia.

Je regardai ma mère un peu étonnée.

— Ah bon ? s'est étonné le monsieur. Mais quel genre de photos ?

— Oh, cela peut être des paysages, des photos de monuments ou simplement des photographies familiales... dis-je, mais uniquement des années 30.

— On paye en liquide, a ajouté ma mère.

— Écoutez, a répondu le monsieur très agréablement surpris. Je sais qu'il y a quelques photographies chez moi, qui datent de ces années-là, je peux vous les montrer...

Et l'homme a passé une nouvelle fois la main dans ses cheveux, il avait des dents extraordinairement blanches.

— Attendez-moi au salon, a-t-il dit, je vais regarder dans mes affaires, tout est rangé dans mon bureau.

Dans le salon, nous l'avons vu tout de suite. Le piano. Un magnifique piano à queue en palissandre. Il avait été transformé en meuble décoratif. Sur le plat de son dos, un napperon en dentelle présentait plusieurs petits objets en porcelaine. Il était impossible pour nous de dire s'il s'agissait d'un quart de queue, d'un trois quarts de queue ou autre, mais on pouvait assurément dire qu'il était bien trop imposant pour être un piano de joueur du dimanche. Il fallait être un pianiste confirmé pour jouer d'un instrument pareil. Il était majestueux avec deux pédales dorées en forme de goutte d'or, les lettres PLEYEL sculptées dans le bois apparaissaient en transparence. Les touches blanches en ivoire et les noires en ébène semblaient avoir conservé leur splendeur d'origine. J'ai eu l'impression de voir le fantôme d'Emma, assise de dos sur le tabouret, se retourner vers nous et chuchoter dans un soupir :

— Enfin. Vous êtes venues.

M. Fauchère est entré dans la pièce. Il a trouvé étrange que nous soyons en train d'observer son piano, cela ne lui plaisait pas du tout.

— Vous avez un beau piano, il a l'air ancien, ai-je dit en ayant du mal à cacher mon émotion.

— N'est-ce pas ? dit-il. Tenez, je vous ai trouvé quelques photographies qui pourraient vous intéresser.

— C'est un piano de famille ? a demandé ma mère.
— Oui, oui, a-t-il dit, mal à l'aise. Regardez, ces photographies datent des années 30 et elles ont été prises dans le village. Je pense que cela peut vous intéresser.

Il avait l'air très content de sa trouvaille et souriait de toutes ses dents blanches. Il nous a tendu une boîte et nous avons découvert une vingtaine de photographies. C'étaient les photographies de la maison des Rabinovitch, des photographies du jardin des Rabinovitch, des fleurs des Rabinovitch, des animaux des Rabinovitch... J'ai vu que ma mère accusait le coup. Un grand malaise s'est installé. Dans notre dos, la présence du piano était presque insupportable.

— J'ai un cadre aussi, je vais vous le chercher.

Au fond de la boîte, ma mère a vu une photographie de Jacques, prise devant le puits, l'été où Nachman était venu l'aider à planter le jardin. Jacques portait fièrement sa brouette en regardant l'objectif. Souriant à son père avec son pantalon de culotte courte.

Lélia a pris la photographie dans ses mains, elle a baissé son visage, plutôt il s'affaissa, et des larmes ont commencé à couler sur ses joues.

Évidemment, cet homme n'était pas responsable de la guerre ni de ses parents, pas responsable des vols. Mais nous ressentions malgré tout une grande colère monter en nous. Il est revenu avec une photographie de la maison des Rabinovitch, une belle photo encadrée – sans aucun doute celle qui avait été prise sur le mur, avant l'emménagement de la nouvelle propriétaire que Lélia avait rencontrée.

— C'est qui sur la photographie ? Votre père peut-être ? a demandé Lélia en montrant Jacques.

M. Fauchère ne comprenait plus rien. Ni pourquoi ma mère pleurait, ni pourquoi elle lui parlait avec dureté.

— Non, ce sont des amis de mes parents...
— Ah. Des amis proches ?
— Je crois oui, je crois que le garçon, là, c'était un voisin.

J'ai essayé de contenir la situation, en justifiant les questions de ma mère.

— Nous vous posons toutes ces questions parce que se pose le problème des droits. En effet, il faut que les descendants donnent l'autorisation de diffuser la photographie. Vous les connaissez ?
— Il n'y en a pas.
— Pas quoi ?
— Il n'y a pas de descendants.
— Ah, dis-je en essayant de cacher mon trouble. Au moins ça règle le problème.
— Vous êtes vraiment sûr qu'il n'y a pas de descendants ?

Lélia posa cette question d'une façon si agressive que l'homme devint très soupçonneux.

— Comment s'appelle votre galerie déjà ?
— Ce n'est pas une galerie, c'est un musée d'art contemporain, ai-je bredouillé.
— Mais vous travaillez pour quel artiste exactement ?

Il fallait trouver vite une réponse, Lélia n'écoutait plus du tout. Soudain un éclair m'a traversé la tête.

— Christian Boltanski, vous connaissez ?

— Non, comment cela s'écrit ? Je vais regarder sur Internet, dit-il, soupçonneux, en prenant son téléphone portable.

— Comme cela se prononce, Bol-tan-ski.

Il a tapé le nom sur le téléphone et il s'est mis à lire sa fiche Wikipédia à voix haute.

— Je ne connaissais pas, dit-il, mais ça a l'air intéressant…

Le téléphone a sonné dans une pièce à côté, l'homme s'est levé.

— Je vous laisse regarder, je vais prendre cet appel, dit-il en nous laissant seules dans la pièce.

Lélia en a profité pour attraper quelques photographies qui se trouvaient au fond de la boîte à chaussures. Elle les a glissées dans son sac à main. Ce geste de ma mère m'a rappelé mon enfance. Je l'avais toujours vue faire ça dans les cafés, les bistrots, elle prenait les carrés de sucre pour les fourrer dans son sac, les sachets de sel, de poivre et de moutarde. On ne peut pas dire que c'était du vol, c'était à disposition des clients. En rentrant à la maison, elle les rangeait dans une boîte en fer, une vieille boîte de palets bretons, *Traou Mad*, qui se trouvait dans notre cuisine. Des années plus tard, en voyant le film de Marceline Loridan-Ivens, *La Petite Prairie aux bouleaux*, j'ai compris d'où venait ce geste, en voyant la scène où Anouk Aimée vole dans un hôtel une petite cuillère.

— Prends pas toutes les photos, ça va se voir, ai-je dit à Lélia.

— Moins que si je prenais le piano, m'a-t-elle répondu en glissant les photos dans son sac.

Cette phrase m'a fait rire comme une blague juive.

Et puis soudain, on s'est rendu compte que M. Fauchère était debout, dans l'embrasure de la porte, en train de nous regarder depuis un moment :

— Mais qui êtes-vous ?

Nous n'avons pas su quoi répondre.

— Sortez de chez moi ou j'appelle la police.

Dix secondes plus tard nous étions dans la voiture, Lélia a mis le moteur en marche et nous sommes parties. Mais elle s'est arrêtée sur un petit parking, juste en face de la mairie.

— Je peux pas conduire. J'ai les jambes et les mains qui tremblent trop.

— On va attendre un peu…

— Et si Fauchère appelle la police ?

— Je te rappelle que ses photographies nous appartiennent. Allez, on va boire un petit café, pour se remettre les idées en place.

Nous sommes retournées à la boulangerie où nous avions acheté deux sandwichs au thon une heure auparavant. Le café qu'on nous a servi était bon.

— Tu sais ce qu'on va faire maintenant ? m'a demandé Lélia.

— Rentrer à la maison.

— Pas du tout. On va passer à la mairie. J'ai toujours voulu voir l'acte de mariage de mes parents.

Chapitre 13

La mairie rouvrait à 14 h 30 et il était très exactement 14 h 30. Un homme, jeune, était en train de mettre la clé dans la porte du bâtiment, un gros pavillon en brique rouge, surmonté d'un toit en ardoise avec trois cheminées.

— Pardon de vous déranger, nous n'avons pas pris rendez-vous... mais si c'était possible, nous aimerions avoir la photocopie d'un acte de mariage.

— Écoutez, dit-il d'un ton très doux, ce n'est pas moi qui m'en occupe normalement. Mais je peux vous le faire.

L'homme nous a invitées à entrer dans les couloirs de la mairie.

— Ce sont mes parents qui se sont mariés ici, a dit ma mère.

— Ah, très bien. Je vais chercher l'acte. Dites-moi en quelle année ?

— C'était en 1941.

— Donnez-moi les noms. Si je m'y retrouve ! C'est Josyane qui s'en charge d'ordinaire, mais elle je crois qu'elle est un peu en retard.

— Le nom de mon père est Picabia, comme le peintre. Et ma mère, Rabinovitch, R-A-B-I...

À ce moment-là le jeune homme s'est figé et nous a dévisagées, comme s'il doutait de notre présence réelle.
— Je voulais justement vous rencontrer, madame.
En entrant dans son bureau, nous avons vu, accrochée sur le mur, une photographie officielle sur laquelle l'homme portait une écharpe tricolore. C'était donc le maire des Forges qui nous accueillait.

— Je voulais vous contacter parce que j'ai reçu cette lettre d'un professeur d'histoire du lycée d'Évreux, nous a-t-il dit en cherchant des papiers. Il travaille avec ses élèves sur la Seconde Guerre mondiale.
Le maire nous a tendu un dossier.
— Jetez un coup d'œil, pendant ce temps je vais aller chercher l'acte de mariage de vos parents…
À l'occasion du concours national de la Résistance et de la Déportation, les élèves du lycée Aristide-Briand d'Évreux avaient travaillé sur les élèves juifs déportés pendant la guerre. Ils étaient partis des listes de classes, puis avaient approfondi leurs recherches aux archives départementales de l'Eure, au Mémorial de la Shoah, et au Conseil national pour la mémoire des enfants juifs déportés. C'est ainsi qu'ils avaient retrouvé la trace de Jacques et Noémie. Ils avaient, avec leur professeur d'histoire, envoyé une lettre au maire des Forges.

Monsieur le Maire,
Nous cherchons à entrer en contact avec les descendants de ces familles afin de réunir davantage d'archives, notamment sur leur scolarité au lycée d'Évreux. Nous souhaitons que leurs noms, qui

ne figurent pas sur la plaque commémorative du lycée, soient gravés afin de réparer cet oubli.
Les élèves de la classe de seconde A.

Émue de voir que des jeunes gens cherchaient, comme nous, à retrouver la trace des lignes de vie trop brèves des enfants Rabinovitch, ma mère a dit au maire :

— J'aimerais bien les rencontrer.

— Je pense qu'ils en seraient très heureux, a-t-il répondu. Tenez, je vous laisse lire l'acte de mariage de vos parents…

Le quatorze novembre mil neuf cent quarante et un, dix-huit heures, devant nous ont comparu Lorenzo Vicente Picabia dessinateur né à Paris septième arrondissement le quinze septembre mil neuf cent dix-neuf vingt-deux ans domicilié à Paris 7 rue Casimir Delavigne fils de Francis Picabia artiste peintre domicilié à Cannes (Alpes Maritimes) sans autre précision et de Gabriële Buffet son épouse sans profession domiciliée à Paris 11 rue Chateaubriand d'une part et Myriam Rabinovitch sans profession née à Moscou (Russie) le sept août mil neuf cent dix-neuf, vingt-deux ans domiciliée dans cette commune fille de Efraïm Rabinovitch cultivateur et de Emma Wolf son épouse cultivatrice tous deux domiciliés en notre commune d'autre part les futurs époux déclarent que leur contrat de mariage a été reçu le quatorze novembre mil neuf cent quarante et un par maître Robert Jacob notaire à Deauville (Eure) Lorenzo Vicente

Picabia et Myriam Rabinovitch ont déclaré l'un après l'autre vouloir se prendre pour époux et nous avons prononcé au nom de la loi qu'ils sont unis par le mariage. En présence de Pierre Joseph Debord, rédacteur de préfecture et de Joseph Angeletti, journalier, tous deux domiciliés aux Forges témoins majeurs qui lecture faite ont signé avec les époux et nous Arthur Brians, maire des Forges. Signature :
    L.M. Picabia
    M. Rabinovitch
    P. Debord
    Angeletti
    A. Brians

— Vous savez qui étaient les deux témoins, Pierre Joseph Debord et Joseph Angeletti ?

— Pas du tout ! Je n'étais pas né, a dit le maire en souriant, car de toute évidence il avait à peine 40 ans. Mais en revanche je vais demander à Josyane, la secrétaire de la mairie. Elle sait tout. Je vais aller la chercher.

Josyane était une dame très ronde au visage blond et rose, d'une soixantaine d'années.

— Donc Josyane, je vous présente la famille Rabinovitch.

C'était étrange d'être, pour la première fois de notre vie, appelées « la famille Rabinovitch ».

— Les enfants vont être contents de vous avoir retrouvées, a dit Josyane avec une douceur toute maternelle.

Elle parlait évidemment des élèves de seconde du lycée d'Évreux, mais j'ai d'abord pensé à Jacques et Noémie.

— Josyane, a continué le maire, est-ce que cela vous dit quelque chose, Pierre Joseph Debord et Joseph Angeletti ?

— Non, Joseph Angeletti cela ne me dit rien, a-t-elle répondu en regardant le maire. En revanche, Pierre Joseph Debord… bien sûr.

Josyane a eu un mouvement d'épaules, comme si c'était évident.

— C'est-à-dire, Josyane ? a demandé le maire.

— Pierre Joseph Debord… le mari de l'institutrice. Vous savez, celui qui travaillait à la préfecture…

Cela m'a émue, de penser que cet homme avait accepté d'être le témoin au mariage du « ménage juif Rabinovitch ». Il était mort quelque temps plus tard, d'avoir trop voulu aider son prochain. Et ceux qui l'avaient précipité dans un piège étaient peut-être encore vivants aujourd'hui, vieillards cacochymes dans un Ehpad.

— Avez-vous d'autres archives qui concerneraient les Rabinovitch ? a demandé Lélia.

— Justement, a répondu Josyane, quand j'ai lu la lettre des lycéens, j'ai cherché des documents… mais je n'ai rien trouvé ici. J'en ai parlé avec ma mère, Rose Madeleine, qui a 88 ans, mais toute sa tête. Et elle m'a dit qu'à l'époque où elle était secrétaire de la mairie, elle avait reçu une lettre demandant que les noms des quatre Rabinovitch soient inscrits sur le monument aux morts des Forges.

Lélia et moi avons eu la même réaction.

— Votre maman se souvenait qui avait envoyé cette lettre ?

— Non, elle se souvenait seulement que la lettre venait du midi de la France.

— Vous savez quand avait été faite la demande ?

— Dans les années 50 je crois.

— Vous pourriez nous la montrer ? ai-je demandé.

— Je l'ai cherchée dans les dossiers de la mairie, mais je ne l'ai pas retrouvée… impossible de mettre la main dessus. À mon avis cela a été déménagé avec les archives dans les cartons de la préfecture.

— Cela voudrait dire que déjà, dans les années 50, quelqu'un voulait que leurs quatre noms soient réunis… a dit Lélia en pensant à voix haute.

Le maire avait l'air aussi ému que nous, de ce que nous venions d'apprendre.

— J'aimerais que la mairie puisse organiser une cérémonie à la mémoire de votre famille, nous a-t-il dit. Et je voudrais faire graver leurs noms, puisque cela n'a jamais été fait.

— Ce serait formidable, a répondu Lélia en remerciant chaleureusement le maire, dont la gentillesse nous bouleversait.

En sortant de la mairie, nous nous sommes assises sur le rebord d'un petit muret. Lélia voulait fumer une cigarette avant de reprendre le volant.

Elle a écrasé sa clope avec le pied, nous avons marché vers la voiture. Et de loin nous avons aperçu, glissée dans les branches des essuie-glaces, à l'endroit des contraventions, une enveloppe en papier kraft de la taille d'une demi-feuille de papier.

— Qu'est-ce que c'est que ça… ai-je dit à voix haute.

— Comment veux-tu que je sache, a répondu ma mère, tout aussi éberluée que moi.

— C'est forcément quelqu'un qui sait que c'est notre voiture.

— Et qui nous a observées…

— Je suis sûre que c'est l'une des personnes chez qui nous sommes allées.

À l'intérieur, il y avait cinq cartes postales, rien d'autre. Elles étaient toutes reliées entre elles, par un vieux ruban usé. Chaque carte postale représentait un monument dans une grande ville, la Madeleine à Paris, une vue de Boston aux États-Unis, Notre-Dame de Paris, un pont à Philadelphie. Exactement comme l'opéra Garnier.

Toutes les cartes dataient de la guerre. Elles étaient adressées à

Efraïm Rabinovitch,
78 rue de l'Amiral Mouchez
75014 Paris

Toutes les lettres étaient écrites en russe et dataient de 1939. Soudain, en regardant les phrases en cyrillique, que je ne pouvais pas déchiffrer, j'ai compris quelque chose d'évident et décisif à propos de l'auteur de la carte postale.

— Je viens de comprendre pourquoi l'écriture est si étrange ! dis-je à ma mère. La personne qui l'a rédigée ne connaît pas notre alphabet !

— Mais bien sûr !

— L'auteur « dessine » les lettres de l'alphabet latin, mais son alphabet d'origine est le cyrillique.

— Tout à fait possible…

— D'où viennent les cartes ?

— De Prague. Elles ont été écrites par l'oncle Boris, a dit Lélia.

— L'oncle Boris ? Je ne me souviens plus qui c'était exactement.

— Le naturaliste. Le frère aîné d'Ephraïm. Qui faisait des brevets sur les poussins.

— Tu peux me les traduire ?

Lélia a parcouru chacune des cinq cartes postales, qu'elle me tendait au fur et à mesure.

— Les cartes sont très quotidiennes, a dit Lélia, il veut avoir des nouvelles. Il embrasse tout le monde. Il souhaite un joyeux anniversaire aux uns et aux autres. Il raconte son jardin, les papillons. Il dit qu'il travaille très dur... Parfois il s'inquiète de ne pas avoir de réponse de son frère... Voilà. Rien de particulier.

— Tu crois que l'oncle Boris pourrait être l'auteur de la carte postale ?

— Non, ma fille. Boris est parti comme tous les autres. Il a été arrêté en Tchécoslovaquie. Le 30 juillet 1942. Ses compagnons du parti SR ont essayé d'empêcher son départ, mais, selon un témoignage que j'ai retrouvé, il a refusé d'être sauvé : « *Et il a décidé de partager le destin de son peuple.* » Il fut déporté au camp de concentration de Theresienstadt, le fameux « camp modèle » pensé par les nazis. Le 4 août 1942, il fut transféré dans le camp d'extermination de Maly Trostenets, près de Minsk en Biélorussie. Assassiné dès son arrivée, d'une balle dans la nuque, au bord d'une fosse. Il avait 56 ans.

— Mais alors, si ce n'est pas Boris, qui est l'auteur ?

— Je ne sais pas. Quelqu'un qui n'avait pas envie qu'on le retrouve.

— Eh bien moi, je sens que je ne suis plus très loin de lui.

LIVRE III

Les prénoms

Claire,

Je t'ai téléphoné ce matin pour te dire que je voulais te parler d'un sujet, mais qu'il fallait mettre mes idées par écrit. Les ranger. Alors voilà.

Tu sais que je suis en train d'essayer de comprendre qui a envoyé la carte postale anonyme à Lélia, et bien évidemment, cette enquête remue des choses en moi. Je lis beaucoup de choses et je suis tombée sur cette phrase de Daniel Mendelsohn dans L'Étreinte fugitive *: « Comme de nombreux athées, je compense par la superstition et je crois au pouvoir des prénoms. »*

Le pouvoir des prénoms. Ça m'a fait un drôle de truc cette phrase, tu vois. Ça m'a fait réfléchir.

J'ai réalisé qu'à la naissance, nos parents nous ont donné comme deuxième prénom, à l'une et à l'autre, des prénoms hébreux. Des prénoms cachés. Je suis Myriam et tu es Noémie. Nous sommes les sœurs Berest mais à l'intérieur de nous, nous sommes aussi les sœurs Rabinovitch. Je suis celle qui survit. Et toi celle qui ne survit pas. Je suis celle qui s'échappe. Toi celle qu'on assassine. Je ne sais pas quel est le plus mauvais costume à endosser. Sur cette réponse, je ne parierais pas. C'est perdant-perdant, cet héritage-là. Nos parents avaient-ils réfléchi à cela ? C'était une autre époque comme on dit.

La phrase de Mendelsohn m'a remuée et je me demande, je te demande – je nous demande – ce que nous devons faire de cette désignation-là. C'est-à-dire, ce que nous en avons fait jusqu'à aujourd'hui, ce que ces prénoms sont venus travailler silencieusement en nous, dans nos caractères et nos façons d'envisager le monde. Au fond, pour reprendre la formule de Mendelsohn : quel pouvoir ces prénoms ont-ils pris dans nos vies ? Et dans notre lien ? Je me demande ce que nous pouvons déduire et construire de cette histoire de prénoms. Prénoms qui apparaissent brutalement sur la carte postale, comme si on nous les jetait au visage. Prénoms cachés dans nos patronymes.

Les conséquences, heureuses ou malheureuses d'ailleurs, sur nos tempéraments.

Ces prénoms aux consonances hébraïques sont comme une peau sous la peau. La peau d'une histoire plus grande que nous qui nous précède et nous dépasse. Je vois comment ils ont fait entrer en nous quelque chose de troublant, qui est la notion de destin.

Nos parents auraient peut-être dû éviter de nous donner ces prénoms si lourds à porter. Peut-être. Peut-être que les choses auraient été plus faciles, plus légères en nous, entre nous, si nous n'étions pas Myriam et Noémie. Mais peut-être qu'elles auraient été moins intéressantes aussi.

Peut-être ne serions-nous pas devenues écrivains. Qui sait.

Ces derniers jours je me suis posé cette question : en quoi suis-je Myriam ?

Je te livre en vrac mes réponses.

Je suis Myriam, je suis celle qui s'échappe, toujours, celle qui ne reste pas à la table de la famille, celle qui part, ailleurs, dans l'idée qu'il faut sauver sa peau.

Je suis Myriam, je m'adapte aux situations, je sais me faire discrète, je sais me contorsionner dans un coffre, je sais devenir invisible, je sais changer d'environnement, changer de milieu social, changer de nature.

Je suis Myriam, je sais avoir l'air française plus que n'importe quelle Française, j'anticipe les situations, je m'adapte, je sais me fondre dans le paysage pour que l'on ne se pose pas la question de savoir d'où je viens, je suis discrète, je suis polie, je suis bien élevée, je suis un peu distante, un peu froide aussi. On me l'a souvent reproché. Mais c'est la condition de ma survie.

Je suis Myriam, je suis dure, je ne manifeste pas ma tendresse aux gens que j'aime, je ne suis pas toujours à l'aise avec les preuves d'amour. La famille est pour moi un sujet compliqué.

Je suis Myriam, je regarde toujours où se trouve la porte de sortie, je fuis le danger, je n'aime pas les situations limites, je vois les problèmes bien avant qu'ils n'arrivent, je prends les chemins de traverse, je suis attentive au comportement des gens, je préfère l'eau qui dort, je me faufile entre les mailles du filet. Parce que j'ai été désignée ainsi.

Je suis « Myriam » – je suis : celle qui survit.

Toi, tu es Noémie.

Tu es Noémie bien plus encore que je ne suis Myriam.

Parce que ce prénom n'était même pas caché.

Autrefois nous t'appelions aussi Claire-Noémie, comme un prénom composé.

Je me souviens, quand nous étions enfants – tu devais avoir 5 ou 6 ans, et moi 8 ou 9, pas davantage –, une nuit tu m'avais appelée, de l'autre côté de la chambre. J'étais venue te voir dans ton petit lit, et tu m'avais dit :

— Je suis la réincarnation de Noémie.

C'était bizarre quand on y repense. Non ? Comment cette idée était-elle venue se loger dans ta tête ? Dans ta tête de petite enfant ? Lélia ne nous parlait jamais de son histoire à cette époque-là.

Nous n'en avons jamais reparlé ensemble et je ne sais même pas si tu te souviens de cet épisode-là. Tu t'en souviens ?

Voilà.

Je ne sais pas ce que je vais découvrir au bout de mon enquête ni qui est l'auteur de la carte postale, je ne sais pas non plus quelles seront les conséquences de tout cela. On verra.

Prends le temps de me répondre, ce n'est pas pressé, j'imagine que tu es en train de terminer les corrections de tes épreuves… les épreuves, elles portent bien leur nom. Mais courage. J'ai grande hâte de lire ton livre sur Frida Kahlo, je sens profondément qu'il sera beau, fort et important pour toi.

Je t'embrasse, et aussi ta Frida,
A.

Anne,
J'ai relu plusieurs fois ton mail depuis que tu me l'as envoyé. Et je t'avoue que les deux premières fois que je l'ai lu, j'ai pleuré.

Comme un enfant pleure quand il se fait mal, de façon irrépressible, de façon bruyante, hoquets et corps qui tremble. Parce que sa douleur lui semble, probablement, injuste.

Puis en le relisant je n'ai plus pleuré, je l'ai relu encore et encore, et j'ai neutralisé le premier sentiment que j'ai ressenti : une impossibilité et une sorte d'effroi.

En le neutralisant, j'ai pu me concentrer sur tes questions, et tenter, ce soir, de t'y répondre.

Oui, je me souviens.

Je me souviens de t'avoir appelée un soir quand j'étais une petite enfant pour te dire que j'étais la réincarnation de Noémie. Je m'en souviens parmi les quelques scènes primitives que nous gardons de notre enfance avec la vivacité et la précision des images d'un film qui serait projeté dans notre tête.

Oui, Lélia ne parlait pas vraiment de tout cela à cette époque. Mais elle en parlait en silence. C'était partout. Dans tous les livres de la bibliothèque, dans ses douleurs et ses incohérences, dans quelques photos secrètes pas bien cachées. La Shoah c'était un jeu de pistes dans la maison, on ne pouvait que suivre les indices pour jouer aux Indiens et aux cow-boys.

Isabel n'avait pas de second prénom, comme Lélia.

Et toi, tu t'appelais Myriam. Et moi, je m'appelais Noémie.

Maman m'a dit un jour qu'elle voulait originellement me le donner en premier prénom, Noémie, et Papa a suggéré qu'en deuxième, c'était mieux. Elle m'a dit : mais Noémie c'est aussi un si joli prénom. Et c'est bien vrai.

Puis elle a dit, mais Claire, c'était bien. C'était la lumière.

Et je crois qu'en effet c'est bien aussi. Elle dont le prénom veut dire la Nuit en hébreu.

Alors, moi, enfant, je regardais la photo de Noémie Rabinovitch que j'avais piquée dans le bureau de Maman pour y envisager une vérité. Dans le sens propre du terme en-visager, chercher dans le visage de cette morte ce qu'il y avait de moi. Je me souviens de trouver que j'avais les mêmes joues (je dirai pommettes maintenant, mais j'étais enfant), j'avais les mêmes yeux bleus.

Quand les tiens sont verts, comme ceux de Myriam.

J'avais les mêmes cheveux longs tressés.

Mais ai-je tressé mes cheveux longs pendant dix ans par mimétisme ? C'est une question. À laquelle je ne cherche pas de réponse.

Sur cette photo, Noémie avait un air mongol, les yeux un peu bridés et ces fameuses pommettes hautes, et les miens de yeux disparaissaient en fente quand je souriais sur les photos, on me remarquait alors cet air mongol de nos ancêtres. Sans oublier cette légendaire tache de naissance mongole qui apparaît en haut des fesses à la naissance, puis qui disparaît, paraît-il. Maman racontait souvent que nous l'avions toutes eue. Bien sûr, quand je t'écris, la femme de 38 ans que je suis se superpose avec l'enfant de 6 ans, et je t'écris de cet endroit-là, mélangé et confus.

J'ai été (sans raison claire) ardente bénévole à la Croix-Rouge, à l'exact âge où Noémie se retrouvait à travailler à l'infirmerie de son camp de transit avant de prendre la direction d'Auschwitz. J'y passais mes week-ends, à la Croix-Rouge. Et puis j'ai arrêté du jour au lendemain.

Les puzzles bizarres, je les ai faits au cours de mes insomnies.

Je me souviens avec une clarté cruelle du jour où petite enfant on m'a dit : « Ta famille, ils sont morts dans un four. » Et qu'après j'ai longtemps observé le four de notre cuisine pour me figurer comment c'était donc possible, cela. Comment avait-on réussi à tous les fourrer là-dedans ? C'est le genre de casse-tête sur lequel on s'épuise. Et jeune adulte, pendant une fête improvisée lors d'une absence parentale, j'ai cassé ce putain de four, et je me souviens qu'obscurément, ça m'a fait du bien.

Quand je me suis barrée à New York, à 20 ans, du jour au lendemain, plantant tout ce que je faisais, eh bien là-bas à New York, je suis allée au musée de la Shoah. Beaucoup de salles. Et dans l'une d'entre elles, sur un mur, une photographie accrochée. Petite. C'était Myriam. Je l'ai reconnue. J'ai commencé à me sentir mal. Je me suis approchée, il y avait une légende : Myriam et Jacques Rabinovitch, ça venait de la collection de Klarsfeld.

Je me suis évanouie. J'ai été sortie du musée par la sortie de secours, je me souviens.

Mais oui, à 6 ans, je t'ai effectivement appelée pour te dire cette chose, monstrueuse à sa manière. Que j'étais la réincarnation de cette fille morte, que je ne connaissais pas, que personne ne connaît, parce qu'elle est morte trop tôt et que les gens qui la connaissaient sont morts avec elle. Tous, d'un coup. Et qu'elle n'a pas vécu. Elle dont je ne sais rien. Et c'est affreux.

Mais je sais, nous savons, qu'elle voulait être écrivain.

Et voilà. Petite enfant, je disais que je serais écrivain. Et je l'ai affirmé avec force et endurance jusqu'à ce que je le devienne, pour de vrai.

Pour de vrai, comme disent les petits enfants.

Et oui, dans mes vieilles nuits de dérive, j'ai parfois formulé cette idée que je vivais la vie qu'une autre n'avait pas pu vivre, parce que c'était mon obligation. Je ne le pense pas aujourd'hui. Je dis que je l'ai formulé à un moment dans ma vie, cela, quand j'étais mal, comme un exorcisme. Et nous y voilà.

Je suis celle qui a joué à saute-mouton par-dessus ses effrois, voir jusqu'où on tombe. Et celle qui a recouvert ses bras de tatouages pour y planquer les ombres.

Mais je te l'écris là aujourd'hui, parce que je n'ai pas à avoir honte. Je n'ai plus honte. J'allais dire, je n'ai plus honte de mes bras.

Alors, oui, à ce compte-là, tu es Myriam, tu es discrète, tu es polie, tu es bien élevée. Tu es celle qui trouve la porte de sortie, qui fuit le danger, et les situations limites. L'inverse de moi donc. Qui me suis allègrement foutue dans des situations de danger, pour la faire courte.

Myriam sauve sa peau et tout le monde meurt dans l'histoire.

Elle n'a sauvé personne.

Mais. Comment l'aurait-elle pu ?

Moi je t'ai demandé de me sauver. Tellement de fois. Fardeau.

Quand j'avais 6 ans et que je te disais que j'étais la réincarnation de Noémie. Quand je te disais que je t'aimais et que je ne comprenais pas que tu ne me le dises pas toi, que tu ne me serres pas contre toi (autre scène primitive très vivace). Parce que, comme tu le dis, toi ou Myriam, tu as l'air dur, froid, tu as du mal avec l'expression des sentiments, tu n'es pas à l'aise.

Et je t'ai appelée certaines nuits quand les ombres étaient trop fortes.

Tout cela, c'est loin de moi maintenant, c'était une autre. J'ai fait ma paix et je ne suis pas morte.

Que disent ces prénoms de nous ? Tu me demandes.

Anne-Myriam sommée de sauver encore et encore Claire-Noémie pour ne pas qu'elle meure. Comme tu sauves les Rabinovitch en suivant les chemins de la carte postale.

Quelles incidences ont-ils eues, ces prénoms, sur nos personnalités et nos liens, pas toujours faciles ? Tu me demandes. Diable.

Aujourd'hui et depuis maintenant plusieurs années, la pulsion que tu me sauves a disparu. Ce n'était pas ton rôle. Et moi, j'ai arrêté de m'assassiner. Mes récriminations sur ta froideur, aussi, ont disparu. J'espère que c'est le cas aussi pour ton agacement à mon égard. Par discrétion d'autres mots (et pudeur), car il y en aurait mille de mots, car je t'en ai fait voir.

Car je sais aussi être discrète et pudique, et toi, tu n'es pas une femme qui se fond dans le décor, ou qui quitte la table, bien au contraire.

Je crois qu'arrivées à 40 ans, l'une et l'autre, nous commençons à peine à nous connaître, en ayant pourtant tant vécu ensemble.

Je crois que Myriam et Noémie n'ont pas eu la chance d'à peine commencer à se connaître.

Je crois que nous avons survécu à nos disputes, à nos trahisons, à nos incompréhensions.

Je crois que jamais je n'aurais pu t'écrire cela si tu ne m'avais pas envoyé ce message avec ces questions venues de la tombe.

Je crois mais je ne sais rien.
Nous avons survécu.
Et Myriam, elle, n'avait pas le pouvoir de sauver sa sœur.
Ce n'était pas sa faute.
Noémie n'a pas pu écrire.
Toi et moi sommes devenues écrivains.
Nous avons même écrit à quatre mains, et ce ne fut pas simple, mais beau et intense.
J'ai l'espoir gai, Anne, qu'un jour pour toi, je serai une force vive, un abri.
Une force Claire.
Bonne route avec la carte postale.
Je t'embrasse toi et ta fille.
De tout mon corps,
De tous mes bras,
 c.

Post-Scriptum :
A dokh leben oune liebkheit. Dous ken gournicht gournicht zein. Mais vivre sans tendresse, on ne le pourrait pas.

LIVRE IV

Myriam

— Maman, j'ai pensé à quelque chose. Et si la carte postale était adressée à Yves ?

— Mais qu'est-ce que tu racontes ?

— Si, regarde. On pourrait lire le « M. Bouveris » comme : « Monsieur Bouveris » et non « Myriam Bouveris ».

— Je ne pense pas du tout. Yves n'a absolument rien à voir avec toute cette histoire.

— Pourquoi pas ?

— Tu divagues. Yves était mort depuis longtemps en 2003, c'est impossible.

— Mais je te rappelle que la carte postale date du début des années 90…

— Bon arrête. Yves… c'est l'autre vie de Myriam. Une vie qui n'a rien à voir avec le monde d'avant la guerre.

Lélia s'est levée en écrasant sa cigarette.

— C'est toujours la même chose avec toi, tu étais déjà comme ça petite, butée, a dit Lélia en quittant la pièce.

Je savais très bien qu'elle allait revenir. Son paquet de cigarettes étant vide, elle était allée prendre un paquet de sa cartouche au premier étage.

— Bon, explique-moi pourquoi ce « M. Bouveris » t'intéresse...

— Alors voilà. L'auteur de la carte postale aurait pu choisir d'écrire à Myriam sous d'autres noms. Il aurait pu écrire à Myriam Rabinovitch ou à Myriam Picabia. Or, il a choisi d'écrire à « Myriam Bouveris », du nom de son second mari. Donc... je dois m'intéresser à lui, Yves.

— Que veux-tu savoir ?

— Quels rapports entretenais-tu avec lui par exemple ?

— Pas vraiment de rapports. Il était un peu distant. Je dirais... indifférent.

— Il était gentil avec toi ?

— Yves était quelqu'un de très gentil, de fin et d'intelligent. Avec tout le monde, en particulier avec ses propres enfants. Sauf avec moi. Pourquoi ? Je ne sais pas...

— Peut-être qu'il voyait en toi le fantôme de Vicente ?

— Peut-être. Lui et Myriam ont emporté tant de secrets avec eux.

— Je voudrais revenir sur un point, maman. Un jour tu m'as dit, à propos d'Yves, qu'il avait des crises. Comment est-ce que cela se manifestait ?

— Soudain il était perdu, paniqué. Comme désorienté. Et puis en juin 1962, il s'est passé quelque chose de très étrange. Il était au téléphone, pour son boulot. Et soudain, il s'est mis à bégayer. Ensuite, Yves n'a pu travailler pendant les dix ans qui ont suivi cette crise.

— Mais quelqu'un a réussi à comprendre d'où venait son mal ?

— Pas vraiment. Peu de temps avant sa mort, il a écrit une lettre étrange : « *Plus d'une fois je me suis figuré que certaines choses néfastes étaient absolues, définitives et tout cela à présent je l'avais totalement oublié.* »

— Mais quelles étaient ces choses néfastes et absolues ? Qu'avait-il oublié qui a ressurgi ? À quoi faisait-il allusion ?

— Je n'en sais rien. Mais mon intuition est que cela concerne les événements qui se sont déroulés pendant leur trio à la fin de la guerre. Mais je ne sais pas grand-chose sur cette période-là. Je ne pourrais pas vraiment t'aider.

— Tu ne sais rien ?

— Non, je perds la trace de Myriam à partir du moment où elle traverse la ligne de démarcation avec Jean Arp dans le coffre de voiture et qu'elle se retrouve dans ce château à Villeneuve-sur-Lot.

— Tu perds sa trace jusqu'où ?

— Je dirais jusqu'à ma naissance en 1944. Entre les deux, je ne peux rien te dire.

— Tu ne sais même pas comment Yves est arrivé dans la vie de Myriam et de ton père ?

— Non.

— Tu n'as jamais voulu savoir ?

— Là ma fille, il s'agit d'entrer dans la chambre à coucher de mes parents…

— Cela te gêne ?

— Disons qu'il s'est passé des choses… que je ne juge pas. Ils ont vécu leur vie comme ils avaient envie de la vivre. Et puis c'était la guerre.

— Je ferai des recherches, maman, je ferai des recherches de mon côté, pour reconstituer cette période de la vie de Myriam.

— Alors je te laisse faire seule ce chemin.

— Si je découvre qui a envoyé la carte postale, tu auras envie que je te le dise ?

— Ce sera à toi de décider, le moment venu.

— Comment saurai-je ?

— Il y a un proverbe yiddish qui te donnera peut-être une réponse : *A khave iz nit dafke der vos visht dir op di trern ni der vos brengt dikh bekhlal nit tsi trern.*

— Qu'est-ce que ça veut dire ?

— Le véritable ami n'est pas celui qui sèche tes larmes. C'est celui qui n'en fait pas couler.

Chapitre 1

Août 1942. Myriam se cache dans le château de Villeneuve-sur-Lot depuis presque deux semaines. Une nuit, elle est réveillée par son mari. Vicente arrive de Paris, il ment, il dit qu'il a eu ses parents au téléphone, il dit que tout va bien. Myriam ferme les yeux et sent que bientôt il ne restera plus rien de ces jours lointains d'incertitude. Ils quittent Villeneuve avant le lever du soleil, dans une voiture que Myriam n'avait jamais vue auparavant, direction Marseille.

— Ne pas poser de questions, se rappelle-t-elle.

Chaque ville possède sa propre odeur, Migdal sentait un parfum lumineux d'oranges mélangé à une odeur de roche, persistante et profonde. Lodz sentait le tissu et les fleurs de jardin, leurs nectars opulents se superposaient aux odeurs de frottement métallique des tramways contre le bitume. Myriam découvre que Marseille sent les bains parfumés et la saleté des eaux, l'odeur chaude des caisses en bois déversées sur le port. Contrairement à Paris, ici les étals donnent un sentiment miraculeux d'abondance. Vicente et Myriam ne sont plus habitués aux mouvements des passants sur les trottoirs, aux bousculades des carrefours. Ils vont boire une bière fraîche dans l'un des bistrots du port, à l'heure des odeurs d'eaux de Cologne et de mousse à raser. Tous les deux attablés en terrasse, comme de jeunes amoureux, ils se sourient en plongeant leurs lèvres dans les verres remplis de mousse. Leurs têtes tournent un peu. Ils commandent le plat du jour, des côtes d'agneau parfumées au thym, qu'ils mangent avec les doigts. Autour d'eux, ils entendent parler toutes les langues. Marseille est devenue depuis l'armistice l'une des principales villes refuges de la zone non occupée. Français recherchés et étrangers s'y retrouvent dans l'espoir de prendre la mer. Marseille a été baptisée « *la nouvelle Jérusalem de la Méditerranée* » dans un article fielleux du quotidien *Le Matin*.

Chapitre 2

Vicente se confectionne des chaussures avec des morceaux de pneu de voiture, attachés par un lacet de cuir. Il fait des voyages avec sa sœur Jeanine. Deux jours par-ci, quatre jours par-là. Il ne dit jamais où, ni pourquoi.

Myriam passe trois mois à Marseille, la plupart du temps, elle est seule. À la terrasse des cafés, légèrement enivrée par la bière, elle s'invente des histoires qui lui donnent des nouvelles de Noémie et Jacques.

— Mais bien sûr, je connais votre sœur ! Je l'ai croisée ! Et votre frère ! Vos parents sont venus les chercher ! Mais bien sûr ! Comme je vous parle !

Parfois au milieu de la foule, elle reconnaît leurs silhouettes. Son corps entier se fige. Elle se met à courir pour attraper le bras d'une jeune femme. Mais quand elle se retourne, la passante n'est jamais Noémie. Myriam s'excuse, elle est déçue. La nuit qui suit est toujours mauvaise, mais le lendemain l'espoir renaît.

Au mois de novembre, elle entend parler allemand sur la Canebière. La « zone libre » a été envahie. Marseille n'est plus la bonne mère, la ville refuge. Sur les vitrines des magasins apparaissent des panneaux : « *Entrée strictement réservée aux Aryens.* »

Les vérifications de papiers sont de plus en plus fréquentes, même à la sortie des cinémas, où les films américains sont désormais interdits.

Marseille ressemble à Paris avec son couvre-feu et ses patrouilles allemandes, ses lampadaires qui ne s'allument plus la nuit.

Myriam envie les rats qui peuvent disparaître dans les murs. Elle n'a plus le goût du risque comme du temps de *La Rhumerie martiniquaise*, boulevard Saint-Germain. Elle ne se sent plus protégée par une force invisible. Depuis que Jacques et Noémie ont été arrêtés, quelque chose en elle a changé : elle connaît la peur.

Vicente a envie de marcher vers le port, prendre l'air, malgré la présence des uniformes. Il s'attarde cours Saint-Louis. Myriam l'attrape par le bras et lui montre une jeune femme qui marche vers eux, lunettes de soleil, habillée d'une robe légère, comme une vacancière.

— Regarde, dit Myriam. On dirait Jeanine.

— C'est elle, répond Vicente. On a rendez-vous.

Dans ce drôle d'accoutrement, Jeanine entraîne son frère dans une des petites ruelles à l'écart. Myriam les attend devant le kiosque à journaux. Elle discute avec le vendeur, qui retire les albums de Donald et Mickey de ses étals :

— Faut les remplacer par des albums à colorier, ordre de Vichy... dit-il en secouant la tête.

Pendant ce temps, Jeanine annonce à son frère que la jeune fille qui s'occupait de leurs faux *Ausweis* a été arrêtée. Une poupée de 22 ans, aux boucles blondes et des dents comme des dragées. Sa famille possédait à Lille de très bons « ustensiles de cuisine » : de faux tampons administratifs.

Sa mission consistait à faire des allers-retours entre Lille et Paris pour transporter les papiers. Chaque fois qu'elle prenait le train, elle se précipitait vers le compartiment des officiers allemands. Elle souriait, minaudait, demandait s'il y avait de la place pour elle. Évidemment, les officiers étaient charmés, ils faisaient claquer leurs bottes en donnant du « mademoiselle », et s'occupaient de ses bagages. La jeune femme passait le reste du voyage au milieu de tous ces messieurs. Les faux papiers cousus dans la doublure de son manteau.

Une fois arrivée en gare, elle demandait à un Allemand de l'aider à porter sa valise – c'est ainsi, escortée, qu'elle traversait la gare sans être contrôlée. La jolie poupée de porcelaine.

Mais un officier s'était retrouvé par hasard dans le même wagon qu'elle, trois fois de suite. Il avait fini par comprendre son manège.

— En prison, pendant son interrogatoire, une dizaine de gars lui sont passés dessus, dit Jeanine avec la terreur au ventre.

Le frère et la sœur annoncent à Myriam qu'ils vont retourner à Paris où ils ont « des choses à faire ».

— On va te déposer dans une auberge de jeunesse, dans l'arrière-pays. Tu nous attendras là-bas.

Myriam n'a pas le temps de protester.

— C'est trop dangereux pour toi de rester ici.

En montant dans la voiture conduite par Jeanine, Myriam a la sensation de s'éloigner encore un peu plus de Jacques et Noémie. Elle demande à Jeanine une dernière faveur. Elle voudrait envoyer une carte postale à ses parents pour les rassurer.

Jeanine refuse.

— C'est nous mettre tous en danger.

— Qu'est-ce que ça peut te foutre ? rétorque Vicente. De toute façon, on se barre de Marseille. C'est bon, dit-il à Myriam.

Au guichet de la poste marseillaise, Myriam achète donc une « carte interzone » à 80 centimes. C'est le seul courrier autorisé à circuler entre les deux zones, la « nono », contraction de « non autorisée » – et la « ja-ja », traduction allemande de « oui-oui ». Toutes les cartes sont lues par la commission de contrôle postal, et si le message semble douteux, la carte est détruite sur-le-champ.

« Après avoir complété cette carte strictement réservée à la correspondance d'ordre familial, biffer les indications inutiles. Il est indispensable d'écrire très lisiblement pour faciliter le contrôle des autorités allemandes. »

Les cartes sont préremplies. Sur la première ligne, vierge, Myriam écrit : *Madame Picabia*.

Puis elle doit choisir entre :
– en bonne santé
– fatigué
– tué
– prisonnier
– décédé
– sans nouvelles

Elle entoure *en bonne santé*.

Puis il faut qu'elle choisisse entre :
– a besoin d'argent

- a besoin de bagages
- a besoin de provisions
- est de retour à
- travaille à
- va entrer à l'école de
- a été reçu à

Myriam entoure *travaille à* et complète par *Marseille*. Au bas de la carte, une formule de salutation est pré-remplie par les autorités : *Affectueuses pensées. Baisers.*

— Ce n'est pas possible, dit Jeanine en regardant par-dessus l'épaule de Myriam. Madame Picabia, c'est moi. Et oui, je suis recherchée à Marseille…

En soupirant, Jeanine déchire la carte et va en acheter une autre, qu'elle remplit elle-même.

« *Marie est en bonne santé. Elle a été reçue à son examen. Ne pas lui envoyer de colis, elle a tout ce qu'il faut.* »

— Vous êtes pénibles tous les deux, dit-elle en rentrant dans la voiture. À croire que vous ne comprenez rien.

Durant tout le trajet, Jeanine et Vicente ne s'adressent pas la parole. Sur la route d'Apt, ils s'arrêtent devant un ancien prieuré en ruines transformé en auberge de jeunesse.

— On te laisse là, dit Jeanine à Myriam. Tu peux faire confiance au père aubergiste, il s'appelle François. Il est avec nous.

C'est la première fois que Myriam entre dans une auberge de jeunesse. Elle en avait entendu parler, avant la guerre. Les chansons au coin du feu, les grandes promenades dans la nature, les nuits dans les dortoirs. Elle s'était promis d'essayer, une fois pour voir, avec Colette et Noémie.

Chapitre 3

Au début des années 30, Jean Giono, l'écrivain de Manosque, le futur auteur du *Hussard sur le toit*, avait fait paraître un court roman qui connut un grand succès. Et provoqua un mouvement qu'on appela « le retour à la terre ». Comme le héros du livre, les jeunes gens des villes voulaient désormais vivre dans la nature, s'installer dans les villages provençaux pour retaper de vieilles fermes abandonnées. Cette génération n'avait plus envie des appartements étroits des grandes villes où avaient émigré leurs grands-parents au moment de la révolution industrielle.

Les garçons et les filles qui fréquentaient les auberges de jeunesse rêvaient d'idéaux – au coin du feu, anarchistes, pacifistes et communistes discutaient âprement, au son des guitares. Plus tard dans la nuit, les bouches se prenaient, oubliant les désaccords, un même désir se dressait dans le noir entre les corps réconciliés.

Et puis, ce fut la guerre.

Certains refusèrent de s'engager dans l'armée et se retrouvèrent en prison. D'autres furent envoyés et tués au front. Au coin du feu, on n'entendait plus la guitare. Toutes les auberges durent fermer leurs portes.

Le maréchal Pétain s'appropria ce mouvement, avec l'idée que « la terre, elle, ne ment pas ». En 1940, après l'armistice, il autorisa la réouverture des auberges de jeunesse. Les thèmes des soirées spectacles seraient approuvés par l'administration, ainsi que les listes de chansons autorisées au coin du feu. Dorénavant, les auberges ne seraient plus mixtes.

François Morenas, l'un des fondateurs du mouvement ajiste, avait refusé de se plier aux règles de Vichy. Contraint de fermer son auberge du *Regain*, qu'il avait appelée ainsi en hommage à Giono, il alla se faire oublier dans un ancien prieuré en ruines, *Clermont d'Apt*. Cette auberge de jeunesse n'en avait plus officiellement le nom, mais on savait dans la région qu'on y trouverait toujours un repas et un lit pour la nuit. Ces auberges interdites, ces lieux dissidents, continuèrent d'exister clandestinement pour devenir le refuge des jeunes gens en marge de la société, pacifistes, résistants, communistes, Juifs, et bientôt des réfractaires au STO.

Chapitre 4

Myriam ne sort pas de sa chambre. François Morenas lui dépose chaque matin une biscotte de pain ramollie dans un ersatz de café, qu'elle n'avale qu'à midi. Elle ne se lave pas, ne se change pas, elle porte toujours ses cinq culottes. C'est comme arrêter le temps, ne plus prendre soin de soi. Myriam pense à Jacques et Noémie.

— Où sont-ils ? Que font-ils ?

Le vent d'est souffle une semaine. Un soir, Myriam voit Vicente et Jeanine surgir par la fenêtre de sa chambre. Ils émergent des oliviers, comme rejetés par une mer d'écume verte. Elle sait, dès qu'elle aperçoit le visage de son mari, qu'il ne lui donnera pas de nouvelles de ses parents, ni de son frère et sa sœur.

— Mais viens, dit Vicente, on va marcher, j'ai des choses à te dire. C'est à propos de Jeanine.

Jeanine Picabia s'était toujours tenue loin du monde de ses parents. Elle trouvait que les grands artistes étaient surtout de grands égoïstes. Elle était comme les enfants de magiciens, qui, ayant grandi dans les coulisses, ne peuvent croire à l'illusion du spectacle.

Jeanine avait toujours voulu être libre, et ne pas dépendre d'un mari. Très tôt, elle avait passé son diplôme d'infirmière pour gagner sa vie.

Dès les premiers jours de la guerre, elle avait commencé à travailler pour ce qu'on ne pouvait pas encore appeler « la Résistance », mais qui allait le devenir.

Infirmière de la Croix-Rouge, conductrice d'ambulance, elle transporte des documents confidentiels entre Paris et le consulat britannique transféré à Marseille. Les documents sont cachés dans les pansements, sous les seringues de morphine.

Ensuite, elle fréquente un groupe de Cherbourg, qui organise la fuite d'aviateurs et de parachutistes anglais. Une sorte de pré-réseau d'évasion.

Son nom circule. Jeanine est repérée par le SIS, *Secret Intelligence Service* – autrement dit le service des renseignements extérieurs anglais –, également connu sous la dénomination de MI6. En novembre 1940 elle rencontre Boris Guimpel-Levitzky qui la met en contact avec les Anglais. Deux mois plus tard, elle reçoit l'ordre de créer un nouveau réseau spécialisé dans le renseignement maritime. Elle accepte cette mission en sachant qu'elle risque sa vie.

Elle doit s'associer avec un autre Français, Jacques Legrand. Le réseau de Jeanine et Jacques est baptisé Gloria-SMH. « Gloria » est le nom de code de Jeanine et « SMH » celui de Jacques Legrand. Trois lettres qui signifient, quand on les lit à l'envers, *Her Majesty's Service*.

En février 1941, Gloria-SMH réussit un très gros coup. Des agents du réseau repèrent en rade de Brest des bateaux allemands, le *Scharnhorst*, un croiseur de la Kriegsmarine, avec son sister-ship le *Gneisenau*, et le *Prinz Eugen*, un croiseur lourd. Grâce à ces renseignements, les Anglais organisent un raid aérien qui va les endommager. C'est une victoire. Gloria-SMH reçoit 100 000 francs de Londres pour agrandir le réseau.

Jacques Legrand recrute parmi des universitaires et des professeurs de lycée. La plupart sont des « boîtes aux lettres », c'est-à-dire des gens qui acceptent de recevoir des documents chez eux. Ils ne savent pas ce qu'ils contiennent, ils abritent le courrier – mais risquent quand même leurs vies. Il faudrait pouvoir tous les nommer, tous les saluer pour leur courage, Suzanne Roussel, professeure au lycée Henri-IV, Germaine Tillion, professeure au lycée Fénelon, Gilbert Thomazon, Alfred Perron, professeur au lycée Buffon... Legrand engage aussi un ecclésiastique, l'abbé Alesch, vicaire de La Varenne Saint-Hilaire en région parisienne. Les jeunes gens qui veulent entrer dans les réseaux de résistance vont « se confesser » à lui. Ensuite l'abbé les recommande auprès de ses différents contacts.

Jeanine, elle, recrute dans l'entourage de ses parents, des artistes qui ont l'habitude de se déplacer à travers l'Europe, ils parlent souvent plusieurs langues. Dans la Résistance, tous les métiers qui permettent de faire voyager des documents sont importants. Les employés de la SNCF, par exemple, sont des agents très recherchés.

La compagne de Marcel Duchamp, Mary Reynolds, une Américaine du Minnesota, devient un agent du réseau sous le nom de « Gentle Mary ». Ainsi qu'un écrivain irlandais, qui a déjà travaillé au sein de la SOE britannique. Un homme de confiance, excellent traducteur. Son nom de code est « Samson », mais son véritable patronyme est Samuel Beckett. Promu d'abord sergent-chef au sein du réseau Gloria-SMH, il monte vite en grade et devient sous-lieutenant.

Samuel Beckett travaille de chez lui, dans son appartement de la rue des Favorites. Il analyse les documents, les compare, les compile, détermine leur degré d'importance, hiérarchise les urgences, puis traduit tout en anglais avant de les dactylographier. Ensuite il cache les documents secrets dans les pages de son manuscrit *Murphy*. Alfred Perron, un membre de Gloria-SMH, emporte le manuscrit chez le photographe du réseau pour transformer les documents en microfilms, qui seront expédiés en Angleterre.

C'est à cette époque que Jeanine recrute son petit frère Vicente ainsi que sa mère Gabriële. Elle intègre le réseau à 60 ans et prend comme nom de code « Madame Pic ».

— Voilà, tu sais tout, dit Vicente à Myriam.
— Maintenant tu es avec nous. Si on tombe, tu tombes. C'est compris ? demande Jeanine.

Oui, cela faisait longtemps que Myriam avait tout compris.

Chapitre 5

Jeanine doit quitter l'auberge pour aller à Lyon. Quelques jours plus tôt, deux membres du réseau, l'abbé Alesch, alias « Bishop », et Germaine Tillion, devaient s'y rendre pour donner un microfilm contenant vingt-cinq planches photographiques : les plans de défense côtière à Dieppe. Mais les choses ne se sont pas passées comme prévu.

Germaine Tillion a été interpellée gare de Lyon par la police allemande – et arrêtée. L'abbé Alesch a pu passer entre les mailles du filet. C'est lui heureusement qui avait le microfilm, caché dans une grosse boîte d'allumettes.

Bishop a donc continué seul la mission. Il devait donner le microfilm à son contact lyonnais, Miss Hall. Mais ils ne se sont pas trouvés devant le point de rendez-vous, l'hôtel Terminus. Miss Hall est revenu le lendemain, mais Bishop n'était pas là. Ce n'est que le surlendemain que Bishop a pu lui donner le microfilm – avant de disparaître dans la nature. Depuis, le réseau a perdu toute trace de l'abbé.

Inquiète, Jeanine veut comprendre ce qui s'est passé. À Lyon, elle retrouve un agent spécial de la SOE, Philippe de Vomécourt, alias « Gauthier », qui est en contact avec Miss Hall. Ils ouvrent la boîte d'allumettes et Jeanine découvre que le microfilm ne contient pas les plans de défense côtière à Dieppe mais des documents sans intérêt. Jeanine et Philippe de Vomécourt comprennent alors que Bishop, l'abbé Alesch, a vendu le réseau.

Des arrestations ont lieu au même moment à Paris, ce qui confirme la trahison. Jacques Legrand, alias « SMH », est arrêté par la Gestapo. Philippe de Vomécourt lui aussi avec le photographe qui faisait les microfilms. Samuel Beckett charge sa compagne, Suzanne Déchevaux-Dumesnil, de prévenir d'autres membres. Mais Suzanne est contrôlée en chemin, obligée de faire demi-tour. Le couple se cache chez l'écrivain Nathalie Sarraute. Douze membres du réseau sont emprisonnés à Fresnes et à Romainville avant d'être fusillés. Puis quatre-vingts sont envoyés en déportation à Ravensbrück, Mauthausen et Buchenwald. C'est presque la moitié du réseau qui est décimée en quelques jours.

Jeanine applique la marche à suivre en cas de trahison. Elle ordonne la cessation d'activité immédiate du réseau dans toute la France. Et coupe ses liens avec les membres.

À ce jour, Jeanine devient l'une des femmes les plus recherchées de France. Elle doit quitter le territoire. C'est à son tour de voyager dans un coffre de voiture, une Renault 6 chevaux dont Samuel Beckett a aménagé le coffre avec l'aide d'un ami. Il se rend avec sa femme dans le sud de la France, à Roussillon. En chemin, il laisse Jeanine à l'auberge de jeunesse où se cachent son frère et Myriam.

Elle leur annonce qu'elle va essayer de rejoindre l'Angleterre par l'Espagne. Ce qui veut dire : traverser les Pyrénées à pied.

— Je préfère encore mourir là-haut que d'être arrêtée, dit-elle.

Jeanine sait le sort réservé aux femmes résistantes. Les viols, crimes parfaits, silencieux.

Myriam et Vicente lui disent au revoir dans l'obscurité, sans embrassades ni paroles réconfortantes, sans *coupo santo* ni promesse de se revoir, surtout ne pas se souhaiter bonne chance, ne rien dire, juste une poignée de main pour conjurer le sort.

Myriam et Vicente. Les voilà réunis. Les deux qui ont égaré leurs sœurs dans la nuit de la guerre.

Le lendemain, François Mórenas, le directeur de l'auberge de jeunesse, leur annonce que l'endroit est surveillé.

— C'est trop dangereux pour vous de rester chez moi. Les gendarmes vont venir fouiller mes registres.

François les conduit à Buoux, le village d'à côté, sur les hauteurs. Là-bas, il y a un café-auberge qui loge des voyageurs.

— C'est complet ! annonce le patron du café.

— Bon, dit François. On va aller voir Mme Chabaud.

Dans la région, tout le monde respecte cette veuve de la Grande Guerre.

— Oui, j'ai une maison de libre, dit-elle à Myriam et Vicente. Elle n'est pas grande mais on peut y loger à deux. C'est là-haut, sur le plateau des Claparèdes. La maison du pendu.

— Ce sera parfait, chuchote François. Les gendarmes n'aiment pas trop les fantômes. Et puis c'est haut. Vous verrez.

En effet, il faut marcher trente minutes depuis le village, à travers les amandiers, uniquement en pente raide, sans aucun répit, avant d'atteindre le plateau des Claparèdes.

— Dans le coin, on parachute, alors les Allemands patrouillent, prévient François. Si vous ne voulez pas avoir d'ennuis, fermez bien vos volets avant d'éclairer le soir, ne fumez jamais vos cigarettes dehors ni à la fenêtre, et puis je vous conseille de boucher les interstices des fenêtres par où peut rentrer la lumière, on ne sait jamais. Même les trous de serrure tant que vous y êtes.

Chapitre 6

Maman,
Ce matin il m'est revenu un souvenir. Je devais avoir 10 ans, Myriam m'avait proposé une promenade dans la colline. Nous marchions dans la chaleur de l'été, toutes les deux, elle avait ramassé sur le rebord du chemin, je m'en souviens, une chrysalide d'abeille. Elle me l'avait donnée en me disant d'y faire très attention parce que c'était fragile. Ensuite elle s'est mise à me parler de la guerre. J'ai ressenti une gêne très forte.

Quand nous sommes rentrées, j'ai voulu te raconter. Mais tout était flou dans ma tête et je fus incapable de te restituer quoi que ce soit. Je me souviens de ta réaction, comme une brûlure. Tu me posais des questions et je répondais systématiquement : « Je ne sais pas. » Ce moment est peut-être l'un des plus constitutifs de mon caractère.

Depuis ce jour, lorsque je ne sais pas répondre à une question, lorsque j'ai oublié quelque chose que je devrais avoir retenu, je tombe dans un trou noir, à cause de ce sentiment de culpabilité, très ancien, vis-à-vis de Myriam, vis-à-vis de toi. Alors je voudrais que tu ne m'en veuilles pas d'oser aller réveiller les morts. Et de les refaire vivre. Je crois que je cherche ce que Myriam a bien pu me dire ce jour-là.

À ce sujet, j'ai fait une découverte.

Dans ses brouillons, Myriam parle d'une Mme Chabaud, chez qui elle a passé une année, à Buoux, pendant la guerre. J'ai cherché dans les pages blanches et ce nom est apparu. Toujours dans ce village.

J'ai tout de suite composé le numéro de téléphone et je suis tombée sur une femme très gentille, mariée au petit-fils de cette Mme Chabaud. Elle m'a dit : « Oui, oui, la maison du pendu existe toujours. Et je sais que la grand-mère de mon mari y a caché des résistants. Rappelez demain, mon mari vous racontera mieux que moi. » Son mari s'appelle Claude, il est né pendant la guerre, je vais lui téléphoner et je te raconterai.

Maman, je sais que tout cela t'intéresse et te remue à la fois. Je te demande pardon. Et aussi pardon d'avoir oublié ce que Myriam m'a dit ce jour-là.

A.

Chapitre 7

Dans la maison du pendu, il n'y a rien. Pas de linge, pas d'ustensiles. Seulement un lit sans matelas, un vieux banc en lames de parquet, le tabouret de traite qui a servi à la pendaison. Et la corde, que personne n'a osé enlever.

— Allez, c'est toujours utile, dit Myriam qui la décroche et l'enroule autour de sa main.

— En attendant de vous trouver un matelas, vous pouvez faire une litière en genêts d'Espagne. Voyez ? Les fleurs jaunes. C'est comme ça qu'on fait ici.

Et voilà les Parisiens partis faucher derrière leur maison ces arbustes vert et jaune vif, la fleur des maquis dont les perles dorées ressemblent à de petits iris. Les bras chargés à ras bord, ils posent les branches sur leur lit, les disposent comme un matelas de paille, puis se couchent délicatement dessus.

— On dirait un cercueil entouré de fleurs, se dit Myriam, en regardant la lune, ronde comme un sou, qui apparaît dans le cadre de la fenêtre.

La situation lui semble soudain irréelle. Cette chambre au milieu de nulle part, ce mari qu'elle connaît à peine. Elle se rassure, elle se dit que quelque part, loin d'ici, Noémie la regarde elle aussi. Cette pensée lui donne du courage.

Le lendemain, Vicente décide de se rendre au marché d'Apt pour trouver de quoi aménager la maison. La ville n'est qu'à sept kilomètres, il part à pied, dès l'aube, suivant sur la route la foule des paysans, des artisans et des fermiers, avec leurs moutons et leurs marchandises qu'ils vendront sur le marché.

Mais une fois sur place, Vicente déchante. Il n'y a ni matelas ni draps de lit à vendre. Et la moindre casserole vaut le prix d'une cuisinière. Il revient les mains vides. Avec dans les poches une bouteille de laudanum pour calmer ses nerfs et du nougat pour sa femme.

Vicente et Myriam font connaissance avec leur propriétaire, la veuve Chabaud. Vaillante, d'un caractère trempé de bonté et d'acier, elle travaille comme trois hommes, élève seule son fils unique. Tout le monde la respecte. Elle est riche, certes, mais elle distribue toujours à ceux qui en ont besoin. Elle ne dit jamais non, sauf aux Allemands.

Une fois par semaine, ils réquisitionnent sa voiture – la seule de la région. Elle n'a pas le choix, mais jamais, jamais elle ne leur offre un coup à boire.

À Mme Chabaud, Vicente et Myriam se sont présentés comme un couple de jeunes mariés venus vivre la vie au grand air. La vie rêvée des romans de Giono. Vicente se dit peintre et Myriam musicienne. Elle ne fait pas savoir qu'elle est juive évidemment. Mme Chabaud en a vu d'autres – tout ce qu'elle leur demande, c'est de respecter la vie du village et de se tenir correctement. Et surtout, pas d'histoires avec les gendarmes.

Depuis le démantèlement du réseau de sa sœur, Vicente n'a plus de mission. Et, pour la première fois, lui et Myriam vivent sous le même toit, comme un jeune ménage, devant jour après jour subvenir aux besoins du foyer. Se nourrir, se laver, se vêtir, se chauffer et dormir. Depuis leur rencontre, ils n'avaient connu que des moments de précipitation, de peur. Le danger avait été l'unique paysage de leur histoire d'amour. Vicente aimait cela. Il en avait besoin. Myriam au contraire apprécie leur nouvelle vie simple et tranquille, perdus dans la campagne, éloignés de tout.

Au bout de quelques jours Myriam remarque que son mari est très silencieux. Il se ferme à l'intérieur de lui-même. Alors elle le regarde vivre, elle l'observe comme un tableau vivant.

Il semble n'avoir pas d'attachement aux choses, ni aux personnes. Cela le rend irrésistible, car rien ne l'intéresse vraiment hors du moment présent. Il peut mettre toute son énergie dans une partie d'échecs, dans la préparation d'un repas ou d'un bon feu. Mais le passé et l'avenir n'existent pas pour lui. Il n'a pas de mémoire. Et pas de parole. Il peut sympathiser avec un fermier sur le marché d'Apt, passer la matinée à parler avec lui, lui poser mille questions sur son travail, boire une bouteille de vin en sa compagnie et lui en offrir une autre. Mais le lendemain, le reconnaître à peine. Avec Myriam c'est la même chose. Après une joyeuse soirée passée à rire, il peut se lever le matin en la regardant comme si une inconnue s'était glissée dans son lit. Chaque jour passé ensemble ne construit rien. Et tout est à recommencer.

Peu à peu, Myriam remarque que son mari cherche à s'éloigner d'elle, physiquement. Dès qu'elle entre dans une pièce, il trouve toujours une raison pour en sortir.

— J'irai au marché pendant que tu iras rendre visite à Mme Chabaud.

Tout est prétexte à se séparer.

Un soir, en allant payer le loyer à Mme Chabaud, Myriam reste longtemps *à boire le sirop*, c'est toujours ça que les Allemands n'auront pas, dit la veuve en resservant les verres. Myriam pose des questions sur l'ancien locataire de la maison, le fameux pendu.

— Camille, on l'a retrouvé tout raide, le pauvre. Et son âne à côté, qui lui léchait les pieds.

— Mais vous savez pourquoi il a fait ça ?

— On dit que c'est la solitude qui l'avait rendu à moitié fou... et les sangliers aussi, qui venaient ravager son jardin. Ce qui était bizarre, c'est qu'il parlait souvent de la mort. Il disait tout le temps qu'il avait peur de mourir dans d'atroces souffrances, cela l'obsédait...

La discussion dure longtemps. Sur le chemin du retour, Myriam se dépêche, car il est tard et elle a peur que Vicente s'inquiète. Il est presque minuit quand elle arrive chez elle, mais elle trouve Vicente endormi. Lui qui ne trouve jamais le repos avant le petit matin, il s'est si peu inquiété pour elle qu'il dort profondément.

Les jours suivants, Myriam se rend compte que son mari souffre d'une mollesse dans le regard, une douleur sourde. Des plaques d'urticaire sont apparues. Sa peau le démange et son front devient parfois brillant, recouvert d'une mince couche de sueur. Au bout d'une semaine, il lui annonce :

— Je rentre à Paris. C'est pour mon urticaire. Faut voir un médecin. Et je prendrai des nouvelles de tout le monde. J'irai aux Forges voir tes parents. Et puis j'irai à Étival, dans la maison de famille de ma mère, le grenier est plein de vieilles couvertures et de draps que personne n'utilise. Je les rapporterai. Au mieux je serai de retour dans quinze jours, au plus tard avant Noël.

Myriam n'est pas surprise. Elle avait senti monter en lui cette fébrilité qui précède toujours les annonces de départ.

Vicente s'en va le 15 novembre, le jour de leur anniversaire de mariage. Un an déjà. Drôle de symbole, songe Myriam. Elle le raccompagne jusqu'au bout du chemin, elle sait qu'elle ne devrait pas trottiner ainsi comme un chien derrière son maître. Vicente s'agace, il voudrait être seul et déjà loin.

Alors Myriam s'arrête et le regarde disparaître à travers les amandiers, sans bouger, le corps figé dans la lumière froide de novembre, elle ne veut pas pleurer. Et pourtant il y a eu si peu de tendresse entre eux depuis qu'ils sont arrivés. Une seule nuit, son mari s'était frotté contre elle, se recroquevillant comme un enfant au creux de ses bras. Quelques baisers heurtés et saccadés qui cherchaient l'humidité dans le noir – mais tout s'était arrêté brusquement et Vicente avait disparu dans un sommeil épais et chaud, les paupières gonflées.

Cette nuit-là, Myriam s'était sentie encombrée de son corps inutile.

Malgré tout, cet homme énigmatique, cet homme sans désir pour elle, pour rien au monde elle ne l'échangerait contre un autre. Parce qu'il est à elle, ce bel homme triste. Un mari parfois naïf comme un enfant, mais avec des éclairs dans les yeux. Et cette fragile intimité qui les lie l'un à l'autre, ténue, pas plus large qu'un anneau, cela lui suffit. Certes, il passe des jours entiers sans lui adresser la parole. Et alors ? Il lui a fait une promesse, à la vie à la mort. Il n'y a pas grand-chose de plus important à dire. Il y a entre eux une dignité et une solitude qu'elle trouve belles. Elle ne partage ni ses pensées, ni les minutes de son existence, mais il suffit qu'il dise « je vous présente ma femme » pour effacer tous les vides. Son cœur se gonfle d'orgueil parce que sa beauté d'homme lui appartient. Vicente est silencieux mais il est merveilleux à regarder. Elle peut faire une vie avec ça, simplement contempler sa beauté.

Les semaines suivantes, Myriam descend au village, acheter des œufs et du fromage. Buoux ne compte pas plus de soixante habitants, un café-auberge et une épicerie-tabac.

— Mais alors, madame Picabia, il est où votre mari ? On le voit plus, lui demande-t-on au village.

— En visite à Paris, sa mère est malade.

— Ah, c'est bien, disent les villageois, c'est un bon fils, votre mari.

— Oui, un bon fils, répond Myriam en souriant.

Elle se rassure, depuis qu'ils se sont rencontrés, Vicente est souvent parti, mais il est toujours revenu.

Chapitre 8

Pour rejoindre Paris, Vicente doit traverser la ligne de démarcation sans *Ausweis*. Il se rend à Chalon-sur-Saône. Là, il entre dans le bar ATT tenu par la femme d'un mécanicien de la SNCF, qui s'occupe de faire passer le courrier clandestin. Vicente se présente au comptoir et demande :

— Un Picon-grenadine, avec beaucoup de sirop.

Tout en essuyant ses verres, la femme du mécanicien lui indique d'un coup de tête la porte de derrière, avec son grand rideau de perles en bois. Tranquillement, comme s'il allait aux toilettes, Vicente traverse le rideau dans un bruit de mousson de pluie. Pas très discret, se dit-il, avant d'entrer dans une cuisine où un type s'affaire sur une belle omelette au beurre.

— Madame Pic vous passe le bonjour, lui dit Vicente.

Vicente sort de sa poche 500 francs mais le gars à l'omelette se fige à la vue des billets.

— Vous êtes son fils, n'est-ce pas ?

Vicente fait oui de la tête.

— Je fais pas payer Madame Pic, ajoute le type.

Vicente range l'argent dans sa poche, pas plus étonné que ça. L'homme lui donne rendez-vous à onze heures du soir. Ils se retrouvent devant une passerelle à l'écart de la ville. Au bout de la passerelle, il y a des barbelés qui tracent la ligne de démarcation. Il faut les suivre à quatre pattes, sur presque cinq cents mètres, puis le passeur montre à Vicente un trou caché par du feuillage. Vicente s'y faufile. Puis il marche quelques kilomètres sur une grande route, sans se faire repérer, jusqu'à une gare. Là, il attend le premier train du matin, qui le conduira à Paris.

Quelques heures plus tard, il débarque à la gare de Lyon. Paris s'agite toujours comme si le reste du monde n'existait pas. Vicente se rend directement à son appartement, 6 rue de Vaugirard. Il se sent sale de son voyage, ses vêtements ont pris la poussière sur les banquettes des trains et des halls de gare, il a hâte de se changer. Dans la boîte aux lettres, il ne trouve aucune nouvelle de sa belle-famille. Cela ne leur ressemble pas. Il se rappelle la promesse qu'il a faite à sa femme d'aller aux Forges, voir ce qui s'y passe.

En arrivant au dernier étage, glissé sous la porte, il trouve un mot de sa mère qui lui demande de passer la voir « de toute urgence ».

En arrivant chez elle, Vicente trouve Gabriële très affairée, un poupon en porcelaine dans les mains.

— Qu'est-ce que tu fais ? demande Vicente.
— Je continue de travailler.
— Pour qui ? s'étonne Vicente.
— Les Belges, répond Gabriële en souriant.

Depuis que le réseau de Jeanine a été démantelé, Gabriële n'est plus Madame Pic mais la « Dame de Pique » pour un réseau de résistants franco-belge. Le réseau s'appelle Ali-France, il est lié au réseau Zéro qui a commencé à Roubaix en 1940. Pour eux, Gabriële transporte du courrier.

Vicente regarde sa mère. Elle a 61 ans, elle est haute comme une commode de salon, mais elle continue de s'agiter dans tous les sens telle une jeune fille.

— Mais comment tu fais, avec tes douleurs aux bras ? demande Vicente, qui a dû soulager sa mère plus d'une fois avec de la morphine.

Gabriële disparaît de la pièce et revient en poussant devant elle un gros landau bleu marine, avec des roues immenses. Elle y glisse son poupon en porcelaine, emmailloté dans des langes, pour y cacher du courrier clandestin. Fière comme un garnement. Cette mère est infernale, pense Vicente.

— Tu es avec nous ? demande Gabriële. Nous avons besoin d'un contact en zone sud.

— Oui maman, répond Vicente en soupirant… c'était pour ça que tu m'as fait venir ?

— Tout à fait, dit Gabriële. Je te ferai passer des missions.

— Tu as des nouvelles de Jeanine ?

— Je crois que sa traversée vers la frontière espagnole est prévue pour bientôt. Je peux compter sur toi ?

— Oui oui maman… en attendant il me faut de l'argent. Je dois aller chez mes beaux-parents aux Forges. Et puis ensuite je vais à Étival, je vais prendre les draps qui sont au grenier et aussi des couvertures pour...

— Très bien, voilà, coupe Gabriële qui n'a aucune envie d'écouter des histoires assommantes de trousseau de jeunes mariés.

Elle ouvre un tiroir avec une liasse de billets. Elle les compte et en donne quatre à Vicente.

— D'où ça sort ? C'est Francis qui t'a donné tout cet argent ?

— Mais non, répond Gabriële en haussant les épaules. C'est Marcel.

— Il n'est pas à New York ?

— Si. Mais on se débrouille.

En descendant les escaliers, Vicente sent les billets au fond de sa poche, l'argent le démange au creux de ses mains. Quand il sort dans la rue, au lieu de tourner à droite pour rentrer chez lui, il prend la direction des faubourgs de Montmartre, pour aller *Chez Léa*.

Chapitre 9

La première fois qu'il était entré dans cette fumerie d'opium, il avait 15 ans et c'était avec Francis. Les circonstances avaient réuni le père et le fils. Les rares fois où les deux hommes se retrouvaient seuls, cela se passait toujours mal. Vicente cherchait à plaire à son père, mais Francis se méfiait de son fils, qu'il trouvait trop beau. Il l'aurait mieux aimé, cet enfant, s'il avait été le fils de Marcel, l'amant de sa femme. Alors là oui, si Vicente avait été un jet de foutre de Duchamp, il l'aurait adoré, ce beau garçon mélancolique. Mais malheureusement, avec ses couleurs noires et ses hanches fines de matador, le garçon était sans conteste un Espagnol.

Après quatre enfants avec Gabriële, Francis était arrivé à la conclusion que, parfois, les grands esprits s'annulent. Pour peindre, c'était parfait. Mais pour fabriquer des descendants, le résultat s'avérait médiocre.

Ne sachant pas quoi faire de cet enfant triste, le peintre décida ce jour-là de lui offrir sa première pipe d'opium.

— Tu vas voir, ça éclaircit les idées.

La fumerie de Léa n'était pas fréquentée par les acteurs ni les demi-mondaines, ce n'était pas une fumerie à la mode, pour les *happy few*. Non. *Chez Léa*, on ne côtoyait pas des esthètes, seulement des ombres. En arrivant, ils s'étaient d'abord attardés dans la salle du bar, celle qui donnait sur la rue. Francis avait demandé qu'on serve à son fils un peu de *choum-choum*. Léa, qui était encore vivante à l'époque, apporta à l'adolescent un alcool de riz translucide qui brûlait tout à l'intérieur, de la gorge jusqu'aux entrailles. Vicente avait été surpris par la douleur acide le long de ses parois intestinales. Cela avait fait rire son père, d'un rire non pas moqueur, mais heureux et franc. Ce rire avait rempli le fils d'une joie profonde, portée par l'ivresse. C'était la première fois que son père riait avec lui, et non contre lui.

— On y va ? demanda Francis en reposant son *choum-choum* qu'il avait bu cul sec. Mon grand, avait-il dit à son fils en lui tapant sur l'épaule, tu ne diras rien à ta mère.

Vicente avait été envahi d'une émotion extraordinaire. Être là, dans cet endroit interdit, partager un secret avec Francis, se faire appeler mon grand. Et ce geste amical ! Il avait si souvent vu son père frapper ainsi ses amis. Parfois les serveurs de café recevaient aussi cette sorte de gifle. Toujours suivie d'un grand rire. Mais lui, Vicente, n'y avait jamais eu droit.

Huit ans plus tard, en poussant la porte de *Chez Léa*, Vicente se souvient de cette première fois avec son père. Depuis, il avait fréquenté toutes les fumeries de Paris, des plus belles aux plus sordides. Mais celle-ci gardait la saveur étrange du dépucelage. Entre-temps, Léa était morte, et son père était devenu son pire ennemi.

Vicente se dirige au fond de l'établissement, vers l'escalier qui mène au sous-sol. En descendant les marches, il retrouve l'odeur suintante d'égouts et de moisissure, qui le prend à la gorge à mesure qu'il s'enfonce dans la cave voûtée.

Après avoir soulevé un rideau épais comme un tapis persan, c'est un royaume de caves en pierre qui se succèdent comme des miroirs se reflétant à l'infini. La première fois, il avait été surpris jusqu'au malaise par l'odeur de l'opium, chaude et amère, de matière fécale mêlée à un parfum sucré de fleurs. Aujourd'hui, cette odeur moite et aiguë, mêlant les excréments aux relents de patchouli, le rassurait. Elle redonnait à son esprit une tranquillité immédiate.

La première fois qu'il était entré là, les tentures rouges orientales, les tissus brodés et moirés qui recouvraient les murs, l'avaient transporté en Asie.

Ce décor de pacotille, pathétique, il l'adorait. Pour ce qu'il était, théâtral et toc, illusoire et sale. Ici, tout est faux, les bijoux en pierres de la vieille Chinoise au comptoir de l'entrée, le gros bouddha, les coiffures en feutre des garçons. Mais Vicente sait que ce qu'on vient chercher ici ne ment pas. Il pose sur le comptoir l'argent que Gabriële vient de lui donner. La vieille Chinoise fait signe à un garçon de s'occuper de lui.

Vicente traverse les petites pièces enfumées, où des êtres dans une demi-obscurité, quasiment inanimés, ont l'air de malades sur le point de voir leur âme s'envoler. Ils poussent de petits râles, avec dans l'œil des éclats de paradis. Vicente sent l'excitation monter en lui et son sexe réagir.

Allongés sur des divans près du sol, hommes et femmes sont exsangues. Avec leurs tiges de bambou au bout des doigts, ils ont l'air de joueurs de flûte, entrelacés dans une symphonie sensuelle, soufflant dans leurs fins pipeaux turgescents. Vicente les envie, il voudrait déjà en être là, son corps s'amollit et se prépare à recevoir le délicieux poison.

Arrivé devant le lit qu'on lui attribue, il déboutonne les manches de sa chemise, puis détache la ceinture en cuir de son pantalon pour se mettre à l'aise. Enfin il s'allonge. Un petit être chauve, aux yeux exorbités et au teint jaune, cireux, lui apporte un plateau en laque, d'un rouge sang, brillant comme un miroir, qui présente le nécessaire du fumeur d'opium. Vicente se souvient, la première fois qu'il avait fumé, son père lui avait dit :

— Tu ne seras plus jamais triste avec ça, toutes les préoccupations de ta vie resteront derrière la porte.

Mais Vicente avait vomi tout son corps, jusqu'à ce qu'un jus flasque sorte de ses entrailles. Après il y avait eu les sueurs et les malaises. Vint ensuite le bonheur promis. Ce fut à la troisième pipe. La morsure divine.

En s'allongeant sur le divan, débraillé, à l'aise, Vicente cherche à entendre les soupirs de plaisir de ses voisins, ces râles longs et lourds, cris étouffés des nuits secrètes et scandaleuses où les corps s'échangent dans le noir. Mais le garçon au teint de cire lui apporte une pipe trop claire, mal culottée, ce qui agace Vicente. Le garçon baisse les yeux avant d'aller échanger la mauvaise pipe contre une pipe déjà brûlée. Vicente s'impatiente, il veut sentir la fumée brûler ses poumons, la retenir en apnée le plus longtemps possible. Lorsque le garçon revient pour lui tendre le bon bambou, Vicente ferme les yeux. Il entoure la pipe de ses mains, heureux comme l'enfant qui retrouve les doigts de sa mère.

Il soupire enfin dans l'odeur jaune de l'opium. Les petites lampes à huile encrassent davantage l'atmosphère et lui donnent une solennité d'église. Allongé sur le flanc, Vicente a maintenant la pipe au bord des lèvres et les yeux mi-clos. Il pose sa tête sur un socque en bois et la fée brune fait son travail de pute sublime. Elle le pompe comme la reine du bordel de Siam et sa peau se tend d'abord sous la nuque, ses poils se dressent comme un scalp magique de la racine des cheveux jusqu'à ses mollets. Dans une exaltation fiévreuse, le brouillard lourd autour de lui, il met la main dans son pantalon et trouve sans bouger, enfin, ce qu'il est venu chercher... une extase dorée, des rêves fantasmatiques, une sensualité de tout son être immobile.

La première fois, Francis avait regardé en souriant le sexe de son fils se gonfler de sang. L'adolescent avait connu un désir souple, infini, et libéré de tout sentiment de culpabilité, un plaisir pacifique, sans amertume.

Vicente n'a pas besoin de se toucher, ni de remuer, la simple caresse de sa main sur son sexe enflé l'emmène là où il n'est plus question de corps terrestre, mais d'une bonté infinie qui le lie à tout ce qu'il aime, une harmonie des corps, la beauté des chairs de jeunes filles, les poitrines lourdes des femmes mûres, la perfection des hommes, leurs fesses d'ivoire comme des statues. Sans bouger, son corps entier se mêle à tout ce qui l'entoure dans une capacité sexuelle décuplée, il n'est plus un petit garçon, mais un ogre comme son père, dont la verge immense peut satisfaire toutes celles et tous ceux qui la réclament, tandis qu'une neige de minuscules plumes de cygne tombe au ralenti et que les femmes s'adoucissent dans une volupté de crème poudrée et rose, leurs aisselles sentent le sucre et la purpurine, il n'a pas besoin de les lécher pour les boire, son sexe flotte dans les airs comme un oiseau au duvet doux, il les satisfait ainsi, en lévitation, pendant des heures, dans un plaisir qui ne connaît pas de fin.

La première fois, un homme était venu contre lui, pour se frotter dans son creux. Il avait cherché le regard de son père, quelque part, pour lui demander protection ou approbation. Mais Francis, inanimé, avait oublié son fils, il avait mis son être à la porte de lui-même. Alors Vicente s'était laissé faire, dans les caresses de l'opium, douces et presque chastes, comme une promenade sans but, comme une journée passée à ne rien faire, une nuit contre un corps chaud et endormi.

C'était une sensation qui pouvait durer des heures entières, entre le sommeil et la conscience, jusqu'à ce que sa mère fasse son apparition dans ses songes.

Il fallait toujours que Gabriële vienne ternir ses rêves. Et aussi sa sœur, Jeanine. En les voyant arriver dans les volutes de fumée, Vicente a l'impression d'être soudain pris entre deux montagnes granitiques, deux énormes seins qui l'étouffent. Quant à son père, le grand génie du siècle, celui-ci vient aussi l'écraser, de sa peinture, face à ses toiles il n'est jamais qu'un minuscule débris, un vermisseau glabre. Il est leur poupée de chiffon mou et tous s'amusent de lui.

Vicente se met à rire tout seul comme un dément, il aplatit entre ses doigts les deux petites naines héroïques. Puis il a envie de pleurer, à cause de son frère, le faux jumeau, ce bâtard que Francis a fait à une autre femme, en même temps que lui. Où est-il, ce frère détesté ? Il serait parti sur un voilier. J'aurais dû m'enfuir avec lui, au lieu de le haïr, se dit Vicente à présent. Les yeux brillants, hilares, perforant un visage de craie, Vicente revient à lui car c'est l'heure de la nouvelle pipe, il se calme et fait signe au garçon cireux qu'il est temps d'enchaîner. Il veut une couverture pour couvrir ses jambes, en peau de chèvre, celles qui sentent fort mais tiennent chaud. Ensuite il restera là sans bouger, une décennie peut-être, la pipe toujours à portée de lèvres.

Lorsque Vicente se réveille, il ne sait pas quel jour il est. Il n'a plus d'argent. Et plus de volonté. L'opium a enlevé en lui tout motif rationnel de faire les choses. Au lieu d'aller aux Forges, Vicente se cache des jours entiers dans son appartement, incapable de faire quoi que ce soit.

Il se demande pourquoi il est à Paris.

Pourquoi est-il parti ? Il se rappelle que sa femme l'attend quelque part. Mais son cerveau est incapable de retrouver le nom du village où ils se sont installés.

Comment va-t-il faire pour la rejoindre ?

La seule chose dont il se souvient, c'est qu'il doit partir dans le Jura, dans la maison de famille de sa mère, pour trouver une casserole et des draps.

Chapitre 10

Myriam est toujours sans nouvelles de son mari. Seule, dans la maison du pendu, sans eau ni électricité, elle attend. Le vent, qui chasse un jour puis l'autre, souffle de plus en plus froid.

De temps en temps, Mme Chabaud monte la voir. La veuve est comme les crabes, sous la carapace, la chair est tendre. Les jours de *raïsse*, c'est-à-dire d'averses, elle lui propose de venir chez elle, au village, parce que c'est moins humide. Myriam profite de l'eau chauffée sur le feu, elle se met nue dans l'évier constitué d'une pierre, près du sol, pour se laver à genoux. Mme Chabaud lui apprend à entretenir les bûches « à l'économie », non pas en longitudinal, mais bout à bout.

— Même si ça ne facilite pas toujours le tirage, lui dit-elle.

Myriam repart toujours chez elle avec un panier de légumes et du fromage.

Deux jours avant Noël, Mme Chabaud l'invite à venir fêter le réveillon, avec son fils et sa belle-fille. Et le petit Claude, qui vient de naître.

— Vous et moi, on ne se croise pas trop à l'église, hein ? On a d'autres choses à faire... Mais je crois que ce serait bon, pour toutes les deux, qu'on aille à la messe de minuit. Habillez-vous chaudement parce qu'il fait froid les nuits de décembre.

Myriam n'a pas d'autre choix que d'accepter. Personne ne doit la soupçonner d'être juive, pas même Mme Chabaud. Son absence à la messe ferait parler d'elle dans le village. Faudra-t-il respecter des rituels, lire une bible, ou réciter des prières ? Myriam ne sait pas comment se déroule un soir de Noël. Elle demande à François Morenas de bien vouloir l'aider à s'y préparer.

Alors François l'athée montre à Myriam la Juive comment se signer. *Au nom du Père, du Fils et du Saint-Esprit*, deux doigts sur le front, deux doigts sur le cœur, puis d'une épaule à l'autre. Myriam répète ce geste plusieurs fois.

Le matin de Noël, elle va cueillir du houx dans le vallon de l'Aiguebrun, pour ne pas arriver les mains vides chez Mme Chabaud. Les Alpilles sont toutes blanches. Elle croit voir au loin un signe, le retour de son mari.

Avant de partir au village, elle laisse un mot devant la porte, pour Vicente. C'est son genre d'apparaître le soir de Noël, se dit-elle. Elle l'imagine arriver, les bras chargés de cadeaux, un sublime Roi mage.

« *La clé est où tu sais, je suis chez Mme Chabaud, rejoins-moi chez elle ou attends-moi.* »

Les doigts glacés, elle pose le billet devant la porte, puis se met en chemin, en répétant *Amen* comme le lui a appris François, en prononçant bien le « a » et « mène », et non pas comme les Ashkénazes, qui disent « o » et « mèyne ».

L'église est pleine et personne ne fait attention à Myriam pendant la messe, elle s'est inquiétée pour rien. À la sortie, Mme Chabaud l'attend pour l'emmener chez elle. Monsieur le curé salue la veuve.

— Madame Chabaud, vous devriez venir plus souvent me rendre visite. Voyez, dit-il en désignant Myriam, ce soir vous avez montré l'exemple. Et vous avez été suivie…

— Monsieur le curé, permettez-moi de vous répondre que travailler c'est prier, répond Mme Chabaud en tirant Myriam par le bras.

Le curé les laisse partir sans rien dire. Il sait que la veuve s'occupe seule de la récolte des céréales, de la cueillette des fruits et de la vente des amandes, des troupeaux pour la viande, du lait et du lainage, mais aussi de l'entretien de quatre chevaux qu'elle prête volontiers à ceux qui en ont besoin. Elle n'a pas le temps de venir à l'église tous les dimanches, mais elle fait vivre plus d'une famille au village.

Mme Chabaud conduit Myriam jusqu'à sa maison, où la table déjà dressée est recouverte de trois nappes de lin parfaitement blanches, disposées les unes sur les autres, comme les draps frais d'un grand lit ancien, qui seront effeuillées au fil des heures. La nappe du milieu servira pour le repas du lendemain midi – un repas uniquement composé de viandes. La nappe du dessous servira le soir du 25, qui est le soir des restes. Tandis que la nappe du dessus présente aux regards des invités ce que les Provençaux appellent les treize desserts du soir de Noël.

Les branches d'olivier et le houx, qui décorent la table, sont un gage de bonheur. Les trois bougies de la Sainte-Trinité sont allumées à côté des blés de la Sainte-Barbe – un plat de lentilles que Mme Chabaud a mises à germer dans une assiette depuis le 4 décembre. Les graines ont eu le temps d'éclore comme une barbe de pousses vertes et drues. Le pain a été rompu en trois parties, pour réserver la part de Jésus, la part des convives et la part du mendiant, conservée dans une armoire, entourée d'un linge. Myriam se souvient que son grand-père, au début du *kiddouch*, rompait aussi le pain. Et qu'il fallait, le soir de *Pessah*, réserver une coupe pour le prophète Élie.

Disposées tout au long de la table, les assiettes présentent les treize desserts provençaux.

— Regardez bien, vous ne verrez pas ça ailleurs qu'ici ! lui dit Mme Chabaud. Ça c'est la *pompa a l'òli*, la farine de froment, qui absorbe l'huile comme un âne assoiffé.

Myriam hume le pain brioché parfumé à la fleur d'oranger, sur la pâte jaune comme une motte de beurre, saupoudré de cassonade.

— On ne le coupe jamais avec un couteau ! Ça porte malheur, explique Mme Chabaud.

— On peut se retrouver ruiné l'année suivante, ajoute son fils.

— Regardez, Myriam, cela ce sont nos *pachichòis*.

Mme Chabaud est heureuse de montrer ses traditions provençales. Sur quatre assiettes, les mendiants sont disposés pour symboliser les quatre ordres religieux ayant fait vœu de pauvreté. Les dattes, avec un « O » gravé sur le noyau, évoquent l'exclamation de la Sainte Famille lorsqu'elle goûta ce fruit pour la première fois.

— Si on n'a pas de dattes, on prend une figue sèche que l'on fourre d'une noix.

— C'est le nougat du pauvre.

La neuvième assiette contient les fruits frais de la saison, des arbouses rouges et des raisins, des prunes de Brignoles et des poires au vin cuit. Sans oublier le *verdaù*, ce melon vert, le dernier melon de l'automne, qu'il faut choisir un peu ridé. Et puis il y a les bugnes, les oreillettes, les navettes parfumées au cumin, celles à l'anis, les croquants aux amandes, les galettes de lait, les biscotins aux pignons de pin.

Cette table dressée rappelle à Myriam les soirs de *Kippour* en Palestine, lorsque les dix jours redoutables se terminaient au son du *schofar*. Quand ils rentraient de la synagogue, des gâteaux au pavot les attendaient sur la table, ainsi que les petits pains tartinés de fromage blanc, que son grand-père Nachman aimait manger avec du hareng accompagné d'un café à la crème.

— Alors, c'est comme ça qu'on fête Noël à Paris ? s'exclame Mme Chabaud qui voit Myriam perdue dans ses pensées.

— Ah non, pas du tout ! répond Myriam en souriant.

— J'ai un cadeau pour vous ! dit Mme Chabaud à la fin du dîner.

Elle va chercher une orange. Et le cœur de Myriam se serre en reconnaissant ce papier fin dont se servaient les ouvrières de Migdal. Elle repense au goût amer de l'écorce qui s'incrustait sous les ongles pour longtemps. Elle se souvient du jour où sa mère lui avait annoncé que toute la famille allait s'installer à

Paris. Les mots tintaient à son oreille comme des promesses. *Paris, la tour Eiffel, la France.*

— Ephraïm, Emma, Jacques et Noémie. Où êtes-vous ? se demande-t-elle sur le chemin du retour, comme si une réponse pouvait surgir dans le silence de la nuit.

Chapitre 11

Il faut compter entre quatre et cinq jours de marche pour franchir la frontière espagnole par les Pyrénées. La traversée coûte au moins 1 000 francs mais cela peut monter jusqu'à 60 000 francs. Certains passeurs demandent une avance, ensuite ils ne viennent pas au rendez-vous. Il arrive aussi que des clandestins se fassent tuer au milieu de la traversée. Mais il y a aussi les passeurs courageux, les généreux, ceux à qui l'on peut dire :

— Je n'ai rien sur moi, mais je vous payerai un jour.

Et qui répondent :

— Allez, on ne va pas vous laisser aux Allemands.

Jeanine connaît toutes ces histoires. Le passeur qu'on lui a conseillé est un guide de montagne, qui a l'habitude, c'est au moins son trentième passage.

En voyant arriver la jeune femme, il s'inquiète. Non seulement elle n'est pas plus haute qu'un enfant, mais ses chaussures et ses vêtements ne sont pas adaptés à la traversée.

— C'est le mieux que j'ai trouvé, dit Jeanine.

— Faudra pas vous plaindre, répond le passeur.

— Au départ, je devais passer par le Pays basque.

— Cela aurait été mieux pour vous. La traversée est moins dangereuse.

— Mais depuis l'invasion de la zone sud, le passage n'est plus sûr.

— J'ai entendu dire ça, en effet.

— C'est pour ça, on m'a dit de prendre par le massif du mont Valier. Il paraît que les soldats allemands ne s'y aventurent pas, parce que c'est trop dangereux.

Le passeur regarde Jeanine et lui lance sèchement :

— Gardez votre énergie pour marcher.

Jeanine n'est pas une bavarde, mais elle avait besoin de parler pour calmer sa peur. Elle sait que d'autres avant elle ont trouvé la mort et non la liberté au bout de la traversée. Alors elle pose un pied devant l'autre, regarde en direction de la frontière et oublie qu'elle a le vertige.

Le long des corniches de neige poudreuse, ses pas s'enfoncent. Le passeur remarque qu'elle est plus solide qu'elle n'en a l'air. Ensemble ils passent des rivières de glace.

— Et si on se casse une jambe ? demande Jeanine.

— Je ne vais pas vous mentir, répond le passeur. Ça se termine avec une balle dans la tête. C'est ça ou mourir de froid.

Quand Jeanine lève le regard, l'Espagne semble toute proche, il suffit de tendre la main pour que le bout de ses doigts frôle les crêtes, où des lumières brillent dans la nuit. Mais plus elle avance, plus les lumières s'éloignent. Elle sait qu'il ne faut pas désespérer. Elle pense au philosophe Walter Benjamin, qui s'est suicidé juste après avoir franchi la frontière, parce qu'il a pensé que les Espagnols le reconduiraient en arrière. « *Dans une situation sans issue*, avait-il écrit dans sa dernière lettre en français, *je n'ai d'autre choix que d'en finir.* » Et pourtant, s'il avait gardé espoir, il s'en serait sorti.

Au bout de trois jours, le passeur lève son gant vers le lointain et annonce à Jeanine :

— Marchez dans cette direction, moi je vous laisse ici.

— Comment ça ? demande Jeanine. Vous ne venez pas avec moi ?

— Les passeurs ne traversent jamais la frontière. Vous terminez le chemin toute seule, vous allez toujours tout droit, jusqu'à tomber sur une petite chapelle qui accueille les fugitifs. Bonne chance, lance-t-il avant de faire demi-tour.

Jeanine se souvient qu'un jour, quand elle était enfant, sa mère lui avait dit une chose qui l'avait marquée. Gabriële lui avait fait la liste de toutes les morts possibles.

Le feu,
le poison,
l'arme blanche,
la noyade,
l'étouffement...

— Si un jour tu dois choisir ta mort, ma fille, opte pour le froid. C'est la plus douce. On ne sent plus rien, on a simplement l'impression de s'endormir.

Chapitre 12

En pleine nuit, Myriam est réveillée par des coups frappés à la fenêtre de la cuisine du pendu. C'est Vicente, elle en est sûre. Elle glisse ses pieds nus dans de gros godillots froids et un gilet sur sa chemise de nuit. Mais la silhouette qu'elle aperçoit dans le noir n'est pas celle de son mari. L'homme est très grand, avec de larges épaules, il tient à la main une bicyclette.

— Je viens de la part de M. Picabia, dit-il avec l'accent des gens de la région.

Myriam ouvre la porte et le fait entrer, elle cherche des allumettes pour la bougie mais Jean Sidoine lui fait signe qu'il faut rester dans le noir. Il retire son chapeau pour dégager sa tête, et lui annonce :

— Votre mari est en prison, il a été incarcéré à Dijon. Il m'envoie vous chercher. On part avec le prochain train. Dépêchez-vous.

Myriam a hérité de sa mère cette capacité à réfléchir vite et froidement. Elle dresse dans sa tête la liste de toutes les choses à faire avant de partir, vérifier les braises, ne pas laisser traîner de nourriture, ranger la maison, écrire un mot à Mme Chabaud.

— Nous avons deux trains et un autocar à prendre, dit Jean à Myriam. Nous arriverons à Dijon un peu avant minuit.

À l'aube, ils se rendent silencieusement à la gare de Saignon, qui dessert la ligne Cavaillon-Apt. Sur le quai désert de la gare, Jean lui tend une carte d'identité.

— Vous êtes ma femme.

Elle est plus jolie que moi, se dit Myriam en regardant les faux papiers.

Le voyage est long. Succession de cars, de trains régionaux, chaque minute est dangereuse. Il fait froid, Myriam n'est pas assez couverte. À Montélimar, Jean lui passe sur les épaules son gros gilet de laine tricotée.

À Valence, les jeunes mariés retiennent leur respiration au moment où des uniformes allemands passent faire des contrôles. Ils tendent leurs faux papiers. Jean admire la placidité de cette jeune femme, qui sait garder son sang-froid devant l'ennemi.

Dans le dernier train qui les mène à Dijon, alors qu'ils sont seuls dans le wagon, Myriam se sent sortie d'affaire. Elle aime les trains, la nuit, quand les voisins somnolent et qu'une douceur feutrée flotte dans l'air – l'esprit est au repos, sans aucune décision à prendre.

Ils savent que c'est interdit, qu'ils ne devraient pas se raconter, que par les temps qui courent il faut se taire. Mais cette nuit tombée sur le paysage et le calme ouaté du wagon vide donnent envie à Jean et Myriam de se confier.

— Le premier train que j'ai pris, dit Myriam pour briser le silence, c'était pour traverser la Pologne jusqu'en Roumanie. Une grosse dame, qui gardait le samovar, me terrorisait. Je me souviens parfaitement de son visage...

— Qu'alliez-vous faire en Roumanie ?

— Prendre un bateau. Pour la Palestine où nous avons vécu quelques années avec mes parents.

— Mais vous êtes polonaise ?

— Non ! La famille de ma mère est polonaise, mais moi je suis née à Moscou, en Russie, dit Myriam en regardant par la fenêtre les arbres dessinant des ombres d'encre noire. Et vous ?

— Moi je suis né à Céreste. C'est pas loin de Buoux. Deux heures de vélo, si vous prenez la route de Manosque. Mon père est artisan charron. Il joue du piston dans la fanfare du village. Et ma mère, elle, est pantalonnière, dit-il en claquant sa main fièrement sur ses cuisses pour montrer son pantalon.

— Du beau travail, dit Myriam en souriant. Et vous faites quoi comme métier ?

— Je suis instituteur. Malheureusement, cela fait un moment que je n'ai pas mis les pieds dans une école... j'ai fait de la prison moi aussi. Un jour, au bistrot de mon village, j'ai dit que je n'aimais pas la guerre. Alors j'ai été convoqué au bas fort Saint-Nicolas à Marseille par le juge d'instruction militaire pour « propos défaitistes ». Je suis resté un an en prison... alors je sais un peu de quoi je parle. Je peux vous dire que ce dont votre mari a le plus besoin, c'est de courage. Il va connaître la guerre des chiottes, les combines pour le tabac, le mitard, le mépris des gardiens, la coupe des cheveux ras, il va apprendre à marcher avec des sabots de bois, l'humiliation des fouilles, le trafic des mégots de cigarettes, il va boire de l'alcool à brûler et subir les brimades des matons... Mais l'important, c'est qu'un jour, votre mari va sortir.

— C'était quand, vous ?

— Le 21 janvier 1941. J'avais tellement changé en un an, j'étais si maigre, que mes parents ne m'ont pas reconnu. J'avais changé aussi à l'intérieur. Je n'étais plus du tout pacifiste et j'ai décidé d'aider les résistants.

— Vous êtes courageux.

— Ce n'est pas du courage. Je fais les choses à ma manière. Comme je peux. Au village, à Céreste, il y a un gars qui est arrivé. Il s'appelle René. On va le voir et là, il nous dit quoi faire, il nous donne des petites missions. Je fournis même le casse-croûte, dit-il en sortant de sa besace deux morceaux de pain soigneusement emballés.

Myriam sourit et mange volontiers avec Jean.

— On va pas tarder, dit-il. Notre chemin s'arrêtera là. Je vous déposerai chez la femme d'un détenu, qui est dans la même cellule que votre mari. Demain elle vous emmènera le voir.

Avant de partir, Myriam remercie Jean Sidoine et, lui attrapant le bras, elle lui dit :

— Moi aussi je veux faire des missions.

— Très bien. J'en parlerai à René.

Chapitre 13

À L'Isle-sur-la-Sorgue, la vie de René Char était surveillée. Alors en 1941, il avait pris sa femme et une valise pour se réfugier cinquante kilomètres plus loin, chez un couple d'amis, à Céreste.

Il découvre la petite place aux marronniers, où les maisons se tiennent droites devant l'église, comme des enfants de chœur devant monsieur le curé. Et au milieu, la fontaine où il a été foudroyé par la beauté d'une fille du village. Marcelle Sidoine.

René se rend tous les jours à la fontaine, pour la voir. Les vieilles observent sur leurs bancs, derrière leurs fenêtres, sur le perron de l'église, incrustées à leurs chaises, elle attendent ce moment, quand René arrive sur la place pour regarder Marcelle tirer l'eau.

— Vous avez fait tomber votre mouchoir, lui dit-il un jour.

Marcelle ne répond rien, elle met le mouchoir dans sa poche et s'éloigne. Dans son dos, elle sent le regard des crapaudes qui n'ont pas perdu une miette du spectacle.

Au fond de sa poche, les doigts de la jeune femme cherchent le morceau de papier glissé à l'intérieur du mouchoir, avec un rendez-vous, Marcelle le savait.

Les vieilles aussi, elles le connaissent, le coup du mouchoir. Leurs cœurs fatigués se remettent à battre, elles se souviennent qu'elles aussi ont été de jeunes filles au corps souple tirant l'eau de la fontaine. Les vieilles devinent le mot caché dans le mouchoir, le mouchoir caché dans la main, la main cachée dans la poche de Marcelle. Marcelle devient la femme renarde des *Feuillets d'Hypnos*.

Mais Marcelle est déjà mariée à un gars du village, Louis Sidoine. Personne ne peut lui reprocher de ne pas surveiller sa femme : Louis est prisonnier de guerre en Allemagne.

Rien ne se soustrait au mystère dans un village, tout se sait. Un étranger prend la femme d'un Cérestain. Les règlements de comptes se feront plus tard. En attendant, René quitte sa femme et installe son quartier général chez la mère de Marcelle. Il devient le chef d'une armée secrète qui s'organise dans l'ombre.

Il y avait, çà et là, des hommes et des femmes prêts à se battre. Parfois c'était une famille entière. Parfois des êtres isolés qui ne savaient même pas que le voisin était du même côté. Peu à peu, cette résistance éclatée et balbutiante se regroupe autour d'un chef – René Char en est un. Il sait fédérer les hommes, les galvaniser et, surtout, les organiser, repérer les caractères. Il dresse la liste de ceux qui sont avec lui, il donne des missions. Sous le pseudonyme d'Alexandre, il devient en 1942 le responsable pour sa zone dans l'armée d'unification des réseaux de France. C'est l'Armée secrète, constituée par Jean Moulin sous les ordres du général de Gaulle. Alexandre, en référence au guerrier poète, roi de Macédoine et élève d'Aristote.

René se déplace à vélo, en train, avec les cars régionaux, il sillonne la région, pour trouver les amis là où ils se cachent, ceux qui veulent s'engager dans la lutte. Il travaille à mettre en lien tous ceux qui peuvent aider la Résistance aux alentours de Céreste. Il dessine et compose la carte souterraine du maquis, il repère les cachettes dans les étables, les maisons à double entrée, les rues qu'il faut éviter pour ne pas être pris en tenaille. Dans un champ où bientôt pourraient atterrir des parachutes, il fait couper un arbre gênant aux paysans. Il sait aussi faire taire ceux qui le trouvent trop entreprenant.

Les hommes de René Char ne sont pas encore armés mais ils s'entraînent comme des soldats qui seront bientôt appelés au front. En attendant, ils font des missions de renseignement, dessinent des croix de Lorraine sur les murs, organisent un attentat contre la maison de Jean Giono, dans la nuit du 11 au 12 janvier 1943 en plastiquant sa porte. L'écrivain s'en sort avec des cloisons ébranlées. Pourquoi s'en prendre au grand écrivain ? À celui qui s'est battu pour la paix ? Certains ne comprennent pas.

— Qui n'est pas avec nous est contre nous.

Chapitre 14

À Dijon, Myriam passe la nuit chez une femme aux cheveux presque brûlés par sa teinture blonde, dans un appartement humide, sur la route de Plombières.

— J'étais trapéziste quand j'ai rencontré mon mari, dit-elle en préparant un lit pour Myriam.

Myriam peine à reconnaître les traces du corps d'athlète sous les chairs épaisses.

— Faut dormir, demain on se lève tôt pour la visite, dit la trapéziste en lui lançant une couverture.

Myriam ne dort pas, cela faisait longtemps qu'elle n'avait plus entendu le bruit des avions qui rasent la ville. Elle regarde le jour se lever par la fenêtre, elle sent encore dans ses jambes le roulis du train, comme on tangue de retour sur la terre ferme, après un voyage en bateau.

Pour se rendre au fort d'Hauteville, qui domine Dijon, il faut d'abord marcher une bonne heure à travers les champs.

La prison est un bâtiment gris aux murs épais. Myriam retrouve son mari. Elle ne l'a pas vu depuis deux mois. Il a les paupières lourdes et le visage brouillé.

— J'ai des maux de tête terribles et aussi des douleurs dans les reins.

Vicente ne parle que de ça, et de son rhume, une morve liquide et transparente coule de son nez.

— Mais explique-moi ce qui s'est passé !

— Je suis allé dans le Jura, à Étival. Comme prévu. J'ai pris des draps et des couvertures. Des couverts aussi. Le lendemain, c'était le 26 décembre, je suis parti avec les valises, pour rentrer chez nous. Fallait que je traverse la ligne. À l'aller, j'avais un passeur. Je me suis dit, au retour, je peux le faire seul. Mais pas de chance. Vers minuit, j'arrive sur la passerelle et là je tombe sur des Allemands qui faisaient leur ronde. Avec ma valise remplie jusqu'à ras bord – on m'a accusé de faire du marché noir. Et voilà, ma grande. Je suis ici.

Myriam reste silencieuse. C'est la première fois que son mari l'appelle « ma grande ». Et puis il ne la regarde pas dans les yeux. Il a le teint pâle et quelque chose de vitreux dans le regard.

— Pourquoi tu te grattes comme ça ? demande-t-elle.

— C'est les totos, explique-t-il. Les totos ! Les poux ! Le juge doit décider de ma peine aujourd'hui ou demain. On verra bien.

Myriam reste silencieuse devant la mauvaise humeur de son mari. Une question lui brûle les lèvres.

— Tu as eu des nouvelles de mes parents ?

— Non. Pas de nouvelles, dit Vicente froidement.

C'est comme un coup de poing dans le ventre. Myriam en perd sa respiration. L'heure de la visite est terminée. Vicente se penche vers elle pour lui chuchoter quelque chose au creux de l'oreille.

— La femme de Maurice, elle t'a donné quelque chose pour moi ?

Myriam fait non de la tête. Vicente se redresse, inquiet.

— Ok, demain alors. Demain, n'oublie pas, dit-il en faisant l'effort de lui sourire.

Sur le chemin du retour, la trapéziste s'excuse, elle a oublié. En effet, elle avait quelque chose pour Vicente. Une fois à l'appartement, elle lui montre une petite boule noire :

— Demain, tu la glisses entre tes doigts. Comme ça on voit rien quand tu montres au gardien la paume de tes mains à l'entrée de la prison. Voilà. Et ensuite, tu la donnes à ton mari, sous la table et discrètement.

— Qu'est-ce que c'est ? demande Myriam.

La trapéziste comprend alors que Myriam n'a aucune idée de ce que lui demande son mari.

— C'est un réglisse de ma grand-mère. Il soulage les articulations.

Le lendemain, tout se passe comme prévu. Vicente met sous la langue la petite bille noire et luisante. Myriam regarde le visage de son mari rajeunir, comme sous l'effet d'un philtre magique et, pour la première fois, Vicente pose sa main sur le visage de Myriam et reste longtemps ainsi sans bouger, à regarder quelque chose de lointain, derrière ses yeux.

Le lendemain, le 4 janvier 1943, ils apprennent que Vicente écope de quatre mois de prison et d'une amende de 1 000 francs. Myriam craignait bien pire, elle avait peur d'un départ vers l'Allemagne. Tant que son beau mari reste en France, elle est prête à tout supporter.

Chapitre 15

De retour dans la maison du pendu, Myriam retrouve l'atmosphère immobile du plateau des Claparèdes. Tous les objets posés à leur place, dans l'indifférence. Ce mois de janvier 1943 est un désert gelé qui lui glace les os.

Un soir, avant d'aller se coucher, une silhouette dans son dos la fait sursauter.

— J'ai quelque chose pour vous, dit Jean Sidoine, en frappant au carreau.

Il trimballe sur son porte-bagages une grosse caisse à outils, dont il sort un objet soigneusement emballé. Myriam reconnaît au premier coup d'œil une TSF en Bakélite brune.

— Vous m'avez dit que votre père était ingénieur et que vous vous y connaissiez en radio.

— Je peux même vous la réparer si elle est cassée.

— Je vous demande surtout de l'écouter. Vous connaissez Fourcadure ?

— La ferme ? Je vois où c'est.

— Les propriétaires ont l'électricité, et ils sont d'accord pour rendre service. On va mettre la radio dans une remise et vous irez l'écouter là-bas. On a besoin que vous écoutiez le dernier bulletin de la

BBC, celui d'après neuf heures du soir. Vous notez tout sur un bout de papier. Que vous déposerez ensuite à l'auberge, chez François. Dans le placard de la cuisine, il y a une boîte à biscuits en fer, cachée derrière les sachets d'herbes aromatiques. Il faut mettre les messages à l'intérieur.

— Tous les soirs ?
— Tous les soirs.
— François est au courant ?
— Non. Simplement, vous dites que vous passez lui dire bonsoir, boire une tisane, pour discuter, parce que vous vous sentez seule. Surtout, ne pas l'inquiéter.
— Je commence quand ?
— Ce soir. Le bulletin est à 21 h 30, précises.

Myriam s'engouffre dans la nuit pour se rendre à Fourcadure. Quand elle arrive à la ferme, elle se faufile dans la remise, met le cadre antibrouillage en place, tourne le bouton, la radio grésille, elle doit coller son oreille pour comprendre, surtout quand le vent empêche d'entendre. Dans l'obscurité de sa cachette, elle note les bulletins, sans voir la feuille, ni sa main, l'exercice est difficile.

Une fois l'émission terminée, elle sort de la remise, toujours en rasant les murs, et s'en va chez François Morenas. Trente minutes de marche. La nuit. Le froid qui écorche la peau. Mais elle se sent utile, alors ça va.

Myriam entre chez François sans frapper et s'invite pour partager une tisane avec lui. Elle frissonne, François lui passe sur le dos une couverture de l'auberge, si rustique que des herbes séchées sont incrustées dans la laine. Depuis que les vêtements de laine et le coton hydrophile sont rationnés, une couverture comme celle de François, même si elle gratte la peau, est une denrée rare.

Myriam propose de préparer elle-même les herbes pour la tisane. Et, au moment de les ranger dans le placard, elle glisse le papier dans la boîte à gâteaux. Les premiers soirs, ses mains tremblent, à cause du froid, à cause de la peur.

Pendant la journée, elle s'entraîne à écrire les yeux fermés. De jour en jour, les messages deviennent plus lisibles. Désormais Myriam ne vit que pour ça, le bulletin du soir.

Au bout de deux semaines, François dit à Myriam :
— Je sais que tu écoutes la radio.

Myriam essaye de ne pas montrer son trouble. François ne devait pas être au courant.

C'est Jean qui lui a tout raconté. Pourquoi ? Pour protéger l'honneur de Myriam. Parce qu'un soir, Morenas lui a dit :
— Mme Picabia, elle vient me voir. Elle veut discuter. Parler. Tous les soirs.
— Elle est bien seule, la pauvre. Sans son mari.
— Tu crois que ?
— Que ?
— À ton avis.
— Je ne vois pas de quoi tu parles.
— Tu crois qu'elle attend que je fasse le premier pas ?

François avait dit cela simplement, sans être grivois, mais parce que cette question le taraudait. Alors Jean s'était senti coupable. Il lui avait expliqué pourquoi Myriam venait à l'auberge tous les soirs. Il avait enfreint les règles du silence. Pour protéger le respect qu'on doit à une femme mariée.

Chapitre 16

Maman,
J'avance beaucoup dans mes recherches.
J'ai lu les Mémoires de Jean Sidoine, on y apprend beaucoup de choses.
Il parle d'Yves, de Myriam et de Vicente.
Il a même reproduit une photographie où l'on voit tes parents en train de traire une brebis. Myriam tient dans ses bras un petit agneau, tandis que Vicente est accroupi aux pis de la mère. Ils ont l'air heureux.
J'ai aussi commandé le livre des Mémoires de la fille de Marcelle Sidoine, qui raconte son enfance à Céreste pendant la guerre avec René Char. Je crois qu'elle est encore vivante.
Est-ce que tu te souviens d'elle? Elle s'appelle Mireille. Elle avait environ 10 ans pendant la guerre.
Il faut aussi que je te parle d'une autre découverte que j'ai faite. Dans une de ses notes, Myriam fait allusion à un certain François Morenas, un père aubergiste.
Ce monsieur a écrit plusieurs livres, où il raconte ses souvenirs. À plusieurs reprises lui aussi parle de Myriam.

Un jour, quand tu auras envie, je te ferai des photocopies de ces passages si tu veux. L'un m'a particulièrement émue, page 126 de Clermont des lapins : chronique d'une auberge de jeunesse en pays d'Apt, 1940-1945, *il écrit :* « Sur le plateau aux Bories est arrivée Myriam. Dans cette bastide solitaire où un homme vient de se pendre, cette femme habite seule. Elle vient souvent me rendre visite et chercher de la compagnie. Elle vient organiser un réseau de résistance et loue Fourcadure à cause de l'électricité pour venir le soir, en cachette, écouter la radio de Londres. »

En rencontrant la silhouette de Myriam dans ce livre, j'ai été très bouleversée, maman.

Et j'ai pensé à toi. Quand tu as découvert Noémie, au hasard de tes recherches, dans le livre du docteur Adélaïde Hautval. Maman, je sais que c'est difficile pour toi de me savoir plongée dans toute cette histoire, celle de tes parents. Tu n'es jamais allée chercher ce qui s'était passé sur le plateau des Claparèdes, l'année qui a précédé ta naissance.

Et je devine pourquoi. Bien sûr.

Ma maman, je suis ta fille. C'est toi qui m'as appris à faire des recherches, à recouper les informations, à faire parler le moindre bout de papier. D'une certaine manière, je vais au bout d'un travail que tu m'as enseigné, et je ne fais que le perpétuer.

C'est de toi que je tiens cette force qui me pousse à reconstituer le passé.

Anne,
Ma mère ne parlait jamais de cette période.
Sauf une fois. Elle m'avait dit :
« Ces moments furent peut-être les plus heureux de ma vie. Sache-le. »
J'ai reçu ce matin, figure-toi, une lettre de la mairie des Forges.
Tu te souviens de la secrétaire ? Je crois qu'elle a retrouvé des documents pour nous. Je n'ai pas encore ouvert l'enveloppe. Mais fais-y moi penser la prochaine fois que tu viens à la maison avec Clara.

Chapitre 17

À la fin du carême, la bande des Bouffets marche de village en village, une nuée d'enfants à leurs trousses. Le chef tient une canne à pêche avec une lune en papier, cette dame blanche est leur déesse pâle. Devant l'église de Buoux, Myriam se laisse entraîner par leur ronde qui serpente, s'enroule et se déroule, dans un bruit de sifflets et de grelots. Les jeunes gens sautent en frappant leurs pieds sur le sol, clochettes aux chevilles, pour demander à la terre nourricière de se réveiller. Ils ont à leur bouche un soufflet qu'ils font postillonner aux visages des villageois comme des injures, puis ils s'éloignent en claudiquant, à *péd couquet*, dans une danse grotesque. Ils sourient à faire peur, la face recouverte de farine collée par du blanc d'œuf, ce sont des bouffons avec des rides de vieillards. Les enfants, comme une flopée de rats des champs, le visage noirci par un bouchon de liège brûlé, vont par les rues, de maison en maison, réclamant un œuf ou encore de la farine. Au milieu de cette farandole, une voix glisse à l'oreille de Myriam, sans que celle-ci comprenne d'où elle vient :

— Cette nuit, tu auras de la visite.

Ils arrivent, un peu avant l'aube. Jean Sidoine et un jeune homme épuisé. Le teint livide.

— Il faut le cacher, dit Jean, dans le cabanon. Quelques jours. Je te dirai. En attendant, tu arrêtes les messages. Le gamin faut le surveiller, il est jeune, il s'appelle Guy. 17 ans, à peine.

— Mon frère a le même âge que toi, dit Myriam au garçon. Viens dans la cuisine, je vais te trouver quelque chose à manger.

Myriam prend soin de lui, comme elle espère que quelqu'un, quelque part, s'occupe de Jacques. Elle prépare un morceau de pain et du fromage, puis pose sur ses épaules la couverture en laine de François.

— Mange, réchauffe-toi.

— Tu es juive ? demande le jeune homme, brutalement.

— Oui, répond Myriam, qui ne s'attendait pas à cette question.

— Moi aussi, dit-il, en avalant le pain. Je peux en avoir encore ?

Il pose son regard tremblant sur le morceau de pain qui reste.

— Bien sûr, répond-elle.

— Moi je suis né en France, et toi ?

— À Moscou.

— C'est à cause de vous, tout ça, dit-il en regardant la bouteille de vin posée sur la table.

C'est un cadeau de Mme Chabaud, que Myriam garde pour le retour de Vicente. Mais elle comprend le regard luisant du jeune homme et attrape la bouteille sans hésiter.

— Je suis né à Paris, mes parents sont nés à Paris. Tout le monde nous aimait ici. Avant que vous tous, les étrangers, vous ne veniez nous envahir.

— Ah bon ? C'est comme ça que tu vois les choses ? demande Myriam calmement, en peinant sur le tire-bouchon.

— Mon père s'est battu pendant la Première Guerre. Il a même voulu s'engager en 39, pour remettre son uniforme et défendre son pays.

— L'armée ne l'a pas pris ?

— Trop vieux, dit Guy en buvant cul sec un verre de vin que Myriam lui a tendu. Mon grand frère, en revanche, il s'est battu et il est pas revenu.

— Je suis désolée, dit Myriam en resservant le jeune homme. Mais alors, qu'est-ce qui t'est arrivé, à toi ?

— Mon père est médecin. Un jour, un patient l'a prévenu qu'il fallait qu'on parte. Toute la famille est descendue à Bordeaux. Ma sœur, mes parents et moi. De Bordeaux, on est ensuite partis à Marseille. Mes parents ont réussi à louer un appartement, on est restés quelques mois comme ça. Quand les Allemands sont arrivés, mes parents ont décidé qu'on partirait aux États-Unis. Mais, au dernier moment, on a été dénoncés. Par des voisins. Les Allemands nous ont emmenés au camp des Milles.

— C'est où le camp des Milles ?

— Près d'Aix-en-Provence. Il y avait régulièrement des convois.

— Un convoi ? C'est quoi ?

— On met tout le monde dans des trains. Direction *Pitchipoï*, comme vous dites…

— Vous, c'est qui vous ? Les étrangers ? On dirait que tu détestes les Juifs encore plus que les Allemands, toi.

— Votre langue est hideuse.

— Donc tes parents sont partis dans un convoi pour l'Allemagne, c'est ça ? demande Myriam qui reste calme face à la colère du jeune homme.

— Oui, avec ma sœur. Le 10 septembre dernier. Mais moi j'ai réussi à m'échapper la veille du départ.

— Comment tu as fait ?

— Il y a eu un mouvement de panique dans le camp, j'en ai profité pour fuir. Je me suis retrouvé je sais pas comment à Venelles. Là, des fermiers m'ont caché pendant trois mois. Mais le couple n'était pas d'accord. Lui voulait me garder, mais pas elle. J'ai eu peur qu'elle finisse par me dénoncer. Je suis parti le soir de Noël. J'ai passé quelques jours dans une forêt. Un chasseur m'a trouvé endormi et m'a recueilli. Vers Meyrargues. Le gars vivait seul, il était gentil. Sauf quand il buvait, alors là, il devenait fou. Un soir, il a pris son fusil et a commencé à tirer en l'air. J'ai eu peur et je me suis enfui. Ensuite j'ai trouvé refuge chez des vieux, à Pertuis. Ils avaient perdu leur fils pendant la Première Guerre. J'ai dormi dans sa chambre avec toutes ses affaires. J'étais bien là-bas, mais je sais pas pourquoi, une nuit, je suis parti sans raison. De nouveau la forêt. Je me suis évanoui, je crois. Et quand je me suis réveillé, j'étais dans une grange. Le gars qui me surveillait, c'est votre copain qui m'a déposé ici.

— Dans le camp où tu étais, tu n'aurais pas rencontré un garçon de ton âge, Jacques ? Et une fille, Noémie ?

— Non, ça me dit rien. C'est qui ?
— Mon frère et ma sœur. Ils ont été arrêtés en juillet.
— En juillet ? Tu les reverras jamais. Faut être réaliste. Le travail en Allemagne, c'est pas vrai.
— Bon, conclut Myriam en lui prenant la bouteille des mains, on va se coucher.

Les jours suivants, Myriam évite le garçon. Un soir, elle se penche à la fenêtre, elle a reconnu le bruit du vélo de Jean.

— Il faut que tu amènes le gamin chez Morenas là-haut. Un gars va venir le chercher pour l'emmener en Espagne. L'auberge est le point de rendez-vous. François n'est pas au courant. Tu lui dis que Guy est un bon ami à toi, de Paris. Que tu l'as rencontré dans le train par hasard. Mais que tu ne peux pas le garder parce que tu dois rendre visite à ton mari.

« *Myriam,* écrira François dans ses Mémoires, *la fille mystérieuse du plateau, m'amène un ami qui n'a pas du tout l'esprit auberge et veut vivre à Clermont sous prétexte qu'il est juif. Elle l'a rencontré dans le train – et ce jour-là il avait à manger.* »

Le lendemain, Jean revient voir Myriam pour savoir si tout s'est bien passé.

— Qu'est-ce que je fais maintenant ? demande Myriam. Les messages radio ? Je reprends ?
— Non. Pour le moment tu arrêtes. C'est dangereux. Faut tous se faire un peu oublier.

Chapitre 18

Les semaines passent dans la maison du pendu. Myriam sent que sa vie se rétrécit et se fige. Nuit et jour, les sifflements, à travers les volets et sous les portes, ils rendent fou, comme l'avertissement d'un ennemi lointain. Sur le plateau, au milieu des arbres secs à perte de vue, l'hiver pose sur tout un voile de givre et d'immobilité.

Ce pays de Haute-Provence ne ressemble pas tout à fait aux plaines de Lettonie, ni vraiment aux déserts de la Palestine, mais à quelque chose que Myriam connaît depuis longtemps, depuis sa naissance, depuis son premier voyage dans la charrette à travers les forêts russes – l'exil.

Elle regrette d'avoir écouté Ephraïm, le soir où il lui a ordonné de se cacher dans le jardin. Pourquoi les filles obéissent-elles toujours à leur père ? Elle aurait dû rester avec ses parents.

Myriam revoit les derniers mois passés dans sa famille, en les teintant d'un filtre noir. Ses distances avec sa sœur. Noémie lui en faisait souvent le reproche, elle voulait passer plus de temps avec elle. Myriam avait tout mis sur le compte de son mariage, mais la vérité, c'est qu'elle avait ressenti le besoin de s'éloigner de sa sœur, ouvrir les fenêtres d'une chambre qui devenait trop petite. Elles n'étaient plus des gamines, leurs corps avaient grandi, elles étaient deux femmes à présent. Myriam avait besoin d'espace.

Myriam s'était montrée souvent hautaine. Elle ne supportait plus l'impudeur de Noémie, les états d'âme que sa petite sœur déballait à table, pour tout le monde, gênaient Myriam. Elle avait l'impression que Noémie vivait portes grandes ouvertes, même les moments les plus intimes, et Myriam subissait cette vie libre qui la dérangeait.

Combien elle regrettait à présent.

Myriam se promet de réparer ses erreurs. Elles prendront ensemble le métro pour rentrer de la Sorbonne, elles joueront de nouveau à observer les passants dans le jardin du Luxembourg. Et puis elle emmènera Jacques visiter les grandes serres des forêts tropicales humides du Jardin des Plantes.

Myriam se recroqueville dans son lit, elle se recouvre d'habits et de papier journal pour garder la chaleur. Elle se laisse lentement glisser dans un état de somnescence, jusqu'à l'indifférence. Plus rien ne la touche, plus rien ne peut l'atteindre.

Parfois elle ouvre les yeux, tout doucement, elle bouge le moins possible, réduisant ses gestes au nécessaire. Remettre une brique dans le lit, manger le pain déposé par Mme Chabaud, puis revenir dans sa chambre. Elle ne sait plus quel est le jour ni quelle est l'heure. Parfois elle ne sait même plus si elle dort ou si elle est réveillée, si le monde entier la pourchasse ou s'il l'a oubliée.

— Comment savoir que l'on est en vie, si personne n'est le témoin de votre existence ?

Dormir beaucoup, dormir le plus possible. Un matin, elle ouvre les yeux et, devant elle, un petit renard la regarde fixement.

— C'est l'oncle Boris, se dit Myriam, il a voyagé depuis la Tchécoslovaquie pour venir veiller sur moi.

Cette pensée lui donne du courage. Elle laisse son esprit errer, elle voit la lumière du soleil qui perce entre les bouleaux et les trembles dans une forêt loin d'ici, la lumière vibrante des vacances tchèques sur sa peau.

— L'homme ne peut pas vivre sans la nature, lui souffle Boris à travers le renard. Il a besoin d'air pour respirer, d'eau pour boire, de fruits pour se nourrir. Mais la nature, elle, vit très bien sans les hommes. Ce qui prouve combien elle nous est supérieure.

Myriam se souvient que Boris parlait souvent du traité de sciences naturelles d'Aristote. Et de ce médecin grec qui avait soigné plusieurs empereurs romains.

— Galien démontre que la nature nous envoie des signes. Par exemple, la pivoine est rouge parce qu'elle soigne le sang. La chélidoine a un suc jaune parce qu'elle combat les problèmes de la bile. La plante appelée stachys, en forme d'oreille de lièvre, permet de soigner le conduit auditif.

L'oncle Boris sautillait dans la nature comme un farfadet, à 50 ans, on lui en donnait facilement quinze de moins. C'est grâce aux bains froids que Boris se maintenait si jeune, une science qu'il tenait de Sebastian Kneipp, un prêtre allemand qui s'était guéri lui-même de la tuberculose grâce à l'hydrothérapie. Son livre *Comment il faut vivre : avertissements et conseils s'adressant aux malades et aux gens bien portants pour vivre d'après une hygiène simple et raisonnable et une thérapeutique conforme à la nature* était toujours posé sur le chevet du lit de l'oncle, dans sa version originale, en allemand.

L'oncle Boris prenait des notes sur les manches de ses chemises, pour ne pas charger ses poches déjà pleines. S'arrêtant devant un saule blanc, il avait dit :

— Cet arbre, c'est l'aspirine. Les laboratoires veulent nous faire croire qu'il n'y a que la chimie pour soigner les hommes. On finira par y croire.

L'oncle montrait aux filles comment cueillir les fleurs, à quel endroit les pincer, pour ne pas qu'elles perdent leurs propriétés médicinales. Parfois il s'arrêtait, prenait Myriam et Noémie par les épaules, et poussait leurs bustes de jeunes filles en direction de l'horizon.

— La nature n'est pas un paysage. Elle n'est pas devant vous. Mais à l'intérieur de vous, tout autant que vous êtes à l'intérieur d'elle.

Un matin, le renard n'est pas là. Myriam sent qu'il ne reviendra pas. Pour la première fois, elle ouvre la fenêtre de sa chambre. Les amandiers sont couverts de petits bourgeons blancs sur le plateau des Claparèdes. L'hiver a été chassé par un minuscule rayon de soleil. La lumière sur les Alpilles annonce l'arrivée du printemps.

Vicente sort de la prison d'Hauteville-lès-Dijon le 25 avril 1943. Mais il ne rejoint pas directement sa femme. Il doit d'abord rendre visite à Jean Sidoine.

Chapitre 19

Tous les hommes âgés entre 20 et 22 ans sont tenus de se rendre à la mairie pour une visite médicale et présenter leurs papiers d'identité. Après avoir été recensés, ils devront attendre leur convocation. Le Service du travail obligatoire est, comme son nom l'indique, obligatoire. Il dure deux ans.

En travaillant en Allemagne, tu seras l'Ambassadeur de la qualité française.

En travaillant pour l'Europe, tu protèges ta famille et ton foyer.

Finis les mauvais jours, papa gagne de l'argent en Allemagne.

Le gouvernement de Vichy fait croire aux Français que ces jeunes adultes envoyés en Allemagne auront l'occasion d'acquérir de nouvelles compétences. Les qualifications professionnelles de chacun seront prises en compte. Et, de fait, près de 600 000 jeunes vont partir. Mais pas tous. Beaucoup refusent d'obéir.

Partout s'organisent des perquisitions et des contrôles de police pour arrêter les « insoumis » et les « réfractaires ». On menace les familles de représailles. Les amendes, pour quiconque aiderait un jeune à échapper au STO, montent jusqu'à 100 000 francs.

Ces jeunes hommes qui refusent de partir en Allemagne n'ont pas d'autre choix que d'entrer dans la clandestinité. Ils vont trouver refuge dans les campagnes, se cacher dans les fermes. Et beaucoup renforcent les maquis. Peut-être 40 000 d'entre eux deviennent des soldats de l'ombre.

René Char se charge, depuis son QG de Céreste, de récupérer les réfractaires de la zone Durance, il organise leur hébergement, teste leurs aptitudes et la solidité de leurs convictions. Il coordonne ses troupes. Jean Sidoine vient lui parler de son cousin. Un doux, un littéraire, mais un gars sûr. Il est convenu qu'il sera caché chez la jeune Juive du plateau des Claparèdes.

C'est lui, Yves Bouveris. C'est lui que je cherche.

Chapitre 20

Myriam est postée sur le seuil de la maison du pendu, la main sur son front pour se protéger du soleil, elle regarde au loin. Elle sait que l'homme qui marche vers elle est son mari, mais elle a du mal à le reconnaître, avec ses joues creusées de vieillard, sur un corps d'enfant sans muscles. Vicente lui semble plus petit que dans ses souvenirs. Son visage est marqué, au coin de l'œil, il porte les traces d'un hématome jaune et vert.

Vicente est escorté par les deux cousins Sidoine, Yves et Jean, comme entre deux infirmiers ou deux gendarmes. Ces trois hommes marchent vers la maison comme des mercenaires exténués, avec leurs poches de pantalon déformées et leurs bouches pâteuses de la poussière des routes.

— J'ai pensé que vous pouviez loger mon cousin dans le cabanon, demande Jean à Myriam, c'est un STO.

Myriam accepte sans y prêter trop d'attention, bouleversée par la présence de son mari.

Avant de repartir, Jean Sidoine la met en garde :

— Moi il m'a fallu des semaines pour m'habituer au retour. Soyez patiente. Ne vous découragez pas.

En effet, ce soir-là, Vicente ne veut pas dormir dans sa chambre. Il préfère, pour sa première nuit d'homme libre, dormir à la belle étoile. Myriam en est presque soulagée. Contrairement à tout ce qu'elle avait imaginé durant ses semaines d'hibernation, retrouver Vicente n'est pas un apaisement. C'est même le contraire. Au moins, lorsqu'il était en prison, il était protégé de tout, des Allemands, de la police française. Mais surtout, protégé de dangers obscurs que Myriam pressent sans pouvoir les nommer.

Les jours suivants, Myriam sursaute chaque fois qu'elle aperçoit la silhouette du cousin Yves. Elle ne se fait pas à sa présence. Tout entière préoccupée par la santé de son mari, il n'y a que ça qui compte pour elle. Deux fois par jour, elle lui apporte un plateau, avec un bouillon qu'elle cuisine elle-même, du pain qu'elle va chercher au village. Quand elle s'assoit près de lui, Myriam se trouve trop épaisse, à cause de ses hanches rondes qui remontent dans le dos comme un violoncelle. Parfois elle a l'impression de devenir la mère de son mari.

Au bout de quelques jours, Vicente reprend des forces. C'est au tour de Myriam de tomber malade. Elle a de la fièvre. Beaucoup de fièvre. La température monte et, avec elle, une odeur âcre se dégage de son corps. À Vicente revient la charge du plateau, qu'il faut monter deux fois par jour dans la chambre. Yves lui confie le secret d'une tisane contre la fièvre, qu'il tient de sa grand-mère. Il entraîne Vicente cueillir des calaments des champs.

Grâce à la tisane d'Yves, Myriam guérit. Vicente décide qu'il faut fêter cela. Il part au marché d'Apt acheter de quoi faire un bon dîner et, pour la première fois, Myriam et Yves se retrouvent tous les deux seuls dans la maison.

La présence d'Yves gêne Myriam. Pourtant, il fait de son mieux. Mais cela l'irrite encore plus.

Vicente revient du marché avec deux bouteilles de vin, des navets, du fromage, une belle confiture et du pain. Un festin.

— Regarde, dit-il à Myriam. Ici, ils enveloppent le fromage de chèvre dans des vieilles feuilles de châtaignier.

Myriam et Vicente n'ont jamais vu cela de leur vie. Ils ouvrent la feuille comme ils déferaient le papier d'un cadeau fragile. Yves leur explique que c'est pour garder longtemps le moelleux du fromage, même en hiver. Ces explications enchantent Vicente.

— Un empereur romain, Antonin le Pieux, est mort d'en avoir trop mangé.

Chez un libraire ambulant, il a acheté un livre qui l'amuse beaucoup, à cause de son titre, un livre de Pierre Loti publié en 1883, intitulé *Mon frère Yves*.

— Je vous propose que nous le lisions à haute voix, chacun notre tour.

Vicente débouchonne une bouteille de vin, et pendant que Myriam épluche les légumes et qu'Yves met la table, Vicente leur fait la lecture en fumant ses cigarettes de contrebande qui tachent ses doigts.

Le livre commence avec une description de cet Yves, qui donne son prénom au titre. Un marin que Pierre Loti avait connu sur un navire et vraisemblablement aimé. Vicente lit les premières lignes :

— « *Kermadec (Yves-Marie), fils d'Yves-Marie et de Jeanne Danveoch. Né le 28 août 1851, à Saint-Pol-de-Léon (Finistère). Taille, 1 m 80. Cheveux châtains, sourcils châtains, yeux châtains, nez moyen, menton ordinaire, front ordinaire, visage ovale.* » À toi ! lance-t-il à Yves qui doit sur-le-champ répliquer, en respectant le style du livre.

— « *Bouveris (Yves-Henri-Vincent), fils de Fernand et Julie Sautel. Né le 20 mai 1920, à Sisteron (Provence). Taille, 1 m 80. Cheveux bruns, sourcils bruns, yeux bruns, nez moyen, menton ordinaire, front ordinaire, visage ovale.* »

— Parfait ! s'exclame Vicente, satisfait de la façon dont Yves se plie aux règles du jeu.

Il continue la lecture :

— « *Marques particulières : tatoué au sein gauche d'une ancre et, au poignet droit, d'un bracelet avec un poisson.* »

— Je n'ai aucun tatouage, répond Yves.

— Nous allons y remédier, annonce Vicente.

Myriam s'inquiète. Elle sait son mari capable de choses étranges. Vicente revient avec un morceau de charbon noir. Puis il prend solennellement le poignet d'Yves pour y tracer lui-même un mince trait noir, comme le bracelet décrit dans le livre. Yves se met à rire, à cause des chatouilles sur la peau, au creux du poignet. Ce rire irrite Myriam. Vicente veut dessiner une ancre sur le sein gauche d'Yves. Myriam trouve que son mari va trop loin et que le jeu déborde. Mais Yves déboutonne sa chemise… Son corps est bien dessiné. Et sa peau sent fort, une odeur de sueur qui surprend Myriam et que Vicente trouve excitante.

477

Ce soir-là dans la cuisine, Vicente comprend que Myriam et Yves sont naïfs et innocents. Le jeune provincial et la jeune étrangère. Et Vicente, qui n'a connu dans le milieu de ses parents que des enfants aguerris aux jeux des adultes, trouve cela agaçant et attirant.

Lorsque Myriam et Vicente s'étaient rencontrés, deux ans auparavant, il avait fait des sous-entendus à propos de nuits qu'il avait passées dans la maison de Gide. Myriam, qui avait lu Gide, n'avait pas saisi les allusions.

Vicente comprit que Myriam n'était pas comme les filles de sa bande, libres et savantes. Trop tard pour lui expliquer. Trop compliqué aussi. Ils étaient mariés.

Le peu de chose que Myriam avait entendu dire sur les hommes entre eux, toujours à propos d'écrivains, Oscar Wilde, Arthur Rimbaud, Verlaine et Marcel Proust, était des notions abstraites. Leurs livres ne l'avaient pas aidée à comprendre son mari, pas plus qu'ils ne lui avaient appris des choses sur la vie. C'est de vivre qui lui apprendrait, beaucoup plus tard, à comprendre les livres qu'elle avait lus dans sa jeunesse.

Vicente veut tout savoir d'Yves, il lui pose des questions en le regardant fixement, comme autrefois, quand c'était Myriam qui l'intéressait.

Yves leur apprend qu'il est né à Sisteron, un village à cent kilomètres vers le nord, sur la route de Gap. Sa mère, Julie, venait de Céreste, où vivent Jean Sidoine et une grande partie de sa famille. Enfant, Yves a habité dans les écoles où sa mère était institutrice. Il enviait ses camarades qui rentraient chez eux après l'école. Lui, restait immobile.

Ensuite, il fut envoyé comme pensionnaire au collège de Digne. Des années froides, dans les salles de classe mal chauffées, dans les dortoirs aux lits humides, il fallait se laver à l'eau glacée. La nourriture était rationnée et les pulls rarement raccommodés. Yves avait détesté la pension et ne s'était lié à aucun camarade, leur préférant ses livres. Il aimait les récits de voyage, Joseph Peyré, Roger Frison-Roche et les grands alpinistes. C'était un garçon un peu timide et doux qui savait se battre – mais qui préférait la pêche et le sport au grand air.

— Je vais vous laisser, dit Yves à la fin de la soirée, j'ai trop parlé, s'excuse-t-il en sortant de la pièce.

Vicente demande à Myriam comment elle trouve leur locataire.

— Tout est présenté sur l'assiette, dit Myriam.
— C'est bien parfois, répond Vicente.

Vicente et Yves deviennent inséparables. Une nuit de pleine lune, bien claire, Yves montre à Vicente comment pêcher des écrevisses dans l'Aiguebrun. Ils rient tellement qu'ils ne réussissent à en attraper aucune. Les écrevisses s'échappent de leurs doigts en frétillant. Ils reviennent de la pêche au petit jour, avec seulement une grosse truite, qui s'était, elle, presque offerte à eux. Elle est mangée au petit déjeuner et les garçons la surnomment « la goulue » en hommage à ses formes et à sa générosité.

Myriam n'avait jamais vu Vicente s'intéresser à la pêche avec autant d'enthousiasme, lui qui, de façon générale, ne trouvait aucun intérêt aux choses qui passionnent les hommes. Elle lui en fait la remarque.

— Les choses changent, répond-il de façon énigmatique.

Les garçons passent des journées très occupées. Ils entrent et sortent de la maison, disparaissant parfois pendant des heures. Puis de nouveau leurs pas et leurs rires résonnent à travers les murs de la maison. Un jour Myriam en fait le reproche à Vicente. C'est dangereux.

— Mais qui peut nous entendre ? demande Vicente en haussant les épaules.

Yves et Vicente commencent à agacer Myriam, surtout quand ils jouent aux hommes de 30 ans. Ils bourrent une pipe pour se donner de l'importance – et alors Yves discourt avec son mari sur les choses de la vie. Ils évoquent même des notions de philosophie que Myriam juge affligeantes.

Yves pose beaucoup de questions à Vicente sur Paris et le milieu artistique. Il n'en revient pas de connaître un garçon de son âge, qui tutoie Gide.

— Tu as lu ses livres ?

— Non, mais je lui ai dit que je les trouvais nuls quand même.

Yves est flatté d'être ami avec un garçon qui parle de Picasso comme d'un vieil oncle. Myriam, exaspérée, les entend discuter dans le salon.

— Donc Marcel, explique Vicente, a rajouté une paire de moustaches à la Joconde.

Vicente prend une feuille de papier et y dessine Mona Lisa avec des moustaches.

— C'est pas possible, répond Yves.

— Si. Et ensuite, il a écrit en dessous :

Vicente trace au crayon noir cinq lettres majuscules.

— L. H. O. O. Q., épèle Yves avant de comprendre la signification de la phrase qu'il vient de prononcer.

Ils éclatent de rire. Et Myriam se retire dans sa chambre à coucher.

Chapitre 21

Yves propose à Vicente de visiter le fort de Buoux, une cité médiévale sur les hauteurs.

— C'est beau, c'est comme une île, lui dit-il, tu vas aimer.

Myriam enfile un pantalon de son mari en vitesse pour rejoindre les garçons – elle en a marre d'être seule à la maison.

Tous les trois prennent le chemin du vallon de Serre qui mène au fort. Ils restent silencieux devant les roches monumentales, qui tombent à pic de la montagne. En haut des escaliers rupestres, aux marches plates pour que les mulets puissent les monter, il y a la tour ronde. Ils y croisent des corbeaux que personne ne vient déranger dans le désordre des ruines.

Myriam déchiffre en latin la dédicace gravée dans la pierre, sur le fronton de l'ancienne église voûté en berceau : « *In nonis Januarii dedicatio istius ecclesiae. Vos qui transitis… Qui flere velitis… per me transite. Sum janua vitae.* » Elle traduit pour les garçons :

— « Le 9 janvier je dédie cette église. Vous qui passez… vous voulez pleurer… Passez par moi. Je suis la porte de la vie. »

Yves apprend à Myriam et Vicente comment distinguer les éperviers de l'aigle des Alpes. En le pointant du doigt, il leur montre au loin le mont Ventoux. Yves connaît par cœur le nom des plantes, des animaux et des pierres. Il a le goût des définitions et aime nommer les choses de la nature. Myriam pense à l'oncle Boris, qui lui aussi aimait classer et définir. Ce lien fictif, inattendu, entre ces deux hommes, a des conséquences. Myriam regarde Yves différemment.

Tandis qu'ils crapahutent le long des remparts, vers les maisons rupestres, Myriam observe les garçons se mouvoir devant elle. Yves et Vicente ont exactement la même taille, ils peuvent échanger leurs chaussures et leurs habits. Mais ils sont si différents. Vicente est un être de surface. Une magnifique surface. Mais impossible à sonder. Tout ce qui se passe mystérieusement sous sa peau, dans ses veines, dans les fluides de son corps et de sa pensée, demeure mystérieux pour elle et le reste du monde. Yves au contraire est fait d'un seul bloc et d'une seule matière. Ce qu'on voit de lui à l'extérieur a la même propriété que ce qui se passe à l'intérieur de son être. Deux hommes, comme les deux faces d'une même pièce de monnaie.

Après le fort de Buoux, Yves leur fait visiter des bories. Ce sont des cahutes rondes en pierres sèches. On dirait d'étranges cabanes, faites uniquement de pierres plates, posées miraculeusement les unes sur les autres.

Lorsque Myriam et Vicente pénètrent dans l'une d'elles, le contraste entre la lumière de l'extérieur et l'obscurité à l'intérieur les rend d'abord aveugles.

Peu à peu, leurs yeux s'habituent et leurs corps prennent conscience de l'espace qui les entoure. La fraîcheur du lieu les saisit. Le plafond, fabriqué de pierres entrelacées, ressemble à un nid d'oiseau retourné.

— On est comme à l'intérieur d'un sein, dit Vicente en caressant celui de Myriam dans l'obscurité.

Puis il l'embrasse sous les yeux d'Yves. Myriam se laisse faire. Elle sent que quelque chose est en train de se passer. Mais quoi ? Elle ne sait pas le nommer. Myriam et Yves sont à la fois surpris et gênés.

— L'origine des bories, explique Yves, embarrassé, c'est le sol. Le sol ici est plein de pierres. Il faut les trier. Alors à force d'avoir mis les pierres de côté, les hommes ont formé des tas. Et puis avec ces tas, ils ont fait des cabanes. Les bergers s'en servent pour se protéger lorsque la chaleur est insupportable.

Sur le chemin du retour, ils entendent des rires qui proviennent de l'auberge guinguette de chez Seguain. La vie de loin a l'air normale, dans la douceur de cette après-midi qui s'étire.

La moiteur de l'air affaiblit les sens. Yves pense que les femmes sont des mystères impénétrables. Vicente cherche à fabriquer des secrets là où il n'y en a pas, pour chasser l'ennui. Il avait joui si jeune de situations étranges. Il s'était habitué à l'obscénité des adultes, comme il s'était accoutumé à l'opium. Avec le temps, il ne trouvait plus aucun mystère dans la chambre à coucher d'un homme ou d'une femme. Il fallait à son cerveau des doses toujours plus fortes. Il fallait des plaisirs plus épicés, aux couleurs cuites dans la chaleur et le sang.

Et pourtant, parfois, cet air vicié laissait la place à une grande pureté, où ses pensées devenaient candides et claires, où il ne cherchait plus qu'un amour simple, une joie enfantine.

Myriam n'a jamais vu son mari aussi heureux et en bonne santé que dans cette vie joyeuse, où chaque jour est une aventure. Manger des escargots. Le lendemain, des feuilles de betterave ou du blé germé. Ramasser du bois mort, faire du feu pour cuire les côtelettes. Fabriquer de la ficelle avec des tiges d'ortie, les fendre en deux dans le sens de la longueur et les éventrer. Nettoyer des draps et les faire sécher au soleil. Et puis le soir, la lecture de Loti, chacun leur tour.
— « *Yves, mon frère,* reprend Vicente avec emphase, *nous sommes de grands enfants... Souvent très gais quand il ne faudrait pas, nous voilà tristes, et divaguant tout à fait pour un moment de paix et de bonheur qui par hasard nous est arrivé.* »

Vicente est heureux, mais les raisons de ce bonheur sont mystérieuses, souterraines et peu compréhensibles pour Myriam. Vicente revit l'époque qui a précédé sa naissance. Quand on invitait les Picabia à dîner, il fallait alors prévoir trois couverts. Il y avait Francis, Gabriële et Marcel.

Francis avait donné à son fils le goût des substances, et celui du chiffre trois. Ce chiffre qui permet, dans son principe de déséquilibre, de trouver un mouvement infini, fait de combinaisons inattendues et de frottements accidentels.

Chapitre 22

Un jour, en rentrant du marché, Vicente annonce qu'ils n'ont plus d'argent. Il a dépensé les derniers billets donnés par sa mère. Désormais, ils doivent travailler.

Vicente, qui est le seul des trois à ne pas être recherché par les Allemands, essaye de se faire embaucher comme ouvrier dans la petite usine de fruits confits qui se trouve sur la route d'Apt. Mais le contremaître le trouve louche, et Vicente revient bredouille.

Le lendemain, Yves part chercher un furet chez un de ses cousins, à Céreste.

— C'est pour le manger ? demande Myriam, inquiète.

— Oh non, surtout pas ! C'est pour les lapins.

Vichy ayant interdit la possession des armes, il est désormais impossible de chasser le lapin ou quelconque gibier dans la forêt. Mais Yves connaît une technique, à l'aide d'un furet et d'un grand sac de toile.

— Il faut repérer un trou. D'un côté, on enfourne le furet. De l'autre on referme le sac sur les bêtes apeurées.

Le soir même, affamés, ils mangent un lapin et en apportent un second à Mme Chabaud, en guise de loyer. Myriam explique leur situation financière. Et la présence d'Yves.

La veuve, dont le fils unique a échappé de peu au travail obligatoire, leur propose des travaux sur ses différentes propriétés.

Myriam constate que Mme Chabaud fait partie de ces êtres qui ne sont jamais décevants, alors que d'autres le sont toujours.

— Pour les premiers, on ne s'étonne jamais. Pour les seconds, on s'étonne chaque fois. Alors que ce devrait être l'inverse, lui dit-elle en la remerciant.

Le trio se lève aux aurores, pour aider à la cueillette des bigarreaux, à la récolte des amandes, aux foins, à l'arrachage des bourraches et des bouillons-blancs. Leurs cheveux sont poudrés de la poussière des blés, leurs peaux rougies par l'effort. Ils supportent bien la fatigue, les coups de soleil, les piqûres de bêtes, les griffures des chardons. Parfois même, une joie s'empare d'eux, surtout à l'heure chaude, quand tout le monde fait la sieste sur des foins à l'ombre, les femmes d'un côté et les hommes de l'autre.

Un matin, Vicente se réveille avec l'œil gauche gonflé comme un œuf de caille. Une morsure d'araignée, constate Yves, qui montre à Myriam deux petits trous rouges, les traces de crochets. Yves et Myriam partent pour la journée, laissant Vicente seul à la maison. Le soir quand ils rentrent, il est de bonne humeur. La peau a dégonflé, il ne sent plus rien, et il a même préparé le dîner. Avant de s'endormir, Vicente dit à Myriam :

487

— Lorsque je vous ai vus revenir tous les deux, j'ai trouvé que vous ressembliez à des amoureux.

Myriam ne sait pas quoi répondre. Cette phrase est une énigme pour elle. Ce devrait être un reproche. Mais Vicente l'a prononcée avec bonne humeur et légèreté. Myriam se souvient de l'avertissement de Jean Sidoine. Il avait raison, ce n'était plus le même homme.

Le mois de juillet s'enfonce dans une fournaise. À Paris, les habitants envahissent les bains parisiens, hommes et femmes en maillot s'entassent sur les terrasses des bords de Seine. Myriam, Vicente et Yves décident d'aller chercher de la fraîcheur aux baumes de l'eau, entre les falaises de Buoux et Sivergues. Là, l'une des sources de la Durance s'écoule depuis les rochers jusque dans un bassin creusé par des hommes. Une végétation verte et luxuriante contraste avec la sécheresse et la blancheur de la pierre. L'endroit est caché dans le creux de la roche comme dans les contes médiévaux. Lorsqu'ils le découvrent, une euphorie les prend. C'est Vicente qui le premier se déshabille.

— Allez ! dit-il aux deux autres en pénétrant dans les bassins remplis d'eau fraîche.

Yves à son tour se met nu et se jette dans l'eau en éclaboussant Vicente comme un garnement. Myriam ne bouge pas, pudique.

— Viens ! lui dit Vicente.
— Oui, viens ! renchérit Yves.

Et Myriam entend leurs voix dont l'écho résonne sous la roche. Elle leur demande de fermer les yeux.

Jamais elle n'a nagé toute nue, l'eau du bassin est extraordinairement épaisse et douce, elle glisse sur la peau de Myriam comme une caresse.

Sur le chemin du retour, Myriam attrape chacun des garçons par le bras. Yves est troublé mais ne le montre pas. Vicente serre le bras de sa femme bien fort contre lui, pour la féliciter de son initiative. Jamais il ne l'a tenue si fort, pas même le jour de leur mariage. Myriam semble flotter au-dessus du sol.

Ils marchent ainsi, bras dessus, bras dessous, quand le ciel devient soudain très sombre.

— C'est la *raïsse*, dit Yves.

En quelques secondes, de grosses gouttes de pluie chaudes, lourdes, tombent du ciel. Vicente et Myriam courent pour se protéger sous un arbre. Yves se moque :

— Vous voulez prendre la foudre ?

L'eau de pluie coule sur leurs visages et dans leurs nuques, plaquant leurs cheveux sur leurs joues et leurs habits contre la peau.

Myriam trébuche sur une pierre mouillée et Vicente fait semblant de tomber à son tour sur elle. La jeune femme sent contre sa cuisse un désir fort. Elle se met à rire et se laisse embrasser le visage. Ainsi allongée, Vicente la serre fort sous elle. Myriam ferme les yeux et se laisse entraîner par son mari, dans une pluie chaude et épaisse qui inonde ses cuisses. En tournant la tête, elle aperçoit Yves qui les regarde au loin. Elle le sent qui chavire. Ce moment est comme un scellé. Désormais, ils seront tous les trois sous l'emprise de cet instant, qui les attache les uns aux autres, qui les fascine.

Le lendemain matin, dans la maison du pendu, ils sont réveillés par l'arrivée des gendarmes. Myriam se met à trembler de tout son corps. Elle songe à s'enfuir.

— Tout va bien se passer, dit Vicente en la retenant fermement par la main, surtout, on reste calmes. Les gens nous aiment bien ici.

Vicente a raison. Les gendarmes viennent juste voir de près ces Parisiens dont tout le monde parle. Simple visite de courtoisie, pour vérifier ce qu'on dit dans la région :

— Les Parisiens, ils sont charmants pour des Parisiens.

Pendant que Vicente les accueille, Myriam aide Yves à se cacher. Elle range en vitesse le cabanon mais les gendarmes ne demandent même pas à le visiter. Ils repartent comme ils sont venus, de bonne humeur.

Après leur départ, Myriam ressent une angoisse profonde qu'elle ne parvient pas à calmer. Elle voit désormais des dangers partout autour d'eux. Elle pose mille questions à Mme Chabaud sur les événements de la région.

— Il y a encore eu une arrestation à Apt.
— Des représailles à Bonnieux.
— Il y a de mauvaises nouvelles de Marseille, c'est pire qu'avant.

Myriam veut rentrer à Paris. Vicente organise leur départ.

Assise dans le train, avec sa fausse carte d'identité, elle se sent soulagée de quitter Yves et cette relation qui la déborde. Quand elle sort de la gare de Lyon, l'odeur chaude du goudron et de la poussière l'écœure. Il n'y a plus d'autobus qui circulent dans Paris, et seulement un métro toutes les demi-heures.

Cela fait un an qu'elle n'a pas vu Paris.

Elle ressent un vertige et demande à partir sur-le-champ aux Forges, elle veut aller voir son père et sa mère.

Elle et Vicente prennent le train gare Saint-Lazare. Myriam reste silencieuse, elle sent que quelque chose ne va pas, que quelque chose de terrible l'attend là-bas.

En arrivant devant la maison de ses parents, elle voit sur le sol toutes les cartes qu'elle leur a envoyées depuis un an, pour leur donner de ses nouvelles.

Personne n'est venu les ramasser, personne ne les a lues.

Myriam a l'impression de tomber la tête en arrière.

— Tu veux entrer ? demande Vicente.

Myriam ne peut pas parler, ne peut pas bouger. Vicente essaye d'aller voir ce qu'il peut par les fenêtres.

— La maison a l'air inhabitée. Tes parents ont mis des draps sur les meubles. Je vais toquer chez les voisins, leur demander s'ils savent quelque chose.

Myriam reste de longues minutes sans bouger. Une douleur traverse tout son corps.

— Les voisins ont dit que tes parents sont partis, après l'arrestation de Jacques et Noémie.

— Partis où ?

— En Allemagne.

Chapitre 23

La rumeur court qu'un débarquement des forces alliées est prévu dans les semaines à venir. Pétain est monté à Paris pour s'adresser aux Français depuis les balcons de l'Hôtel de Ville.

« Je suis venu ici pour vous soulager de tous les maux qui planent sur Paris. Je pense à vous beaucoup. J'ai trouvé Paris un peu changé parce qu'il y a près de quatre ans que je n'y étais venu. Mais soyez sûrs que dès que je le pourrai, je viendrai et alors ce sera une visite officielle. Alors, à bientôt j'espère. »

Après avoir achevé son discours, il prend sa voiture pour visiter les blessés qui ont survécu aux frappes aériennes. Les caméras le suivent jusqu'à l'hôpital. Tout est retransmis aux informations. Les journalistes ont choisi de s'installer sur la place de l'opéra Garnier, pour suivre le cortège. Sur le passage de sa voiture, une foule se presse, elle acclame le Maréchal.

Yves débarque à Paris, sans prévenir. Il loue une chambrette au dernier étage d'un vieil immeuble porte de Clignancourt. Sa logeuse lui explique qu'en cas d'attaque il doit s'éloigner de la fenêtre.

La ligne de métro est directe pour aller chez Myriam et Vicente. Mais Yves réussit quand même à se perdre.

Les choses ne se passent pas comme Yves l'avait prévu. Le trio ne parvient pas à retrouver l'insouciance des journées de l'été. Tout semble si loin à présent. Le couple met Yves à distance, le laissant parfois des jours entiers sans lui donner de nouvelles. Ce dernier ne comprend pas ce qui se passe et supporte très mal ce séjour à Paris. Vicente ne s'intéresse plus du tout à lui et Myriam vient, seulement de temps en temps, lui faire une rapide visite.

Ce n'est pas ce qu'il avait imaginé pour eux trois. Yves ne veut plus sortir de l'appartement, il s'enferme. Et traverse ce que Myriam appellera plus tard une crise mélancolique. La première.

Myriam se rend porte de Clignancourt pour tenter de raisonner Yves. Les temps sont difficiles, Paris est bombardé en vue d'une libération. Myriam finit par lui avouer qu'elle pense être enceinte de son mari. Yves passe une dernière nuit dans sa chambrette. Sensation de solitude définitive. Il rentre à Céreste le lendemain.

Vicente et Myriam n'ont pas dit toute la vérité à Yves.

Ils font partie, depuis leur retour à Paris, des 2 800 agents qui travaillent pour le réseau franco-polonais F2.

Vicente s'est procuré une amphétamine utilisée par les militaires, pour rester éveillé le plus longtemps possible. La drogue annule en lui toute conscience du danger et il s'en sort toujours par miracle. Myriam, elle, a la sensation d'être protégée par sa grossesse, elle prend des risques démesurés.

Lélia n'est encore qu'un fœtus, mais elle goûte sur ses lèvres ce goût acide de la bile que le corps fabrique quand il a peur. Le même goût que Myriam avait connu dans le ventre d'Emma, lorsqu'elle entendait le roulement affolé des battements du cœur de sa mère, bravant les policiers.

Chapitre 24

Les mois passent, avril, mai, juin. Le débarquement a lieu, suivi du soulèvement de Paris. Vicente regarde le ventre de Myriam, proéminence monstrueuse, et se demande ce qui va bien pouvoir en sortir. Une fille ? Oui, il espère une fille. Par la fenêtre, les futurs parents entendent les bruits lointains des combats de Paris, étranges, comme un feu d'artifice.

Le 25 août 1944, après les orages, un ciel de traîne recouvre Paris. Vicente marche vers la place de l'Hôtel de Ville pour assister au discours du général de Gaulle. Mais devant la cohue, il se ravise. Les foules lui font peur, même lorsqu'elles sont du bon côté. Il préfère aller faire un tour *Chez Léa*.

Pour la première fois, les Français vont apercevoir la silhouette de ce général dont ils n'ont entendu que la voix sur la BBC, cette immense statue de marbre blanc, qui dépasse d'une tête l'assemblée qui se presse autour de lui.

Myriam est toujours sans nouvelles de ses parents, sans nouvelles de son frère et sa sœur. Mais elle continue de croire, d'espérer. Elle répète inlassablement à Jeanine, dans la fatigue des dernières semaines :

— Quand ils reviendront d'Allemagne, leur plus beau cadeau sera de découvrir le bébé.

Quatre mois plus tard, le 21 décembre 1944, jour du solstice d'hiver, naît ma mère Lélia, fille de Myriam Rabinovitch et Vicente Picabia. Elle naît au 6 rue de Vaugirard. Jeanine tient la main de Myriam ce jour-là. Elle sait ce que signifie mettre au monde un enfant, loin des siens, dans un pays traversé par le chaos. Elle a eu un petit garçon, Patrick, né en Angleterre.

Un an plus tôt, lorsque Jeanine avait aperçu au loin la frontière espagnole, la nuit de Noël 1943, elle s'était juré que, si elle s'en sortait vivante, elle ferait un enfant. Elle avait marché dans la direction que lui avait montrée son passeur, puis ses souvenirs étaient confus.

Elle s'était réveillée en Espagne, dans une prison de femmes, pour être nettoyée, fichée, interrogée par les autorités espagnoles, à la fois sauve et prisonnière. De là, grâce à ses liens avec la Croix-Rouge, elle avait été transférée à Barcelone. Et de Barcelone elle put rejoindre l'Angleterre pour intégrer la section féminine des Forces françaises libres.

À son arrivée à Londres, elle apprit que l'abbé Alesch, cet abbé aux cheveux blancs et au regard rassurant, était en réalité un agent du service de renseignement de l'état-major allemand, rémunéré 12 000 francs par mois pour son travail d'agent double. Prêtre résistant le jour, il vivait la nuit rue Spontini, dans le 16e arrondissement, avec ses deux maîtresses, qu'il entretenait grâce à l'argent de la collaboration. Son travail consistait à encourager les jeunes à entrer dans la Résistance – pour mieux les dénoncer et obtenir des primes.

Jeanine apprit alors la mort de la plupart des membres du réseau, dont Jacques Legrand, son alter ego, déporté à Mauthausen à la suite de la trahison de l'abbé.

À Londres, elle fit la connaissance d'une Bretonne, Lucienne Cloarec. Une jeune fille de Morlaix, qui avait vu son frère fusillé devant ses yeux par les Allemands. Lucienne avait décidé de rejoindre le général de Gaulle. Elle avait embarqué, seule femme au milieu de dix-sept hommes, sur un petit goémonier à voile appelé *Le Jean*. La traversée avait duré vingt heures. Maurice Schumann, impressionné par la jeune femme, la fit intervenir dans son émission sur la BBC dès son arrivée.

Le général de Gaulle décida que Lucienne Cloarec et Jeanine Picabia seraient les deux premières femmes médaillées de la Résistance, par décret du 12 mai 1943.

Peu de temps après, Jeanine tomba enceinte. Elle avait promis.

De retour à Paris, Jeanine et son fils Patrick sont logés au Lutetia. L'hôtel, repris aux Allemands par les Forces françaises libres, accueille dans un premier temps des personnalités importantes de la Résistance. Jeanine y trouve quelques semaines de repos avec son nouveau-né. La chambre est située dans l'une des tourelles rondes, coiffée d'une poivrière. Le chat de Jeanine aime se loger sur le rebord de la fenêtre en œil-de-bœuf. La jeune femme trouve sa chambre si somptueuse qu'elle propose à son frère Vicente de prendre en charge la petite Lélia.

Elle devine que le couple ne s'entend plus très bien depuis la naissance du bébé.

Chapitre 25

Maman,
Je suis assise à l'arrière de ta petite Renault 5 blanche, j'ai 6 ou 7 ans peut-être, on traverse le boulevard Raspail et tu me montres un immense hôtel, un palace, en me disant que tu y as passé les premiers mois de ta vie. J'approche mon visage de la vitre, je regarde ce bâtiment qui me semble aussi grand que tout le sixième arrondissement. Et je me demande comment c'est possible que ma mère ait vécu dans cet endroit-là. C'est une énigme de plus, un rébus qui vient s'ajouter à tous ceux qui jalonnent ma vie d'enfant.

Je t'ai imaginée courir dans les couloirs aux épaisses moquettes couleur crème, et chaparder des gâteaux frais sur des chariots pour les manger en cachette. Exactement comme dans un album que tu me lisais quand j'étais petite.

Mais maman, avec toi, les histoires étranges du passé n'étaient jamais des contes pour enfants, elles étaient bien réelles, elles avaient existé. Et bien que je connaisse aujourd'hui les circonstances qui t'ont amenée à passer les premiers mois de ta vie au Lutetia, bien que je sache que *ton enfance fut ensuite marquée par l'absence de confort matériel, il me reste gravée en moi une image. Fausse et réelle à la fois. L'image fantasmée d'avoir une mère qui apprend à marcher dans les couloirs d'un palace. A.*

Chapitre 26

Au début du mois d'avril 1945, le ministère des Prisonniers de guerre, Déportés et Réfugiés, est chargé d'organiser le retour de plusieurs centaines de milliers d'hommes et de femmes sur le territoire français. On réquisitionne les grands bâtiments parisiens. Sont mobilisés la gare d'Orsay, la caserne de Reuilly, la piscine Molitor, les grands cinémas, le Rex, le Gaumont Palace. Et le Vélodrome d'Hiver. (Il n'existe plus aujourd'hui. Le Vél' d'Hiv fut détruit en 1959. L'année précédente, il avait accueilli un centre de rétention de Français musulmans d'Algérie, sur ordre du préfet Maurice Papon.)

Au départ, le Lutetia ne fait pas partie des bâtiments réquisitionnés par le ministère. Mais, très vite, on se rend compte qu'il faut entièrement repenser l'organisation. Le général de Gaulle décide alors que l'hôtel doit mettre à disposition des déportés ses trois cent cinquante chambres. Il s'agit d'organiser leur prise en charge sanitaire avec des médecins, structurer des espaces à l'intérieur de l'hôtel, pour créer des infirmeries avec du matériel en nombre suffisant.

De Gaulle met à disposition des voitures taxis qui devront chercher des infirmières à la fin de leur service afin de les conduire au Lutetia. Les étudiants en médecine viendront donner un coup de main ainsi que les assistantes sociales. La Croix-Rouge est présente, avec d'autres organisations, dont les scouts qui auront pour mission de passer les messages en arpentant toute la journée les gigantesques couloirs du palace. Ils seront encadrés par les auxiliaires féminines de l'armée de terre.

L'établissement va devoir fournir des repas quotidiens à toute heure du jour et de la nuit, non seulement pour les arrivants, mais aussi pour le personnel soignant et encadrant. Six cents personnes vont travailler à l'accueil des déportés. Les cuisines du Lutetia vont devoir fournir jusqu'à cinq mille couverts par jour, ce qui signifie une organisation du ravitaillement et du stockage des denrées. Les séquestres du marché noir viendront approvisionner les caves du Lutetia. Chaque jour, la police distribuera la nourriture saisie en contrebande. Mais aussi des vêtements et des chaussures. Les camionnettes feront des allers-retours quotidiens entre les dépôts de confiscation et l'hôtel.

Il faut aussi organiser l'accueil des familles qui vont bientôt venir se présenter, en masse, devant les portes tournantes du palace, avec l'espoir de retrouver un fils, un mari, une femme, un père ou des grands-parents. L'idée est de mettre en place un système de fiches, qui seront exposées dans le hall de l'hôtel. Toutes les familles concernées déposeront une feuille cartonnée avec des photographies de leurs proches disparus, et des renseignements qui permettront de les identifier – ainsi que leurs coordonnées.

Tout le long du boulevard Raspail, on récupère les panneaux des élections municipales qui doivent avoir lieu à partir du 29 avril 1945. Deux douzaines de panneaux, constitués de planches de bois clouées les unes sur les autres. Ils sont installés dans le hall d'entrée du Lutetia, jusqu'au grand escalier. Petit à petit ils seront recouverts de dizaines de milliers de fiches, rédigées à la main, avec des photographies et des informations nécessaires aux retrouvailles des familles.

Il faut aussi organiser les bureaux d'accueil et de sélection.

Le ministère des Prisonniers de guerre estime que les formalités d'accueil dureront entre une et deux heures. Le temps d'établir des listes administratives, de donner quelques soins à l'infirmerie, des tickets de ravitaillement ainsi que des bons de transport pour que ceux qui reviennent d'Allemagne puissent rentrer chez eux, en train ou en métro pour les Parisiens. Les arrivants recevront des cartes de déportés, ainsi qu'un peu d'argent.

Le 26 avril, tout est prêt. Le jour de l'ouverture de l'hôtel, Jeanine vient donner un coup de main car les organisateurs ont besoin d'aide.

Mais les choses ne se passent pas comme le ministère l'avait prévu. Ceux qui reviennent sont dans un état indescriptible. L'accueil n'est pas adapté. Personne n'avait imaginé une chose pareille.

— Comment c'était ? demande Myriam, quand Jeanine rentre rue de Vaugirard, après la première journée.

Jeanine ne sait pas quoi répondre.

— Eh bien, explique Jeanine. On ne s'attendait pas à ça.

— À quoi ? demande Myriam. Je veux venir avec toi.

— Attends un peu, que les choses s'organisent…

Les jours suivants, Myriam insiste.

— Ce n'est pas le moment. On a eu deux morts du typhus le premier jour. Une femme de chambre et le jeune scout qui tenait le vestiaire.

— Je ne m'approcherai pas des gens.

— Dès que tu rentres dans l'hôtel, tu reçois une volée de poudre. Ils passent tout le monde au DDT. Je ne crois pas que ce soit très recommandé pour ton lait.

— Je ne rentrerai pas à l'intérieur, j'attendrai dehors.

— Tu sais, ils lisent les listes de ceux qui rentrent chaque jour, à la radio. C'est mieux pour toi de les écouter ici plutôt que de te mettre dans la foule.

— Je veux déposer une fiche à l'entrée de l'hôtel.

— Alors donne-moi des photos et les renseignements, j'irai la remplir pour toi.

Myriam regarde fixement Jeanine :

— Pour une fois, c'est toi qui vas m'écouter. Demain, j'irai au Lutetia. Et personne ne pourra m'en empêcher.

Chapitre 27

Sous le soleil de Paris, un autobus à plateforme traverse la Seine argentée qui ouvre ses cuisses sur la place Dauphine, l'autobus prend le pont des Arts où la beauté des femmes vous saute à la gorge avec leur rouge à lèvres écarlate et leurs ongles hautains, et les automobiles vont et viennent dans tous les sens, et leurs chauffeurs fument, l'avant-bras posé sur le rebord de la vitre tandis que les soldats américains se promènent, ils regardent les Françaises, leurs talons haut les cœurs et des anneaux fins à chaque doigt, les robes à fleurs cintrées font pointer leurs tétons, l'air de la capitale est plus doux de jour en jour, les tilleuls font de l'ombre sur les trottoirs, les enfants rentrent de l'école, cartable sur le dos. L'autobus suit son trajet, de la rive droite à la rive gauche, de la gare de l'Est à l'hôtel Lutetia, et tous, les automobilistes pressés de rentrer, les commerçants sur le pas de leur boutique, les passants avec leurs préoccupations de passants, tous s'arrêtent en voyant apparaître pour la première fois, à l'intérieur des bus, ces êtres aux arcades sourcilières saillantes, aux regards étranges. Et des bosses sur leurs crânes rasés.

— Ils ont fait sortir les fous de l'hôpital d'aliénés ?

— Non, ce sont les vieillards qui rentrent d'Allemagne.

Ce ne sont pas des vieillards, ils ont pour la plupart entre 16 et 30 ans.

— Ils ne font rentrer que les hommes ?

Il y a des femmes aussi, mais sans leurs cheveux, leurs corps décharnés, elles ne sont plus reconnaissables. Certaines ne pourront plus jamais avoir d'enfants.

Les trains venus de l'Est arrivent heure après heure, dans les différentes gares de Paris – parfois il y a aussi des avions au Bourget ou à Villacoublay. Le premier jour, sur le quai, une fanfare a accueilli les déportés, en grande pompe, avec *Marseillaise*, uniformes, et tous les cuivres. On a d'abord fait descendre ceux qui rentraient des camps d'extermination, puis les prisonniers de guerre et, en dernier, les travailleurs du STO. Le premier jour.

À la sortie du train, on les fait monter dans des autobus, les mêmes qui, quelques mois auparavant, avaient transporté les raflés vers les camps de transit, juste avant les trains à bestiaux.

— Mais il n'y a pas vraiment d'autres solutions, leur dit-on.

Les déportés se tiennent debout à l'intérieur, collés les uns contre les autres, ils regardent par la fenêtre défiler les rues de la capitale. Certains découvrent Paris pour la première fois.

Sur leur passage, ils voient les yeux des Parisiens se figer, les passants et les automobilistes quitter leurs préoccupations pendant quelques secondes, pour se demander d'où viennent ces êtres aux crânes rasés en pyjamas rayés qui font irruption dans la ville. Comme des entités venant d'un autre monde.

— Vous avez vu les autobus des déportés ?
— Ils auraient pu les laver.
— Pourquoi ils ont des costumes de bagnards ?
— Il paraît qu'on leur donne de l'argent à leur arrivée.
— Alors ça va.

Et la vie reprend.

Au feu rouge, un vieux monsieur abasourdi par cette vision d'horreur tend le paquet de cerises rouges et juteuses qu'il tient dans la main. Le vieux monsieur le lève vers la fenêtre de l'autobus et des dizaines de bras maigres comme des bâtons, aux doigts filandreux, se jettent sur les cerises qui s'envolent dans les airs.

— Il ne faut pas nourrir les déportés ! crie la dame de la Croix-Rouge. Leur estomac ne tiendra pas !

Les déportés savent bien que c'est comme un poison pour leurs entrailles — mais la tentation est trop forte.

Et l'autobus redémarre, vers la rive gauche et la place Saint-Michel, le boulevard Saint-Germain. Et les cerises ne tiennent pas aux ventres et dégoulinent de l'autre côté.

— Ils pourraient se comporter plus poliment, se dit un passant.

— Ils pourraient manger plus proprement, pense un autre.

— Ils sentent vraiment très mauvais, ils pourraient se laver.

Chapitre 28

Il y en a un qui n'a pas voulu monter dans l'autobus parce qu'il l'a reconnu, c'est exactement le même autobus qui l'avait conduit de Paris à Drancy. Alors il s'est échappé sur le côté de la gare, avant la sortie des voyageurs, du côté de la rue d'Alsace. Maintenant il ne sait plus très bien où il se trouve, il est perdu.

— Ça va, monsieur, vous avez besoin d'aide ? demande un passant.

Il fait non de la tête, il ne veut surtout pas qu'on vienne l'aider à remonter dans l'autobus. Et les gens, gentils, bien attentionnés, s'arrêtent en ronde autour de lui.

— Vous n'avez pas l'air bien, monsieur.
— Attention, il ne faut pas le brusquer.
— Je vais prévenir un gendarme.
— Monsieur, vous parlez français ?
— Il faudrait lui donner à manger.
— Je vais lui acheter quelque chose, je reviens.
— Vous avez vos papiers ? demande le gendarme qui a été appelé.

L'homme est effrayé par l'uniforme. Pourtant le gendarme est gentil, il se dit qu'il faudrait l'emmener à l'hôpital, le pauvre homme. Il n'a jamais vu personne dans un état pareil.

— Monsieur, suivez-moi, on va vous emmener dans un endroit pour vous soigner. Vous n'auriez pas votre carte de rapatrié ?

L'homme pense en lui-même qu'il n'a plus de papiers depuis longtemps, plus d'argent, plus de femme et plus d'enfant, plus de cheveux non plus et plus de dents. Il a peur de ces gens qui l'entourent et qui le regardent. Il se sent coupable d'être là, coupable d'avoir survécu à sa femme, à ses parents, à son fils de 2 ans. Et à tous les autres. Des millions d'autres. Il a l'impression d'avoir commis une injustice et il a peur que tous ces gens lui jettent des pierres et que le gendarme l'emmène en prison devant un tribunal avec d'un côté des SS et de l'autre sa femme morte, ses parents morts, son fils mort. Et les millions d'autres morts. Il voudrait avoir la force de courir parce que la matraque du gendarme lui fait mal rien que de la regarder, mais il n'en a pas la force. Il se souvient qu'un jour, il y a longtemps, il est venu ici, dans ce quartier, il sait qu'un jour lui aussi était habillé comme tous ces gens, qu'il avait des cheveux sur la tête et des dents dans la bouche, mais il se dit que jamais il ne réussira à redevenir comme eux. Un passant est allé gentiment dans une épicerie à côté, il a expliqué « c'est pour un revenant qui meurt de faim, il n'a plus de dents », alors le commerçant a pensé à du yaourt, et il a ajouté « je ne fais pas payer le yaourt, c'est normal, il faut bien les aider », et le passant donne le yaourt au déporté, qui perfore son estomac, parce que c'est une nourriture trop lourde pour lui qui ne tenait plus qu'à un fil, après avoir été évacué d'Auschwitz par les SS en janvier, trois mois déjà, après avoir échappé aux derniers massacres, aux marches de la mort, aux marches forcées dans la neige sous les coups des escorteurs de colonnes, aux nouvelles humiliations, au chaos de l'effondrement du régime, aux voyages dans les mêmes trains à bestiaux, à la faim, à la soif, à la lutte pour survivre jusqu'au retour, un combat presque impossible pour son corps au bout de l'épuisement, alors son cœur s'arrête de battre là, le jour de son arrivée, sur le trottoir gris de Paris, en bas des escaliers de la rue d'Alsace, après des semaines de lutte. Son corps est si léger qu'il tombe en se repliant sur lui-même, tout doucement, comme une feuille morte, il touche le sol au ralenti sans faire de bruit.

Chapitre 29

L'autobus en provenance de la gare de l'Est arrive devant l'entrée du Lutetia, une foule se presse, et Myriam qui ne comprend rien suit le mouvement... Un vélo lui roule sur le pied mais personne ne lui demande pardon. Elle entend prononcer des noms de ville pour la première fois, des mots qu'elle ne connaissait pas, Auschwitz, Monowitz, Birkenau, Bergen-Belsen.

Soudain l'autobus à plateforme ouvre ses portes, les déportés ne peuvent pas descendre tout seuls, ils sont aidés par les scouts venus les escorter jusqu'à l'hôtel, pour certains d'entre eux, on fait venir des civières.

La foule des familles qui attendait se précipite sur eux. Myriam s'indigne de l'impudeur de ceux qui, le regard désespéré, se jettent sur les nouveaux arrivants pour brandir des photographies.

— Vous le reconnaissez ? C'est mon fils.

— Vous l'avez peut-être connu ? C'est mon mari, il est grand avec les yeux bleus.

— Sur cette photo ma fille a 12 ans, mais elle en avait déjà 14 quand ils me l'ont prise.

— Vous venez d'où ? Vous avez entendu parler de Treblinka ?

Mais Myriam observe que ceux qui descendent des autocars demeurent silencieux. Ils ne peuvent pas répondre. Ils ont à peine la force de se parler silencieusement à eux-mêmes. Comment raconter ? Personne ne les croirait.

— Votre enfant a été mis dans un four, madame.

— Votre père a été attaché nu à une laisse comme un chien. C'était pour rire. Il est mort fou. De froid.

— Votre fille est devenue la prostituée du *Lager* et ensuite ils ont ouvert son ventre pour faire des expériences quand elle est tombée enceinte.

— Quand ils ont su que tout était perdu, les SS ont mis toutes les femmes nues et les ont jetées par la fenêtre. Ensuite nous avons dû les empiler.

— Aucune chance de survie, vous ne les reverrez jamais.

Qui peut courir le risque de parler et de ne pas être cru ? Et qui peut prononcer ces phrases à ceux qui attendent ? Il faut avoir pitié. Certains vont même jusqu'à donner de l'espoir :

— La photo de votre mari me dit quelque chose. Oui, il est vivant.

Myriam entend cette phrase dans la foule qui se précipite dans les portes tambour de l'entrée du palace :

— Ils sont encore dix mille à attendre, là-bas, ne vous inquiétez pas, ils vont revenir.

Les déportés savent que cette perspective est dérisoire. Mais l'espoir est la seule chose qui les a fait survivre dans les camps. L'un des déportés est bousculé par une femme qui semble ne pas se rendre compte de la fatigue de celui à qui elle demande s'il

511

a connu son mari. Une infirmière de la Croix-Rouge doit intervenir.

— Laissez passer les rapatriés. Mesdames, messieurs, s'il vous plaît, vous allez les tuer à les bousculer ainsi. Vous rentrerez plus tard. Laissez-les passer !

Les déportés sont emmenés vers un établissement d'hydrothérapie réquisitionné en face du square Récamier. Pour s'y rendre, ils doivent passer par la pâtisserie du Lutetia, qui fait l'angle entre le boulevard Raspail et la rue de Sèvres. Les étalages vides de gâteaux voient défiler les déportés. Qui sont déshabillés de leurs pyjamas rayés pour être désinfectés. Leurs objets sont consignés dans des sacs plastique qu'ils portent autour du cou. C'est là, souvent, qu'a lieu le passage à la poudre DDT, qui tue les poux porteurs du typhus. Les déportés doivent se présenter nus face à des hommes en tenue de caoutchouc, avec des gants de protection, et dans leurs dos des bidons avec la fameuse poudre. On la projette sur eux par de longs tuyaux. Un traitement difficile à supporter. Mais on leur explique qu'il n'y a pas vraiment d'autre solution.

Une fois qu'ils ont été désinfectés et lavés, on leur donne des habits propres. Puis ils doivent se rendre dans les bureaux du premier étage, afin d'être interrogés, dans le but de repérer, parmi eux, les « faux » déportés.

D'anciens collaborateurs du régime de Vichy, pour fuir les représailles, se cachent parmi ceux qui reviennent, dans l'espoir de changer d'identité. Ils veulent échapper aux assassinats de vengeance qui ont lieu dans toute la France, passer entre les mailles du filet de l'épuration qui se met en place, avec les tribunaux d'exception. Quelques miliciens français se font tatouer un faux matricule sur l'avant-bras gauche, pour faire croire qu'ils reviennent d'Auschwitz. Ils se faufilent parmi les déportés au moment où ils sortent de la gare, juste avant de monter dans les autobus pour le Lutetia.

Afin de traquer les imposteurs, le ministère des Prisonniers de guerre, Déportés et Réfugiés, demande aux bureaux de contrôle installés à l'intérieur du palace de mettre en place une surveillance active. Ce qui signifie que chaque déporté subit un interrogatoire, afin de vérifier qu'il s'agit bien d'un « vrai » déporté. Pour certains, cette nouvelle épreuve est ressentie comme une humiliation.

Les interrogatoires sont difficiles à mener, car ceux qui ont survécu aux camps sont si déboussolés qu'ils ne peuvent plus parler, leur esprit s'embrouille, ils s'accrochent à des détails insignifiants et sont incapables de donner des informations précises. Tandis que les usurpateurs d'identités réussissent à construire des récits très structurés, avec des souvenirs volés à d'autres.

Souvent cela tourne mal, parce que les déportés ne supportent pas cette confrontation avec la police française, qu'ils jugent brutale.

— Qui êtes-vous pour me poser des questions ?
— Et pourquoi ça recommence, les interrogatoires ?
— Laissez-moi tranquille !

Les réactions sont parfois violentes dans les bureaux de procédure d'accueil. Des hommes renversent les tables. Des femmes se lèvent en pointant du doigt leurs interrogateurs.

— Je me souviens de vous ! Vous m'avez torturée !

Lorsqu'un imposteur est démasqué, on l'enferme dans une chambre du Lutetia. Un garde armé le surveille. À dix-huit heures, un fourgon de police vient le récupérer pour qu'il soit jugé.

Une fois l'interrogatoire terminé, les « vrais » déportés reçoivent des papiers, ainsi qu'une somme d'argent, et des bons de transport gratuits pour les autobus et le métro. Puis ils sont reçus dans l'hôtel où ils pourront se reposer quelques jours. Ils peuvent s'en remettre aux « petites bleues » qui vont et viennent, les femmes du corps volontaire féminin qui assurent la gestion de l'accueil et des étages. Le premier est réservé à l'administration, au-dessus il y a l'infirmerie et ensuite les chambres jusqu'au septième. Le troisième est entièrement réservé aux femmes.

— Ne vous inquiétez pas, les chambres sont très bien chauffées.

Les radiateurs sont allumés même en plein été car les corps décharnés ont froid sans cesse.

— Ils ont préféré dormir par terre, alors qu'ils ont des lits bien confortables, c'est étrange quand même.

Les déportés s'allongent sur les tapis parce qu'ils ne réussissent plus à être dans un lit. Souvent ils sont à plusieurs, les uns contre les autres, pour trouver le sommeil. Tous se sentent humiliés, avec leurs crânes rasés, les abcès et les phlegmons qui infectent leurs peaux. Ils savent qu'ils font peur. Ils savent que c'est une souffrance de les regarder.

Dans la majestueuse salle à manger de l'hôtel Lutetia, les palmiers en pot mettent en valeur les lignes symétriques des pierres de taille, les vitraux monumentaux et les colonnes ornementales, toute la virtuosité de l'Art déco au service du luxe et de la géométrie.

Le repas est servi, les déportés sont regroupés autour des tables, ils n'ont pas mangé dans une assiette depuis si longtemps, depuis le temps d'un monde qui leur semble n'avoir jamais existé. Les gobelets argentés contiennent une eau potable. Cela aussi, ils ont oublié.

Sur chaque table, des vases ont été disposés avec un joli bouquet d'œillets bleus, blancs, et rouges. L'ambassadeur du Canada en France et sa femme ont fait venir de leur pays du lait, et des confitures pour les déportés.

Un homme sans âge, la tête penchée en avant, décrochée de son cou, regarde attentivement les plats de viande disposés devant lui. Il est habitué à voler sa nourriture, à « l'organiser » comme on disait au camp, alors il ne sait plus s'il a le droit de s'asseoir et demande sans cesse la permission à une petite bleue. Ces femmes volontaires sont parfois démunies, certains déportés ne parlent plus que l'allemand, d'autres répètent sans cesse leur numéro de matricule.

— Vous ne pouvez pas emporter ce couteau, monsieur.

— J'en ai besoin, pour aller tuer la personne qui m'a dénoncé.

Chapitre 30

Myriam réussit à entrer dans le Lutetia par les portes tambour, bousculée par d'autres qui piétinent comme elle. Elle cherche le panneau « Renseignement aux familles » et découvre sous les grands escaliers les panneaux recouverts de centaines de fiches, avec des centaines de lettres de recherche, et des centaines de photographies de mariages, de vacances heureuses, de repas de famille, de portraits de soldats en pied. Elles tapissent le hall de l'hôtel, du sol au plafond. On dirait que les murs pèlent des feuilles de papier.

Myriam s'approche, en même temps que les déportés qui viennent d'arriver, attirés par ces photographies du monde d'avant, enfoui sous les cendres. Leurs yeux regardent, mais ne semblent plus comprendre ce que signifient ces images. Ils ne sont même pas sûrs de pouvoir se reconnaître eux-mêmes sur les portraits affichés.

— Comment savoir que j'ai été cet homme-là ?

Myriam s'éloigne du panneau pour laisser la place à d'autres, elle cherche le bureau des renseignements quand un homme affolé lui attrape le bras, il l'a prise pour une des femmes bénévoles qui aident les familles.

— Excusez-moi, j'ai retrouvé ma femme, elle s'est endormie dans mes bras et je n'arrive plus à la réveiller.

Myriam explique qu'elle ne travaille pas ici, qu'elle est venue chercher des gens elle aussi. Mais l'homme insiste, venez, venez, dit-il sans lui lâcher le bras.

En voyant la femme, assise sur le fauteuil, Myriam comprend qu'elle ne dort pas. Ce n'est pas la seule à mourir ici, ils sont des dizaines par jour, dont le corps épuisé ne résiste pas à l'émotion des retrouvailles et du retour.

Myriam s'éloigne pour faire la queue devant le bureau des renseignements. À côté d'elle, un couple de Français tient dans leurs bras une enfant polonaise qu'ils ont cachée pendant toute la guerre. Elle avait 2 ans quand ils l'ont recueillie. Maintenant elle en a 5, et parle parfaitement le français, avec l'accent parisien. Ils sont venus au Lutetia parce qu'ils ont entendu le nom de sa mère dans les listes diffusées à la radio française.

Mais devant cette femme filiforme, tondue, la petite fille ne reconnaît pas sa maman. Elle est soudain prise d'une terrible panique, elle se met à pleurer, elle ne veut pas de cette femme-là qui ressemble à un cauchemar. La petite fille hurle dans le hall de l'hôtel, en s'accrochant aux jambes de celle qui n'est pas sa mère.

Au bureau des renseignements, Myriam n'apprend rien du tout, on lui donne une fiche à remplir et on lui dit d'attendre ensuite les listes diffusées à la radio. On lui déconseille de venir tous les jours.

— Ça ne sert à rien.

Myriam s'approche d'un groupe qui, dans un coin du hall, a l'air d'être des habitués. Eux, ils viennent tous les jours, s'échangent des informations et les rumeurs qui circulent.

— Les Russes ont confisqué des déportés français.

— Ils ont pris les médecins et les ingénieurs.

— Des fourreurs et des jardiniers aussi.

Myriam pense à son père ingénieur, à ses parents qui parlent russe. S'ils ont été mobilisés là-bas, cela pourrait expliquer leur absence des listes de retour.

— Mon mari est médecin. Je suis sûre aussi qu'ils l'ont gardé.

— On dit qu'au moins cinq mille personnes sont parties en Russie.

— Mais comment se renseigner ?

— Vous avez demandé au bureau ?

— Non. Ils ne veulent plus me recevoir.

— Essayez, vous ! Avec les nouvelles têtes, ils sont plus aimables.

— Ils sont bien quelque part, tous ces gens.

— Il faut être patient, on va les rapatrier.

— Vous savez ce qui est arrivé à Mme Jacob ?

— Son mari était sur la liste des morts du camp de Mauthausen.

— Quand elle a lu son nom, elle s'est effondrée.

— Et puis trois jours plus tard, on frappe à la porte, elle ouvre.

— Son mari est devant elle. Il y avait eu une erreur.

— Ce n'est pas la seule. Rien n'est jamais perdu, vous savez.

— On dit qu'en Autriche, il y a un camp où l'on met ceux qui ont tout oublié.

— En Autriche, vous dites ?
— Mais non, c'est en Allemagne.
— Ils ont fait des photographies des personnes concernées ?
— Non, je ne crois pas.
— Comment savoir, alors ?

Myriam dépose sa fiche dans le hall d'entrée. Comme elle n'a pas de photographies de sa famille, puisque tous les albums sont aux Forges, elle écrit en grand leurs prénoms, pour qu'ils puissent tout de suite les repérer au milieu des dizaines, des centaines, des milliers de fiches qui volètent dans l'entrée. EPHRAÏM EMMA NOÉMIE JACQUES. Puis elle signe et inscrit son adresse, rue de Vaugirard, chez Vicente, pour que ses parents sachent où la trouver.

Debout sur la pointe des pieds, pour punaiser sa fiche en hauteur, Myriam a les bras tendus, presque en déséquilibre. À côté d'elle, un homme debout la regarde, avec sur les lèvres un drôle de sourire.

— J'ai appris sur une liste que j'étais mort, finit-il par dire.

Myriam ne sait pas quoi lui répondre. Maintenant que sa fiche est accrochée, elle prend la direction de la sortie, quand une femme l'attrape par l'épaule.

— Regardez, c'est ma fille.

Myriam se retourne, elle n'a pas le temps de répondre que la dame lui tend une photo, si près de ses yeux qu'elle ne peut rien voir.

— Elle était un peu plus vieille que sur la photo quand ils l'ont arrêtée.

— Excusez-moi, dit Myriam. Je ne sais pas…

— Je vous en supplie, aidez-moi à la retrouver, dit la dame dont les joues se couvrent de plaques rouges.

La femme prend Myriam par le bras, avec force, pour lui chuchoter :

— J'ai beaucoup d'argent à vous proposer.

— Lâchez-moi ! crie Myriam.

En sortant de l'hôtel, elle voit le groupe des habitués s'agiter, ils ont pris leurs affaires et se précipitent dans le métro. Myriam les suit pour comprendre ce qui se passe. Ils lui apprennent que, par une erreur d'aiguillage, une quarantaine de femmes qui devaient être emmenées au Lutetia a été envoyée à la gare d'Orsay. Quarante femmes, c'est beaucoup. Et Myriam sent que Noémie sera parmi elles – elle prend le métro avec eux et arrive à la gare le cœur battant. C'est un pressentiment qui l'envahit d'une sorte de lumière, de joie.

Mais arrivée à la gare d'Orsay, aucune parmi elles n'est Noémie.

— Jacques, Noémie, ça vous dit quelque chose ?

— Vous savez dans quel camp ils ont été déportés ?

— J'ai cru comprendre que toutes les femmes étaient parties à Ravensbrück.

— Nous n'en savons rien, madame. Ce ne sont que des suppositions.

— On ne peut pas se renseigner auprès des gens qui étaient là-bas ?

— Désolé. On n'a reçu aucun convoi de Ravensbrück. Et nous pensons qu'il n'y en aura pas.

— Mais pourquoi vous n'envoyez personne les chercher ? Je peux me porter volontaire si vous voulez !

— Madame, nous avons envoyé des gens pour les rapatriements de Ravensbrück. Mais il n'y avait plus personne à rapatrier.

Les mots sont clairs. Mais Myriam ne les comprend pas. Son cerveau refuse de comprendre ce que signifie : « Il n'y avait plus personne à rapatrier. »

Myriam quitte la gare d'Orsay pour rentrer chez elle. Jeanine lui ouvre la porte, en tenant Lélia dans ses bras. Les deux femmes se comprennent, pas besoin de parler.

— J'y retournerai demain, dit simplement Myriam.

Et tous les jours, elle retourne au Lutetia pour attendre les siens. Elle aussi, a perdu toute pudeur. Sans aucune retenue, elle interpelle les déportés qui sortent de l'hôtel, pour retenir quelques secondes leur attention.

— Jacques, Noémie, ça vous dit quelque chose ?

Elle envie ceux qui ont entendu un nom à la radio ou qui ont reçu un télégramme. On les reconnaît tout de suite, à la façon dont ils s'engagent, d'un pas sûr, dans le hall de l'hôtel.

Jour après jour, Myriam essaye de se rendre utile auprès des services de l'organisation, elle cherche à comprendre ce qui se passe en Pologne, en Allemagne et en Autriche. Elle reste à traîner dans les différents étages, jusqu'à ce qu'elle entende dire :

— On n'attend plus de convoi pour aujourd'hui, rentrez, madame.

— Revenez demain, cela ne sert à rien de rester là.

— S'il vous plaît, vous devez quitter les lieux maintenant.

— On vous dit qu'il n'y aura plus d'arrivées aujourd'hui.

— Demain les premiers arrivent à huit heures. Allez, gardez espoir.

Lélia, qui est maintenant un bébé de neuf mois, a de terribles douleurs au ventre. Elle refuse désormais de se nourrir et Jeanine demande à Myriam de rester plus longtemps auprès de sa fille.

— Elle a besoin de toi, tu dois l'aider à manger.

Pendant une semaine, Myriam ne se rend pas au Lutetia pour surveiller et nourrir son bébé. Quand elle retourne à l'hôtel, elle retrouve les mêmes femmes, brandissant des photographies. Mais quelque chose a changé. Il y a beaucoup moins de monde qu'avant.

— Ils disent qu'il n'y aura plus de convois à partir de demain.

Le 13 septembre 1945, le journal *Ce soir* publie un article de M. Lecourtois :

Le Lutetia cesse d'être l'hôtel des morts vivants.
Dans quelques jours, réquisition levée, l'hôtel Lutetia, boulevard Raspail, sera rendu à ses propriétaires. Trois mois seront nécessaires pour le remettre en état. (...) L'hôtel est vide. Le Lutetia ferme ses portes sur la plus grande misère humaine pour les rouvrir, demain, sur des gens heureux de vivre.

Myriam est en colère. Partout dans la presse, elle lit cette phrase : on peut désormais considérer le rapatriement des déportés comme terminé.

— Mais ce n'est pas terminé, puisque les miens ne sont sur aucune liste et qu'ils ne sont pas rentrés.

Entre la fin de l'espoir et l'absence de preuve, Myriam ne trouve jamais la paix. Elle se souvient des rumeurs qu'elle a entendues dans le hall de l'hôtel :

— Ils sont encore dix mille à attendre, là-bas, ne vous inquiétez pas, ils vont revenir.

— On dit qu'en Allemagne, il y a un camp où l'on met ceux qui ont tout oublié.

Myriam a vu les images des camps d'extermination, diffusées dans les journaux et aux actualités cinématographiques. Mais il lui est impossible de faire coïncider ces images avec la disparition de ses parents, de Jacques et Noémie.

— Ils sont forcément quelque part, se dit Myriam. Il faut les retrouver.

Fin septembre 1945, Myriam rejoint les troupes d'occupation en Allemagne à Lindau.

Elle s'engage en tant que traductrice pour l'armée de l'air. Elle parle le russe, l'allemand, l'espagnol, l'hébreu, un peu d'anglais et bien sûr le français.

Là-bas, elle continue de chercher.

Peut-être que Jacques ou Noémie ont réussi à s'échapper.

Peut-être qu'ils sont quelque part dans un camp pour ceux qui ont oublié.

Peut-être qu'ils n'ont pas d'argent pour rentrer en France.

Tout est possible. Il faut continuer à croire.

Chapitre 31

— Tu n'es jamais allée en Allemagne voir ta mère quand tu étais petite ?
— À Lindau ? Si. Mon père m'a emmenée au moins une fois. J'ai une photo de moi dans une bassine, où ma mère me donne le bain, dans un jardin... j'imagine au milieu du camp militaire...
— Si je comprends bien, tes parents ne vivaient plus vraiment ensemble à ce moment-là ?
— Je ne sais pas... De fait, ils étaient séparés, dans deux pays différents. Je crois que ma mère a eu une liaison avec un pilote de l'armée de l'air, à Lindau.
— Ah bon ? Mais tu ne nous l'as jamais dit !
— Je crois même qu'il l'a demandée en mariage. Mais comme il voulait que j'aille en pension et ne plus entendre parler de moi, elle a rompu avec lui.
— Et dis-moi, quand est-ce que le trio se reforme ?
— Quel trio ?
— Yves, Myriam et Vicente. Ils se sont revus, non ? Après ta naissance.
— Je n'ai pas très envie d'en parler.
— J'ai compris... ne te fâche pas. De toute façon, je n'étais pas venue pour te parler de ça, mais du courrier que tu as reçu de la mairie.

— Quel courrier ?
— Tu m'as dit que la secrétaire des Forges t'avait envoyé une lettre, que tu n'as pas encore ouverte.
— Écoute, je suis fatiguée là... je ne sais pas où est cette lettre. On verra ça une autre fois si tu veux bien.
— Je suis sûre que cela peut m'aider, pour mon enquête. J'en ai besoin.
— Tu veux que je te dise ? Je ne pense pas que tu vas trouver qui a envoyé la carte postale.
— Moi je suis sûre que si.
— Pourquoi tu fais tout ça ? À quoi cela te sert ?
— Je n'en sais rien, maman, c'est une force qui me pousse. Comme si quelqu'un me demandait d'aller jusqu'au bout.
— Eh bien moi j'en ai ras le bol de répondre à tes questions ! C'est mon passé ! Mon enfance ! Mes parents ! Tout cela n'a rien à voir avec toi. Et j'aimerais que tu passes à autre chose maintenant.

Chapitre 32

Mon Anne,
Je suis tellement désolée pour tout à l'heure. Mettons tout cela derrière nous.
Je ne me suis pas réconciliée avec ma mère. C'était sans doute impossible. Mais nous aurions pu faire un bout de chemin ensemble si elle avait accepté de me dire pourquoi elle m'avait abandonnée, plusieurs années. Qu'elle n'avait pas pu faire autrement.
Je pense qu'elle s'est tue à cause d'une mauvaise conscience, d'être, elle, vivante. Et de ses longues absences où j'étais ballottée.
Si elle m'avait expliqué pourquoi, j'aurais compris. Mais il m'a fallu le comprendre par moi-même, et à ce moment-là c'était trop tard, elle n'était plus.
Tout cela pose des questions essentielles... et moi-même je m'y perds, car j'ai l'impression d'une sorte de trahison vis-à-vis de ma mère.

Maman,
Myriam pensait que la guerre n'appartenait qu'à elle.

Elle ne comprenait pas pourquoi elle devait t'en livrer le récit. Alors évidemment, en m'aidant dans mes recherches, tu te sens la trahir.

Myriam t'impose son silence, au-delà de sa disparition.

Mais maman, n'oublie pas que ses silences t'ont fait souffrir. Et pas seulement ses silences : la sensation qu'elle te mettait en dehors d'une histoire qui ne te concernait pas.

Je comprends que tu puisses être très bouleversée par mes recherches. Surtout en ce qui concerne ton père, la vie sur le plateau, l'arrivée d'Yves dans le couple de tes parents.

Mais maman, ce récit est aussi le mien. Et parfois, à la façon d'une Myriam, tu me regardes comme si j'étais une étrangère dans le pays de ton histoire. Tu es née dans un monde de silence, il est normal que tes enfants aient soif de paroles.

Anne,
Appelle-moi quand tu auras lu ce mail et je répondrai à ta question d'hier. Celle qui m'a fâchée.
Je te dirai, très précisément, non pas quand est-ce que le trio s'est reformé – cela je ne le sais pas –, mais quand Myriam, Yves et mon père se sont vus tous les trois, pour la dernière fois.

Chapitre 33

— C'était pendant les vacances de la Toussaint, en novembre 1947. À Authon, un petit village dans le sud de la France. Comment je le sais ? Alors voilà, c'est bien simple. Je possède une seule et unique photo de moi avec mon père. C'est une photo que j'ai tellement regardée que je la connais par cœur. Mais elle n'avait pas de légende. Si bien que je ne savais ni où elle avait été prise, ni en quelle année. Bien évidemment, cela n'était pas la peine de poser des questions à ma mère... Et puis un jour, je suis à Céreste, chez une cousine Sidoine – c'était à la fin des années 90 –, on parle... de tout... de rien... et la cousine me dit : « Tiens, au fait, j'ai retrouvé par hasard une très jolie photo de toi et d'Yves. Tu es sur ses genoux. Je vais te la montrer. » Elle ouvre un tiroir, sort une photographie. Et là, j'ai une drôle de surprise. Sur cette image, je suis au même endroit, habillée et coiffée exactement de la même façon, que sur la photographie avec mon père. Les deux photographies ne pouvaient avoir été prises que le même jour, et je dirais même sur la même pellicule. J'ai retourné la photographie, en essayant de cacher mon trouble, et là, j'ai vu qu'il y avait une légende cette fois-ci : « *Yves et Lélia, Authon, novembre 1947.* »

— Cette date... cela a dû te perturber.

— Évidemment. Mon père s'est suicidé le 14 décembre 1947.

— Tu crois que c'est lié ?

— On ne le saura jamais.

— Je ne me souviens plus de quoi est mort ton père, exactement. Je me rends compte que tout cela n'est pas très clair dans ma tête.

— Je te donne le compte rendu du médecin légiste aux archives de la Préfecture de police de Paris. Je te laisse les papiers. Tu te feras ta propre idée.

Chapitre 34

Vicente avait découvert une amphétamine plus récente que la Benzédrine, plus récréative aussi, appelée Maxiton. Du bonbon. Un excellent stimulant du système nerveux, mais sans les tremblements et sans les vertiges, sans la fatigue derrière les yeux. Le Maxiton offrait à Vicente des états de grâce, où la vie lui semblait soudain très simple à vivre.

Les amphétamines sont connues pour couper les élans vitaux mais cette fois-là, ce fut le contraire et Lélia avait été conçue dans l'euphorie d'une nuit sans fin. C'est précisément ce qui passionnait Vicente dans les drogues. La surprise. Les réactions inattendues. Les expériences chimiques entre un corps vivant et des substances tout aussi vivantes, l'infinité des états qui en résultent, suivant l'heure et le jour, le contexte et les doses, la température ambiante et la nourriture ingurgitée. Il pouvait en parler pendant des heures entières, avec une précision de chimiste. Dans ce domaine, Vicente était un érudit, connaissant des pans entiers de la chimie, de la botanique, de l'anatomie et de la psychologie – il aurait pu passer haut la main les examens les plus difficiles, s'il existait un concours en toxicologie.

Vicente sentait qu'il mourrait jeune, qu'il n'en avait pas pour longtemps, à supporter cette vie-là. Ses parents lui avaient donné à la naissance un prénom qu'il n'aimait pas, Lorenzo. Alors Lorenzo s'était rebaptisé Vicente et il avait choisi le prénom d'un oncle mort prématurément, d'un accident mortel dans une usine. Ayant respiré des vapeurs d'un produit corrosif qui perfora ses poumons, cet oncle mourut dans les souffrances indicibles d'une hémorragie interne. Il était papa d'une petite fille de 3 ans. Vicente se suicida à quelques jours de l'anniversaire de Lélia, qui allait avoir cet âge-là.

— Vicente a fait une overdose sur le trottoir, en bas de chez sa mère. C'est la concierge qui l'a retrouvé.
— Donc elle a appelé la police...
— Exactement. Et la police a consigné l'événement dans un cahier, que j'ai retrouvé. C'est un vieux cahier au papier jauni, avec des lignes horizontales. Les pages sont constituées de cinq colonnes à remplir. « Numéros, Dates et Direction, États civils, Résumé de l'affaire. » Sur la page qui concerne mon père, il est essentiellement question de vols. Au milieu, il y a sa mort. Toutes les affaires sont écrites avec la même plume, à l'encre noire. Sauf celle qui concerne Vicente. Pourquoi ? Le policier a utilisé une encre bleu ciel, très claire, presque effacée avec le temps. Il a écrit : « *Enquête au sujet du décès du sieur Picabia Laurent Vincent.* » Étrange formulation. Il a francisé les noms, Lorenzo est devenu Laurent et Vicente est devenu Vincent.

— Ce policier devait aimer les formulations anciennes car ce « sieur » est un peu anachronique.

— « *Survenu le 14 décembre vers 1 h du matin dans son lit* », écrit-il. Cette information est fausse, je le sais. Vicente est mort dans la rue, sur le trottoir, raison pour laquelle, d'ailleurs, la police va enquêter. Ceci sera confirmé par le registre de l'Institut médico-légal que j'ai pu consulter.

— Pourquoi le policier ment-il ?

— Ce qui s'est passé, c'est que la concierge a appelé la police quand elle a vu un cadavre dans la rue. Et puis, en reconnaissant Vicente, elle a réveillé Gabriële, pour lui dire que son fils était mort. Gabriële a demandé à ce qu'on ne laisse pas son fils gisant sur le trottoir et qu'on le monte dans son lit... d'où la confusion. Ensuite le policier pose une série de questions : « *Stupéfiant ? Abus d'alcool ? Alcool toxique ? À l'IML 1 rap. médico légal du docteur Frizac.* » C'est comme ça que j'ai compris qu'il y avait eu un rapport médico-légal.

J'y ai appris trois choses sur mon père. Que la cause présumée de sa mort était le suicide. Que son cadavre avait été retrouvé dans la rue en bas de chez Gabriële. Et qu'en ce mois de décembre 1947, au beau milieu de la nuit, il n'avait aux pieds qu'une paire de sandales.

Chapitre 35

— Tu ne t'es jamais posé de questions sur tes origines ?

— Non. Bizarrement jamais. Je ressemble tellement à Vicente, il n'y a pas vraiment de doute possible. Je suis son portrait craché. Mais une nuit, pour emmerder Yves et Myriam, je leur ai posé la question.

— Quelle question ?

— Je leur ai demandé de qui j'étais la fille, pardi !

— Pourquoi ?

— À ton avis ? Pour faire parler ma mère... Myriam ne disait jamais rien. Elle ne racontait jamais rien. J'en ai eu marre. Tu comprends ? Marre. J'avais envie qu'elle me parle de mon père. Alors je suis allée la chercher. Pour la faire sortir de son silence, il fallait que je tape fort. Nous étions à Céreste, c'étaient les grandes vacances. J'ai provoqué ma mère et Yves en début de soirée. Et Yves l'a très mal vécu. Ce fut une nuit terrible entre nous, orageuse.

— Est-ce qu'il se sentait responsable de la mort de ton père ?

— Le pauvre, j'espère aujourd'hui que non. Mais peut-être à l'époque avait-il ce sentiment ? Quoi qu'il en soit, le lendemain matin, j'ai fait mes bagages, avec ton père qui était avec moi, nous sommes rentrés à Paris.

— Nous n'étions pas nées à ce moment-là ?

— Si, si. Je suis partie avec vous… Et trois jours plus tard, j'ai reçu une lettre.

— C'est cette lettre que tu voulais obtenir ?

— Tout à fait. À cette époque-là, je ne savais rien sur mon père, ni sur la vie de Myriam pendant la guerre. Elle n'en parlait jamais. J'avais tellement soif de dates, de lieux, de mots et de noms. Avec ma question, je l'ai obligée à me donner des informations.

— Tu me la montres ?

— Oui, elle est rangée dans mes archives, je vais la chercher.

Chapitre 36

Jeudi 16 heures
Ma Lélia, cher Pierre,

La question de Lélia sur ses origines, posée à une heure bien indue, nous a bouleversés, Yves et moi, alors qu'à un autre moment tout aurait pu se passer calmement. Yves est un être trop sensible (il a payé fort cher sa sensibilité) pour qu'on l'aborde d'une façon trop abrupte. Ceci dit, je réponds volontiers à l'essentiel de ta question.

Au mois de juin 43, Jean Sidoine, l'ami du père aubergiste François Morenas, nous a demandé si nous voulions héberger dans le cabanon qui se trouvait derrière notre maison un de ses cousins. Yves est donc venu habiter avec nous.

C'est donc en 43 que nous étions sur le plateau. Stalingrad avait éveillé des étincelles d'espoir, mais les nazis devenaient de plus en plus agressifs. Sur ce plateau idyllique, nous étions malgré tout à la merci d'une délation. Aussi Vicente et moi avons pris la décision de quitter le plateau en décembre 1943 pour regagner la rue de Vaugirard (louée sous un faux nom). Grâce aux faux papiers de Jean Sidoine. Lélia tu as donc été conçue à

Paris, au mois de mars 1944, et non lors de notre vie sur le plateau en 1943.

À Paris, pendant cette période, à compter du 1ᵉʳ avril 1944, Vicente et moi nous sommes engagés dans un réseau où j'étais aux chiffres, c'est-à-dire au codage et décodage des messages. Agent P2 matricule 5943, permanente du réseau, avec le statut de militaire combattant. Je m'appelais Monique et j'étais « fille du calvaire ». Vicente était sous-lieutenant, matricule 6427, également P2, sa fonction était celle de Chiffre CDC (Chef du centre de chiffrage). Il s'appelait Richelieu et était « pianiste ». Nous avons été tous les deux démobilisés le 30 septembre 44, deux mois avant ta naissance.

Je tiens à te dire que si les événements du 1ᵉʳ trimestre 44 n'avaient pas été à l'avantage des alliés, et malgré le danger quotidien des fusillades dans les rues, des rafles dans le métro, de l'éventualité pour nous qui étions dans un réseau d'une arrestation par la Gestapo, aussi bien pour Vicente que pour moi, nous n'aurions pas conçu et laissé vivre un enfant auquel le débarquement de juin 44 et la libération de Paris ont sauvé la vie. C'est donc avec de vrais papiers d'identité que Vicente est allé le jeudi 21 décembre 44 déclarer sa fille à la mairie du 6ᵉ.

— Et qu'est-ce qui s'est passé, après ta naissance ?
— Mon père a disparu pendant trois jours en sortant de la mairie. Au lieu de rentrer rue de Vaugirard, il s'est évaporé dans la nature.

— Personne ne savait où il était allé ?

— Non. Personne. Il devait être dans un drôle d'état parce qu'il a déclaré n'importe quoi à la mairie. Sur mon certificat de naissance, tout est faux, les dates, les lieux. Il avait tout inventé.

— Tu crois qu'il était défoncé ?

— Peut-être... ou alors c'était un réflexe de la Résistance... je ne sais pas. En tout cas je peux te dire que cela m'a posé beaucoup de problèmes par la suite, quand je suis devenue fonctionnaire. Je suis même passée devant un juge de première instance à la mairie du 6e. Je peux te dire que, sous Pasqua à l'Intérieur, les fonctionnaires devaient être « français-français » – et ce n'était pas le cas pour moi. Quand j'ai dû refaire mes papiers d'identité, sous Sarkozy cette fois-ci, parce qu'on m'avait tout volé, carte, passeport, permis de conduire... cela a été toute une affaire aussi. Un employé de l'administration m'a expliqué que je devais prouver que j'étais française. « Mais comment voulez-vous que je le prouve, puisqu'on m'a volé tous mes papiers ? — Prouvez que vos parents le sont. » Ma mère étant née à l'étranger, mon père ayant un nom espagnol et mon certificat de naissance étant faux, j'étais très suspecte. Et là je me suis dit, merde, ça recommence.

— Maman, qu'est-ce qu'il advient de toi, après la mort de ton père ?

— C'est à ce moment-là que je suis envoyée à Céreste, dans la famille d'Yves.

Chapitre 37

Après deux années passées en Allemagne, Myriam rentre en France. Yves prend la place de Vicente dans son lit et l'encourage à passer les concours pour devenir professeure. Pour qu'elle puisse se concentrer, il installe Lélia chez une veuve de la Grande Guerre, Henriette Avon, dans le bastion des Sidoine. Désormais, Yves sera toujours là pour aider Myriam et la soulager. Envers et contre tout.

Henriette hésite avant de prendre cette nouvelle pensionnaire, parce que les enfants finissent par coûter plus qu'ils ne rapportent – à cause du linge qu'il faut laver plus souvent que de raison, à cause de la vaisselle cassée, et du pain qu'ils chapardent dans les placards. Mais cette petite enfant brune collée à sa mère, comme un chien qui sent que son maître cherche à s'en débarrasser, lui fait pitié.

Henriette est pauvre, très pauvre même – et ses pensionnaires sont encore plus pauvres qu'elle. Avec Lélia, il y a Jeanne. On dit qu'elle est centenaire parce que personne ne se souvient de quand elle est née. Son petit corps cuirassé ressemble à un homard. Elle est aveugle mais ses doigts font encore des merveilles.

Il suffit de la poser dans un coin, un torchon plein de petits pois ou de lentilles sur les genoux, et les mains de Jeanne s'agitent dans l'air pour écosser, trier, décortiquer, éplucher, comme si les prunelles de ses yeux vides étaient descendues dans la pulpe de ses doigts. Mais Jeanne fait peur à Lélia, elle sent la pisse, si fort que la petite déguerpit dès que possible.

Jeanne ne se lave jamais. En revanche, Henriette est intraitable sur la propreté de Lélia. Pour lui laver les cheveux, elle l'installe sur un petit tabouret devant l'évier, un gant sur les yeux et une serviette autour du cou. Henriette vide un berlingot Dop de couleur vanille sur le crâne de Lélia. Le shampoing coûte cher mais Henriette ne lésine pas. Elle verse à petites doses successives de l'eau tiédie d'un broc, qui coule goutte à goutte, de la nuque le long des oreilles, en faisant frissonner la fillette.

À l'école de Céreste, Lélia apprend à lire, écrire et compter. La directrice de l'école remarque ses capacités, bien au-dessus des autres enfants de son âge. Elle prévient Henriette que les parents de Lélia devront envisager de lui faire faire des études supérieures. Pour Henriette, c'est comme si on lui disait qu'un jour la petite ira sur la lune.

Céreste devient le village de Lélia, comme Riga avait été pour Myriam le paysage inattendu de son enfance. Elle connaît tous les habitants, leurs habitudes et leur caractère, elle apprend aussi chaque pierre, chaque recoin, le chemin de la Croix, qui est la limite au-delà de laquelle les enfants n'ont pas le droit de s'aventurer, les chemins de la Gardette, la colline sur laquelle est bâti le château d'eau du village. Un géant capricieux, qui prive parfois le village de son eau, plusieurs jours de suite.

La maison d'Henriette fait presque le coin entre la rue de Bourgade et la traverse qui dégringole vers le Cours. La pente est si raide que Lélia finit toujours par la dévaler en courant. La maison juste à l'angle, mitoyenne de celle d'Henriette, est habitée par deux garnements, Louis et Robert, qui s'amusent à coincer la petite Lélia contre un mur avant de détaler.

Lélia, petite tête de noiraude, devient une véritable enfant du pays. Son jour préféré, c'est le mardi gras, elle se déguise comme tous les gamins de Céreste en *caraque* – un mot provençal pour désigner les gitans et les bohémiens. Les enfants se regroupent sur la place du village, une flopée de rats des champs, habillés de hardes, le visage noirci par un bouchon de liège brûlé et ils vont par les rues, portant un panier à salade, de maison en maison, réclamant un œuf ou encore de la farine. Le soir, ils suivent la charrette du *Caramantran*, un grand épouvantail de toutes les couleurs qui sera jugé et brûlé sur la place du village. Les plus petits hurlent à s'égosiller et lui jettent des pierres. Les enfants jubilent devant le sacrifice.

— Autrefois, les jeunes faisaient la danse des Bouffets à la fin du carême... c'était autrefois, racontent les anciens du village.

Les jours de procession religieuse, le curé est suivi de la bannière, puis viennent les enfants de chœur, et enfin les fillettes toutes de blanc vêtues. Elles portent des corbeilles de fleurs, soutenues par un long ruban blanc, rose ou bleu pâle.

La première fois que Lélia intègre leur rang, Henriette entend les commentaires des autres femmes :

— La petite Juive, elle ne devrait pas suivre la procession.

Henriette se fâche. Elle défend Lélia comme si c'était sa propre fille et, les fois suivantes, les femmes se gardent bien de faire les mauvaises langues.

Mais cet événement tourmente Henriette, qui se demande ce que Dieu pense de la présence de Lélia parmi les baptisées.

Dans l'église, la statue de la Vierge Marie intéresse Lélia, son beau regard perdu, ses mains jointes en une prière éternelle, sa tunique azur en plis drapés, serrée à la taille par une ceinture blanche. Lélia a observé que, devant elle, les gens se signent en faisant la révérence. Lélia les imite et fait le geste de la croix. Mais Henriette lui explique :

— Non, pas toi.

Lélia ne cherche pas à savoir pourquoi.

Un jour, elle reçoit un jet de pierre qui manque de lui crever un œil.

— Sale Juive, entend-elle dans la cour de l'école.

Lélia comprend tout de suite que ce mot la désigne, sans savoir ce qu'il signifie vraiment. En rentrant chez Henriette, elle ne lui raconte pas l'incident qui a eu lieu. Lélia voudrait se confier à quelqu'un, mais qui pourrait la renseigner sur la signification de ce mot qui vient d'entrer dans sa vie ? Personne.

Chapitre 38

Ma mère apprend donc qu'elle est juive ce jour-là, l'année 1950, dans la cour de l'école. Voilà. C'est comme ça que c'est arrivé. Brutalement et sans explication. La pierre qu'elle avait reçue ressemble à celle que Myriam avait reçue, au même âge, par des petits enfants polonais de Lodz, lorsqu'elle était allée pour la première fois rencontrer ses cousins.

L'année 1925, ce n'était pas si loin de l'année 1950.

Pour les enfants de Céreste, comme pour ceux de Lodz, comme aussi pour ceux de Paris en 2019, ce n'était pas plus qu'une boutade. Une insulte comme une autre, qu'on crie dans les cours de récréation. Mais pour Myriam, Lélia, et Clara, ce fut à chaque fois une interrogation.

Quand ma mère est devenue notre mère, elle n'a jamais prononcé le mot « juif » devant nous. Elle a omis d'en parler – non pas de façon consciente ni délibérée, non : je crois tout simplement qu'elle ne savait pas quoi en faire. Ni par où commencer. Comment tout expliquer ?

Mes sœurs et moi fûmes confrontées à cette même brutalité, le jour où le mur de notre maison fut tagué d'une croix gammée.

1985, ce n'était pas si loin de l'année 1950.

Et je me rends compte aujourd'hui que j'avais l'âge de ma mère, le même âge que ma grand-mère, au moment où elles avaient reçu les insultes et les jets de pierres. L'âge de ma fille quand, dans une cour de récréation, on lui avait dit qu'on n'aimait pas les Juifs dans sa famille.

Il y avait ce constat que quelque chose se répétait.

Mais que faire de ce constat ? Comment ne pas tomber dans des conclusions hâtives et approximatives ? Je ne me sentais pas capable de répondre.

Il fallait extraire quelque chose de toutes ces vies vécues. Mais quoi ? Témoigner. Interroger ce mot dont la définition s'échappait sans cesse.

— Qu'est-ce qu'être juif ?

Peut-être que la réponse était contenue dans la question :

— Se demander qu'est-ce qu'être juif ?

Après avoir lu le livre que Georges m'avait donné, *Enfants de survivants* de Nathalie Zajde, j'ai découvert tout ce que j'aurais pu dire à Déborah lors du dîner de *Pessah*. Les réponses arrivaient seulement avec quelques semaines de retard. Déborah, je ne sais pas ce que veut dire « être vraiment juif » ou « ne l'être pas vraiment ». Je peux simplement t'apprendre que je suis une enfant de survivant. C'est-à-dire, quelqu'un qui ne connaît pas les gestes du *Seder* mais dont la famille est morte dans des chambres à gaz. Quelqu'un qui fait les mêmes cauchemars que sa mère et cherche sa place parmi les vivants. Quelqu'un dont le corps est la tombe de ceux qui n'ont pu trouver leur sépulture. Déborah, tu affirmes que je suis juive quand ça m'arrange. Lorsque ma fille est née, que je l'ai prise dans mes bras à la maternité, tu sais à quoi j'ai pensé ? La première image qui m'a traversée ? L'image des mères qui allaitaient quand on les a envoyées dans les chambres à gaz. Alors voilà, cela *m'arrangerait* de ne pas penser à Auschwitz, tous les jours. Cela m'arrangerait que les choses soient autrement. Cela m'arrangerait de ne pas avoir peur de l'administration, peur du gaz, peur de perdre mes papiers, peur des endroits clos, peur de la morsure des chiens, peur de passer des frontières, peur de prendre des avions, peur des foules et de l'exaltation de la virilité, peur des hommes quand ils sont en bande, peur qu'on me prenne mes enfants, peur des gens qui obéissent, peur de l'uniforme, peur d'arriver en retard, peur de me faire attraper par la police, peur quand je dois refaire mes papiers... peur de dire que je suis juive. Et cela, tout le temps. Pas « quand ça m'arrange ». J'ai, inscrit dans mes cellules, le souvenir d'une expérience de danger si violente, qu'il me semble parfois l'avoir vraiment vécue ou devoir la revivre. La mort me semble toujours imminente. J'ai le sentiment d'être une proie. Je me sens souvent soumise à une forme d'anéantissement. Je cherche dans les livres d'Histoire celle qu'on ne m'a pas racontée. Je veux lire, encore et toujours. Ma soif de connaissance n'est jamais étanchée. Je me sens parfois une étrangère. Je vois des obstacles là où d'autres n'en voient pas. Je n'arrive pas à faire coïncider l'idée de ma famille avec cette référence mythologique qu'est le génocide. Et cette difficulté me constitue tout entière. Cette chose me définit.

Pendant presque quarante ans, j'ai cherché à tracer un dessin qui puisse me ressembler, sans y parvenir. Mais aujourd'hui je peux relier tous les points entre eux, pour voir apparaître, parmi la constellation des fragments éparpillés sur la page, une silhouette dans laquelle je me reconnais enfin : je suis fille et petite-fille de survivants.

Chapitre 39

Lélia m'a tendu l'enveloppe qu'elle avait reçue, envoyée depuis la mairie des Forges. À l'intérieur, un courrier lui était adressé.

— Je peux ? ai-je demandé.
— Oui, oui, lis-la, s'est empressée de dire Lélia.
Je me suis plongée dans le courrier, un grand carton en bristol blanc, recouvert d'une jolie écriture, appliquée.

Chère Madame,
Suite à votre venue à la mairie des Forges, j'ai cherché dans les archives la lettre que je vous avais mentionnée : la demande pour que les noms des quatre membres de la famille Rabinovitch déportés à Auschwitz soient inscrits sur le monument aux morts des Forges.
Je n'ai rien trouvé dans les archives de la mairie.
En revanche, j'ai retrouvé cette enveloppe qui pourrait vous intéresser. C'était à la mairie, rangé dans une chemise cartonnée. Je ne l'ai pas ouverte, je vous la confie telle quelle.
Amicalement,
Josyane

Lélia m'a montré sur son bureau une enveloppe scellée, on pouvait y lire l'inscription « CARNETS NOÉMIE ».

J'ai tout de suite compris de quoi il s'agissait. Personne n'y avait touché depuis l'année 1942.

— Anne, je suis trop émue pour l'ouvrir.
— Tu veux que je le fasse ?

Lélia a fait oui de la tête. J'ai pris une grande inspiration et mes mains se sont mises à trembler en décachetant l'enveloppe. Quelque chose a parcouru la pièce, un souffle électrique que nous avons ressenti Lélia et moi. J'ai sorti deux carnets, entièrement noircis de l'écriture manuscrite de Noémie. Les pages étaient remplies, sans laisser une seule ligne d'espace. J'ai ouvert le premier carnet, qui débutait par une date, surlignée.

J'ai commencé à lire pour ma mère, à haute voix.

<u>Le 4 septembre 1939</u>
C'est l'anniversaire de maman. Il y a 25 ans, à l'autre, « l'avant-dernière » c'était l'anniversaire de oncle Vitek. Nous habitons les Forges. Nous changeons notre villégiature en séjour constant. Il m'a fallu deux jours pour réaliser ce que c'est que la guerre. À quoi la reconnaître lorsqu'on regarde dehors le ciel pur. Arbres. Verdure. Fleurs. Pourtant elles tombent déjà fauchées sinistrement les belles vies humaines. Mais le moral est bon. On doit pouvoir tenir et l'on tiendra. Pour nous, le changement même a son pittoresque. Mot cynique mais vrai pourtant. Notre

vie physique n'est pas changée, nos gestes restent les mêmes. Mais tout est différent autour de nous. Notre vie elle-même est désaxée. Il faut du temps pour s'y faire. Pour se modifier. Le tout c'est de sortir de cette métamorphose fort et courageux. Aujourd'hui Londres a été bombardée pendant deux heures. Un navire passager a été coulé. Les temps barbares de la civilisation. Éclairs sinistres et illumination du ciel dans la direction de Paris. Nous sortons pour les voir avec la même idée. On s'accoutume à ce fait que l'on est en temps de guerre. Cauchemar des nuits. Lorsque je me réveille la première chose que je me rappelle c'est qu'on est en train de se battre. Que les hommes meurent dans les champs, que des femmes et des enfants tombent dans les rues bombardées des villes.

<u>*Le 5*</u>

Nous attendons 5 h Lemain. Pas de nouvelles de quoi que ce soit. Il paraît que, on dit que. Pas de lettre de la comtesse. Hitler est fou. N'a-t-il pas proposé à Sir Nevile Henderson un partage « équitable » de l'Europe entre l'Allemagne et l'Angleterre ? Et encore on voyait à ses paroles qu'il se sacrifiait. Les Anglais bombardent l'Allemagne (?) Ils lancent des tracts. Les Musiciens do ré mi fa sol trombone de Myriam. On lit Pierre Legrand. Peut-être que nous pourrons bientôt aller en Russie et connaître enfin tous nos parents. On facilite vraiment la tâche de ceux qui suivront. 150 anniversaires de la révolution, la guerre libératrice des peuples a lieu. Pourvu qu'elle ne dure pas trop. Il y a une chose dont je suis en train de me rendre compte c'est que tant que le combat n'est pas fini on n'a pas le droit de penser aux conséquences de la guerre sur sa vie et celle des autres (Myriam et le pessimisme).

<u>*Le 6*</u>

Temps splendide. Tricot. Lettre. Armoire peut-être. 5 h Lemain.

<u>*Le 9*</u>

Ce n'est quelquefois pas la peine d'écrire. Aujourd'hui mauvaise journée. Ce matin discussion polonaise. Chacun se rend compte de l'inutilité de certains arguments, mais on les met en avant pour se convaincre soi-même. Les Dan sont à Paris, ils vont arriver dans le courant de la semaine prochaine. Et dire que pendant que nous discutons froidement de l'utilité d'un bac de philo, de notre vie aux Forges, il y a des gens qui meurent. Sont-ils tous vivants les nôtres, de Lodz ? Cauchemar affreux. Oui, très mauvaise journée.

À l'évocation des gens de Lodz, Lélia m'a priée d'arrêter. C'était beaucoup pour elle. Je la sentais émue et perturbée.

— Ça va jusqu'où ? m'a-t-elle demandé.

Alors j'ai ouvert le deuxième carnet, lui aussi recouvert de notes. Mais j'ai compris rapidement que ce n'était pas la suite du journal de Noémie.

— Maman, ai-je dit... c'est...

En même temps que je parlais à Lélia, j'ai parcouru des yeux les pages.

— ... un début de roman...
— Lis-le-moi, a demandé Lélia.

J'ai tourné les pages, le carnet contenait à la fois des notes, des plans de chapitres, des passages rédigés. Tout était mélangé. Je reconnaissais bien le parcours mental du romancier qui tâtonne, cherche, a besoin de coucher des idées sur le papier et de raconter certains passages qui lui viennent à l'esprit, dans le désordre.

Et puis. J'ai lu quelque chose qui m'a arrêtée. J'ai eu du mal à y croire. Et j'ai fermé le carnet, incapable de parler.

— Que se passe-t-il ? m'a demandé Lélia.

Mais je ne réussissais pas à lui répondre.

— Maman... tu n'avais jamais ouvert cette enveloppe ? Tu es sûre ?

— Jamais. Pourquoi ?

Je n'ai pas réussi à en dire davantage. Ma tête s'est mise à tourner. J'ai simplement lu à Lélia la première page du roman.

Évreux était couvert de buée par ce matin de fin septembre. Une buée froide annonçait l'hiver. Mais la journée allait être belle, l'air était pur et le ciel sans nuage.

Anne passait du temps à flâner par la ville, à aller attendre la sortie du collège de jeunes filles pour bavarder. Et puis, pour aller au collège, on passait devant la caserne et l'hôtel de Normandie où logeaient des officiers anglais.

Anne posa son cahier de musique et elle se mit à regarder les tomates, les choux et les poires. De l'autre côté, une rue de petites maisons basses et cinq paires de chaussettes noires qui séchaient en travers.

— Il paraît, dit Anne en écoutant la ville, que les premiers convois d'Anglais arriveront demain. Il y a déjà un petit état-major au Grand Cerf. Ils sont très chics tu sais.

L'héroïne du roman de Noémie s'appelait Anne.

Chapitre 40

Nous avions rendez-vous avec Georges gare de Lyon, dans cette gare qui est toujours une promesse de soleil et de vacances d'été. Je me suis arrêtée à la pharmacie acheter un test de grossesse, mais je ne l'ai pas dit à Georges. Dans le train, il m'a expliqué le programme du week-end, qui était chargé. Une voiture louée nous attendait à la gare d'Avignon, puis nous devions déposer nos affaires dans un hôtel à Bonnieux, avant de redescendre vers une chapelle, où une étudiante en histoire de l'art devait nous faire la présentation des œuvres de Louise Bourgeois qui y étaient exposées.

C'est pour Louise Bourgeois qu'il avait choisi Bonnieux afin de fêter mes 40 ans. Après la visite guidée, nous irions déjeuner dans un restaurant sur les hauteurs du village, avec une vue panoramique. Et, pour le dessert, nous ferions une promenade dans les vignes ainsi qu'une dégustation de vin.

— Ensuite, il y aura des surprises.

— Mais je n'aime pas les surprises… ça m'angoisse, les surprises.

— Bon. Le gâteau et les bougies arriveront donc, par surprise, au milieu des vignes et de la dégustation de vin.

Ce week-end d'anniversaire commençait très bien, j'étais heureuse d'être avec Georges, heureuse de prendre un train pour le sud de la France. J'avais la certitude que j'étais enceinte, je reconnaissais en moi les signes du corps, mais je voulais attendre le retour à Paris pour faire le test dans les toilettes du train. Si le test se révélait positif, la nouvelle rendrait notre dimanche soir très joyeux. Et, dans le cas contraire, notre week-end ne serait pas teinté de déception. La voiture de location nous attendait à la gare, nous avons pris la direction de Bonnieux, Georges s'est mis au volant et j'ai sorti mes lunettes de soleil pour regarder le paysage. Pour la première fois depuis longtemps, je ne pensais à rien d'autre qu'à être là, avec un homme, me projeter dans une vie à ses côtés, imaginer quels parents nous pourrions devenir. Mais une vision m'a interpellée. J'ai demandé à Georges d'arrêter la voiture et de revenir en arrière. Je voulais revoir l'usine de fabrication des fruits confits, sur la route d'Apt, que nous venions de dépasser. Cette façade ocre, avec des arcades à la romaine, m'était très familière.

— Georges, je suis déjà passée devant cet endroit des dizaines de fois.

Ensuite tout me fut familier. Apt, Cavaillon, L'Isle-sur-la-Sorgue, Roussillon. Ces villages surgissaient de mon passé, tous ces noms étaient ceux de mes vacances d'enfant, chez ma grand-mère. Je me suis souvenue alors que Bonnieux, où Georges avait réservé l'hôtel, était un village où j'allais avec Myriam.

— Mais je connais très bien Bonnieux ! Ma grand-mère avait une amie qui habitait là, et dont le petit-fils avait mon âge.

553

Tout m'est revenu soudain, le petit-fils s'appelait Mathieu, il avait une piscine et il savait nager. Mais pas moi.

— J'avais honte parce que je devais porter des brassards. Ensuite j'ai demandé à mes parents de m'apprendre à nager...

En regardant par la fenêtre de la voiture je scrutais chaque maison, chaque façade de commerce, comme on essaye de retrouver chez un vieillard les traits du jeune homme d'autrefois. Tout cela était si étrange. J'ai sorti mon téléphone pour me plonger dans la carte de la région.

— Qu'est-ce que tu regardes ? m'a demandé Georges.

— Nous sommes à trente kilomètres de Céreste, le village de ma grand-mère.

Le village où Myriam avait mis Lélia en nourrice, où elle s'était installée après la guerre, pour se marier avec Yves Bouveris. Céreste, le village de mes vacances de petite fille.

— Je n'y suis pas retournée depuis la mort de ma grand-mère. Cela fait vingt-cinq ans.

En arrivant devant l'hôtel, j'ai regardé Georges en souriant :

— Tu sais ce qui me ferait plaisir ? Que nous allions nous promener à Céreste, j'aimerais retrouver le cabanon où vivait ma grand-mère.

Georges a ri parce qu'il avait passé beaucoup de temps à organiser cette journée particulière. Mais il a accepté de bonne grâce et j'ai fouillé dans mon sac pour en sortir mon carnet, que j'emportais partout.

— Qu'est-ce que c'est ? m'a demandé Georges.

— C'est le carnet où je note tous les détails qui me servent pour mon enquête. Il y a des gens au village, qui ont connu Myriam, et que je pourrais rencontrer...

— Allons-y, a dit Georges avec enthousiasme.

Nous avons tout de suite repris la voiture pour nous mettre en chemin. Georges m'a alors demandé de lui parler de Myriam, de sa vie, de mes souvenirs avec elle.

Chapitre 41

— Pendant très longtemps, je dirais jusqu'à mes 11 ans, je pensais que mes ancêtres étaient provençaux.

— Je ne te crois pas, a dit Georges en riant.

— Mais bien sûr ! Je pensais que Myriam était née en France, dans ce village que traversait la voie Domitienne, où nous la retrouvions pour les vacances. Je pensais aussi qu'Yves était mon grand-père.

— Tu ne connaissais pas l'existence de Vicente ?

— Non. Comment te dire... tout était confus... Ma mère... ne disait pas : « Yves est ton grand-père. » Mais elle ne m'informait pas qu'il ne l'était pas. Tu comprends ? Je me souviens très bien, enfant, lorsqu'on me demandait d'où venaient mes parents, je répondais : « De Bretagne du côté de mon père, de Provence du côté de ma mère. » J'étais moitié bretonne, moitié provençale. La vie était ainsi faite. Myriam n'évoquait jamais de souvenirs qui auraient pu contrarier cette logique. Jamais elle ne disait « autrefois en Russie », ni « quand je passais mes vacances en Pologne », ni « lorsque j'étais enfant en Lettonie », ni « chez mes grands-parents en Palestine ». Nous ne savions pas qu'elle avait vécu dans tous ces endroits.

Lorsque Myriam nous montrait comment écosser les pois pour la soupe au pistou, comment fabriquer des bouteilles de lavande avec un ruban de dimanche, lorsqu'elle nous apprenait à faire sécher le tilleul sur les draps pour les infusions du soir, à faire macérer les noyaux de cerises pour le ratafia, à frire des beignets avec des fleurs de courgette, je pensais que nous apprenions les recettes de notre famille. De même, lorsqu'elle nous apprenait à entrouvrir les volets pour enfermer la fraîcheur, à consacrer certaines heures au travail, d'autres à la sieste, je pensais que nous perpétuions des gestes appris de nos ancêtres. Et bien que je sache aujourd'hui que mon sang ne vient pas de là, je demeure attachée aux cailloux pointus des chemins, à la dureté de cette chaleur qu'il faut apprendre à affronter.

Myriam était une graine que le vent avait poussée le long de continents entiers et qui avait fini par se planter ici, sur ce petit bout de terre inhabité. Et puis elle y était restée jusqu'à la fin de sa vie, le temps s'était arrêté.

Elle avait enfin pu s'enraciner quelque part, sur cette colline un peu hostile qui lui rappelait peut-être le sol rocailleux et la chaleur de Migdal, ce moment de l'enfance en Palestine où, dans la propriété de ses grands-parents, pour une fois, elle n'était pas poursuivie.

Les moments que j'ai passés avec ma grand-mère Myriam se déroulent tous ici, dans le sud de la France. C'est là, entre Apt et Avignon, dans les collines du Luberon, que j'ai fréquenté cette femme dont je porte le nom caché.

Myriam était un être qui avait besoin de mettre de la distance entre elle et les autres. Elle n'avait pas envie qu'on s'approche de trop près. Je me souviens que, parfois, elle nous observait avec un trouble dans le regard. Je suis sûre aujourd'hui de ne pas me tromper si j'affirme que c'étaient nos visages qui en étaient la cause. Soudain, une ressemblance avec ceux d'avant, une façon de rire, de répondre, cela devait la faire souffrir.

Parfois j'avais l'impression qu'elle vivait avec nous comme avec une famille d'accueil.

Elle était heureuse de partager un moment chaleureux, un repas en notre compagnie – mais au fond, elle attendait de retrouver les siens.

Pour moi il est difficile de faire le lien entre Mirotchka, fille des Rabinovitch, et Myriam Bouveris, ma grand-mère avec laquelle je passais les étés, entre les monts du Vaucluse et la chaîne du Luberon.

Ce n'est pas simple de relier toutes les parties entre elles. J'ai du mal à maintenir ensemble toutes les époques de l'histoire. Cette famille, c'est comme un bouquet trop grand que je n'arrive pas à tenir fermement dans mes mains.

— Je voudrais aller revoir le cabanon de mon enfance. Il faut prendre par les collines, derrière le village.

— Allons-y, dit Georges.

En arrivant au bout du chemin, je me suis souvenue de Myriam, la noirceur de sa peau de vieux cuir tanné par le soleil, je l'ai revue marchant au milieu des cailloux, malgré la sécheresse, parmi les succulentes.

— Voilà, dis-je à Georges. Tu vois ce cabanon ? C'est là que Myriam a vécu après la guerre, avec Yves.

— Cela devait leur rappeler la maison du pendu !

— Sans doute, oui. C'est là que j'ai passé tous les étés avec elle.

C'était une bâtisse faite de briques, de tuiles et de béton, sans salle de bains ni toilettes – avec une cuisine d'été à l'extérieur. Nous vivions tous ensemble dans cet endroit, dès le début du mois de juillet, au ralenti, à cause de la chaleur qui pétrifie les êtres autant que les animaux, qui les transforme tous en statues de sel. Myriam avait recréé une vie qui ressemblait sans doute à ce qu'elle avait connu dans la *datcha* de son père en Lettonie et dans la ferme agricole de ses grands-parents. Ma mère portait les cheveux longs et mon père aussi, nous nous lavions dans une bassine en plastique jaune, pour les toilettes, il fallait aller dans la forêt, je m'accroupissais derrière une grosse pierre recouverte de mousse, et je regardais, fascinée, ma pisse chaude faire une rivière dans les feuilles, affoler les bêtes sur son passage, et emporter, telle la lave d'un volcan, les punaises et les fourmis.

Pendant longtemps, j'ai pensé que tous les enfants dormaient dans une grande cabane avec les membres de leur famille pour les vacances, faisant la sieste sur des matelas et leurs besoins dans la forêt.

Myriam nous apprenait à faire de la confiture, du miel, des conserves de fruits au sirop, comment entretenir le potager et le verger, avec l'arbre à coings, l'abricotier et le cerisier. Une fois dans le mois, le distillateur venait pour fabriquer les eaux-de-vie avec nos restes de fruits. Nous faisions des herbiers, des spectacles, des jeux de cartes. Nous faisions des bruits de trompette avec des brins d'herbe que Myriam nous apprenait à tendre entre nos doigts, il fallait les choisir à la fois larges et solides pour que le son résonne bien. Nous faisions aussi des bougies avec des oranges, en faisant une mèche avec la tige dans l'écorce vidée du fruit. Il fallait rajouter de l'huile d'olive. De temps en temps nous allions au village, acheter des saucisses pour les grillades, des côtelettes, de la farce pour les tomates ou des alouettes sans tête. Il fallait traverser la forêt, une longue marche sous le soleil, dans les éclats argentins des feuilles de chêne-liège. Nous, les enfants, savions marcher sur ces sentiers, pieds nus et sans douleur. Nous savions reconnaître, parmi les cailloux du chemin, ceux qui ne font pas mal, mais aussi les pierres fossiles en forme de coquillages et les dents de requin. Nous savions affronter la chaleur, la vaincre comme on gagne une bataille contre un terrible ennemi, si terrifiant qu'il fige tout sur son passage. La victoire était toujours sublime lorsque la fraîcheur arrivait pour nous sauver à la tombée de la nuit, une brise caressait nos fronts comme un gant mouillé apaise la fièvre. Myriam nous emmenait alors nourrir le renard qui vivait dans la colline.

— Les renards sont gentils, nous disait-elle.

Elle ajoutait que le renard était son ami, ainsi que les abeilles. Et nous pensions vraiment qu'elle entretenait des conversations secrètes.

Les vacances passaient vite, comme un rêve d'enfant, avec mon oncle, ma tante et toute la bande des cousins. Myriam avait appelé les enfants qu'elle avait eus avec Yves : Jacques et Nicole.

Nicole était devenue ingénieur agronome.

Jacques guide de montagne et poète. Il avait aussi été longtemps professeur d'histoire.

Ils avaient chacun traversé un événement tragique à l'adolescence. Jacques à l'âge de 17 ans. Nicole à 19 ans. Personne n'avait fait le lien. À cause du silence. Et parce que, dans cette famille, on ne croyait pas en la psychanalyse.

Mon oncle Jacques, que j'adorais, m'avait trouvé un surnom. Il m'appelait Nono. Ce surnom me plaisait. C'était celui d'un petit robot dans un dessin animé.

Peu à peu, Myriam a perdu la mémoire, elle s'est mise à faire des choses étranges. Un matin, très tôt, elle est venue me réveiller dans mon lit. Elle semblait inquiète, perturbée.

— Prends tes valises, on doit partir, m'a-t-elle dit.

Ensuite elle m'a fait un reproche à propos des lacets de mes chaussures. Je ne me souviens plus si le problème venait du fait que mes lacets étaient faits, ou au contraire défaits. Mais elle semblait très en colère. Machinalement je l'ai suivie, et elle est simplement allée se recoucher.

Au bout d'un certain temps, elle a commencé à entendre des voix qui lui parlaient dans la colline. Des objets, des visages, des souvenirs oubliés lui revenaient. Mais parallèlement à ces souvenirs lointains, imperceptibles, son élocution et même son écriture devenaient malhabiles. Malgré tout, elle continuait d'écrire. Toujours écrire. Elle a presque tout jeté, brûlé. Nous n'avons retrouvé que quelques pages dans son bureau.

Arrivée à une période difficile je suis trempée dans un malaise bizarre.

Très attachée à la nature, aux plantes, je trouve certains personnages de mon environnement fort désagréables.

Je coupe sèchement, il me semble qu'un malentendu est là.

Assise près du platane et du tilleul qui deviennent de plus en plus agréables. Je me retrouve non pas endormie mais rêveuse et j'espère que peu à peu ma tête finira par se lasser d'une foule de stupidités. Et je suis certaine de la splendeur de notre bois, de notre réussite dans cet espace ; il faut avouer aussi que malgré tout je retourne à Nice pour quelques mois d'hiver.

C'est là que un à part je retrouve encore la joie et l'amitié.

Jacques reviendra mercredi.

Les dernières années, il a fallu faire venir quelqu'un à Céreste pour s'occuper d'elle, car Myriam ne pouvait plus vivre toute seule. Il s'est alors produit un phénomène particulier : Myriam a oublié le français. Cette langue qu'elle avait apprise tardivement, à l'âge de 10 ans, s'effaça de sa mémoire. Elle ne parla plus que le russe. À mesure que son cerveau déclinait, elle retombait dans l'enfance de sa langue et je me souviens très bien de lettres que nous lui écrivions en alphabet cyrillique pour garder un contact avec elle. Lélia demandait un modèle à des amis russes, qu'ensuite nous nous appliquions à recopier. Toute la famille s'y mettait, nous dessinions les phrases sur la table de la salle à manger, c'était finalement assez joyeux, d'écrire dans la langue de nos ancêtres. Mais c'était très compliqué pour Myriam, qui d'une certaine manière était redevenue une étrangère dans son propre pays.

Après avoir fait le tour du cabanon, Georges et moi sommes retournés à la voiture. Je lui ai avoué à ce moment-là que j'avais acheté un test de grossesse à la pharmacie.

— Je suis sûr que tu es enceinte, m'a dit Georges. Si c'est une fille on l'appellera Noémie. Et Jacques si c'est un garçon. Qu'en penses-tu ?

— Non. Nous lui donnerons un prénom qui n'appartient à personne.

Chapitre 42

Je regardais défiler les pages de mon carnet, persuadée que quelque chose allait en sortir. Si je me creusais bien la tête, j'allais avoir une bonne idée.

— Mireille ! ai-je dit. J'ai lu son livre ! Je crois qu'elle vit toujours là.

— Mireille ?

— Oui, oui ! La petite Mireille Sidoine ! La fille de Marcelle – qui fut élevée par René Char. Elle doit avoir 90 ans aujourd'hui. Je le sais car elle a écrit un livre de Mémoires que j'ai lu il y a peu de temps. Et… et elle disait qu'elle habitait encore Céreste ! Elle a connu Myriam, elle a connu ma mère, c'est sûr. Je te rappelle que c'était une cousine d'Yves.

Pendant que je parlais, Georges regardait sur son téléphone le site des Pages blanches, avant d'affirmer :

— Oui, j'ai son adresse, on peut y aller si tu veux.

Je reconnaissais les ruelles de ce village que j'avais arpenté enfant, les maisons collées les unes aux autres, les tournants étroits comme des coudes, rien ne semblait avoir changé depuis trente ans. En face de chez Henriette, il y avait la maison de Mireille, la fille de Marcelle, la renarde des *Feuillets d'Hypnos*.

Nous avons donc sonné chez elle, sans avoir prévenu de notre visite. Au début je n'osais pas. Mais Georges a insisté.

— Qu'est-ce que tu as à perdre ? m'a-t-il demandé.

Un vieux monsieur a ouvert la fenêtre qui donne sur la rue, c'était le mari de Mireille. Je lui ai expliqué que j'étais la petite-fille de Myriam et que je cherchais des souvenirs. Il nous a dit d'attendre. Puis il a ouvert la porte, et très gentiment il a proposé qu'on vienne *boire le sirop*.

Mireille était là, dans le jardin derrière la maison, assise devant une table, habillée de noir, bien coiffée et apprêtée. 90 ans, peut-être davantage. Elle attendait, comme si nous avions eu rendez-vous.

— Approchez-vous, m'a-t-elle dit. Mes yeux sont presque aveugles. Il faut que vous veniez près de moi, que je puisse voir votre visage.

— Vous avez connu ma grand-mère Myriam ?

— Mais bien sûr. Je me souviens très bien d'elle. Et je me souviens aussi de ta mère qui était une petite fille. Comment s'appelle-t-elle déjà ? demanda Mireille.

— Lélia.

— C'est cela, quel joli prénom. Original. Lélia. Je n'en connais pas d'autre. Que veux-tu savoir au juste ?

— Comment était-elle ? Ma grand-mère ? Quel genre de femme c'était ?

— Oh. Elle était discrète. Elle ne parlait pas beaucoup. Elle ne faisait jamais d'histoires au village. Elle n'était pas du tout coquette, cela je m'en souviens.

Nous sommes restées longtemps, à parler d'Yves et de Vicente, du trio amoureux qu'ils avaient formé et de ses conséquences. À parler de René Char aussi, et de la façon dont il avait vécu la guerre à Céreste. Mireille parlait avec franchise. Sans détour. Dans ma tête, je pensais à la façon dont je raconterais tout cela à ma mère, Mireille, son jardin perdu, ses souvenirs de Myriam. J'aurais voulu qu'elle soit là avec moi.

Au bout d'un moment, j'ai senti qu'il était temps pour nous de repartir, que Mireille commençait à se fatiguer. Je lui ai simplement demandé s'il me serait possible de rencontrer d'autres personnes dans le village qui pourraient me parler de ma grand-mère.

— Quelqu'un qui l'aurait intimement connue.

Chapitre 43

Juliette nous offrit une citronnade qu'elle avait préparée pour ses petits-enfants. C'était une femme joyeuse et bavarde, très gaie, nous parlâmes longuement de tout, de Myriam, de sa maladie d'Alzheimer, de son enterrement. À l'époque où elle était infirmière, elle s'était installée chez Myriam pour l'accompagner au bout de sa maladie. Elle avait 30 ans à l'époque, et des souvenirs très précis.

— Elle me parlait de vous ! Des petits-enfants. Et surtout de Lélia, votre mère. Elle disait tout le temps qu'elle allait habiter chez vous.

— Pourquoi ? Elle n'aimait plus être ici à Céreste ?

— Elle aimait Céreste, la nature, mais elle me disait toujours : « Je dois aller chez ma fille, parce qu'elle les a connus. »

— Mais oui, cela me revient…

Je me suis tournée vers Georges pour lui expliquer.

— À la fin de sa vie, Myriam confondait. Elle pensait que Lélia avait connu Ephraïm, Emma, Jacques et Noémie. Myriam lui a même dit un jour : « Toi qui as connu tes grands-parents » – comme si Lélia avait grandi avec eux.

C'est alors que Georges eut soudain l'idée de montrer la carte postale à Juliette, car j'avais la photographie dans mon téléphone portable.

— Ah mais bien sûr, je la reconnais, a dit Juliette.

— Pardon ?

— C'est moi qui l'ai postée.

— Que voulez-vous dire ? Que vous avez écrit cette carte postale ?

— Ah non ! Moi je l'ai seulement mise dans la boîte aux lettres !

— Mais qui l'a écrite ?

— C'est Myriam. Peu de temps avant de mourir. Quelques jours peut-être. J'ai dû l'aider un peu, lui tenir la main... elle avait du mal à former les lettres à la fin.

— Vous pouvez m'expliquer exactement ce qui s'est passé ?

— Votre grand-mère avait souvent envie de mettre ses souvenirs par écrit. Mais, avec sa maladie, tout était difficile. Elle écrivait des choses que j'avais du mal à déchiffrer. Il y avait du français, du russe, de l'hébreu. Toutes les langues qu'elle avait apprises dans sa vie, tout était mélangé dans sa tête, vous voyez ? Et puis un jour, elle attrape une carte postale de sa collection – vous savez, sa collection de cartes postales avec des monuments historiques.

— Comme l'oncle Boris...

— Oui, ce nom me dit quelque chose... elle a dû m'en parler. Et donc elle me demande de l'aider à écrire ces quatre prénoms. Elle tenait absolument, je m'en souviens très bien, à utiliser un stylo à bille. Elle avait peur qu'avec l'encre les mots ne s'effacent.

Ensuite elle m'a dit : « Quand j'irai vivre chez ma fille, vous m'enverrez la carte postale. Vous me promettez ? — Promis », je lui réponds. Et je prends la carte postale que je mets chez moi, dans mes papiers personnels.

— Et ensuite ?

— Elle n'est jamais allée vivre chez votre mère comme elle l'espérait. Elle est morte ici à Céreste. Je n'ai plus repensé à la carte, je dois bien avouer. Elle est restée bien rangée chez moi, dans mes papiers. Et puis, quelques années plus tard, je passe les fêtes de Noël à Paris, avec mon mari. C'était l'hiver 2002.

— Oui, janvier 2003.

— Tout à fait. J'avais emporté avec moi la chemise cartonnée dans laquelle j'avais rangé tous mes papiers pour le voyage, les cartes d'identité, les réservations de l'hôtel... Et puis pendant notre séjour à Paris, je retrouve, glissée dans le rabat de la chemise, la carte postale. C'était le dernier jour, juste avant de rentrer à Céreste.

— Un samedi matin.

— Voilà. J'ai dit à mon mari : il faut absolument que j'envoie cette carte, Myriam y tenait, j'avais fait une promesse. Et puis, je ne sais pas, je n'avais pas envie de rentrer à Céreste avec cette carte. À côté de notre hôtel, il y avait une grande poste.

— La poste du Louvre.

— Exactement. C'est là que je l'ai postée.

— Vous vous souvenez que vous avez mis le timbre à l'envers ?

— Pas du tout. Il faisait un froid de canard et mon mari m'attendait dans la voiture, je n'ai pas dû faire attention. Ensuite nous avons filé à l'aéroport où notre avion n'a pas pu décoller.

— Vous auriez pu mettre la carte dans une enveloppe, avec un petit mot, pour nous expliquer ! Cela nous aurait épargné tous ces mystères…

— Je sais bien, mais comme je vous le disais, nous étions en retard, il y avait une tempête de neige, mon mari pestait dans la voiture, je n'avais pas d'enveloppe sous la main…

— Mais pourquoi Myriam voulait-elle s'envoyer cette carte postale à elle-même ?

— Parce que, se sachant condamnée à perdre la mémoire, elle m'avait dit : « Il ne faut pas que je les oublie, sinon il n'y aura plus personne pour se souvenir qu'ils ont existé. »

Ce livre n'aurait pas pu être écrit sans les recherches de ma mère. Ni sans ses propres écrits. Il est donc aussi le sien.

Ce livre est dédié à Grégoire,
et à tous les descendants de la famille Rabinovitch.

Merci à mon éditrice Martine Saada.

Merci à Gérard Rambert, Mireille Sidoine, Karine et Claude Chabaud, Hélène Hautval, Nathalie Zajde et Tobie Nathan, Haïm Korsia, Duluc Détective, Stéphane Simon, Jesus Bartolome, Viviane Bloch, Marc Betton.

Merci à Pierre Bérest et Laurent Joly, pour leurs regards et leurs conseils.

Merci à ma tante Nicole.

Merci à tous les lecteurs qui ont accompagné ce livre, Agnès, Alexandra, Anny, Armelle, Bénédicte, Cécile, Claire, Gillian-Joy, Grégoire, Julia, Lélia, Marion, Olivier, Priscille, Sophie, Xavier. Merci à Émilie, Isabel, Rebecca, Rhizlaine, Roxana.

Et Julien Boivent.

DE LA MÊME AUTRICE :

La Fille de son père, Seuil, 2010.
Les Patriarches, Grasset, 2012.
Sagan 1954, Stock, 2014.
Recherche femme parfaite, Grasset, 2015.
Gabriële, coécrit avec Claire Berest, Stock, 2017.
La Visite, suivi de *Les Filles de nos filles*, Actes Sud-Papiers, 2020. (Théâtre)

Composition réalisée par PCA

Achevé d'imprimer en août 2022 en France par
MAURY IMPRIMEUR – 45330 Malesherbes
N° d'impression : 264529
Dépôt légal 1re publication : août 2022
LIBRAIRIE GÉNÉRALE FRANÇAISE
21, rue du Montparnasse – 75298 Paris Cedex 06

18/9618/8